말

Les Mots

LES MOTS
by Jean-Paul Sartre

세계문학전집 189

말

Les Mots

장폴 사르트르

정명환 옮김

민음사

Z 부인에게 [*]

[*] 1962년 사르트르가 소련을 방문했을 때 통역을 맡은 소련 여성 레나 조니나(Lena Zonina). 그 후 사르트르는 그녀와 급속히 가까워졌다.

차례

1부
읽기

1850년 무렵, 알자스 지방*에 살고 있던 한 초등학교 선생이 아이들에게 들볶이다 못해 식료품상으로 직업을 바꾸고 말았다. 그러나 속세로 돌아온 이 사나이는 무슨 별충을 해야겠다고 생각했다. 비록 자신은 인간 형성이라는 과업을 포기했지만, 자기 자식 중 한 명만은 영혼을 기르는 일에 종사시켜야겠다는 것이었다. 그러니 한 녀석을 목사로 만들자. 이 일에는 샤를이 적합하다. 하지만 샤를은 달아나 버렸다. 한 여자 곡마사의 뒤를 쫓아서 거리로 나서고 만 것이다. 그러자 아버지는 그의 초상화를 뒤집어 걸어 버리고 이름조차 입 밖에 내지 못하

---

* 프랑스 동쪽 끝 지방. 이곳은 원래 인종, 문화, 종교에 걸쳐 게르만적인 요소가 강했지만, 17세기 말에는 프랑스의 영토로 편입되었다. 1871년 이후에는 전쟁의 승패에 따라 그 영유권이 독일과 프랑스 사이를 오가면서 오늘날에 이르고 있다.(1871~1918: 독일, 1918~1940: 프랑스, 1940~1944: 독일. 1945~현재: 프랑스)

게 했다. 그러면 이번에는 어느 녀석을 고를까? 오귀스트는 재빨리 아버지의 희생적 행위를 본받아 장사꾼으로 나섰고 그것으로 만족했다. 남은 것은 루이밖에 없는데 그 녀석에게는 별다른 소질이 보이지 않았다. 그러나 아버지는 이 얌전한 아들을 사로잡아 순식간에 목사로 만들어 놓았다. 착하디착한 루이는 그 후 제 자식마저 목사가 되게 했는데, 이 사람이 바로 우리가 널리 알고 있는 알베르 슈바이체르*이다. 한편, 샤를은 여자 곡마사와 다시 만나지 못했다. 그는 아버지의 허울 좋은 거동을 그대로 물려받은 위인이었다. 평생을 통해서 고상한 척하는 버릇을 버리지 못했고 자질구레한 일들을 어마어마한 것으로 꾸며 보이려고 애썼다. 그는 분명히 집안의 천직(天職)을 저버리려고 한 것은 아니었다. 다만 부담이 적은 정신적 직업을 택하는 것, 다시 말하면 여자 곡마사의 뒤를 따라다녀도 상관없을 만한 그런 성직(聖職)을 갖는 것이 그의 소원이었다. 그러니 제일 알맞은 것은 교직이었다. 샤를은 독일어를 가르치기로 작정했다. 그는 한스 작스**에 관한 논문을 쓰고, 직접 교수법***을 채택하고 — 후일 이 교수법의 발명자가 바로 자기라고 자랑하기도 했지만 — 시모노 씨와 공저로 『독일어 독본』을 내

---

* Albert Schweitzer(1875~1965), 일반적으로 '알버트 슈바이처'로 읽히나, 원래 프랑스인이기 때문에 여기서는 프랑스어의 발음을 따랐다. 이 성은 또한 '슈베체르'라고 읽히기도 한다.
** Hans Sachs(1494~1576), 독일의 시인이며 가인. 오랫동안 잊혔지만 헤르더와 괴테에 의해 재평가되고 바그너의 가극 「뉘른베르크의 장인 가수」의 중심인물로 등장한다.
*** 외국어 교육에서 종래의 문법 위주의 교수법을 벗어나, 해당 외국어로 직접 생각하고 말하도록 훈련시키는 교수법.

서 호평을 받고, 마콩*에서 리옹으로 그리고 파리로 출셋길을
달렸다. 파리에서는 종업식 날 일장 연설을 해서, 그것이 책으
로 출판되는 영광을 누리기까지 했다. "장관 각하, 신사 숙녀
여러분, 그리고 나의 사랑하는 학생들, 오늘 제가 말씀드리려
는 것이 무엇인지 여러분은 짐작조차 못 하실 것입니다. 저는
음악에 관한 이야기를 하려고 합니다." 그는 즉흥시가 장기이
기도 했다. 집안 식구들이 한자리에 모일 때면 으레 이런 말을
했다. "루이는 누구보다도 신앙심이 두텁고 오귀스트는 제일
부자다. 그렇지만 머리가 가장 좋은 것은 나다." 그러면 아우
들은 웃어 대고 계수들은 입을 뾰로통하게 내밀었다. 샤를 슈
바이체르는 마콩에 있을 때 천주교를 믿는 한 소송 대리인의
딸 루이즈 기유맹과 결혼했다. 그녀는 신혼여행 때의 일은 다
시 생각하기도 싫었다. 샤를이 미처 식사도 끝나기 전에 신부
를 끌어내서 기차 속에 내던지다시피 했기 때문이다. 일흔 살
이 되어서도 그녀는 역의 간이식당에서 시켜 먹은 파로 만든
샐러드 이야기를 했다. "그이가 흰 줄기는 혼자 다 먹고 내게는
푸른 이파리만 남겨주었단다." 그들은 알자스의 본가에서 식탁
앞에 앉은 채로 꼬박 두 주일을 보냈다. 형제들은 그 지방 사
투리로 추잡스러운 이야기들을 해 댔다. 그러면 목사가 이따금
씩 루이즈를 돌아보고 기독교도다운 자비심을 발휘해서 그 이
야기들을 번역해 주었다. 그녀는 얼마 되지 않아서 가짜 진단
서를 마련해 그것을 구실 삼아 부부생활을 끊고 침실을 달리
할 권리를 얻게 되었다. 늘 머리가 아프다는 핑계로 자리에 눕

---

* 프랑스 동쪽의 소도시. 리옹과 가깝다.

곤 하면서, 소음과 혈기와 홍분을 멀리하기 시작했다. 슈바이체르 집안의 그런 거칠고 촌스럽고 허황된 생활 태도가 일체 싫었던 것이다. 활발하고 얄밉고 쌀쌀한 그녀의 사고방식은 올곧고도 짓궂은 것이었다. 왜냐하면 남편의 생각이 선량하면서도 삐뚤어져 있었기 때문이다. 남편이 거짓말쟁이면서도 어수룩한 까닭에 그녀는 만사를 의심했다. "자기들은 지구가 돌고 있다고 하지만 뭘 안답시고 그러는 거야?" 점잔을 빼는 광대들에게 둘러싸여 있던 그녀는 점잖은 짓과 연극을 다 같이 싫어하게 되었다. 촌스러운 정신주의자(精神主義者)들의 집안에 잘못 끼어든 이 예민한 현실주의자는 반발심이 나서 볼테르를 읽어 본 적도 없으면서 볼테르주의자*로 행세했다. 예쁘고 통통하고 반항적이고 쾌활한 그녀는 부정적 기질의 표본이 되고 말았다. 눈살을 찌푸리거나 엷디엷은 미소를 지음으로써 그들의 허세를 살살이 부숴 버렸지만, 그것은 자기만족일 뿐 아무도 그런 눈치를 알아차리지 못했다. 교만하게 배척하고 이기심에서 거부하려는 태도가 그녀를 지배했다. 으뜸가는 자리를 차지하려고 잔꾀를 쓰자니 자존심이 상하고, 둘째 자리로 만족하자니 허영심이 허락지 않아, 아무와도 만나지 않았다. "다른 사람들이 자기를 보고 싶어 하도록 만들어야 한단다." 하고 그녀는 늘 말했다. 과연 처음에는 그녀를 보고 싶어 하는 사람들이 제법 많았지만, 그 수가 차차 줄어들고 마침내는 만나 볼 수가 없어서 완전히 잊어버리고 말았다. 이제는 안락의자나 침대를 떠나는 일이 거의 없게 되었다. 자연주의자이면서도 청교

---

* 모든 일에 대해서 회의적이며 빈정거리기를 잘 하는 사람을 말한다.

도이기도 한(이 두 가지 덕의 배합은 보통 생각하듯이 그렇게 드문 일이 아니다.) 슈바이체르 집안은 야비한 말들을 좋아했다. 골수 기독교도답게 육체를 천시하면서도 한편으로는 인간의 자연적인 기능을 너그럽게 인정한다는 것을 과시하는 그런 말들 말이다. 그러나 루이즈는 완곡한 표현을 좋아했다. 그녀는 외설스러운 소설을 많이 읽었다. 이야기 줄거리가 재미있다기보다도 그런 이야기를 감싸고 있는 투명한 베일이 마음에 들었기 때문이다. "참 대담하군. 잘도 썼지. 인간들이여, 가볍게 스쳐 가라. 힘껏 딛지 말아라."* 하며 새침하게 말하는 것이었다. 아돌프 블로**가 쓴 『불꽃의 처녀』를 읽었을 때, 이 쌀쌀한 여인은 숨이 막히도록 웃었다. 그녀는 첫날밤의 이야기를 즐겨 했는데, 그것은 늘 망측하게 끝나는 것들뿐이었다. 신랑이 너무도 난폭하게 서둘러 댄 나머지 신부의 목이 침대 모서리에 부딪쳐 부러진 이야기며, 옷장 속에 벌거숭이로 숨은 미친 신부를 이튿날 아침에 찾아낸 이야기 따위였다. 루이즈는 어두컴컴한 속에서 살았다. 샤를이 들어와서 덧창을 열어젖히고 등불이란 등불을 모두 켜 놓으면 그녀는 손으로 두 눈을 가리며 신음하듯 말했다. "여보, 눈이 부셔요!" 하나 그 반항은 체질적인 반항의 범위를 벗어나는 것이 아니었다. 샤를을 보면 우선 겁이 나고 참을 수 없이 짜증이 났지만, 그의 손이 몸에 닿지

---

* 피에르샤를 루아(Pierre-Charles Roy, 1683~1764)의 시구에서 인용한 것. 얼음 지치는 사람에 빗대서 쾌락의 함정에 대해 경고하는 문구다. "겨울은 얇은 빙판 밑으로 발을 빠지게 한다./ 얼음 밑은 낭떠러지./ 그대의 쾌락의 얇은 표면도 그러하니/ 인간들이여, 가볍게 스쳐가라. 힘껏 딛지 말아라."
** Adolphe Belot(1829~1890), 극작가, 통속 소설가.

않는 한에는 우정을 느끼는 때도 없지 않았다. 그러다가도 샤를이 소리를 지르기만 하면 당장에 꿈쩍도 못 했다. 그는 기습작전으로 아이를 넷이나 만들었다. 그중 딸 하나는 어려서 죽고 2남 1녀가 남았다. 무관심했던 탓인지 혹은 아내의 뜻을 존중해서였는지는 몰라도, 그는 아이들을 가톨릭 식으로 교육하는 것을 허락했다. 루이즈는 신자가 아니었지만 개신교를 싫어했기 때문에 아이들을 가톨릭 신자로 만들어 놓았던 것이다. 두 사내아이는 어머니 편을 들었고, 루이즈는 그 덩치 큰 아버지로부터 그들을 슬그머니 떼어 놓았다. 샤를은 그런 눈치조차 못 챘다. 장남인 조르주는 공과 대학에 들어갔고 둘째 아들 에밀은 독일어 선생이 되었다. 그는 야릇한 인물이다. 평생을 독신으로 지냈는데, 아버지를 좋아하지 않으면서도 모든 점에서 그를 흉내 냈으니 말이다. 부자(父子)는 마침내 의가 상했다. 그렇지만 야단스러운 화해의 장면이 몇 번 벌어지기도 했다. 에밀은 자기의 생활을 숨기고 다녔으나, 어머니를 무척 좋아하여 예고도 없이 몰래 찾아와 보는 버릇을 끝끝내 버리지 않았다. 그럴 때면 어머니에게 키스를 퍼붓고 수없이 껴안고 하다가 아버지의 이야기를 하기 시작했다. 처음에는 빈정거리는 말투였지만 이윽고 화를 터뜨리고는 문을 탁 닫아 버리며 나가는 것이었다. 루이즈는 그를 사랑한 것 같은데 동시에 무서워하기도 했다. 거칠고 까다로운 이 부자에게 지친 그녀는 차라리 발길을 끊은 조르주를 좋아했다. 에밀은 1927년 고독 때문에 미쳐서 죽고 말았다. 베개 밑에서 권총 한 자루가 나왔고, 가방들을 열어 보니 해진 양말 백 켤레와 뒤축이 닳아 빠진 구두 스무 켤레가 들어 있었다. 둘째 딸 안마리는 어린 시절을 의자에 앉아서 보냈다. 그녀는 따분해지는 것과 똑바로 앉는 것과 바느질하는 것을 배웠다. 재주가 있었지만, 부모는 그 재주를 키워 주지 않는 것이 훌륭한 짓이라고 생각했다. 또 아주 예쁘기도 했지만 그런 사실도 본인이 의식하지 못하도록 하려고 애를 썼다. 검소하고 자존심이 강한 이 중산층 인간들은 아름다움이란 자기들보다 돈이 많은 사람이나 신분이 낮은 사람들에게나 어울리는 것이라고 생각했다. 다시 말하면 후작 부인이나 창부들에 대해서만 그것을 인정하는 것이었다. 루이즈는 메마른 자존심의 소유자였다. 오해일지도 모른다는 생각에 그녀는 아이들과 남편과 그리고 자기 자신의 가장 분명한 소질마저 부정해 버렸다. 한편 남들의 아름다움을 분간할 줄을 모르는 샤를은 아름다움과 건강을 혼동했다. 아내가 병든 후로는 튼튼하고 혈색 좋으며 엷은 수염까지 난 목석 같은 여장부들과 사귀면서 마음을 달랬다. 안마리는 50년 후 가족 사진첩을 뒤져 보다가 그때야 비로소 자기가 미인인 것을 알게 되었다.

샤를 슈바이체르가 루이즈 기유맹을 만나게 된 것과 거의 같은 무렵에, 한 시골 의사가 페리고르*의 지주의 딸과 결혼하고 티비에**의 을씨년스러운 대로에 있는 약방 맞은편에서 살림을 차렸다. 그러나 그는 결혼하자마자 장인 된 사람이 사실은 무일푼인 것을 알게 되었다. 화가 치밀어 오른 의사 사르트르는 그 후 40년 동안 아내에게 말 한마디 건네지 않았다. 식사 때는 손짓으로 제 의사를 표시했으며 아내는 남편을 '우리 집 하숙생'이라고 부르게 되었다. 그러나 잠자리만은 함께해서

---

* Périgord, 프랑스 남서부의 지역.
** Thiviers, 페리고르 지방의 작은 도시.

무언중에도 가끔 아내의 배를 불려 놓았다. 그녀는 2남 1녀를 낳았으며 이 침묵의 아이들에게 각각 장바티스트, 조제프, 엘렌이라는 이름을 붙여 주었다. 엘렌은 노처녀가 되어서야 한 기병 장교와 결혼했는데 남편이 미치고 말았다. 조제프는 알제리 보병대에 들어갔다가 금방 제대를 하고 부모의 집에 눌러앉았다. 그에게는 직업이 없었다. 아버지의 침묵과 어머니의 넋두리 사이에 끼게 된 그는 말더듬이가 되어 평생을 말과 씨름하면서 보냈다. 장바티스트로 말하자면, 그는 바다가 보고 싶어서 해군사관학교에 들어가는 것이 소원이었다. 결국 해군 장교가 되고 이미 코친차이나의 열병*에 걸려 있던 그는 1904년 셰르부르**에서 안마리 슈바이체르를 알게 되고, 버림받은 그 키다리 처녀를 사로잡아 결혼해 아이 하나를, 즉 나를 서둘러 만들어 놓고는 죽음의 길로 달아나 버리려고 했다.

그러나 죽는다는 것은 쉬운 일이 아니다. 장열(腸熱)은 서서히 올라갔다가도 또 떨어지곤 했다. 안마리는 그를 정성껏 돌보았지만 사랑한다는 주책을 부리지는 않았다. 루이즈가 부부 생활에 대한 혐오감을 미리 심어 주었기 때문이다. 그녀는, 피 흘린 첫날밤 이후 한없는 희생만이 뒤따랐고 밤중에는 야비한

---

* 코친 차이나는 프랑스가 식민지로 삼고 있던 베트남 남부 지방의 옛 이름이다.(Cochin China) 한자로는 交趾支那라고 표기했다. 여기서 언급된 열병은 전장염(全腸炎, entercolitis)이며, 장바티스트가 이 병에 걸린 것은 그가 극동 함대에 배속되어 있던 1899년이다.
** 영불 해협에 있는 프랑스의 항구. 장바티스트는 원래 공과 대학 출신이었는데, 셰르부르에는 그의 동창생인 조르주 슈바이체르가 조선 기사로 근무하고 있었다. 그는 여기에 들렀을 때 조르주의 소개로 그 누이동생 안마리를 알게 되었다.

짓을 당했다는 이야기를 들려주었다. 그래서 나의 어머니는 자기 어머니를 좇아 쾌락보다 의무를 택했다. 그녀는 결혼 전이나 후나 나의 아버지라는 사람을 잘 몰랐고, 때로는 이 낯선 사나이가 왜 하필이면 자기의 품 안에서 죽으려고 온 것인지 기구하게 생각하기도 했다. 이윽고 아버지는 티비에서 몇십 리 떨어진 어느 소작인의 농가로 옮겨졌다. 그의 부친이 매일 털털이 마차를 타고 아들을 진찰하러 왔다. 안마리는 밤샘과 근심에 지친 나머지 이미 젖도 나오지 않아, 거기에서 멀지 않은 한 유모의 집에 나를 맡겨 버렸다. 나 역시 죽음을 향해 달려가고 있었다. 장염(腸炎)이 원인이었지만 아마 원통하기 때문이기도 했으리라. 경험도 없고 가르쳐 줄 사람도 없는 스무 살의 나의 어머니는 낯선 두 중환자 사이에서 갈팡질팡했다. 그녀의 애정 없는 결혼은 결국 병과 죽음을 통해서 그 결론을 얻은 셈이었다. 그러나 나로서는 이런 사정이 기회가 되었다. 그 시대에는 어머니가 직접 오랫동안 젖을 먹이는 것이 보통이었다. 그러니까 만일 나의 어머니가 그런 이중의 괴로움을 겪지 않았던들, 나는 이유기(離乳期)가 너무 늦을 때에 생기는 여러 장애에 마주쳤으리라. 그러나 병자인 데다가 아홉 달 만에 강제로 젖을 떼게 된 나는 열에 시달리고 아둔해진 덕분으로 모자(母子) 간의 유대를 마지막으로 끊는 가위 소리를 듣지 못한 것이었다. 나는 유치한 환각과 희미한 우상들이 우글거리는 혼미(昏迷)의 세계로 빠져 들어갔다. 아버지가 세상을 떠났을 때 안마리와 나는 같은 악몽에서 깨어났다. 내 병이 나은 것이다. 그러나 우리 모자는 어떤 오해의 희생자였다. 어머니는 마음으로는 한시도 떨어지지 않았던 아들을 되찾은 것이 기뻤지만, 나는 본 일도 없는 한 여자의 무릎 위에서 의식을 회복했으니 말이다.

　돈도 없고 직업도 없었던 안마리는 친정으로 돌아가 살기로 결심했다. 그러나 내 아버지의 뻔뻔한 죽음은 슈바이체르 집안의 악감을 샀다. 그 죽음은 일방적인 이혼과도 같았다. 그것을 미리 알아차리지도 막지도 못했다고 해서 어머니는 죄인 취급을 당했다. 금방 쓸모없게 되어 버린 남편을 얻은 것이 경망했다는 것이었다. 그러면서도 어린애를 품에 안고 뫼동*으로 되돌아온 이 키다리 아리아드네**에 대한 그들의 태도는 겉으로는 나무랄 데 없었다. 퇴직 원서를 냈던 나의 할아버지는 군소리 한마디 없이 다시 근무하기로 했다. 할머니는 은근히 기뻐했다. 안마리는 고마워서 어쩔 줄 모르면서도, 이런 온정의 밑바닥에 비난이 깔려 있는 것을 눈치 챘다. 물론 어느 집안에서나 사생아를 낳은 딸보다야 과부가 된 딸이 낫다고 생각하겠지만, 그것은 대동소이한 것이다. 그들의 용서를 얻어 보려고 안마리는 몸을 아끼지 않았다. 뫼동에서도 또 그 후 파리로 올라와서도 그녀는 친정의 집안일을 떠맡아 했다. 가정교사, 간호부, 주방장, 비서, 하녀의 역할을 두루 했지만 어머니의 말 없는 역정을 가라앉힐 수는 없었다. 루이즈는 매일 아침 식단을 짜고 저녁이면 가계부를 정리하는 것을 귀찮아하면서도 남이 대신 하는 것은 그냥 보고 있지 못하는 여자였다. 자기의

---

* Meudon, 파리 서남쪽에 있는 도시. 외조부 샤를 슈바이체르가 전근해 있던 그곳에서 사르트르 모자는 1906년부터 1911년까지 살았다.

** 희랍 신화의 인물. 테세우스는 미노타우로스를 퇴치하는 데 결정적인 도움을 주었던 아리아드네와 결혼하겠다고 약속했으나 나중에 이 약속을 어겨 그녀를 버리고 말았다. 사르트르는 자기 어머니의 신세를 아리아드네에 비유하고 있는데, 그 비유가 꼭 들어맞는 것 같지는 않다.

짐이 가벼워지는 것은 좋았지만, 동시에 특권을 잃게 되는 것이 못마땅했다. 하루하루 늙어 가는 이 뒤틀린 여인에게는 한 가지 환상밖에 없었으니, 그것은 자기가 절대로 필요한 존재라는 믿음이었다. 그러나 이제 그 환상이 깨어지고 그녀는 딸에게 질투를 느끼기 시작했다. 불쌍한 안마리. 얌전히 앉아만 있었으면 귀찮은 식객이라고 욕을 먹었을 것이다. 그래서 적극적으로 일을 하니 이번에는 집안을 휘어잡으려 한다는 의심을 사게 되었다. 그러니 첫 번째 비난을 받지 않으려면 온갖 용기를 내야 했고 두 번째 비난을 면하기 위해서는 겸손할 대로 겸손해야만 했다. 그러다가 오래지 않아 이 청상과부는 다시 미성년자가 되고 흠집 있는 처녀가 되어 버렸다. 양친은 그녀에게 일부러 용돈을 안 주려고 한 것이 아니라, 용돈 주기를 숫제 잊어버리고 말았다. 옷가지가 닳고 닳아서 실밥이 보일 정도가 되어도 할아버지는 새로 사 줄 생각을 하지 않았다. 혼자 외출하는 것도 여간해서 허락하지 않았다. 대부분 시집간 옛 친구들이 혹시 그녀를 저녁 식사에 초대하고 싶을 때는 며칠 전부터 미리 허락을 청하고 10시 전까지는 꼭 데려다 주겠다고 약속을 해야만 했다. 그래서 한창 식사를 하고 있는 도중이라도 초대한 집의 주인은 자리에서 일어나 그녀를 마차로 바래다주어야 했다. 그사이, 잠옷 차림의 할아버지는 한 손에 시계를 들고 침실을 왔다 갔다 하다가 10시를 알리는 소리가 그치자마자 호통을 쳤다. 그러니 초대 받는 일은 더욱 드물어지고, 나의 어머니는 그런 괴로움을 겪으면서까지 놀러 나가고 싶어 하지 않게 되었다.

아버지의 죽음은 내 생애의 큰 사건이었다. 그것은 어머니를 사슬로 묶고 내게는 자유를 주었다.

세상에 훌륭한 아버지란 있을 수 없다. 그것이 일반 법칙이다. 남자들이 나쁜 탓이 아니라 부자 간의 관계란 원래 고약한 것이기 때문이다. 아이를 낳는다고 해서 뭐랄 사람은 없다. 그러나 아이를 소유하겠다니 그런 당치 않은 일이 또 어디 있겠는가! 만일 나의 아버지가 살아 있다면 내 위에 벌렁 누워서 나를 짓누르고 말았으리라. 다행히도 그는 일찍 죽었다. 안키세스를 업은 아이네아스들*이 가득 찬 이 세상에서, 나는 혼자 강을 건넌다. 일생 동안 자식의 등에 매달려 있는 그 보이지 않는 아버지들을 미워하면서. 젊어서 죽어 미처 내 아버지 노릇을 할 기회가 없었던 한 사나이, 지금 같으면 내 자식 정도의 나이밖에 안 될 그 사나이를 나는 내 뒤에 멀리 버려 놓았다. 그것이 좋은 일이었는지 나쁜 일이었는지 나는 모른다. 그러나 내게는 초자아(超自我)**가 없다는 어떤 유명한 정신 분석가의 판단에 나는 기꺼이 동의하겠다.

사람은 그냥 죽기만 해서는 안 되며 알맞게 죽어야 한다. 만일 아버지가 더 늦게 세상을 떠났더라면 나는 죄의식을 느꼈으리라. 철이 든 고아(孤兒)는 부모의 죽음을 제 잘못으로 돌려 스스로를 탓하는 법이다. 자기가 보기 싫어서 부모가 일찌감치 천국의 아파트로 물러갔다고 생각하는 것이다. 그런데 나는 무척 기뻤다. 남들이 나의 처지가 불쌍하다면서 나를 존

---

* 안키세스는 트로이의 군주이며 아이네아스는 그의 아들이다. 트로이가 불탈 때 아이네아스는 눈먼 아버지를 업고 배가 있는 곳까지 모셔 갔다고 한다. 이 이야기는 효도의 예시로 자주 인용된다.

** 프로이트의 용어. 유년 시절 주로 아버지의 영향을 받아 형성된 정신적 요소로서, 자아에 대해 욕망을 억제하고 도덕적 규범을 지킬 것을 강요한다.

중하고 떠받들어 주었기 때문이다. 나는 아버지의 상실을 나의 한 가지 이득으로 여겼다. 아버지는 고맙게도 자신의 잘못으로 죽었다. 할머니는 그가 자신의 의무를 기피했다고 되뇌었고, 슈바이체르 집안의 장수를 자랑으로 삼는 할아버지는 나이 서른에 죽어 버리다니 도저히 생각할 수 없는 일이라고 했다. 그는 아무래도 그런 죽음을 납득할 수가 없어, 그 사위가 이 세상에 산 일이 있다는 사실마저 의심하게 되었고 마침내는 그의 존재를 완전히 잊어버리고 말았다. 나로 말하자면, 내게는 아예 잊어버릴 구실조차 없었다. 장바티스트는 나와 인사를 나누는 기쁨마저 베풀지 않고 살그머니 달아나 버렸기 때문이다. 오늘날에도 나는 그에 관해서 아는 바가 거의 없다는 것을 이상하게 생각한다. 하지만 그 역시 사랑했고 살려고 애썼고 그러다가 죽음을 체험한 사람이다. 그만하면 한 인간의 역사는 충분히 이루어진 셈이다. 그러나 집안 식구 중 누구도 그 사람에 관한 나의 호기심을 자극하려고는 하지 않았다. 몇 년 동안은 내 침대 위 벽에 한 작달막한 해군 장교의 사진이 걸려 있었다. 눈매가 순진하고 머리가 둥글고 벗겨진 데다가 콧수염을 수북이 기르고 있는 사나이였다. 그러나 어머니가 재혼을 하자 그 사진도 사라져 버렸다. 후에 나는 그가 가지고 있던 책을 물려받은 일이 있다. 과학의 장래에 관한 르 당텍*의 저서와 '절대적 관념론을 통하여 실증주의로'라는 제목이 붙은 베베르의 책 따위였다. 그 시대의 다른 사람들과 마찬가지로 나의 아버지도 악서(惡書)들을 읽고 있었던 것이다. 책의

---

* Le Dantec(1869~1917), 프랑스의 생물학자. 라마르크의 변이설을 옹호했으며, 생명과 진화에 관한 많은 저서를 남겼다.

여백에는 알아볼 수 없이 휘갈겨 쓴 글자들이 눈에 띄었다. 그것은 내가 태어날 무렵 그의 머릿속에서 생생하게 팔딱이던 무슨 자그마한 영감의 흔적, 그러나 지금은 죽어 버린 흔적이었다. 나는 그 책들을 팔아 버렸다. 나와는 거의 상관없는 죽은 사람의 것이었기 때문이다. 나는 마치 '철가면'이나 '에옹의 기사'* 이야기처럼 남들의 이야기를 듣고 그를 알았지만, 이렇게 해서 알게 된 그에 관한 일은 나와는 전혀 무관했다. 비록 그가 나를 사랑하고 안아 주고 지금은 썩어 없어진 그 맑은 눈으로 나를 쳐다보았다 하더라도, 그런 것을 기억하고 있는 사람은 아무도 없다. 그런 사랑이란 헛일에 지나지 않는다. 이 아버지라는 사람은 한낱 그림자조차 눈초리조차 남겨 놓지 않았다. 그 사람과 나는 얼마 동안 같은 땅 위에 실려 있었을 뿐이다. 그것이 전부이다. 나는 죽은 사람의 자식이라기보다는 차라리 기적의 아이라는 소리를 들어왔다. 내 심신이 터무니없이 가벼운 것도 틀림없이 그런 이유 때문이리라. 나는 남의 우두머리가 아니고 또 그렇게 될 생각도 없다. 명령하는 것과 복종하는 것은 똑같은 짓이다. 가장 권위 있는 지배자라도 다른 사람의 이름으로, 아버지라는 거룩한 기생자(寄生者)의 이름으로 명령을 내리고, 자기가 겪은 추상적 폭력을 남에게 행사한다. 나는 일생 동안 스스로 웃고 또 남을 웃기지 않고서는 명령을 내릴 수가 없었다. 그것은 내가 권력이라는 암(癌)에 걸려 있지 않기 때문이다. 누구도 내게 복종이라는 것을 가르쳐 주지는 못했다.

도대체 누구에게 복종해야 했단 말인가? 모두들 내게 덩치

---

* Chevalier d'Eon(1728~1810), 프랑스의 비밀 첩보원. 여장을 하고 다닌 것으로 유명하다.

큰 젊은 여인을 가리켜 보이면서 그녀가 내 어머니라고 했다. 나 자신에게는 차라리 누이 같았는데 말이다. 집 안에 감금되고 누구에게나 순종하는 이 여인은 내 시중을 들기 위한 사람이라는 것이 분명했다. 나는 그녀가 좋았다. 그러나 아무도 그녀를 존경하지 않는데 어찌 나만이 존경할 수 있었으랴? 우리 집에는 침실이 세 개 있었다. 그것은 할아버지와 할머니와 '아이들'의 침실이다. '아이들'이란 다 같이 미성년이며 다 같이 얻어 먹고 사는 우리 모자를 두고 하는 말이었다. 그러나 오직 나만이 관심의 대상이었다. '내' 방에 한 처녀의 침대를 갖다놓은 셈이었다. 그 처녀는 혼자 자고 얌전히 일어났다. 내가 아직 자고 있는 동안 그녀는 욕실로 가서 잠깐 탕에 들어갔다가 단단히 차려입고 나온다. 내가 그녀의 몸에서 태어났다니 그럴 수가 있을까? 그녀는 내게 자기의 불행을 이야기하고 나는 그녀를 가엽게 여기면서 듣는다. 어른이 되면 그녀와 결혼해서 잘 돌보아주겠다고 생각하면서. 당신에게 손을 내밀고 당신을 위해서 내 값진 청춘을 바치리라고 약속까지 한다. 그렇다고 해서 내가 그녀에게 복종하려는 것이었을까? 나는 너그럽게 그녀의 소원을 들어주려고 했을 뿐이다. 더구나 그녀는 내게 무슨 명령을 내린 일이 없다. 다만 지나가는 말처럼 내게 어떤 미래를 그려 보이고 내가 그러겠다고 하면 칭찬해 주는 것이었다. "우리 아기는 정말 귀엽고 착한 아기가 될 거야. 코에 약을 넣어도 얌전히 있겠지." 나는 함정에 걸려들듯 이런 달콤한 예언에 걸려들고 만다.

　마지막으로 가장인 할아버지에 관해서. 그는 하느님 아버지와 하도 닮아서 사람들이 정말 그런 줄로 아는 일이 흔히 있었다. 하루는 그가 성기실(聖器室)을 통해서 성당으로 들어갔다. 마침 본당 신부가 게으른 신자들을 앞에 놓고 신의 노여움이 내릴 것이라고 위협하고 있는 참이었다. "하느님이 저기 계십니다! 우리를 보고 계십니다!" 그러자 갑자기 신자들은 수염이 덥수룩한 거구의 노인이 설교단 밑에서 자신들을 지켜보고 있는 것을 발견하고는 모두 달아나 버렸다. 또 할아버지 말로는 어떤 때는 그들이 자기 앞에서 무릎을 꿇었다고도 한다. 그는 이와 같이 신의 강림(降臨)을 연출하는 데 재미를 붙였다. 1914년 9월에는 아르카숑*의 한 영화관에 강림했다. 어머니와 나는 2층 정면의 좌석에 앉아 있었는데 별안간 할아버지가 불을 켜라고 소리쳤다. 몇몇 남자들이 천사처럼 그를 에워싸고 "승리다! 승리야!" 하고 외쳐 댔다. 이윽고 신은 무대에 올라가 마른 강의 첩보(捷報)**를 읽었다. 수염이 검던 왕시에는 그는 여호와였는데, 에밀***이 죽게 된 간접적 이유가 거기에 있는 것인지도 모른다. 이 분노의 신은 아들들의 피를 실컷 퍼마신 것이다. 그러나 나는 그의 기나긴 일생의 말년에 태어났고, 그때는 허옇게 센 수염이 담배 연기로 누레지고, 이미 아버지 행세가 재미없어진 후였다. 만일 그가 내 아버지가 되었다면 분명히 나의 복종을 강요했으리라고 생각한다. 버릇이 그랬으니까 말이다. 그러나 다행히도 나는 죽은 사람의 자식이었다. 그 죽은 사나이가 아이를 얻기 위한 통상적 대가(代價)가 되는 몇

---

* Arcachon, 보르도(Bordeaux)에 가까운 대서양 연안의 소도시. 해수욕장으로 유명하다.

** la Marne, 프랑스 서북부를 흐르는 강. 1차 대전이 시작된 1914년, 그리고 그것이 끝난 1918년에 이 강변의 전투에서 프랑스군이 독일군에게 혁혁한 승리를 거둔 일이 있다.

*** 앞에서 언급한 할아버지의 둘째 아들.

방울의 정액을 흘렸던 것이다. 나는 태양의 영지(領地)였으니까 할아버지는 나를 소유하지 않고도 즐길 수 있었다. 나는 그의 '기적'이었다. 왜냐하면 그는 무슨 기적 같은 것을 보면서 여생을 마치기를 바랐기 때문이다. 그는 나를 운명의 특별한 선물처럼, 공짜이긴 했지만 언제 뺏길지 모르는 선물처럼 생각하기로 작정했다. 내게 더 바랄 것이 무엇이 있었겠는가? 그에게는 내가 자기의 눈앞에 있다는 것만 해도 벌써 크나큰 기쁨이었다. 그는 하느님 아버지의 수염과 하느님 아들의 성심(聖心)을 겸해 가진 사랑의 신이었다. 그가 안수(按手)를 하듯 내 머리 위에 손을 얹어놓으면 뜨뜻한 손바닥이 느껴졌다. 그는 애정으로 떨리는 목소리로 나를 자기의 꼬마라고 불렀고, 그 싸늘한 두 눈에는 눈물이 어렸다. "저 녀석 때문에 저 양반이 미쳤다."고 모두들 떠들어 댔다. 그가 내게 함빡 빠진 것은 분명한 일이었다. 그러나 정말로 사랑한 것이었을까? 그렇게도 야단스러운 정열의 표시만으로는 진짜와 가짜를 분간할 수가 없다. 다른 손자들에 대해서는 별로 귀여워하는 눈치가 없었던 것으로 생각한다. 그들을 만나보는 일이 거의 없었고, 그들로서도 할아버지는 전혀 필요 없는 존재였다. 그러나 나만은 모든 점에서 그에게 의지해야 할 처지였다. 그는 나를 통해서 자기의 너그러운 마음을 스스로 대견하게 생각했던 것이다.

사실인즉 그의 허세에는 좀 지나친 데가 있었다. 그는 다른 여러 사람들처럼 그리고 빅토르 위고 그 자신처럼, 빅토르 위고의 행세를 하는 19세기의 인간이었다. 턱수염을 풍성하게 기른 이 멋쟁이 사나이, 마치 알코올 중독자가 술 생각을 떨칠 수 없는 것처럼 늘 엉뚱한 연극을 꾸밀 생각을 하는 이 사나이는 그 무렵에 새로 발명된 두 가지 기술의 희생자였다고 나는 생각한다. 하나는 사진을 찍는 기술이고 또 하나는 할아버지 노릇을 하는 기술*이다. 그는 사진을 잘 받는다는 행운과 불행을 겹쳐 가지고 있었다. 온 집 안이 그의 사진투성이였다. 그때에는 아직도 스냅 사진을 찍는 법이 없었기 때문에 할아버지는 포즈를 취하고 활인화(活人畵)를 찍는 것을 재미로 삼게 되었다. 그는 동작을 멈추어 마치 얼어붙은 듯이 멋있는 자세를 취하기 위해서 갖가지 기회를 이용했다. 영원을 새겨 놓는 짧디짧은 순간, 스스로 조상(彫像)이 되어 버리는 그 순간에 열광하는 것이었다. 활인화에 대한 이러한 취미 때문에 내가 간직해 온 그의 사진이라곤 모두가 환등기(幻燈器)의 영상처럼 부자연한 것들뿐이다. 숲 그림을 배경으로 삼은 한 사진을 보면 나는 나무통 위에 앉아 있다. 다섯 살 때의 것이다. 샤를 슈바이체르는 파나마 모자를 쓰고 검은 줄이 있는 크림 색 프란넬 양복과 흰 피케 천**으로 된 조끼를 입었는데 회중시계 줄이 그 조끼를 가로지르고 있다. 그리고 코안경이 끈으로 매달려 있다. 그는 내게 몸을 굽혀 금반지를 낀 손가락을 세우고 이야기를 하는 중이다. 태양과 같은 그의 수염 이외에는 모든 것이 침침하고 축축하다. 그 수염은 말하자면 턱을 둘러싸고 있는 후광이다. 나는 할아버지가 무슨 이야기를 하고 있는지 모른다. 그냥 듣는 데만 정신이 팔려서 이해할 여력이 없었

---

* 필경 빅토르 위고의 시집 『할아버지 되는 법(L'art d'être grand-père)』(1877)을 두고 하는 말일 것이다. 위고는 이 시집에서 손자와 손녀를 본 기쁨과 그들에 대한 애정을 읊고 있다.
** 마치 누빈 것처럼 골 무늬가 있는 면직물.

28

기 때문이다. 제2 제정 시대*에 자란 이 늙은 공화주의자는 필경 내게 시민으로서의 의무를 가르쳐 주고 부르주아의 내력을 이야기했던 것이리라. 옛날에 임금과 황제들이 있었는데 아주 나쁜 사람들이어서 그만 내쫓아 버렸더니 만사가 잘 되어 나갔다는 식으로 말이다. 저녁 때면 우리는 그를 마중하러 한길로 나갔다. 전차에서 쏟아져 나오는 사람이 아무리 많아도 우리는 할아버지를 금방 알아볼 수가 있었다. 키가 유난히 크고 무용 선생과 같은 걸음걸이를 하고 있었기 때문이다. 그는 아무리 멀리서라도 우리를 보면 그 즉시 포즈를 취했다. 마치 보이지 않는 사진사의 지시를 따르는 것처럼. 수염을 바람에 휘날리고 허리를 꼿꼿이 펴고 두 발을 직각으로 벌리고 가슴을 젖히고 두 팔을 크게 펼친다. 이것이 신호이다. 그러면 나는 그 자리에 서서 몸을 앞으로 굽힌다. 나는 말하자면 스타트를 끊으려는 육상 선수가 되고, 사진을 막 찍으려는 순간에 긴장하는 어린이**가 된다. 우리는 흡사 작센 지방***의 예쁜 쌍인형(雙人形)과 같이 얼마 동안 서로 마주 보면서 그렇게 서 있는다. 그러다가 나는 할아버지의 행복을 꽃과 열매처럼 담뿍 가슴에 안고 달려간다. 숨이 가쁜 척하면서 그의 무릎에 가 부딪히면, 할아버지는 나를 팔이 닿는 데까지 하늘 높이 들어 올

* 나폴레옹 3세의 시대.(1852~1870)
** 이 구절의 원문은 le petit oiseau qui va sortir de l'appareil이다. 이 표현은 사진기가 발명되었을 무렵, 사진사가 고객으로 하여금 움직이지 않고 렌즈를 응시하게 하려고 한 말이다. "자, 사진기에서 작은 새가 튀어나올 테니 꼼짝 말고 잘 보세요." 정도의 의미다. 특히 수선스러운 아이들을 움직이지 않게 하기 위해 잘 쓰인 표현이다.
*** Sachsen, 독일 동부 지방의 이름. 도자기 제품으로 유명하다.

렸다가 가슴에 덥석 껴안고 "나의 금자동이야!" 하고 중얼거린다. 이것은 할아버지의 두 번째 모습으로, 영락없이 행인들의 주목을 끌었다. 우리는 가지각색의 장면이 담긴 풍성한 연극을 꾸며 보였다. 가벼운 희롱, 금시에 풀리는 오해, 모나지 않는 약 올리기와 부드러운 꾸짖음, 애정 어린 원망, 다정한 비밀 만들기, 뜨거운 정열……. 또 우리는 일부러 사랑의 장애를 만들어 놓고 그 장애를 물리치는 기쁨을 맛보려고도 했다. 가령 나는 가끔 오만한 척해 보였지만, 이런 변덕을 부려도 나의 섬세한 감수성을 감출 수는 없었다. 한편 할아버지도 할아버지라는 지체에 어울리는 고상하고 순진한 허영을 떨어 보이거나 위고의 권고에 따라 무분별함이라는 잘못된 약점을 나타내 보이기도 했다. 그래서 만일 내가 맨빵만 먹는 벌을 받았다면 할아버지는 잼을 갖다 주었으리라. 그러나 겁먹은 두 여인은 감히 나에게 그런 벌을 줄 수가 없었다. 게다가 나는 착한 아이였다. 내가 맡은 역할은 나와 매우 잘 어울리는 것이어서 나는 거기서 벗어나려고 하지 않았다. 사실, 아버지가 너무도 일찍 물러간 덕분에 내게는 매우 불완전한 오이디푸스 콤플렉스밖에는 없었다. 초자아(超自我)가 없었다는 것은 분명하지만 또 한편으로는 공격적인 성격도 없었다. 어머니는 애초부터 내 것이었으며, 그녀를 담담하게 독점하는 것을 누구 하나 시비하지 않았다. 나는 폭력도 증오도 모르고 질투라는 이름의 그 괴로운 수련을 겪지도 않았다. 어려운 고비와 마주쳐 본 일이 없는 나는 우선 현실이 상냥한 변화만을 지닌 것으로 생각했다. 그 누구의 변덕도 나를 지배할 수는 없었다.

나는 얌전하게 굴었다. 구두를 신겨 주고 코에 약을 넣어 주

고 솔질을 해 주고 몸을 씻기고 옷을 입히고 옷을 벗기고 몸치
장을 해 주고 쓰다듬곤 하여도 아무 군말도 하지 않았다. 착
한 아기 노릇을 하는 장난보다 더 재미있는 것은 없었다. 한
번도 울지 않았고 웃는 일도 거의 없었고 수선을 떨지도 않았
다. 네 살 때, 잼에 소금을 뿌리다가 그만 들킨 일이 있었지만
이것도 짓궂은 장난이라기보다도 호기심 때문이었던 것 같다.
아무튼 간에 지금의 기억으로서는 그것이 내가 저지른 단 하
나의 큰 잘못이다. 가끔 일요일이면 할머니와 어머니는 유명한
오르간 주자가 베푸는 좋은 음악을 들으러 미사에 갔다. 두 사
람 모두 열성 신자는 아니었지만 남들의 신앙 덕분으로 음악
의 황홀경을 맛볼 수 있었다. 토카타*가 연주되는 동안만은 신
을 믿는 것이다. 나는 이와 같은 숭고한 정신이 깃드는 순간에
야말로 신이 난다. 모두들 자고 있는 것 같으니, 나의 묘기를
부려볼 기회가 온 것이다. 나는 기도대에 무릎을 꿇고 동상처
럼 되어 버린다. 발가락 하나라도 움직여서는 안 된다. 나는 뺨
으로 눈물이 흘러내릴 때까지 눈 하나 깜빡하지도 않고 앞을
똑바로 쳐다본다. 물론 다리가 근질근질해 죽겠지만 온 힘을
다해서 참는다. 꼭 이겨 낼 자신이 있다. 내 힘이 얼마나 센지
잘 알고 있으니까, 가장 죄스러운 유혹을 스스로 서슴지 않고
만들어 내서 그 유혹을 물리치는 기쁨을 맛보려고 한다. "땅!
땅!"하고 소리 치면서 일어나 볼까? 원주를 기어 올라서 성수
반(聖水盤)에 오줌을 갈겨 볼까? 이런 끔찍한 유혹을 물리쳤으
니 이따가 어머니의 칭찬을 더욱 득의양양하게 받을 수가 있으

---

* 기교적이고 즉흥적인 건반음악의 형식.

리라. 그러나 나는 자기 자신을 속인 것이다. 자기의 영광을 더욱 빛내기 위해서 위험한 지경에 빠진 척한 것에 지나지 않는다. 사실인즉 나는 단 한 번도 유혹에 정신없이 끌려간 적이 없다. 나쁜 소문이나 안 날까 무척 두려워했던 나는 오직 나의 훌륭한 행동을 통해서만 남을 놀라게 해 주고 싶었다. 그러고는 그런 안이한 승리를 스스로 마련하고는 자기의 성질이 착하다고 혼자 믿어 버린 것이다. 그 성질을 그대로 따라가기만 하면 모두들 칭찬이 자자하겠지. 혹시 나쁜 욕심이나 나쁜 생각이 떠오른다 해도 그것은 으레 밖에서 온 것이다. 하지만 그런 것들은 일단 내 속으로 들어오면 당장에 기운을 잃고 시들어 버린다. 나는 악(惡)이 발붙이기에는 나쁜 땅이다. 착한 연기만 하면 그만이니까, 애써 노력하거나 스스로를 억제할 필요가 없었다. 다만 새로운 수작을 꾸미기만 하면 되는 것이었다. 관객으로 하여금 손에 땀을 쥐게 하고 자기의 역할에만 신경을 쓰는 배우와 같은 그런 으뜸가는 자유를 나는 누리고 있었다. 남들이 극구 칭찬하는 것을 보니 나는 분명 훌륭한 인간이다. 만사가 잘 되어 가는데 군말할 것이 무엇이 있겠는가? 남들의 입에서 내가 잘생겼다는 말이 나오면 나 자신도 그렇게 믿어 버렸다. 얼마 전부터 나의 오른쪽 눈에 삼이 섰다.* 그 때문에 결국은 애꾸눈에 사팔뜨기가 되고 말았지만 그 무렵에는 아직 그런 징조가 전혀 없었다. 나는 수없이 사진을 찍히고 어머니는 그것을 색연필로 다듬곤 했다. 그중 한 장이 남아 있는데, 그것을 보면 나는 볼그스름한 얼굴에 동글동글 말린 금발

---

* 네댓 살 때의 일.

을 하고 있다. 뺨이 둥글고 눈매에는 기존 질서에 대한 다소곳한 공경심이 아로새겨져 있다. 볼록한 입가에는 위선적인 교만이 서려 있다. 자신의 값어치를 알고 있다는 듯이 말이다.

할아버지는 내 천성이 착하다는 것만으로는 만족하지 않고 내게서 예언자적인 소질을 찾아내려고 했다. 진리는 아이들의 입에서 튀어나오는 것이니까 말이다. 아이들이란 아직도 자연과 가까운 존재이며 바람과 바다의 사촌이다. 할아버지는 앙리 베르크손과 함께 주네브 호수를 건너 본 일이 있었는데 그는 이렇게 말하는 것이었다. "나는 감격해서 어쩔 줄을 몰랐다. 두 눈만을 가지고서는 휘황찬란한 산봉우리와 반짝이는 바다를 모조리 감상할 수가 없더구나. 그런데 베르크손은 트렁크 위에 앉아서 연상 가랑이 사이만 내려다보고 있었단다." 이런 여행 체험을 계기로 할아버지는 철학보다도 시적(詩的)인 명상이 더 낫다는 결론을 얻게 되었다. 그의 명상의 대상은 나였다. 그는 정원의 간이 의자에 앉아 손이 닿을 수 있는 곳에 맥주잔을 놓고서는 내가 뛰어노는 것을 바라보았다. 그리고 내가 두서없이 지껄이는 말들 속에서 무슨 예지(叡智)를 찾아보려고 하고 실제로 찾아내기도 하는 것이었다. 나는 후에 할아버지의 그런 터무니없는 짓을 웃어넘긴 일이 있지만, 지금은 후회하고 있다. 그것은 죽음의 의식에서 나온 것이었다. 할아버지는 황홀경(恍惚境)을 만들어서 죽음의 불안과 싸워 보려고 한 것이다. 나를 두고 이 세상의 기막힌 작품이라고 찬탄한 것은, 이 세상에서는 모든 것이 다 좋고, 우리의 초라한 죽음까지도 좋다고 애써 믿고자 했기 때문이다. 머지않아 자기의 육신을 앗아갈 이 자연을, 굳이 산봉우리에서, 파도 속에서, 별들 사이에서, 그리고 나의 싱그러운 생명의 샘물에서 찾아봄으로써, 심지어는 자기가 묻힐 무덤에 이르기까지 자연을 송두리째 반기고 받아들이려 했던 것이다. 내 입을 통해서 나오는 말들은 진리가 아니라 그의 죽음이었다. 그러니 내 어린 시절의 싱거운 행복에 때로는 음산한 기운이 감돈 것도 결코 놀랄 일이 아니다. 나는 알맞게 죽어 준 아버지 때문에 자유를 얻었고, 줄곧 죽기를 기다리던 할아버지 때문에 소중한 존재가 되었다. 허나 그것은 별수 없는 노릇이다. 누구나 알다시피 무당들은 모두가 죽은 여자들이다. 어린애도 모두가 사자(死者)의 거울이다.

게다가 할아버지는 자기의 아들들을 괴롭히는 것을 재미로 삼았다. 이 무서운 아버지는 자식들을 짓누르면서 일생을 보냈다. 그런데 그들이 살그머니 들어와 보면 아버지가 어린애 앞에서 사족을 못 쓰고 있지 않은가! 그러니 기가 막힐 수밖에 없었다. 세대의 싸움에서 흔히 어린애와 노인은 한패가 되는 법이다. 어린애가 신탁(神託)을 내리면 노인이 그것을 푼다. 자연은 말을 하고 경험은 통역을 하는 것이다. 그러니 어른들은 입을 다물고 있을 수밖에 없다. 어린애가 없을 때는 개를 얻으면 된다. 작년에 개의 묘지에 가 본 일이 있는데, 그때 떨리는 목소리로 이 무덤 저 무덤으로 이어지는 조사(弔辭)를 듣고서 나는 할아버지의 말을 상기했다. 개들은 사랑할 줄을 안다, 사람보다도 더 다정하고 더 충실하다, 개들은 선(善)을 인식하고 좋은 사람과 나쁜 사람을 구별하는 재주를, 완전한 본능을 가지고 있다는 것이었다. "폴로니우스, 너는 나보다도 훌륭한 놈이다. 내가 먼저 죽었다면 너도 따라 죽었을 게다. 그런데 네가 죽었는데도 나는 이렇게 살고 있다니!" 하고 슬픔에 젖은 한 여인이 말하고 있었다. 나와 동행했던 미국인 친구는 그만 비위가 틀려서 시멘트로 만든 개를 걷어차 한쪽 귀를 깨어 버렸다. 그것도 무리가 아니다. 어린애와 짐승을 지나치게 사랑하는 것은 인간을 배반하면서 사랑하는 것이니까 말이다.

그러니 나는 전도유망한 강아지였다. 나는 예언을 한다. 내가 어린애다운 말을 하면 어른들은 그것을 명심해 두었다가 내 앞에서 되풀이한다. 나는 또 다른 말을 하는 기술도 배운다. 나는 어른들의 말을 할 줄도 알게 된다. 시치미를 떼고 내 나이에 걸맞지 않은 숙성한 이야기를 한다. 그런 이야기가 곧 시(詩)가 된다. 비결이라야 아주 간단하다. 귀신과 우연과 허공을 믿고 어른들의 말들을 그대로 빌려 와 그것을 서로 뚜뜰겨 맞추고 건성으로 되풀이하면 된다. 요컨대 나는 진짜 신탁(神託)을 내리는 것이 되며 듣는 사람들은 각각 내 말을 제멋대로 해석하는 것이다. 이리하여 내 가슴속에서는 선(善)이 태어나고 내 어린 오성(悟性)의 어둠 속에서는 진(眞)이 태어난다. 나는 자신만만하게 자기를 대견스러워한다. 나의 행동이나 말에는, 나 자신은 모르지만 어른들의 눈에는 일목요연하게 보이는 본질이 있는 것 같았으니 말이다. 그렇다면 좋다! 나로서는 맛볼 수 없었던 희한한 기쁨을 그들에게 아낌없이 베풀어 주자. 이리하여 나의 광대 짓은 다음과 같이 시혜(施惠)의 외양을 갖추게 되었다. 어린애가 없는 사람들이 슬픔에 젖어 있을 때, 그들을 불쌍히 여긴 나는 남을 위해 주자는 생각이 번뜻 들어서 무(無)로부터 출현한다. 그리고 아들을 가졌다는 환상을 주기 위해서 어린애로 분장한다. 어머니와 할머니는 내가 이 세상에 태어남으로써 그들에게 베푼 대단한 은혜를 다시 베풀어 주길 바라는 일이 자주 있었다. 그들은 샤를 슈바이체르의 괴벽스러운 연극적 취미를 부추기는 깜짝 쇼를 꾸미려 했던 것이다. 그들은 나를 옷장 뒤에 숨겨 놓고는 내가 숨을 죽이고 있으면 방에서 나가 버리거나 나를 잊어버린 척한다. 이리하여 나라는 존재는 없어지고 만다. 이윽고 할아버지가 들어온다. 내가 이 세상에 없으면 필경 그럴 법한 맥없고 우울한 얼굴이다. 그러자 나는 숨었던 곳에서 후닥닥 뛰어나와서 탄생의 은혜를 베풀어 준다. 그는 나를 보자마자 자기도 연극에 끼어든다. 표정을 달리하고 팔을 쭉 치켜든다. 내가 눈앞에 있다는 것 자체가 무한한 기쁨이기 때문이다. 요컨대 나는 나 자신을 베푸는 것이다. 언제나 어디서나 나 자신을 베풀고 모든 것을 베푸는 것이다. 문을 밀고 방 안에 들어서기만 해도 나의 출현이 기적과 같다는 것을 나 스스로도 느꼈다. 나는 장난감 나무 조각을 쌓고 모래 떡을 찍어 내고는 큰 소리로 사람들을 부른다. 그러면 누군가 환성을 지르면서 달려온다. 이리하여 나는 또 한 사람을 행복하게 만들어 놓는 것이다. 밥 먹는 것도 잠자는 것도 그리고 불순한 날씨를 조심하는 것도 자못 격식을 차리는 이 집안 생활의 중요한 축제이며 의무였다. 나는 임금처럼 여러 사람들 앞에서 식사를 하고, 잘 먹으면 칭찬을 받는다. 할머니조차도 이렇게 외쳤다. "배가 고프다니 착하기도 하지!"

나는 끊임없이 나 자신을 창조해 나간다. 나는 증여자(贈與者)인 동시에 증여물이다. 아버지가 살아 있다면 나의 권리와 의무가 무엇인지 알았겠지만, 죽었으니 그런 것을 알지 못한다. 나는 남들의 사랑에 함빡 젖어 있으니까 권리가 없고 또 사랑하는 마음으로 모든 것을 주니까 의무도 없다. 단 하나의 임무가 있다면 그것은 환심을 사는 것이다. 만사를 남에게 보이려고 하는 것이다. 우리 집안에서는 선심이 낭비되고 있다. 할아버지는 나를 먹여 살리고 나는 할아버지에게 행복을 베푼다. 어머니는 누구에게나 헌신적이다. 지금 생각해 보면 진실한 것은 오직 이 헌신뿐이었던 것 같다. 그러나 우리는 어머니의 헌신을 묵과해 버리기가 일쑤였다. 그야 어쨌든 간에, 우리의 생활은 의식(儀式)의 연속이며 우리는 서로 칭찬을 퍼붓기에 시간을 바쳤다. 나는 어른들이 애지중지해 주어야만 그들을 존경한다. 나는 솔직하고 명랑하고 계집애처럼 얌전하다. 착하게 생각하고 남들을 신용한다. 모두들 흐뭇해하니까 모두들 좋은 사람들이다. 나는 사회가 재능과 권력의 엄밀한 층계에 따라 이루어져 있다고 생각한다. 제일 꼭대기에 있는 사람들은 밑에 있는 사람들에게 자기가 가진 모든 것을 내준다. 그렇지만 나는 제일 높은 자리를 차지하지는 않으려고 한다. 그런 자리는 엄격하고도 선의가 있는 사람들, 이 세상의 질서를 세우는 사람들의 것임을 알고 있기 때문이다. 나는 그들과 과히 멀지 않은 변두리의 작은 횃대에 앉아서 층계의 아래위를 두루 비친다. 요컨대 속세의 권력을 멀리하려고 갖은 애를 다 쓰는 것이다. 권력의 위로도 밑으로도 가지 않고 전혀 다른 곳에 몸을 두려는 것이다. 성직자의 손자로 태어난 나는 어릴 때부터 성직자였다. 나는 추기경과 같은 경건한 마음을, 사제(司祭)와 같은 쾌활한 태도를 가지고 있다. 나는 아랫사람들을 나 자신과 동등하게 대한다. 그것은 사실인즉 그들을 행복하게 해 주려고 꾸미는 거룩한 거짓이지만, 그들이 이 거짓에 어느 정도까지 속아 주어야만 일이 된다. 하녀와 우편배달부와 개에게 나는 부드럽고 참을성 있는 목소리로 말한다. 질서가 잡힌 이 세계에는 가난뱅이들도 있다. 또 다리가 다섯 달린 양들도 있고 허리가 맞붙은 여자 쌍둥이도 있고 철도 사고도 있다. 그런 변은 그 누구의 책임도 아니다. 착한 가난뱅이들은 우리의 자비심을 기르는 것이 자기들의 임무라는 것을 모르고 있다. 그들은 가난이 부끄러워 남의 눈을 피하고 다닌다. 그러면 나는 뛰어나가서 동전 두 푼을 슬쩍 쥐어 주고, 무엇보다도 평등주의자다운 아름다운 미소를 선사한다. 그들이 모두 바보처럼 생겨서 몸에 손을 대기가 싫지만 억지로 손을 뻗어 본다. 그것도 한 가지 시련이니까. 더구나 그들이 나를 사랑해 주어야 하니까. 그리고 이런 사랑으로 말미암아 그들의 인생도 아름다워질 테니까. 그들에게는 생활필수품조차 없다는 것을 잘 알면서도 나는 그들의 사치품이 되고 싶은 것이다. 하기야 그들이 아무리 궁하다 해도 나의 할아버지만큼 괴롭지는 않으리라. 할아버지는 어렸을 때 동트기 전에 일어나 어둠 속에서 옷을 주워 입어야 했고, 겨울에 세수하려면 독 안의 얼음을 깨뜨려야 했다. 다행히도 그 후에는 세상이 좋아졌다. 할아버지도 나도 '진보'라는 것을 믿고 있었다. 험하고 기나긴 진보의 길을, 내게까지 와 닿은 그 길을 믿고 있었다.

그곳은 천국이었다. 아침마다 눈을 뜨면 기쁨에 겨웠다. 나는 세상에서 가장 아름다운 나라에서, 가장 단란한 집안에서 태어났다는 기막힌 행운을 찬양했다. 투덜대는 사람들을 보면 낯이 찡그려졌다. 무슨 불평이 있다고 그러는 것일까? 그 사람들은 말썽꾼들이다. 나는 누구보다도 할머니에 대해서 가장 큰 불안을 느꼈다. 내게 충분한 칭찬을 해 주지 않는 것이 괴로웠기 때문이다. 사실을 말하자면 루이즈는 내 속을 꿰뚫어 보고 있었던 것이다. 남편이 광대 노릇을 해도 감히 싫은 소리를 못 했던 그녀는 내게만은 그런 비난을 까놓고 했다. 나를 어릿광대, 꼭두각시, 사기꾼으로 지목하고 그따위 가면극을 걷어치우라고 명령하는 것이었다. 나는 그녀가 할아버지까지도 얕보는 것으로 짐작했기 때문에 더욱더 화가 났다. 할머니는 '항상 부정만 하는 정신'의 상징이었다. 내가 말대답을 하면 할머니는 용서를 청하라고 요구했다. 그러나 뒤가 든든한 나는 그 요구를 거절했다. 할아버지는 이런 기회를 얼른 잡아서 자기의 약점을 드러내 버린다. 그는 할머니를 무시하고 내 편을 든다. 그러면 할머니는 분을 못 참고 일어나 자기의 방으로 가서 틀어박힌다. 할머니의 분풀이가 두려워서 걱정이었던 어머니는 나지막한 음성으로 할아버지가 잘못했다고 넌지시 말한다. 그러면 할아버지는 어깨를 으쓱해 보이고는 서재로 물러가고 만다. 마침내 어머니는 할머니께 가서 용서를 청하라고 내게 애걸한다. 그러나 나는 내 위력을 뽐낸다. 성 미카엘*처럼 악령을 무찌른 것이다. 나는 마침내 끝장을 맺으려고 형식상 사과하러 간다. 그러나 이런 일을 제외하고는 할머니가 좋았던 것은 물론이다. 왜냐하면 할머니는 역시 할머니였기 때문이다. 나는 할머니를 '마미'라고 부르고, 가장인 할아버지도 알자스 식의 이름인 '칼'이라고 부르라는 말을 들었다. 칼과 마미, 그

---

* 이스라엘 민족의 수호천사이며 신약성서에서는 사탄의 군대를 무찌른 대천사로 나타난다.

발음은 로미오와 줄리엣, 또는 필레몬과 바우키스*보다도 한결 듣기 좋았다. 어머니는 어느 정도 의도적으로 하루에도 골백번씩 내 앞에서 되풀이했다. "칼레마미**가 기다리신다. 칼레마미가 아주 좋아하실 테지. 칼레마미가……." 이 네 음절(音節)을 한 단어로 만들어서 두 노인의 완전한 화합을 암시하고 싶었던 것이다. 나는 그런 술책에 반쯤밖에 속지 않았지만 완전히 속은 체했다. 우선 무엇보다도 나 자신의 눈을 속였다. 그 말은 모든 사물들 위에 그림자를 던졌다. 칼레마미를 통해서 나는 집안의 굳은 단결을 지키고, 샤를의 공덕 대부분을 루이즈에게로 옮겨 놓아 볼 수도 있었다. 거동이 수상하고 죄를 짓기 쉬운 할머니는 자칫 큰 실수를 하려는 찰나에, 흡사 천사의 팔과 같은 이 말의 힘 덕분에 위기를 모면하는 것이었다.

정말 나쁜 것은 프로이센 놈들이었다. 그들은 알자스로렌을 빼앗아 가고 우리 집의 시계를 모두 빼앗아 갔다. 단지 검은 대리석 괘종시계만 할아버지 방의 벽난로를 장식하고 있을 뿐인데, 그것은 다름 아닌 몇몇 독일 학생들이 선사한 것이었다. 허나 그것도 그들이 어디서 훔쳐 온 것인지도 모른다고들 생각하고 있었다. 할아버지는 내게 앙시***의 책들을 사 주고 그 그림들을 펼쳐 보게 했다. 그러나 불그스레한 각설탕처

---

* 그리스 신화에 나오는 부부. 가난했지만 신을 후대했기 때문에 죽을 때는 함께 죽게 해 달라는 소원이 이루어졌다. 로미오와 줄리엣과 마찬가지로 사랑의 전형으로 자주 언급된다.

** Karlémami, '칼과 마미'를 뜻하는 Karl et Mamie를 한데 붙여서 만든 말.

*** Hansi(1872~1951), 본명은 Jean-Jacques Waltz. 알자스 출신의 작가 및 풍자만화가. 『앙시 아저씨가 지은 어린이들을 위한 알자스 이야기』(1912), 『나의 마을』(1913)과 같은 책으로 반독(反獨) 사상을 고취했다.

럼 생긴 그 뚱뚱한 사람들을 보아도 아무런 적개심을 느낄 수 없었고 도리어 알자스의 아저씨들과 아주 비슷해 보였다. 1871년에 프랑스를 조국으로 택한 할아버지는 가끔 군스바흐나 파펜호펜*에 가서 거기에 남은 집안 식구들을 찾아보곤 했다. 그럴 때는 나도 함께 끌려갔다. 기차 속에서 독일인 차장이 차표를 보여 달라고 할 때나 카페에서 보이가 주문 받으러 오기를 지체할 때면, 샤를 슈바이체르는 애국적인 분노가 끓어올라서 얼굴이 시뻘게진다. 그러면 두 여인이 그의 팔에 매달린다. "여보, 생각 좀 해 봐요. 내쫓기면 무슨 망신이람!" 그러면 할아버지는 언성을 높인다. "어디 내쫓을 수 있나 보지. 여기는 우리 땅이야!" 이윽고 두 여인은 나를 떠밀어 할아버지의 무릎 사이로 가게 한다. 내가 간청하는 표정으로 쳐다보면 그는 진정한다. 그리고 뼈와 가죽만 남은 손가락으로 내 머리를 박박 긁다시피 하면서 "꼬마의 낯을 봐서 그만두지." 하고 한숨짓는다. 이런 장면을 겪고 나면 나는 점령자들에게 의분을 느끼기보다도 도리어 할아버지가 싫어진다. 더구나 샤를은 군스바흐에 가면 으레 계수에게 화풀이를 한다. 일주일에도 몇 번씩 냅킨을 식탁에 내던지고는 문을 쾅 닫으며 식당을 나가 버린다. 그러나 그녀는 독일 사람이 아닌 것이다. 식사가 끝나면 우리는 모두 그의 발밑에 꿇어앉아 울며불며 애원하지만 그는 꿈쩍도 하지 않는다. 그러니 할머니의 판단을 어찌 인정하지 않을 수가 있으랴! "알자스는 그이에겐 아무 상관도 없는 거야. 그렇게 자주 안 가는 게 좋지." 게다가 나는 나를 위해 주지

---

* Gunsbach, Pfaffenhofen, 알자스 지방의 마을.

않는 알자스 사람들을 별로 좋아하지 않았고 그 사람들을 뺏겼다고 해서 그렇게 화가 나지도 않았다. 나는 별로 사는 것도 없으면서 파펜호펜의 식료품상인 블루멘펠트 씨의 가게에 너무 자주 드나들어 귀찮게 했던 모양이다. 카롤린 아주머니가 어머니에게 그런 점을 일러 주었고 그 말이 내 귀에 들어왔다. 그래서 이번만큼은 할머니와 나는 한패가 된다. 할머니는 원래 남편의 집안을 미워하고 있었으니 말이다. 어느 날 스트라스부르에서 호텔 방에 식구들이 함께 모여 앉아 있는데 가늘고 흐릿한 소리가 들려왔다. 나는 창가로 달려갔다. 군대다! 나는 그 유치한 음악에 맞춰 프로이센 군대가 행진하는 것을 보고 너무 좋아서 손뼉을 쳤다. 할아버지는 의자에 그대로 앉은 채로 투덜거렸다. 그러자 어머니가 곁으로 와서 얼른 창가에서 물러서라고 귀띔을 하고 나는 좀 실쭉하면서 복종했다. 물론 독일 사람이 싫긴 했지만 왜 싫은지 잘 몰랐다. 더구나 샤를이 내세운 극단적 애국심은 모양새에 지나지 않았다. 1911년 우리는 뫼동을 떠나 파리로 가서 르고프 가 1번지에 자리를 잡았다. 퇴직할 수밖에 없었던 할아버지는 우리를 부양하기 위해서 '현대어학원'을 차렸다. 단기 체류를 하는 외국 사람들에게 프랑스어를 가르치는 곳이었다. 물론 직접 교수법으로 말이다. 수강생들은 대부분 독일 사람들이었는데 돈을 후하게 냈다. 할아버지는 한 번도 세어 보는 일 없이 20프랑짜리 금화들을 윗도리 호주머니에 넣었다. 불면증에 걸린 할머니는 밤이 되면 살그머니 갱의실(更衣室)로 가서 '세금'을 떼었다. 스스로 딸에게 말했듯이 도둑고양이 식으로. 요컨대 적(敵)이 우리를 먹여 살렸던 것이다. 만일 프랑스와 독일이 싸우게 되면 알자스는 도로 찾겠지만 학원이 망할 것이다. 그래서 샤를은 평화를 지지했다. 게다가 우리 집에 점심을 먹으러 오는 착한 독일 사람들도 없지 않았다. 그중에는, 루이즈가 질투 어린 작은 웃음소리를 내며 '샤를의 둘시네아*'라고 불렀던 붉은 얼굴의 털투성이 여류 소설가와 어머니를 방문에 밀어붙이면서 키스하려고 하던 대머리 의사가 있었다. 어머니가 주저하면서 그런 사정을 이야기하면 할아버지는 "너 때문에 친구를 다 잃겠다." 하고 소리쳤다. 그러고는 어깨를 들먹이며 "꿈이라도 꾼 모양이구나." 하며 말을 맺는 것이었다. 그러면 어머니는 도리어 자신이 잘못을 저지른 듯이 느꼈다. 우리 집에 불려 오는 손님들은 누구나 내 인품에 감탄하는 표정을 지어야 한다는 것을 알고 있었다. 그들은 고분고분하게 나를 쓰다듬곤 한다. 그러니까 비록 종자는 좋지 않지만 그들 역시 막연히나마 선(善)이 무엇인지 알고 있는 것이다. 학원 설립 기념 파티에는 백 명도 넘는 손님이 왔고 싸구려 샴페인이 나왔다. 어머니와 무테 양이 바흐를 연탄(連彈)했다. 푸른 모슬린 옷으로 차려입고 머리에는 별을, 어깨에는 날개를 만들어 붙인 나는 이 손님 저 손님 앞으로 가서 바구니에 든 귤을 내민다. "정말 천사가 왔나 보다!" 하는 탄성이 울려 퍼진다. 그러니까 이 독일 사람들도 그렇게 나쁜 사람들은 아니다. 물론 짓밟힌 알자스를 위해서 복수하려는 마음을 버린 것은 아니다. 집안 식구끼리 있으면, 군스바흐나 파펜호펜의 사촌들이 그랬듯이 우리 역시 낮은 목소리로 독일 놈들을 우롱하곤 한다. 프

---

* 『돈키호테』에 나오는 여자. 뚱뚱하고 못생긴 농부이지만 돈키호테는 이상적인 여성이라고 생각한다. 구어에서는 애인, 정부 따위의 뜻을 담은 보통명사처럼 쓰이기도 한다.

랑스어 작문 시간에 "샤를로테는 슬픈 나머지 베르테르의 무덤 위에 쭉 뻗어 버렸습니다."라고 쓴 여학생이나, 저녁 식사 때 메론 조각을 미심쩍게 쳐다보다가 껍질과 씨까지 몽땅 먹어 버린 젊은 교수의 이야기를 하면서 지칠 줄도 모르고 웃어 댔다. 그러나 나는 이런 실수를 너그럽게 보아주어야겠다고 생각했다. 독일 사람들은 열등한 민족이지만 우리와 이웃하고 사니 재수 좋은 놈들이다. 우리의 교화(敎化)를 받을 수 있을 테니 말이다.

콧수염 없는 친구의 키스는 소금을 안 친 계란과 같다는 말을 그 당시의 사람들은 곧잘 했다. 나는 이에 덧붙여서, 그것은 악 없는 선과 같고, 1905년부터 1914년까지의 내 생활과 같다고 말하려 한다. 사람은 저항함으로써만 자신을 확정해 나갈 수 있다는 말이 사실이라면, 나는 속속들이 불확정적인 존재였다. 사랑과 미움은 동전의 앞뒤라는 말이 사실이라면, 나는 아무도 아무것도 사랑한 일이 없었다. 그야 그럴 수밖에 없었다. 미워하는 동시에 환심을 살 수는 없는 법이니까. 또한 환심을 사려는 동시에 사랑할 수도 없는 법이니까.

나는 나르시스였을까? 아니, 나르시스조차 아니었다. 남의 환심을 사는 데만 너무도 골몰한 나머지 자기 자신을 잊어버렸으니 말이다. 모래성을 쌓는다든가 낙서를 한다든가 용변을 본다든가 하는 짓도 따지고 보면 그 자체로서는 별 재미가 없었다. 그런 짓을 하는 것을 보고 감탄하는 어른이 적어도 한 사람은 곁에 있어 주어야만 나는 스스로 대견하게 생각했던 것이다. 다행히도 박수갈채의 연속이었다. 어른들은 나의 수다를 들을 때나 「푸가의 기법」*을 들을 때나 같은 미소를 지었다. 고개를 갸우뚱하면서 술 맛을 볼 때와 같은 미소, 사정을 잘 알고 있다는 뜻의 미소였다. 어른들의 그런 태도는 나의 본질이 무엇인지를 알려 주는 것이었다. 나는 일종의 문화재였던 것이다. 문화가 내 골수까지 스며들어 있고 나는 집안 식구에게 그것을 복사(輻射)해 준 것이다. 마치 황혼녘의 연못이 대낮의 열기를 되뿜어 주듯이.

나는 책에 둘러싸여서 인생의 첫걸음을 내디뎠으며, 죽을 때도 필경 그렇게 죽게 되리라. 할아버지의 서재는 도처에 책이었다. 그는 일 년에 한 번, 즉 10월에 신학년이 시작되기 직전이 아니면 서재의 먼지도 못 털게 했다. 나는 아직 글을 읽을 줄 몰랐는데도 이 선돌(立石)들을 존경했다. 꼿꼿이 서 있는 것, 비스듬히 누운 것, 벽돌장 모양의 서가에 촘촘히 꽂힌 것, 선돌들의 행렬처럼 간격을 두고 고상하게 놓인 것…… 나는 이 책들이 우리 집의 번영을 좌우하는 것이라고 느꼈다. 그것은 모두 비슷한 모양이었다. 나는 작달막한 고대의 유물들에 둘러싸인 이 작은 신전 속에서 뛰놀았다. 내가 태어나는 것을 보았고 또 나의 죽음을 지켜볼 유물들, 과거와 똑같이 평온한 미래를 내게 보장해 줄 영원한 유물들. 나는 그것들을 몰래 만져 보았다. 먼지가 손에 묻는 것이 자랑스러웠기 때문이다. 그러나 그 유물들의 용도가 무엇인지는 잘 알 수 없었다. 그러면서도 매일같이 뜻 모를 의식(儀式)에 참석했다. 여느 때는 어머니가 장갑 단추를 끼워 주어야 할 정도로 손놀림이 서투른 할아버지였지만, 이 유물들만은 사제(司祭)처럼 솜씨 있게 다루는 것

---

* 바흐의 곡 「BWV 1080」.

이었다. 나는 그가 방심한 사람처럼 일어나서 책상을 한 바퀴 돌고는 두세 번 성큼성큼 방을 가로질러 가서 고르지도 않고 책 한 권을 얼른 집어드는 것을 수없이 보았다. 그는 의자로 돌아오면서 엄지손가락과 집게손가락을 함께 놀려 책장을 넘겼다. 그러고는 다시 걸터앉자마자 구두 소리처럼 탁 하는 소리를 내며 원하는 면을 단번에 여는 것이었다. 나는 굴 껍질처럼 쪼개지는 이 상자를 살펴보려고 가끔 곁으로 다가갔다. 그러면 그 내장(內臟)을 송두리째 볼 수 있었다. 창백하고 축축한 종잇장이 약간 부풀어 올라 있고, 그 위에는 잉크를 빨아 먹어 버섯 냄새를 풍기는 검은 줄이 온통 가늘게 새겨 있었다.

할머니의 방에는 책이 눕혀 있었다. 도서관에서 빌려 온 것인데 한 번에 두 권 이상 있는 것을 보지 못했다. 그 통속적인 책들을 볼 때마다 나는 새해에 먹는 과자 생각이 났다. 왜냐하면 보드랍고 반짝반짝하는 그 책장들이 마치 파라핀 지(紙)를 잘라서 만든 것 같았기 때문이다. 산뜻하고 희고 새것과 다름없는 그 책들은 조그만 수수께끼가 되었다. 금요일마다 할머니는 나들이옷을 입으면서 "이걸 반납하러 간다."고 했다. 한데 돌아와서 검은 모자와 베일을 벗어 던지고는 머프*에서 '그걸' 다시 꺼냈는데 나는 아리송해서 "같은 책들이 아닐까?" 하고 자문해 보곤 했다. 할머니는 겉장을 정성스럽게 싸고는 그중 한 권을 골라 가지고 창가에 가서 머리를 편하게 기댈 수 있는 안락의자에 앉았다. 그러고는 안경을 쓰고, 피로감과 행복감이 섞인 긴 숨을 내쉬고 관능적인 가는 미소를 띠면서 눈을 내려

---

* 보온을 위해 두 손을 함께 끼워 넣는 대롱 모양의 모피. 우리나라의 토시와 같은 기능을 한다.

뜨는 것이었다. 그것은 내가 후일 모나리자의 입술에서 다시 발견한 그런 미소였다. 어머니는 입을 다물고 내게 떠들지 말라고 일렀다. 나는 그동안 미사와 죽음과 잠에 대해서 생각하면서 거룩한 침묵에 싸여 있었다. 할머니는 가끔 작은 소리로 웃다가 딸을 불러 어느 한 줄을 손가락으로 가리켜 보인다. 그러면 두 여인은 서로 내통하는 듯한 눈짓을 주고받는다. 그러나 나는 너무 호사스러운 이런 가철본(假綴本)을 좋아하지 않았다. 그것들은 우리 집안에서는 일종의 침입자이며, 할아버지는 그런 책들이 오직 여자들만이 애지중지하는 저속한 것이라는 견해를 숨기지 않았다. 일요일이면 그는 심심풀이 삼아 아내의 방에 들어갔지만 할 말이 없어서 앞에 우뚝 서 있기만 한다. 우리의 시선이 모두 그에게로 쏠린다. 이윽고 그는 유리창을 톡톡 쳐 보고는 생각하다 못해 할머니 쪽으로 다시 돌아서서 그녀의 손에서 소설을 가로챈다. 그러면 할머니는 발칵 성을 내며 "샤를! 어디까지 읽었는지 모르잖아요!" 하고 소리친다. 그러나 할아버지는 벌써 눈썹을 치올리며 책을 읽고 있는 것이다. 그러다가 별안간 집게손가락으로 책을 탁 치고 "어디 알 수가 있나!" 하고 외친다. 이 말에 할머니가 "당신이 알 게 뭐예요, 중간부터 읽으니." 하며 대꾸한다. 마침내 그는 책상 위에 책을 내던지고는 어깨를 들먹이면서 나가 버린다.

직업이 직업이니만치 분명히 할아버지가 옳다는 것을 나는 알고 있었다. 그는 책장의 한 칸에 꽂힌 두꺼운 책들 — 그것은 표지가 딱딱하고 갈색 천으로 싸여 있었다. — 을 가리켜 보이면서 "꼬마야, 저 책들은 할아버지가 만들었단다." 하고 말하는 것이었다. 얼마나 자랑스러운 일이랴! 나는 거룩한 물건만을 전문적으로 만드는 장인(匠人), 파이프 오르간이나 신부의 옷을 만드는 사람과 똑같이 존경할 만한 그런 장인의 손자니까 말이다. 나는 그가 작업하는 것을 보았다. 『독일어 독본』이 해마다 판을 거듭했던 것이다. 방학이 되면 온 식구가 교정지가 도착하는 것을 초조하게 기다렸다. 할아버지는 한가한 것을 견딜 수 없었던 사람이어서 화를 내는 것도 시간을 보내는 한 방법이었다. 마침내 우편배달부가 물렁한 큰 보따리를 가지고 왔다. 우리는 가위로 노끈을 끊었다. 그러면 할아버지는 교정지를 꺼내서 식당의 테이블 위에 늘어놓고는 붉은 줄을 치며 고쳐 나가는 것이었다. 오식(誤植)이 나올 때마다 그는 "빌어먹을!" 하고 중얼거렸지만, 식모가 상을 차려야겠다고 할 때를 제외하고는 소리를 지르는 일은 없었다. 모든 식구가 흐뭇해했다. 나는 의자 위에 서서 붉은 줄이 쳐진 검은 글자들을 홀린 듯이 바라보았다. 샤를 슈바이체르는 자기의 최대의 적이 출판사라는 것을 내게 가르쳐 주었다. 털털해서 낭비가 심하고 잘난 체하느라고 손이 컸던 할아버지는 훨씬 뒤에는 여든 살 노인들의 고질인 인색이라는 병에 걸리고 말았다. 그것은 기력 감퇴와 죽음에 대한 두려움 때문에 생긴 병이었다. 하나 그 무렵에는 아직 야릇한 경계심이라는 증상밖에는 나타나지 않았다. 송금 수표로 인세를 받게 되면 그는 팔을 쳐들면서 사람을 죽일 셈이냐고 외쳐 대기도 하고, 또 때로는 할머니 방으로 뛰어가서 "출판사 놈들은 산적처럼 털어 가는군." 하고 침울하게 말하는 것이었다. 나는 인간이 인간을 착취한다는 것을 처음 알고는 어처구니없었다. 다행히도 널리 퍼진 일은 아니겠지만, 이런 몹쓸 짓이 없다면 이 세상은 얼마나 좋을까! 주인은 능력껏 돈을 주고 노동자도 성과에 따라 받으면 된다. 그런데 출판사들은 왜 흡혈귀처럼 불쌍한 할아버지의 피를 빨아먹고 해치려는 것일까? 헌신적으로 노력해도 마땅한 보수를 못 받는 이 성자(聖者)에 대한 나의 존경심은 더욱 커졌다. 나는 이때부터 교직을 성직(聖職)으로 생각하고 문학을 수난으로 여기는 소지를 기르게 되었던 것이다.

나는 아직 글자를 몰랐지만 내 책을 가지고 싶다고 조를 정도로 겉멋이 들어 있었다. 할아버지는 그 못된 출판사에 가서 시인 모리스 부쇼르*가 지은 『콩트집』을 얻어 왔다. 그것은 민화(民話)에서 따온 이야기들인데, 할아버지의 말로는 어린애의 눈을 간직하고 있는 어른이 어린애의 취미에 알맞게 고쳐 쓴 책이라는 것이었다. 나는 당장에 그 책을 내 것으로 만드는 절차를 밟고 싶었다. 나는 그 두 권으로 된 작은 책을 손에 들어 냄새를 맡고 쓰다듬어 보고, 종잇장을 바스락거리면서 마음에 드는 페이지를 되는 대로 열어 보려고 했다. 그러나 허사였다. 아무래도 이 책이 내 것이라고 느낄 수가 없었다. 나는 책을 인형처럼 다루어서, 가볍게 흔들기도 하고 입 맞추기도 하고 때려 주기도 해 보았지만 쓸데없었다. 나는 울상이 돼서 그것을 어머니 무릎 위에 갖다 놓고 말았다. 어머니는 하던 일을 멈추고 고개를 들었다. "얘야, 어떤 이야기를 읽어 줄까? 요정 이야기?" 나는 미심쩍어하면서 물었다. "요정들이 이 속에 있어?" 그 이야기는 벌써부터 잘 알고 있는 터였다. 목욕을 시키면서 어머니는 그 이야기를 자주 해 주었다. 화장수를 발라

---

* Maurice Bouchor(1855∼1921), 어린이와 민중의 교육을 위한 글쓰기를 지향했다. 만년에는 시와 콩트 이외에 신비주의적인 소설을 쓰기도 했다.

줄 때나 손에서 미끄러져 욕탕에 빠진 비누를 건지려고 할 때는 이따금씩 중단하면서. 나는 너무도 잘 알고 있는 그 이야기를 건성으로 들었다. 내 눈에는 아침마다 만나는 이 처녀 안마리만이 보이고 내 귀에는 종 노릇에 기가 죽은 그 목소리만이 들렸다. 도중에서 툭 끊어지는 구절들, 언제나 뒤늦게 튀어나오는 낱말들, 그리고 별안간 자신이 생긴 듯한 그 어조가 재미있었다. 하나 그런 자신 있는 어조도 금방 흐트러지고 무너져 버려서 고운 멜로디의 포말처럼 사라졌다가는 한순간의 침묵 후에 다시 살아났다. 이야기 줄거리는 다만 덤에 지나지 않았다. 그것은 그녀의 독백을 이어주는 끄나풀일 따름이었다. 이야기가 계속되는 동안 우리는 어른들과 신들과 사제들로부터 멀리 떨어져서 아무도 모르는 곳에 숨어 외따로 있는 셈이었다. 우리는 숲 속의 두 마리 사슴이며, 우리의 곁에는 요정이라는 이름의 다른 사슴들이 있을 뿐이었다. 그래서 나는 비누와 화장수의 냄새를 풍기는 우리의 세속적인 생활의 에피소드를 꾸며 주기 위해서 누군가 이런 책까지 만들었다는 것을 아무래도 믿을 수가 없었다.

어머니는 작은 의자에 나를 마주 앉혔다. 그녀는 고개를 숙이고 눈을 감더니 잠든 듯했다. 그리고 조상(彫像)과 같은 그 얼굴에서 석고(石膏)의 목소리가 새어 나왔다. 나는 어리둥절했다. 누가 이야기하고 있는 것일까? 무엇을 누구에게 이야기하고 있는 것일까? 나의 어머니는 이미 이 자리에 없다. 웃음 하나 없고 공감의 표시 하나 없으니 나는 추방당한 셈이다. 더구나 그 어조는 어머니의 어조가 아니었다. 어디서 그런 자신 있는 음성이 생겼을까? 나는 금방 깨달았다. 어머니가 아니라 책이 말하고 있는 것이다. 책에서 나오는 그 말들이 나는 무서워졌다. 그것은 진짜 노래기와 같았다. 노래기 떼처럼 음절과 글자가 오글오글 기어 다니고 이중모음이 등을 펴고 이중자음이 바르르 떨었다. 노래를 부르다가 콧소리를 내는가 하면 잠깐씩 쉬거나 한숨을 짓기도 하는 노래기들, 알 수 없는 말들을 잔뜩 지닌 그 노래기들이 스스로 흥이 나서 나 같은 것은 아랑곳없다는 듯이 꼬불꼬불 기어 다니는 것이었다. 때때로 그 노래기들은 내가 미처 이해하기도 전에 사라져 버리기도 했다. 또 어느 때는 미리 다 알고 있는 장면도 있었다. 그럴 경우에는 노래기들이 도리어 구두점 하나 생략하지 않고 점잖게 기어가는 것이었다. 이 말들이 나를 위한 것이 아님은 분명했다. 이야기 줄거리로 말하자면, 그것은 요란하게 단장한 것이었다. 나무꾼도 나무꾼의 아내도 그들의 딸도 요정들도, 요컨대 우리와 마찬가지로 보잘것없는 존재일 텐데도 위엄이 당당했으니 말이다. 그들이 걸친 누더기가 미사여구로 장식되고 말이 사물을 짙게 물들였다. 행동은 제전이 되고 사건은 의식으로 변모했다. 그러는 중에 누군가 질문을 던지기 시작했다. 교과서 발행을 전문으로 하는 할아버지의 출판사는 어린 독자들의 지능을 훈련시킬 기회를 놓치지 않았던 것이다. 나는 이 책이 어린이들을 신문하고 있다고 느꼈다. 여러분이 나무꾼이 되었다면 어떻게 했을까요? 두 자매 중 어느 쪽이 더 좋은 사람일까요? 그렇게 생각하는 까닭은 뭔가요? 여러분은 바베트*가 벌 받은 것이 옳다고 생각하나요? 그러나 이런 질문을 받아야 할 어

---

* 자매 중의 한 사람.

린이가 반드시 나 자신이라고는 여겨지지 않아서 대답하기가 두려웠다. 그렇지만 나는 감히 대답을 했다. 가느다란 내 목소리는 기어 들어가고 내가 남이 되어 버리는 것 같았다. 안마리 역시 딴사람이 되어 초능력을 가진 장님과 같은 모습이었다. 나는 이 세상의 모든 어머니들의 어린애이며 그녀는 모든 어린애들의 어머니가 된 듯했다. 그녀가 읽기를 멈추었을 때 나는 책을 날쌔게 빼앗아 들고는 고맙다는 말도 안 한 채 팔에 끼고 나가 버렸다.

마침내 나는 나 자신에게서 벗어나게 해 주는 이 수작에 재미를 붙이게 되었다. 모리스 부쇼르는 어린애들에게 특별한 관심을 갖고 널리 보살펴 주겠다는 것이었다. 마치 큰 백화점에서 판매 주임들이 손님을 대할 때처럼. 나는 그것이 마음에 들었다. 그리고 즉흥적인 이야기보다도 공 들여 꾸민 이야기를 더 좋아하게 되었다. 나는 숱한 말들이 어김없이 잇달아 오는 데에 민감해졌다. 읽을 때마다 늘 같은 말들이 같은 순서로 되돌아 왔고, 나는 그것을 기다렸다. 안마리가 읽어 주는 이야기 속에서 인물들은 그녀 자신과 마찬가지로 형편껏 되는 대로 살아 나갔다. 그들의 운명은 이미 결정되었던 것이다. 나는 말하자면 미사에 참석한 셈이었다. 나는 이름과 사건의 영원한 회귀(回歸)에 배석하고 있는 것이었다.

이윽고 나는 어머니에게 질투를 느끼고 그녀의 역할을 빼앗아 버리기로 결심했다. 나는 『중국에 사는 중국인의 고생』*이라는 책을 집어들고 창고로 달려갔다. 그러고는 개폐식 침대에

---

* 1879년에 나온 쥘 베른(Jules Verne)의 소설.

걸터앉아 그것을 읽는 척했다. 한 줄도 거르지 않고 검은 흔적을 따라가면서 큰 소리로 아무 이야기나 혼자 지껄여 댔다. 음절 하나하나를 또박또박 발음하려고 애쓰면서. 그러다가 그만 들키고 말았다. 아니, 차라리 들키기를 바랐던 것이다. 그들은 탄성을 지르고 이제는 내게 글자를 가르쳐 줄 때가 왔다고 생각했다. 나는 교리(敎理)를 배우는 예비 신자처럼 열성이었다. 나는 스스로 자습까지 할 정도였다. 그래서 엑토르 말로의 『집 없는 아이』를 들고 내 간이 침대에 걸터앉았다. 벌써 다 외우고 있는 책이었지만, 반은 암송을 하고 반은 글자를 뜯어보면서 한 장 한 장 끝까지 따라갔다. 그리고 마지막 책장을 넘겼을 때 나는 글을 깨칠 수 있게 되었던 것이다.

나는 기뻐서 어쩔 줄을 몰랐다. 식물 표본처럼 그 조그만 상자 속에 들어 있는 말린 목소리, 할아버지가 들여다보면 다시 살아나는 목소리, 할아버지 귀에는 들리지만 내 귀에는 들려오지 않았던 그 목소리가 이제는 내 것이 되었으니 말이다! 나는 그것을 귀담아듣고 의젓한 이야기들을 몸에 가득 지니고 모든 것을 다 알고 말리라. 할아버지의 서재를 마음대로 배회할 수 있게 된 나는 인류의 지혜와 씨름하기 시작했다. 그것이 나의 오늘날을 만들어 놓은 것이다. 후일, 반(反)유대주의자들이 유대인에 대해서 자연의 교훈과 자연의 침묵을 모른다고 비난하는 소리를 자주 들었는데, 나는 그때마다 이렇게 대꾸하곤 했다. "그렇다면 나는 유대인들보다도 더 지독한 유대인이지." 내 속을 아무리 뒤져 보아도 시골에서 어린 시절을 보낸 사람들이 갖는 짙은 추억도 즐거운 탈선도 없다. 나는 흙을 파 본 일도, 둥지를 훑어본 일도 없다. 식물 채집을 해 보지도,

새들에게 돌을 던져 보지도 않았다. 오직 책들만이 나의 새들이며 둥지며 가축이며 외양간이며 시골이었다. 할아버지의 서재는 거울 속에 사로잡힌 세계였다. 그것은 현실의 세계와 똑같은 무한한 부피와 다양성과 의외성(意外性)를 지니고 있었다. 나는 터무니없는 모험에 나섰다. 책이 눈사태처럼 쏟아져 내려 그 속에 묻히는 한이 있더라도, 의자와 책상 위로 기어올라가지 않고서는 못 배겼다. 제일 높은 책장에 꽂힌 책들에는 오랫동안 손이 미치지 못했다. 어떤 책들은 열어 보기 무섭게 몰수당하는 수도 있었다. 또 어떤 책들은 자취를 감추기도 했다. 되는 대로 손에 잡힌 책을 읽기 시작했다가 제자리에 갖다놓은 줄만 알았는데, 그것을 다시 찾아내는 데는 일주일이나 걸렸다. 나는 무서운 것들과 만나기도 했다. 어떤 그림책을 여니까 천연색 도판(圖版)이 나왔는데 끔찍한 벌레들이 눈앞에서 기어다니는 것이었다. 나는 또 양탄자 위에 엎드려서 풍트넬, 아리스토파네스, 라블레와 같은 작가들을 공연히 거쳐가 보기도 했다. 문장들도 사물과 마찬가지로 내게 저항을 했다. 잘 지켜보고 있다가 주위를 한 바퀴 돌고 슬쩍 가 버리는 척하다가 번개같이 되돌아와서, 그것들이 안심하고 있는 틈을 타서 꼭 사로잡아야 했다. 그러나 그 문장들은 대개 비밀을 꼭 지키고 있었다. 나는 라페루즈*가 되고 마젤란이 되고 또 바스코 다가마가 되었다. 나는 야릇한 원주민들을 발견했다. 12음절(音節) 시구로 된 테렌티우스**의 역본에서 '에오통티모루메

---

* La Pérouse(1741~1788), 프랑스의 유명한 해양 탐험가. 아시아 전역을 항해했다.
** Terentius(기원전 195경~159), 로마의 희극 시인.

노스(Héautontimorouménos)[*]'라는 말과 만나기도 하고, 비교 문학에 관한 어느 책에서는 '특이질(idiosyncrasie)'이라는 말을 찾아내기도 했다. '어말 생략(Apocope)[**]', '교착적 배어법(Chiasme)[***]', '파랑공(Parangon)[****]' 등, 카프라리아(Kaffraria)[*****] 말처럼 아득하고 알 수 없는 숱한 단어들이 책장을 젖힐 때마다 튀어나오고, 이런 말과 맞부딪치기만 하면 한 단락 전체의 뜻이 박살나는 것이었다. 나는 생경하고 기분 나쁜 이런 말들의 뜻을 10년이나 15년 후에야 비로소 알게 되었지만, 그것들은 오늘날까지도 야릇해 보인다. 그것들은 내 기억의 부식층(腐蝕層)이다.

할아버지의 책장은 대부분 독일과 프랑스의 고전이 차지하고 있었다. 그 밖에는 문법 책들과 몇 권의 유명한 소설과 모파상의 『단편집』 그리고 학생들이 신년 선물로 갖다 준 미술책—루벤스, 반 다이크, 뒤러, 렘브란트 등—이 있었다. 그것은 빈약한 세계였다. 그러나 『라루스 대백과사전』이 모든 것을 벌충해 주었다. 나는 책상 뒤쪽으로 가서 밑에서 둘째 칸에 꽂힌 여러 권 중에서 아무렇게나 한 권을 꺼내온다. A-Bello, Belloc-Ch, Ci-D, Mele-Po 또는 Pr-Z라고 적힌 것 중에서 말

---

[*] 그리스어에서 따온 말로서 '자기 자신에게 벌을 주는 사람'이라는 뜻. 보들레르의 『악의 꽃』에 이 이름을 제목으로 삼은 시가 있다.

[**] 단어의 마지막 모음이나 음절을 생략하는 것. 예: télévision→télé.

[***] 어순을 A B B′A′로 바꾸어 놓는 수사법으로 다음과 같은 것이 그 예다. Il faut *manger* pour *vivre*, et non pas *vivre* pour *manger*.(살기 위해 먹어야지 먹기 위해 살아서는 안 된다.)

[****] 모범, 전형이라는 의미.

[*****] 아프리카 동남부 지역의 옛 이름. 이교도(Kafir 또는 Cafres)가 살던 땅이라는 뜻.

이다.(이러한 음절의 결합은 온 세계의 지식 지대를 가리키는 고유명사처럼 되어 버렸다. 가령 Ci-D 지대나 Pr-Z 지대가 있고, 그 지대들에는 저마다 독특한 동물군와 식물군이, 그리고 도시와 위인과 전쟁이 포함되어 있었다.) 나는 그 큰 책을 할아버지의 책받침 위에 간신히 갖다 놓고 열어 보았다. 나는 그 속에서 진짜 새집을 털고 진짜 꽃 위에 앉은 진짜 나비를 잡았다. 사람과 짐승이 모두 '진짜로' 거기 있었다. 삽화는 그들의 몸이고 글은 그들의 영혼이며 독특한 본질이었다. 밖에서 만나는 사람이나 짐승은 그 원형(原型)과 다소간 닮은 점은 있지만 원형의 완전성에는 못 미치는 흐리멍덩한 모방에 지나지 않았다. 동물원의 원숭이는 진짜 원숭이답지 않고 뤽상부르 공원의 사람들은 진짜 사람답지 않았다. 정신 상태로 보아 플라톤주의자*가 된 나는 지식에서 출발해서 사물로 향했다. 나로서는 사물보다도 관념이 한결 현실적이었다. 왜냐하면 내게는 관념이 먼저 주어졌고, 더구나 사물로서 주어졌기 때문이다. 내가 세계를 만난 것은 책을 통해서였다. 그것은 동화(同化)되고 분류되고 규정되고 사색된 세계, 그러면서도 아직도 무서운 세계였다. 나는 책에서 얻은 무질서한 경험과 현실적인 일들의 부조리한 흐름을 혼동했다. 나의 관념론은 바로 여기에 유래한 것이며 나는 그것을 청산하는 데 30년이 걸렸다.

매일의 생활은 평온했다. 우리는 분명하고 자신 있는 말투로 이야기하는 점잖은 사람들과 사귀었다. 그들은 건전한 원

---

* 플라톤처럼 모든 관념에는 각각 완벽한 본질인 이데아가 있다고 생각하고, 현실로 존재하는 구체적 사물들의 모습은 그 이데아의 타락하고 불완전한 양상이라고 보는 사람들.

리 원칙과 세지(世智)를 굳게 믿고 있었으며, 나도 완전히 익숙해진 어떤 정신적 허식만이 자기들과 속중(俗衆)이 다른 점이라고 자부하고 있었다. 그들의 말이 입에서 떨어지자마자 나는 그것이 수정과 같이 맑고 자명(自明)한 진리라고 믿었다. 자기들의 행동을 변명할 때라도 너무나 지루한 이유들을 대기 때문에 그것은 진실이 아닐 수가 없었다. 그들이 자랑스럽게 털어놓는 도덕적 고민조차 내 마음을 어지럽혔다기보다도 차라리 교훈이 되는 것이었다. 그런 고민은 애초부터 해결이 난 천편일률적인 고민이었다. 비록 그들이 스스로 잘못을 인정한 경우라도 그 잘못은 가벼운 것이었다. 가령 판단의 오류를 범했다 해도, 그런 잘못은 속단했기 때문이거나 정당한 노기에 좀 지나치게 끌렸기 때문에 저지른 것이었다. 다행히도 그들은 적시에 제 잘못을 깨달았다. 같은 자리에 없는 사람들의 잘못은 보다 중한 것이었지만, 그렇다고 결코 용서할 수 없는 것은 아니었다. 우리 집 어른들은 남의 험담을 하는 것이 아니라 다만 그 성격상의 결함을 딱하게 여기면서 지적했을 따름이다. 나는 그들의 이러한 말들을 귀담아듣고 이해하고 찬동하며 믿음직스럽게 생각했다. 나의 이런 생각은 틀린 것이 아니었다. 왜냐하면 그 이야기들은 다음과 같은 것을 확인해 주려는 데 그 목적이 있었기 때문이다. '무엇이든 벌충할 수 없는 것은 없다. 그리고 따지고 보면 모든 것에 어떠한 변화도 있을 수 없다. 표면적인 소동 따위는 아무 뜻도 없으니, 그런 것 때문에 우리의 운명을 이루고 있는 죽음과 같은 고요를 잊어서는 안 된다.'

손님들이 가면 나는 잠깐 혼자 있다가 이 시답지 않은 묘지에서 빠져나왔다. 그리고 생명과 정열을 찾아 책 속에 다시 파

묻히러 갔다. 아무 책이나 단 한 권만 열어젖혀도 나는 비정(非情)하고 불안한 사상과 다시 마주쳤다. 화사하기도 하고 어두 컴컴하기도 한 그런 사상은 내 이해를 넘어서는 것이었다. 나는 재빨리 이 생각 저 생각을 두서없이 해 보다가 책장마다 골백번씩 갈피를 잃고 마침내는 망연자실하여 그 뜻을 그만 놓쳐 버리고 말았다. 또한 내가 마주친 사건들은 할아버지 같으면 틀림없이 현실적이 아니라고 생각했을 터이지만, 문자화되어 있기 때문에 엄연한 진실성을 지니고 있는 것이었다. 인물들이 불쑥불쑥 나타나서 서로 사랑하고 다투고 죽이곤 했다. 살아남은 작자는 슬픔에 젖어, 제 손으로 막 죽인 친구나 애인을 뒤따라 저도 죽는다. 그러면 나는 어떻게 생각해야 할까? 나도 어른들처럼 나무라고 칭찬하고 용서해야만 하는 것일까? 그러나 이 괴상한 인물들은 통 우리와 같은 원리 원칙에 따라 행동하는 것 같지가 않았고, 그 행동의 동기가 설명되어 있을 때조차도 나로서는 이해할 수 없었다. 브루투스는 제 자식을 죽였고*, 마테오 팔코네**도 역시 그랬다. 그러니 이런 관습이 제법 널리 퍼져 있는 것 같다. 그러나 내 주위에 사는 사람들은 그런 짓을 하지 않았다. 하기야 뫼동에 살았을 때 사이가 틀어진 할아버지와 에밀 삼촌이 뜰에서 큰 소리로 다투는 것을 들은 일이 있다. 하지만 할아버지가 삼촌을 죽일 생각을 한 것 같지는 않다. 아비가 자식을 죽인다는 것을 할아버지는 어

---

* 로마의 공화제를 창시한 것으로 알려져 있는 브루투스(Lucius Junius Brutus)는 왕정 복고의 음모를 꾀한 자기의 아들들을 사형에 처했다고 전해진다.
** 메리메(Prosper Mérimée, 1803~1870)의 동명 중편 소설의 주인공. 제 집으로 피신하러 온 산적을 밀고했다 하여 제 자식을 죽였다.

떻게 생각하고 있었을까? 그러나 나는 아무 판단도 내리지 않았다. 나는 고아니까 생명의 위험을 걱정할 필요가 없었고, 다만 그런 멋있는 살인이 좀 재미있을 뿐이었다. 그렇지만 살인을 다룬 이야기책 속에서 살인을 찬양하고 있는 것 같아서 어처구니가 없었다. 호라티우스가 투구를 쓰고 칼을 뽑아 들고서는 불쌍한 카밀라의 뒤를 쫓아가는 그림을 보았을 때* 나는 그 위에 침을 뱉고 싶은 것을 가까스로 참았다. 할아버지는 가끔 이런 노래를 흥얼거리곤 했다.

남매보다 가까운 집안 식구가
이 세상에 또다시 어디 있으랴.

그 노래는 내 머리를 어지럽혔다. 혹시 내게 누이동생이 생겼다면 안마리보다도 더 가까워졌을까? 칼레마미보다도 더 가까워졌을까? 그렇다면 필경 내 애인이 되었을 것이다. 애인이라는 말은 코르네유의 비극에서 자주 보긴 했지만, 아직도 알쏭달쏭한 말이었다. 애인들은 서로 입을 맞추고 같은 침대에서 자기로 약속한다. (이상한 버릇도 다 있지. 왜 어머니와 나처럼 두 침대를 나란히 놓고 자지 않을까?) 나는 그 이상의 것은 몰랐지만, 겉으로는 맑은 그런 생각의 밑바닥에 털투성이의 덩어

---

* 로마 시대의 이야기. 호라티우스는 그의 숙적 쿠리아스를 죽였다. 한데 누이동생 카밀라가 애인인 쿠리아스의 죽음을 슬퍼하는 것을 본 호라티우스는 격분하여 그녀마저 죽였다. 이 이야기는 17세기의 비극 작가 코르네유에 의해서 그의 대표작의 하나로 재현되었다. 텍스트를 보면 알 수 있듯이 사르트르가 이 이야기를 안 것도 코르네유를 통해서였다.

리가 숨어 있다는 짐작이 갔다. 내가 오라비가 되었다면 근친
상간을 했으리라. 나는 그런 몽상을 했다. 그것은 파생 현상*
이었을까? 금지된 감정을 위장하려는 것이었을까? 아마 그럴지
도 모른다. 내게는 누나가 있었지만 그것이 곧 어머니여서, 달
리 누이동생이 있기를 바란 것이다. 1963년에 이른 오늘날까지
도 그것이 내 마음을 설레게 하는 유일한 육친의 연분이다**.
그래서 나는 큰 잘못을 저질렀다. 이 여자 저 여자를 찾아다니
며 내가 갖지 못한 누이동생을 얻어 보려고 한 일이 비일비재
했던 것이다. 그러나 내 소송은 기각되고 나는 소송 비용을 물
기만 했다. 이 글을 쓰면서도 나는 카밀라를 죽인 호라티우스
에 대해서 느꼈던 분노를 다시 느낀다. 이 분노는 늘 생생하게

---

* dérivation, 자기가 얻고 싶은 것을 얻지 못할 경우 그와 비슷한 것으로 욕
망을 충족시켜 보려는 정신적 움직임. 여기서는 어머니에 대한 성적 욕망이
상상된 누이동생에 대한 욕망으로 전위된 것을 뜻한다. 그런 점에서 이 말
을 displacement(전위)라는 더 일반적인 정신 분석학적 용어로 옮겨놓은 이
책의 영어 번역서(역자 Bernard Frechtman)의 시도에는 일리가 있다.

** 원저자 주: 열 살가량 되었을 때 나는 『대서양의 여객선』(Les Transatlantiques
(1897), Abel Hermant(1862~1950)의 대표 소설.)을 매우 재미있게 읽었다.
미국 소년과 그의 누이동생이 등장하는데 그들은 천진난만한 애들이었다.
나는 스스로 그 소년이 되고 누이동생인 비디를 사랑했다. 나는 은근히 상
간(相姦) 관계를 갖는 외로운 남매를 다룬 단편을 써 보면 어떨까 하고 오
랫동안 생각해 본 일이 있었다. 이런 환상의 흔적을 내 작품에서 찾아보기
는 쉬운 일이리라. 가령 『파리 떼』에 나오는 오레스테스와 엘렉트라, 『자유의
길』의 보리스와 이비치, 『알토나의 유폐자들』에 등장하는 프란츠와 레니가
그렇다. 그러나 실제로 행위를 한 인물은 프란츠와 레니뿐이다. 이러한 남매
관계에서 나의 호기심을 끈 것은 성애(性愛)의 유혹이라기보다도 차라리 성
애에 대한 금기였다. 끝끝내 플라토닉하기만 하다면, 불과 얼음이, 쾌락과 좌
절이 섞여 있는 이 근친상간에 대해서 나는 호감을 가질 수 있었던 것이다.

살아 있어서 내가 반군국주의자가 된 이유의 하나가 바로 호라티우스의 범죄 때문이 아닐까 하고 자문해 본다. 군인들은 누이도 죽이니까 말이다. 내가 그 자리에 있었다면 이 왈패 군인에게 톡톡히 본때를 보여 주었을 것을! 우선 기둥에 꽁꽁 묶고 나서 열두 방의 총을 쏘아 죽였을 것을! 나는 책장을 넘겼다. 그러자 활자들이 내 생각이 잘못됐음을 지적했다. 누이동생을 죽였어도 무죄라는 것이었다*. 나는 흡사 함정에 빠진 황소와도 같이 얼마 동안 숨을 헐떡이면서 발을 굴렀다. 그러다가 얼른 분노를 가라앉히려고 했다. 일이 그렇게 됐다니 체념하는 수밖에 없었다. 너무 어리니까 별수 없는 노릇이라고 생각했다. 하지만 나는 완전히 오해했던 것이다. 호라티우스가 석방된 필연적인 이유가 많은 시구(詩句)로 설명되어 있는데도 불구하고 나는 그것이 무슨 소리인지 도무지 알 수 없어서 답답한 김에 그냥 뛰어넘어 버렸으니 말이다. 그러면서도 도리어 이렇게 긴가민가하고 이야기 줄거리가 오리무중으로 사라진 것이 더 좋았다. 이상야릇한 고장에 온 기분이 들었기 때문이다. 나는 또 『보바리 부인』의 마지막 장면을 스무여 번이나 읽었다. 그래서 마침내는 여러 단락의 문장들을 전부 외우게 되었지만, 그 불쌍한 홀아비의 행동은 아무래도 석연치 않았다. 편지를 찾아냈다는 것이 수염을 기를 이유가 될까? 로돌프에게 우울한 시선을 던지는 것을 보면 그를 원망하고 있는 것 같지만, 과연 무엇 때문일까? 그리고 또 무슨 까닭에 로돌프를 보고 "나는 당신을 원망하지 않소."라고 말한 것일까? 로돌프

---

* 호라티우스는 혁혁한 공훈을 세웠기 때문에 용서받은 것으로 알려져 있다.

가 그를 '우습고 좀 천하다.'고 생각하는 이유는 무엇일까? 뿐
만 아니라 샤를 보바리는 왜 죽게 되었을까? 슬퍼서일까 아파
서일까? 그리고 모든 일이 다 끝났는데 의사는 무엇 때문에 그
의 시체를 해부했을까? 나는 아무래도 해결할 수 없는 이런
끈질긴 수수께끼가 좋았다. 어리둥절하고 기진맥진하면서도 건
성으로 아는 척하는 데서 모호한 기쁨을 맛보았던 것이다. 그
런 것이 바로 세상의 깊이라고 여겨졌다. 할아버지가 집 안에
서 즐겨 이야기하는 인간의 심정은 책 속에서가 아니라면 모
두 싱겁고 공허한 것 같았다. 현기증 나는 이름들이 내 기분을
좌우하고, 까닭 모를 공포나 우울 속으로 나를 몰아넣었다. 나
는 '샤르보바리*'라고 불러 보았다. 그러자 수염이 덥수룩하고
누더기를 걸친 한 거구의 사나이가 어디선지 불쑥 나타나서
담장 안을 거닐고 있는 모습이 눈앞에 떠오르는 것이었다. 그
것은 견딜 수 없는 모습이었다. 불안 속에서 느끼는 이 기쁨의
밑바닥에는 두 가지 모순되는 걱정이 함께 깔려 있었다. 우선
나는 어떤 끔찍한 세계로 곤두박질해, 르고프 가의 우리 집도
칼레마미도 어머니도 영영 다시 찾지 못하고, 호라티우스나 샤
르보바리와 같이 끊임없이 헤매게 될까 봐 무서워졌다. 그리고
다른 한편으로는 이 문장들의 행렬이 나로서는 알 수 없는 의
미를 어른들에게 베풀어 주고 있다는 것도 눈치 챘다. 나는 내
가 알고 있는 것보다도 엄청나게 많은 해로운 말들을, 눈을 거
쳐 머릿속에 집어넣었다. 어떤 야릇한 힘이 작용해서, 나와는
상관없는 미치광이들이 저지른 사건의 이야기를 통해서 가슴

---

* Charbovary, 샤를 보바리(Charles Bovary)를 줄여 부른 것.

을 에는 듯한 슬픔과 인생의 전락을 느끼게 된 것이다. 나도 그들의 병에 감염되어 독살당하는 것이 아닐까? 한편으로는 말을 빨아들이고 다른 한편으로는 그림에 빨려는 나는, 요컨대 이 두 가지 위험이 동시에 양립될 수는 없었기 때문에 간신히 위기에서 벗어났던 것이다. 해 질 무렵에는 말들의 밀림 속을 헤매고 무엇이 바스락하기만 해도 오싹해지고 마룻바닥이 삐걱거리는 소리를 무슨 고함으로 착각하면서, 인간과 무관한 원시 상태의 언어를 발견했다고 생각했다. 그래서 "얘야, 그러다가는 눈을 완전히 버리겠구나!" 하면서 어머니가 들어와 불을 켜 주었을 때는, 비겁한 안도감과 실망을 한꺼번에 느끼면서 일상적인 가정의 분위기로 되돌아오는 것이었다. 그러면 나는 일부러 험상궂은 낯으로 벌떡 일어나 소리 치고 이리저리 뛰곤 하면서 어릿광대 짓을 해 보였다. 그러나 이렇게 어린애로 되돌아오고 나서도 나의 고민은 사라지지 않았다. 그 책들은 무슨 이야기를 하는 것일까? 그것을 쓴 사람은 누구일까? 왜 썼을까? 나는 이런 의심을 할아버지에게 털어놓았다. 그랬더니 할아버지는 한참 생각한 끝에 나의 의심을 풀어 줄 때가 왔다고 판단했다. 그리고 그 과정에서 내게 깊은 흔적을 남겼다.

오랫동안 그는 다리를 쭉 뻗고 나를 그 위에 태워 엉덩방아를 찧게 하면서 노래를 부르는 것이었다. "올라타고 달리면 방귀 뀌는 조랑말." 나는 망측해서 웃음을 터뜨렸다. 그는 노래를 그만두고 나를 무릎 위에 앉히더니, 내 눈을 쏘아보며 근엄한 음성으로 되뇌었다. "나는 인간이다. 나는 인간이니 인간적인 것은 무엇 하나 내게 무관한 게 없다." 그의 생각은 과장된 것이었다. 마치 플라톤이 시인을 추방했듯이 샤를은 그의 공화국에서 기사(技師)와 상인 그리고 아마 장교도 추방했다. 그가 보기에 공장들은 풍경을 망쳐 놓았고, 순수 과학에서 그가 인정하는 것이라고는 그 순수성뿐이었다. 게리니*에서 우리는 7월의 마지막 두 주일을 보냈는데 거기서 조르주 삼촌은 주물 공장을 구경시켜 주었다. 공장 안은 더웠고 옷차림이 변변치 못한 거친 사내들이 우리를 떠밀어 대곤 했다. 나는 엄청난 소음에 귀가 찢어질 듯했고 무섭고 지루해서 죽을 지경이었다. 할아버지는 체면상 할 수 없이 휘파람 소리를 내면서 주물을 바라보고 있었지만 그 표정은 멍청했다. 8월에 오베르뉴**에 갔을 때는 이와 반대로 이 마을 저 마을을 샅샅이 찾아다니며, 낡은 건물들 앞에 우뚝 서서는 단장 끝으로 벽돌을 두들기며 신이 나서 내게 일러 주는 것이었다. "얘야, 네가 보는 그게 바로 갈로 로맹 시대***의 벽이란다." 그는 가톨릭교도를 혐오했지만 교회 건물만큼은 높이 평가하는 터라, 고딕식 성당이 눈에 띄면 꼭 안에까지 들어가 보는 것이었다. 로마네스크 양식의 건축에 대해서는 때에 따라 생각이 달랐다. 그 무렵 그는 음악회에는 거의 가지 않았지만, 그전에는 잘 가곤 했다. 특히 베토벤을, 그 웅장함과 규모가 큰 오케스트라 편성을 좋아했다. 바흐도 좋아했지만 별로 열중하지는 않았다. 때로는 피아노에 다가가서 앉지도 않고 무뎌진 손가락으로 몇몇 화음을

---

* Guérigny, 프랑스 중부의 소도시.
** Auvergne, 프랑스 중남부의 지방.
*** 지금의 프랑스에 해당하는 골(Gaule) 지방이 로마의 지배를 받았던 시대. (기원전 50년부터 4세기 말경까지.)

치곤 했다. 그럴 때 할머니는 살며시 웃음을 띠면서 말하는 것이었다. "할아버지가 작곡을 하시는구나." 그의 아들들, 특히 조르주는 훌륭한 연주자가 되었는데, 베토벤을 싫어하고 무엇보다도 실내악을 선호했다. 이렇듯 서로 취향이 달라도 할아버지는 개의치 않고 흐뭇한 낯으로 말하는 것이었다. "슈바이체르 집안 사람들은 타고난 음악가들이야." 내가 생후 한 주일쯤 되어 스푼 소리를 듣고 좋아하는 듯이 보이자, 할아버지는 이 애가 벌써 음감(音感)이 트였다고 선언했었다.

성당의 그림 유리, 부벽(扶壁), 조각이 있는 정면 현관, 합창용 성가, 나무나 돌로 새긴 십자가상, 운문으로 된 명상(瞑想)이나 시적 해조(諧調)*……. 이러한 인성(人性)의 표현이야말로 우리를 곧장 신성(神性)으로 인도하는 것이었다. 특히 거기에 자연의 아름다움을 보태야 하는 만큼 더욱 그러했다. 하나의 똑같은 입김이 신의 작품과 인간의 걸작들을 빚어 냈다. 하나의 똑같은 무지개가 폭포의 튀는 물방울 속에서 빛나고, 플로베르의 문장들의 행간에서도 반짝이고, 렘브란트의 화폭의 명암 속에서도 비치는 것이었다. 그것은 다름 아닌 정신이었다. 정신은 신에게 인간의 이야기를 해 주고, 인간에게는 신의 존재를 증명해 주는 것이었다. 나의 할아버지는 미(美) 속에서 진리의 구현과 가장 고귀한 경지의 근원을 찾아보았다. 어떤 예외적인 상황을 체험했을 때 ── 가령 산중에서 뇌우가 쏟아질 때나 빅토르

---

* '명상'과 '해조'에 관한 언급은 아마도 종교적 성향이 짙었던 낭만과 시인 라마르틴(Alphonse de Lamartine, 1790~1869)의 시집 『시적 명상(Meditations poétiques)』과 『시적, 종교적 해조(Harmonies poétiques et religieuses)』에 대한 비꼼인 것 같다.

위고가 영감을 받았을 때 ─ 사람은 진선미가 혼연일체되는 지고(至高)의 정점에 도달할 수 있다는 것이었다.

나는 이미 나의 종교를 가지고 있었다. 나에게는 이 세상에 책보다 더 중요한 것이라곤 아무것도 없었다. 나로서는 서재가 곧 신전이었다. 성직자의 손자인 나는 7층에서, 말하자면 세계의 지붕에서, 한가운데 나무*의 가장 높은 가지에 걸터앉아 살고 있었다. 나무의 몸체는 다름 아니라 승강기가 오르내리는 샤프트였다. 나는 베란다에서 왔다 갔다 하며, 밑의 행인들을 수직으로 내려다보기도 하고, 난간 너머로 내 이웃 소녀 뤼세트 모로에게 ─ 그녀는 내 또래였고, 동글동글 감긴 금발도 계집애다운 티도 나와 마찬가지였다. ─ 인사를 하기도 했다. 그러다가도 나는 나의 신전이나 예배당이라고 할 수 있는 서재로 돌아갔고, 거기에서 스스로 내려오는 일이 결코 없었다. 어머니가 매일의 일과처럼 나를 뤽상부르 공원에 데리고 갈 때도 나의 껍데기를 하계(下界)에 잠시 빌려 주었을 뿐이며, 나의 영광스러운 육체는 여전히 그 드높은 자리를 떠나지 않았던 것이다. 나는 지금도 내 몸이 여전히 그 자리에 머물러 있는 듯이 느낀다. 사람이란 누구나 제게 자연스러운 자리를 가지고 있는 법이다. 그 자리의 높이를 결정해 주는 것은 자만심도 가치도 아니다. 그것은 유년 시절이다. 나의 자리는 지붕들이 내려다보이는 파리의 건물 7층에 있다. 그래서 오랫동안 나는 골짜기에서는 숨이 막힐 지경이었고, 벌판에서는 짓눌리는 듯한

---

* 『구약성서』「창세기」2:9 참조. "야훼 하느님께서는 보기 좋고 맛있는 열매를 맺는 온갖 나무를 그 땅에서 돋아나게 하셨다. 또 그 동산 한가운데는 생명 나무와 선과 악을 알게 하는 나무도 돋아나게 하셨다."

기분이었다. 이를테면 나는 화성(火星)에서 돌아다니던 사람이어서 중력을 견딜 수가 없었던 것이다. 나는 조그마한 언덕 위로만 기어 올라가도 족히 기쁨을 되찾을 수 있었다. 나는 다시 나의 상징적인 7층으로 돌아갔고, 거기서 또다시 문학이라는 희박한 공기를 들이마셨다. 세계는 내 발밑에 층층이 겹쳐 있었고, 모든 사물이 제각기 이름을 지어 달라고 간청하고 있었다. 사물에 이름을 붙여 준다는 것은 곧 사물을 창조하는 것이며 동시에 그것을 소유하는 것이다. 이 근원적인 환상이 없었던들 나는 결코 글을 쓰지 않았을 것이다.

오늘, 1963년 4월 22일, 나는 새집 11층*에서 이 초고를 고치고 있다. 열어젖힌 창문으로 나는 묘지를, 파리를, 생클루의 푸른 언덕들을 내다본다. 이것은 나의 고집의 증거이다. 그러나 모든 것이 변했다. 만약 어린 시절에 내가 이렇듯 높은 위치에 오를 만한 사람이 되려고 했다면, 나의 비둘기장 취향이 야심과 허영의 소치였으며, 나의 작은 키에 대한 벌충의 욕망 때문이었다고 생각해야 할지도 모른다. 하지만 그렇지 않다. 나는 신성한 나무 위로 기어 올라가려고 한 것이 아니다. 나는 본시 그 위에 있었고 거기서 내려오기를 거부하고 있었으니 말이다. 또한 남들보다 높은 자리를 차지하려고 한 것도 아니다. 나는 다만 이상적인 사물들의 드높은 환영(幻影)에 둘러싸여 창공 한복판에서 살고 싶었을 뿐이었다. 후에는 기구(氣球)에 매달리기는커녕, 반대로 물속에 빠져 보려고 무던히 애써 보았다. 그러기 위해서는 밑창이 납으로 된 구두라도 신어야만 했

---

* 사르트르는 1962년 라스파유 가(Boulevard Raspail) 222번지로 이사를 가서 1973년까지 그곳에서 살았다.

다. 요행히 맨 모래밭에 사는 해저 생물들을 스치는 일이 가끔 있기는 했다. 그러면 나는 그 이름을 붙여 주어야만 했다. 그러나 때로는 어떻게 해 볼 도리가 없었다. 어찌할 수 없는 가벼움 때문에 나는 수면에 떠 있어야만 했으니까 말이다. 결국에는 내 고도계에 고장이 생기고 말았다. 그리하여 때로는 부침자(浮沈子)*가 되고, 때로는 잠수부가 되었다. 또 그 두 가지를 겸하는 일이 자주 있었는데, 그것이 우리의 놀이에 더 적합한 것이었다. 나는 버릇대로 공중에 살며 별다른 희망도 없이 아래 세상을 뒤져 본 것이다.

그렇지만 나는 작가들에 관한 이야기를 들어야만 했다. 할아버지는 그 이야기를 요령있게, 그러나 냉담한 말투로 해 주었다. 그는 나에게 그 저명한 사람들의 이름을 가르쳐 주었다. 나는 헤시오도스에서 위고에 이르는 그 명단을 하나도 틀림없이 혼자 욀 수 있었다. 그들은 성자(聖者)이며 예언자들이었다. 샤를 슈바이체르는 그들을 숭배하노라고 했다. 하지만 그는 그들의 존재를 거북해했다. 그들의 성가신 존재 때문에 그는 인간의 작품들을 두고 성령(聖靈)이 직접 창조한 것이라고 우기기가 어려웠던 것이다. 그래서 그는 이름 모를 작가들, 자기들이 지은 성당 앞에서 겸손하게 자취를 감추고 만 건축가들, 무수한 민요 작가들을 은근히 더 좋아했다. 그는 정체를 분명히 알 수 없다는 이유에서 셰익스피어가 싫지 않았다. 같은 이유 때문에 호메로스도 싫지 않았다. 정말 실재했다고는 꼭 믿을 수 없는 다른 작가들에 대해서도 마찬가지였다. 삶의 흔적

_____

* 물을 넣은 유리병 속에서 떴다 가라앉았다 하는 인형으로 압력 전달 실험에 쓰이거나 장식품으로 사용되기도 한다.

을 지워 버리려고 하지 않았거나 지워 버리지 못했던 작가들에 대해서는 그들이 이미 죽기만 했다면 용서해 주었다. 그러나 아나톨 프랑스와 자기를 즐겁게 해 주는 쿠르틀린*을 제외하고는 동시대 작가들은 송두리째 단죄의 대상이었다. 샤를 슈바이체르는 남들이 자기의 고령(高齡)과 교양, 외모와 미덕에 경의를 표시하는 것을 알고 득의만만했으며, 루터파인 그는 성서에 적힌 그대로 신이 자기의 집안을 축복해 주었다고 생각하기를 서슴지 않았다. 식사 때는 가끔 자기의 생애를 대충 훑어 보려고 생각에 잠기다가 이렇게 말을 맺는 것이었다. "얘들아, 털끝만치도 양심의 가책을 느낄 것이 없으니 얼마나 좋은 일이냐." 그의 격정, 위풍, 자만심 그리고 고상한 것에 대한 취향은, 그의 종교와 그가 살아온 시대와 그의 생활환경인 학문적 분위기에서 유래한 정신적 소심성을 위장하기 위한 것이었다. 그런 이유로 해서 그는 자기의 서재에 모셔 둔 그 거룩한 괴물들, 그 극악무도한 작자들에게 남모를 반감을 품고, 마음속으로는 그들이 지은 책들을 가당찮은 것으로 여기고 있었다. 한데 나는 그 점을 잘못 생각하고 있었던 것이다. 작가들에 대한 그의 표면상의 열중 밑으로 엿보이는 유보적 태도를 나는 재판관과 같은 엄격성으로만 여겼는데, 실은 성직자인 자기가 그들보다 높은 자리에 있다고 생각했던 것이다. 이 사제(司祭)는 내게 이렇게 속삭이는 것이었다. "여하튼 간에 재능이란 미리 받은 장학금과 같은 것에 불과하니, 큰 괴로움과 온갖 시련을 겪허하면서도 꿋꿋하게 이겨 나감으로써 그 장학금에 마땅

---

* Georges Courteline(1860~1929), 프랑스의 극작가, 소설가. 경묘한 필치로 당시의 세태를 풍자했다.

한 사람이 되어야 한다. 그러면 마침내 하늘의 목소리를 듣게
되며 그것을 받아쓰는 경지에까지 도달하게 되느니라." 러시
아 제1혁명과 1차 대전 사이에, 말라르메가 죽은 지 15년이 되
던 무렵에, 다니엘 드 퐁타냉이 『지상의 양식』을 발견했던 그
무렵에*, 19세기의 사람인 나의 할아버지는 자신의 손자에게
루이 필립 시대**에나 통했던 사상들을 강요했던 것이다. 농촌
의 관례가 유지되어 온 것도 아버지들이 이렇듯 자식들을 할
아버지의 손에 맡기고 밭에 나갔기 때문이리라. 그러니까 나는
80년의 핸디캡을 안고 인생을 출발한 셈이다. 그것은 한탄해야
할 일이겠는가? 나로서는 알 수 없는 노릇이다. 끊임없이 움직
이는 우리 사회에서는 때로는 뒤늦은 것이 오히려 앞지르는 일
이 되는 수도 있으니까 말이다. 어쨌든 간에, 할아버지가 던져
준 뼈다귀를 나는 어찌나 열심히 갉아 먹었던지 그것을 햇빛
에 비추어 보면 말갛게 비칠 정도였다. 할아버지는 내가 작가
라는 이름의 그 중개자들에게 싫증 내기를 내심 바라고 있었
다. 그런데 그가 얻은 결과는 정반대였다. 나는 재능과 공덕을
혼동했다. 나는 그들이 나와 닮았다고 생각했다. 나는 아주 착

---

* 이 글에서 사르트르가 말하려는 시기는 1913년경, 즉 그의 나이 여덟 살
때를 가리키는 것으로 짐작된다. 참고로 여기에서 언급되고 있는 사항들에
대해서 간단한 설명을 달아둔다. (1) 러시아 제1혁명은 이른바 '피의 일요일'
의 사건과 군대 및 농민의 폭동이 있었던 1905년의 일. (2) 1차 대전의 발발
은 1914년. (3) 말라르메가 죽은 것은 1898년. (4) 다니엘 드 퐁타냉은 로제
마르탱 뒤 가르의 대하소설 『티보 가의 사람들』(1922~1940)에 나오는 인물
로, 이 소설이 다룬 시기는 1905~1918년, 즉 사르트르의 유소년기에 해당
한다. (5) 『지상의 양식』(1897)은 앙드레 지드의 산문이다. 20세기 초엽의 젊
은 세대에게 큰 영향을 주었다.
** 1830~1848년.

하게 굴 때나 꿋꿋이 아픔을 참아 낼 때면 칭찬과 보상을 받을 권리가 있었다. 어린이란 그런 것이다. 한데 할아버지는 내게 다른 아이들을 보여 주었다. 그들 역시 나처럼 감독을 받고 시련을 겪고 상을 받았으며 평생 한결같이 어린 나이를 간직할 수 있었던 아이들이다. 형제자매도 없고 동무도 없었던 나는 그들을 내 첫 동무로 삼았다. 그들은 자기가 지은 소설의 주인공들처럼 사랑을 하고 꿋꿋하게 괴로움을 겪었으며 무엇보다도 행복한 결말을 맞았다. 그래서 나는 그들이 지난날 겪었던 고난을 측은하면서도 다소 명랑한 기분으로 되새겨 보았다. 그 작자들은 아주 불행한 처지에 빠졌다고 느꼈을 때 도리어 만족했을 것이다. 그럴 때면 "잘됐다! 멋진 시구(詩句)가 떠오를 판이다!"라고 생각했을 것이다.

내가 보기에 그들은 죽은 것이 아니었다. 적어도 아주 죽은 것은 아니었다. 책으로 변신했으니 말이다. 코르네유는 불그레하고 거칠거칠하며 등은 가죽으로 장정되고 풀[糊] 냄새를 풍기는 뚱보였다. 이 거북살스럽고 엄격하며 어려운 말을 쓰는 인물은 내가 들어 옮길 때면 내 허벅지를 해치는 모서리를 가지고 있었다. 그러나 책장을 펴자마자 그는 속내 이야기처럼 어스름하고도 감미로운 삽화들을 보여 주었다. 플로베르는 천으로 싸이고 냄새 없고 주근깨가 박힌 작달막한 사내였다. 빅토르 위고는 다원적(多元的) 인물이라서 책장의 온갖 선반에 들어앉아 있었다. 그런 것이 그들의 육신의 모습이었는데, 그들의 영혼은 작품에 늘 붙어 다녔다. 책장 하나하나는 창문이었다. 어떤 사람이 밖에서 그 유리창에 얼굴을 착 붙이고 나를 엿보는 것이었다. 나는 모르는 체하고는, 고(故) 샤토브리앙*의 웅시하에 낱말들로부터 눈을 떼지 않고 읽기를 계속하는 것이었다. 그러나 이러한 불안은 오래 계속되지 않았다. 그 외의 시간에는 나는 내 놀이 동무들이 무척 좋았다. 나는 그들의 가치가 누구보다도 높다고 여기고 있어서, 칼 5세가 티치아노의 화필(畫筆)을 집어 주었다는 이야기**를 들었을 때도 별로 놀라지 않았다. 그런 것은 대단한 일도 못 되고 군주(君主)란 원래 그런 일을 하게 되어 있는 것이라고 나는 생각했다. 그러나 나는 그 동무들을 존경하지는 않았다. 그들이 위대하다고 해서 왜 그들을 찬양해야 한단 말인가? 그들은 오직 제 의무를 이행했을 뿐이다. 나는 차라리 다른 사람들이 그들만 못한 것을 나무랐다. 요컨대 나는 모든 것을 삐뚜로 이해했고, 예외를 원칙으로 삼은 것이다. 그리하여 인류란 다정한 동물들에게 둘러싸인 한정된 모임처럼 되었다. 그러나 특히 할아버지가 그들을 모질게 대하는 터이라 나도 그들의 언행을 곧이곧대로 믿을 수는 없는 노릇이었다. 할아버지는 빅토르 위고가 죽은 뒤로는 독서를 그만두었다. 아무 할 일도 없을 때면 전에 읽은 것을 다시 읽는 정도였다. 그의 일은 번역이었다. 이 『독일어 독본』의 저자는 내심 온 세계의 문학을 자기 교과서의 재료로만 여기고 있었다. 입으로는 작가들을 업적 순으로 분류한다고 했지만, 그러한 외면적인 서열에서도 실리에 좌우되는 그의

---

* Chateaubriand(1768~1848), 프랑스 전기 낭만주의의 대표적 작가.

** 신성로마제국의 황제 칼 5세가 볼로냐에서 예고도 없이 티치아노의 작업장을 찾았을 때, 사다리에 올라 작업 중이던 화가는 놀라서 붓을 떨어뜨렸다. 그러자 황제는 몸을 구부려 붓을 주워 주면서 "티치아노는 황제가 섬겨도 마땅한 사람"이라고 말했다 한다.

호불호(好不好)를 숨길 수가 없었다. 가령 모파상은 독일 학생들에게 가장 좋은 프랑스어 번역 교재의 제공자이며, 고트프리트 켈러*보다 약간 낫다고 할 수 있는 괴테의 글은 작문 문제로서 안성맞춤이었다. 할아버지는 인문주의자로서 소설을 대수롭게 여기지 않았지만, 교사로서는 소설에 어휘가 풍부한 점을 높이 샀다. 마침내는 선문집(選文集)만을 겨우 들추어 보게 되었고, 몇 해 후에 나는 미로노가 엮은『문장독본』**에 수록된『보바리 부인』의 발췌를 읽으면서 그가 좋아하는 것을 본 적이 있다. 플로베르 전집이 20년 전부터 그의 감상을 기다리고 있었는데도 말이다. 나는 그가 죽은 사람들을 좌지우지하며 살고 있다고 느꼈다. 그것은 나와 그들의 관계를 복잡하게 만들어 놓았다. 그는 그들을 숭배한다는 구실을 내세워서 그들을 줄줄이 붙잡아 매고는, 이 나라 말에서 저 나라 말로 더 편리하게 옮겨 놓을 수 있도록 토막 치기를 서슴지 않았다. 그래서 나는 그들이 위대하고도 비참한 존재라는 것을 알았다. 메리메는 딱하게도 중급 프랑스어의 교과서에 적합한 작가로 취급되었다. 그래서 그는 이중생활을 하고 있는 셈이었다. 책장 넷째 단에 꽂힌『콜롱바』는 백 개의 날개를 가진 싱싱하고 반들반들한, 제 몸을 바치려는 비둘기였지만, 철저하게 무시당하는 신세였다***. 할아버지는 그

---

* Gottfried Keller(1819~1890), 독일계 스위스 작가. 자전적 소설『초록빛의 하인리히』로 유명하며, 서정시인으로도 높이 평가된다.
** 중고등학교용 교과서.
*** 『콜롱바(Colomba)』는 메리메의 대표적 중편 소설의 하나이다. 사르트르는 그 여성 주인공의 이름에서 비둘기(colombe)를 연상하여, 백 쪽의 광택지로 된 그 소설의 원판이 전혀 읽히지 않은 상태로 서가에 꽂혀 있는 것을 비유적으로 말하고 있다.

처녀를 눈으로 탐내는 일조차 없었다. 그런데 아래 단을 보면 바로 그 처녀가 퀴퀴하고 더러운 갈색의 소책자 속에 갇혀 있었다. 그 이야기도 언어도 똑같은 것이었지만 거기에는 독일어로 된 주석과 어휘 해설이 실려 있었다. 그뿐 아니라 나는 그 소책자가 베를린에서 출판되었다는 사실을 알았는데, 그 일은 알자스로렌의 겁탈 이래로 최대의 수치라는 느낌이 들었다. 나의 할아버지는 그 책을 일주일에 두 번씩 가방에 넣고 나갔다. 그가 얼룩과 붉은 줄과 불똥 자국으로 뒤덮어 놓은 그 책이 나는 몹시 싫었다. 그것은 치욕을 당한 메리메였다. 그 책을 펼치기만 해도 나는 혐오감에 사로잡혔다. 내 눈앞에서 음절 하나하나가 마치 학원에서 할아버지가 발음할 때처럼 따로따로 떨어져 버렸다. 더구나 독일 사람들에게 읽히기 위하여 독일에서 인쇄되었으니, 이 알다가도 모를 듯한 기호들은 도대체 프랑스 낱말의 위조(僞造)가 아니고 무엇이겠는가? 그것은 또 하나의 간첩 사건이었다. 손톱으로 갉죽거리기만 하면 족히 그 골루아* 풍의 변장 밑에서 호시탐탐 기회를 노리고 있는 게르만어의 정체가 드러날 테니까 말이다. 마침내 나는 두 종류의 『콜롱바』가 있지 않을까 하는 생각이 들었다. 하나는 야성적이며 진정한 콜롱바이고, 또 하나는 교육용의 가짜 콜롱바. 마치 두 이졸데가 있듯이 말이다.

나는 내 친구들의 고뇌를 알고 내가 그들의 동류(同類)임을 확신했다. 내게는 그들과 같은 재능도 업적도 없었고 또 글을 쓸 생각도 아직 없었다. 그러나 성직자의 손자인 나는 가문으

---

* Gaulois, 프랑스의 원주민.

로 보아 그들보다 유리했다. 물론 내가 평생 해야 할 일은 이미 정해져 있었다. 그러나 그것은 세상의 빈축을 사기 쉬운 그들의 순교자적 행적이 아니라 어떤 종류의 성직이었다. 나는 샤를 슈바이체르처럼 문화의 보초(步哨)가 될 운명이었다. 게다가 나는 살아 있고 원기 왕성해서, 죽은 자들을 토막 낼 줄은 아직 몰랐지만 그 대신 그들을 내 멋대로 다루었다. 나는 그들을 안아 옮기고 마룻바닥에 내려놓고 펼쳤다가는 다시 덮었다. 무에서 끌어냈다가는 다시 무로 빠져들게 한 것이다. 허리통만 남은 그 인간들은 나의 인형이었고, 나는 불후의 명성이라고 불리는 그 마비되고 비참한 사후(死後)의 삶을 가엾이 여겼다. 할아버지는 이렇듯 버릇없이 그들을 대하는 나의 태도를 더욱 부추겨 주었다. 모든 아이들은 영감을 받은 존재이기 때문에, 어린애에 불과한 시인들을 조금도 부러워할 게 없다는 것이었다. 나는 쿠르틀린에 열중하고 있던 참이라 식모의 뒤를 쫓아 부엌까지 가서 『성냥을 찾는 테오도르』를 커다란 소리로 읽어 주었다. 모두들 나의 열중하는 꼴을 재미있게 여겨서 그것을 우정 북돋아 주려고 애썼고, 내 열중은 마침내 공공연한 정열로 발전되었다. 어느 날 할아버지는 지나가는 말처럼 이렇게 말했다. "쿠르틀린은 필경 친절한 녀석일 게다. 그 작자가 그렇게 좋다면 그에게 편지라도 써서 보내 보렴." 나는 정말 편지를 썼다. 할아버지가 초를 잡아 주었지만 몇몇 잘못된 철자는 그대로 놓아 두기로 했다. 지금부터 몇 해 전에 신문에 그것이 전재되었을 때, 나는 다시 읽으면서 낯간지러움을 금할 수가 없었다. 나는 "당신의 미래의 친구로부터."라는 말로 끝을 맺고 있었는데, 당시에는 이것이 아주 자연스러운 표현으로 여겨졌다.

볼테르와 코르네유까지도 친구로 삼고 있었으니까 말이다. 그러니 살아 있는 작가가 어찌 나의 우정을 거부할 수가 있겠는가? 그러나 쿠르틀린은 거부했고, 또 그러기를 잘했다. 손자에게 답장을 씀으로써 필경은 할아버지에게 걸려들었을 테니까. 하지만 그때에는 우리는 그의 침묵을 호되게 비판했다. 할아버지는 이렇게 말했다. "그가 할 일이 많다는 것은 나도 인정한다. 그러나 하늘이 무너져도 어린애의 편지에는 답장을 해야 하는 법이야."

버릇없이 군다는 이 자그마한 악벽(惡癖)은 오늘날까지도 여전히 남아 있다. 저명한 고인(故人)들을 나는 지난날의 기숙사 친구처럼 다루는 것이다. 보들레르에 관해서 또는 플로베르에 관해서 나는 단도직입적으로 내 견해를 밝히는데, 남들이 그런 것을 비난할 때면 늘 이렇게 대답하고 싶어진다. "우리의 일에 참견 마시오. 당신들이 말하는 그 천재들은 내 것이었소. 나는 그들을 내 손아귀에 꼭 붙들어 두었고 아주 허물없이 열렬히 사랑했소. 이제 와서 새삼 공손하게 그들을 대해야겠소?" 그러나 칼 할아버지 풍의 휴머니즘, 그 성직자의 휴머니즘을 내가 떨쳐 버릴 수 있었던 것은 인간은 누구나 인간의 대표자라는 것을 깨달은 그날부터였다. 병에서 회복한다는 것은 얼마나 서글픈 것인가! 이제 언어는 마력을 잃었다. 그리고 내 옛 동류(同類)인 문필의 영웅들도 그들의 특권을 잃고 원래의 상태로 되돌아왔다. 나는 그들의 상(喪)을 두 번 치른 셈이다.

방금 내가 쓴 것은 거짓이다. 아니, 진실이다. 미치광이에 관해서, 인간에 관해서 쓰는 것이 모두 그러하듯이 진실도 거짓도 아니다. 나는 내 기억이 미치는 한 사실들을 정확히 적어 놓았을 뿐이다. 그러나 나는 어느 정도로 내 망상을 믿고 있었던 것인가? 이것은 근본적인 문제이지만 나로서는 분명하지가 않다. 그 후 나는 우리의 감정에 관해서 다른 것은 다 알 수 있어도 그 힘만은, 다시 말해서 그 성실성만은 모른다는 것을 깨닫게 되었다. 행위 자체도 그것이 단순한 제스처가 아니라는 것이 증명되지 않는 한은 — 그러한 증명이란 반드시 쉬운 일은 아니다. — 표준이 될 수 없다. 그 증거로 다음과 같은 점을 생각해 보라. 어른들 틈에 홀로 끼어 있던 나는 어른의 축소판이었고, 어른들의 책을 읽었다. 이런 일은 물론 가짜 행세처럼 보일 것이다. 왜냐하면 그와 동시에 나는 여전히 어린애였기 때문이다. 그렇다고 해서 나는 내가 잘못했다고 말하려는 것은 아니다. 사실이 그러했다는 것을 말하고 싶을 뿐이다. 아무튼 나의 탐험과 나의 사냥은 '집안의 연극'의 일부였고, 모두들 그 연극을 좋아했다. 나는 그것을 알고 있었다. 그렇다, 나는 그것을 알고 있었던 것이다. 그래서 날마다 신동(神童)이 된 나는 할아버지가 이미 읽지 않게 된 마법의 책들을 다시 깨어나게 했다. 분수에 넘치는 생활을 하는 사람들처럼 나는 내 나이에 넘치는 생활을 했다. 과시하기 위하여 극성을 떨고 제 몸을 지치게 하고 엄청난 대가를 치르면서. 서재 문을 밀고 들어서자마자 나는 무기력한 노인의 배 속에 들어앉는 꼴이었다. 큼직한 책상, 깔판, 장밋빛 압지에 밴 붉고 검은 잉크 자국, 자막대기, 풀통, 퀴퀴한 담배 냄새, 그리고 겨울에는 벌겋게 타는 난로, 운모판의 탁탁 튀는 소리* — 그 모든 것은 사물로 변신한 할아버지 자신이었다. 나는 그런 분위기 속에 있는 것만으로 그지없이 행복하게 느끼면서 책들 앞으로 달려갔다. 진정으로 그랬던 것일까? 아니, 그런 질문에 무슨 뜻이 있겠는가? 진실한 몰입과 연기 사이의 아물아물하고 흔들흔들한 경계선을 어떻게 분명히 그을 수 있겠는가? 더구나 이렇게 오랜 세월이 지난 뒤에 말이다. 나는 책을 펼쳐 놓고 창문 앞에 쭉 엎드린다. 오른쪽에는 적포도주를 몇 방울 탄 물 한 컵, 왼쪽에는 접시에 놓인 잼을 바른 빵 한 조각. 홀로 있을 때조차 나는 연기를 하고 있었다. 안마리도 칼레마미도 내가 태어나기 훨씬 전에 벌써 이 책장들을 넘겼으리라. 그러니 지금 내 눈앞에 펼쳐지는 것은 다름 아닌 그들의 지식이었다. 저녁때가 되면 그들은 이렇게 물었다. "뭘 읽었니? 뭘 알았니?" 나는 그럴 줄 알고 있었다. 나는 그동안 해산 준비를 했고 이제 어린애다운 낱말 하나를 분만할 판이었다. 어른들을 피해서 책을 읽는다는 것, 그것이 어른들과 소통하는 가장 좋은 수단이 되었던 것이다. 현장에 없으면서도 그들의 시선은 내 뒤통수를 거쳐 내 속으로 들어와서 내 눈동자로 빠져나가며 마룻바닥을 스쳤다. 그러고는 그들이 골백번 읽었지만 나로서는 처음 읽는 그 문장들을 쏘아보는 것이었다. 나는 남의 눈에 비친 나 자신의 모습을 보고 있었다. 마치 자기가 하는 말을 제 귀로 듣듯이 책 읽는 나 자신의 모습을 보고 있었다. 알파벳도 알기 전에 『중국에 사는 중국인의 고생』을 해독하는 척했던 그때 이후로 나는 과연 크게 달라졌는가? 아니다, 연극은 그대로 계속되었다. 내 뒤에서 문이 열린다. 내가 무슨 수작을 꾸미고 있는지 사람들이

---

* 당시에는 난로에 안을 들여다볼 수 있도록 운모판이 설치되어 있었다.

보러 온 것이다. 그러자 나는 엉뚱한 속임수를 쓴다. 후닥닥 일어나서는 뮈세*를 제자리에 다시 갖다 꽂고 발끝으로 살금살금 걸어가서 팔을 치켜들어 그 무거운 코르네유를 꺼낸다. 그들은 그런 노력을 보고 나의 열성을 헤아린다. 내 뒤에서 사뭇 감탄하는 음성으로 소곤거리는 소리가 들려온다. "저 애가 코르네유를 아주 좋아하는군!" 좋아한다니 천만의 말이었다. 나는 알렉상드랭**이 질색이었다. 다행히도 출판사는 가장 유명한 비극들만을 원문대로 완전히 싣고 나머지 작품들은 그 제목과 개관만을 소개하고 있었다. 나는 이쪽이 재미있었다. "롬바르디아의 왕이며 그리몰에게 패배한 페르타리트의 비(妃) 로들랭드는 그 이국의 군주와 결혼하도록 위닐프에게 강요되어……***" 나는 르시드나 신나를 알기 전에 이미 로도귄, 테오도르, 아제질라스****와 같은 인물들을 먼저 알았다. 나는 입에는 울림이 좋은 이름들을, 가슴에는 숭고한 감정들을 가득 간직하고, 그들의 친척 관계를 혼동하지 않으려고 애썼다. 나는 또 이런 말도 들었다. "이 애는 정말 공부벌레구나. 라루스 사전을 저렇게 탐독하는 것을 보니!" 나는 어른들이 말하는 대로 내버려 두었다. 그러나 공부를 하는 것이 아니었다. 그 사전에 희곡과 소설의 줄거리가 실려 있는 것을 발견했고 그것

---

* Musset(1810~1857), 프랑스의 낭만파 시인, 작가. 격정적이며 염세적인 그의 작품을 읽는 것을 할아버지는 좋아하지 않았을 것이다.

** 프랑스의 전통적인 운문 형식인 12음절로 된 시구.

*** 희곡 『페르타리트(Pertharite)』의 첫머리 요약.

**** 이 인물들의 이름은 각각 코르네유의 희곡의 제목이기도 하다. 그중에서 『르시드』와 『신나』가 대표작에 속하고 나머지는 오늘날 별로 읽히지 않는다.

이 재미있었던 것이다.

어른들의 환심을 사려고 했던 나는 교양이라는 물 속에 함빡 젖어 들고 싶었다. 그래서 매일 성스러운 것을 새로 섭취했다. 하기야 가끔은 정신을 집중하지 않을 때도 있기는 했다. 그저 넙적 엎드리고 책장을 넘기기만 하면 되는 일이었으니까 말이다. 내 친구들의 작품이 회전 기도기(回轉祈禱器)* 구실을 해 주는 일이 많았다. 그러나 동시에 진짜로 공포와 기쁨을 느끼기도 했다. 때로는 내가 연기를 하고 있다는 것을 잊고, 다름 아닌 세계라는 이름의 미친 고래 등에 실려 필사적으로 내달리는 일도 있었다. 그 결과는 상상에 맡기기로 하자. 여하튼 내 눈은 낱말들과 씨름을 했다. 그 말들을 실험해 보고 그 뜻을 결정해야만 했으니까. 그리하여 교양의 연극이 마침내는 나를 교화하게 되었다.

그렇지만 나는 진짜 독서도 했다. 그것은 성전(聖殿)을 떠나 우리의 침실이나 식탁 밑에서 하는 독서였다. 그 독서에 대해서는 나는 아무에게도 이야기하지 않았고, 또 어머니 말고는 아무도 내게 알은척하지 않았다. 어머니는 나의 가짜 열중이 진짜인 줄로 잘못 알고 있었다. 그래서 그 걱정을 할머니에게 털어놓았다. 할머니는 완전히 그녀의 편이었다. "샤를이 철없는 짓을 하고 있는 거야. 꼬마가 그렇게 하게 부추기니 말이다. 내 눈으로 똑똑히 보았는걸. 그 애가 바싹 말라 버리면 어떻게 하겠다는 건지 답답하구나." 두 여인의 입에서는 과로와 뇌막염 이야기까지 나왔다. 그러나 할아버지를 정면으로 공격하는

---

* 티베트 불교도의 성구(聖具)의 한 가지. 기도문을 담은 원통을 돌려 그것이 올바른 자리에 멈추면 공덕을 얻을 수 있다고 한다.

것은 위험하고 헛된 일임에 틀림없었다. 그래서 그들은 간접적인 방법을 썼다. 나와 함께 산책을 하던 어머니는 지금도 생미셸 가(街)와 수플로 가의 모퉁이에 있는 가두 판매점 앞에서, 마치 우연인 듯 걸음을 멈추었다. 그러자 희한한 삽화(挿畵)들이 내 눈에 띄었고, 그 요란한 색채에 홀려 들었다. 나는 그것들을 사 달라고 졸라서 얻어 가졌다. 계략이 맞아 들어간 것이다. 목요일마다 시리즈로 나오는 『귀뚜라미』, 『신나는 이야기』, 『바캉스』, 그리고 장 들라이르*의 『세 명의 보이스카웃』과 아르누 갈로팽**의 『비행기 세계 일주』 따위를 나는 매주 사 달라고 했다. 나는 다음 주 목요일이 되기까지, 내 친구 라블레나 비니***보다 안데스 산맥의 독수리니, 철권(鐵拳)의 권투선수 마르셀 뒤노니, 비행사 크리스티앙 등을 훨씬 더 많이 생각하며 지냈다. 어머니는 나를 다시 어린이답게 만들어 줄 만한 책들을 구하기 시작했다. 우선 월간 동화집 『장미문고』가 있었고, 이어 차츰 『그란트 선장의 아이들』****, 『최후의 모히칸족』*****, 『니콜라스 니클비』******, 『라바레드의 동전』*******등이 내 수중에 들어왔다. 나는 쥘 베른의 온건한 소설보다 폴

---

* Jean de la Hire(1877~1956), 과학 공상 소설과 무협 소설 작가.
** Arnould Galopin(1865~1934), 모험 소설 작가. 특히 해양 모험을 다룬 소설로 유명하다.
*** Alfred de Vigny(1797~1863), 프랑스 낭만파의 대표적 시인.
**** 쥘 베른의 소설.(1867~68)
***** 제임스 페니모어 쿠퍼(James Fenimore Cooper)의 소설.(1826) 이 소설의 프랑스어 번역본은 당시에 가장 많이 읽힌 외국 소설 중 하나이다.
****** 디킨스(Charles Dickens)의 소설.(1839)
******* 폴 디부아의 소설.(1894)

디부아*의 황당무계한 이야기가 더 좋았다. 그러나 작자가 누구이든 간에 나는 에첼** 총서에 들어 있는 작품이라면 모두 좋았다. 그 책들 하나하나는 말하자면 작은 극장이었다. 금술을 그린 붉은 표지는 말하자면 무대의 막이었고 책의 단면에 뿌린 금분(金粉)은 무대의 조명이었다. 내가 처음으로 미(美)를 체험한 것은 샤토브리앙의 조화로운 문장을 통해서가 아니라 이 마술 상자들 덕분이다. 나는 그 책들을 펼치기만 하면 모든 것을 잊었다. 그것은 책 읽기가 아니라 차라리 황홀경에 빠져 제 존재를 잃는 것이었다. 그리고 이렇듯 내 존재가 없어지자 곧 창을 든 토인들이며 덤불로 뒤덮인 땅이며 흰 헬멧을 쓴 탐험가가 불쑥불쑥 태어났다. 나는 정령으로 변신하여 아우다의 예쁜 검은 볼이며 필레아스 폭***의 구레나룻을 빛으로 넘쳐흐르게 했다. 신동(神童)은 드디어 자신에게서 해방되어 순수한 경탄에 빠져들었다. 마루 위 50센티미터 높이에서 주인도 사슬도 없는 완벽한 행복이 태어난 것이다. 내가 발견한 이 신세계는 처음에는 구세계보다도 더 불안한 세상 같았다. 거기서는 약탈과 살인이 일어나고 피가 콸콸 쏟아지곤 했다. 인디언, 힌두 족, 모히칸 족, 호텐토트 족들이 소녀를 납치하고, 그 늙은 아버지를 꽁꽁 묶어서 가장 잔인한 형벌로 죽여 버리겠다고 다짐하는 그런 세계였다. 그것은 순수한 악(惡)이었다. 그러

---

* Paul d'Ivoi(1856~1915), 모험 소설과 통속 소설로 크게 성공했던 작가.
** Jules Hetzel(1814~1882), 청소년을 위한 작품 시리즈를 낸 것으로 유명한 출판업자. 쥘 베른을 널리 알리는 데 공헌했으며 자신이 소설을 쓰기도 했다.
*** 쥘 베른의 『80일간의 세계 일주』의 남녀 주인공들.

나 그것은 오직 선(善) 앞에 무릎 꿇기 위해서만 나타난 악이어서, 다음 이야기로 넘어가면 모든 것이 다시 제대로 자리 잡게 되어 있었다. 용맹한 백인들이 나타나서 야만인들을 모조리 해치우고 아버지의 결박을 끊어 딸의 팔에 안기게 해 줄 터였다. 오직 악인들만이 죽었다. 그리고 단역으로 나오는 착한 사람들이 몇 명 죽는다 해도 그들의 죽음은 여담에 지나지 않았다. 그뿐 아니라 죽음 자체가 정형화되어 있었다. 왼쪽 가슴에 작은 구멍이 동그랗게 뚫려 두 팔을 가슴에 모으고 쓰러지거나, 아직 총이 발명되지 않은 시대의 이야기라면, 죄인들이 "관통하는 칼의 세례를 받아" 죽는 것이었다. 나는 이 멋진 표현이 좋았다. 나는 곧고 흰 번갯불 같은 칼날을 머릿속에 그려 보았다. 그 칼날이 마치 버터에 꽂히듯이 푹 꽂혀서 무법자의 등으로 뚫고 나오면 그는 피 한 방울 흘리지 않고 쓰러지게 마련이었다. 때로는 죽는 장면이 우스꽝스럽기조차 했다. 가령 내 기억이 틀림없다면 『롤랑의 양녀』에 나오는 사라센 사람의 죽음이 그렇다. 그 작자는 자기의 말을 십자군 병사의 말에 부딪히게 했는데, 십자군 용사는 그의 머리 위로 칼을 휘둘러서 몸뚱이를 보기 좋게 두 쪽으로 갈라 버렸다. 귀스타브 도레*의 삽화가 그 순간의 장면을 보여 주고 있었다. 얼마나 재미있었는지 모른다. 두 동강이 난 몸뚱이가 각각 등자의 둘레에서 반원을 그리며 나가떨어지기 시작하고 깜짝 놀란 말이 뒷발로 딛고 벌떡 일어서 있는 그림이었다. 몇 해 동안 그 삽화만 보면 눈물이 날 정도로 웃음이 터져 나왔다. 그

---

* Gustave Doré(1833~1883), 프랑스의 유명한 삽화가.

러다가 마침내 그런 이야기에서 얻어야 할 교훈을 얻었다. 적은 가증스럽지만 요컨대 해를 끼치지는 못하는 존재였다. 그들의 계획은 성공하는 법이 없었고, 심지어는 그 노력과 악랄한 계략에도 불구하고 결국 선(善)에 봉사하는 꼴이 되었기 때문이다. 사실, 질서의 회복은 항상 진보를 가져온다는 것을 나는 확인하게 되었다. 영웅들은 보상을 받았다. 그들은 명예와 찬사와 돈을 받았다. 그들의 용맹 덕분으로 새 영토가 정복되고 예술품들이 토인들의 수중에서 우리의 박물관으로 옮겨졌으며, 처녀는 제 목숨을 구해 준 탐험가에게 반해서 그와 결혼함으로써 대단원의 막이 내렸다. 이러한 잡지와 책을 통해서 나는 내 속에 가장 깊이 스며든 환상인 낙천주의의 세례를 받은 것이다.

이런 책 읽기는 오랫동안 비밀이었다. 어머니가 내게 주의를 줄 필요조차 없었다. 그것이 떳떳한 독서가 못 된다는 것을 알고 있던 나는 할아버지에게는 한마디도 하지 않았다. 이를테면 나는 난잡한 짓을 하고 난봉을 부리고 창가(娼家)에서 바캉스를 보냈지만, 나의 진리가 어디까지나 성전(聖殿)에 있다는 것을 잊지 않고 있었다. 굳이 나의 방탕을 이야기해서 사제(司祭)의 빈축을 살 필요가 있었겠는가? 그러나 마침내 나는 할아버지에게 현장을 들키고 말았다. 그는 두 여인에게 화를 냈지만, 그들은 그가 숨 돌리는 틈을 타서 모든 책임을 나에게 뒤집어씌웠다. 내가 그림 잡지며 모험 소설을 보고 탐을 내서 사 달라고 조르는데 어떻게 거절할 수 있었겠느냐는 말이었다. 이 능란한 거짓말에는 할아버지도 말문이 막혔다. 덕지덕지 화장한 창녀들과 어울려 순결한 콜롱바를 속인 것은 오직 나 혼자인 셈이었다. 그리고 어린 예언자이며 처녀 점술가이며 문학계의 엘리아생*과 같았던 내가 망측한 짓에 쏠리는 광기를 보이고 있는 셈이었다. 그러니 할아버지는 양자택일을 해야 할 판국이었다. 즉 내가 결코 예언자가 아니라고 생각하거나, 그렇지 않으면 이유 불문하고 내 취향을 존중해 주어야 하거나 둘 중의 하나였다. 만약 사를 슈바이체르가 아버지였다면 그 책들을 몽땅 불살라 버렸으리라. 그러나 그는 할아버지였기에 상심하면서도 관용을 택했다. 나로서는 더 바랄 나위가 없었다. 그래서 나는 편안하게 이중생활을 계속할 수 있었다. 이 이중생활은 결코 중단된 일이 없다. 오늘날에도 나는 비트겐슈타인**보다는 추리 소설 시리즈를 더 즐겨 읽는다.

하늘에 떠 있는 나의 섬에서는 내가 항상 으뜸이요, 내게 비길 만한 사람은 아무도 없었다. 그러나 공통의 규칙을 따라야 할 처지가 되자 나는 맨 꼴찌로 떨어졌다.

할아버지는 나를 리세*** 몽테뉴에 등록시키기로 작정했다. 어느 날 아침 그는 나를 교장에게로 데리고 가서 내 자랑을

---

* 라신의 비극 『아탈리』에 나오는 인물. 권력욕에 사로잡힌 아탈리는 그녀의 손자들을 모두 죽였으나, 다비데의 직계 자손인 조아스만은 살아남을 수 있었다. 그것은 그가 사제장(司祭長)의 보호를 받아 엘리아생이라는 위명(僞名)으로 신전에 숨을 수 있었기 때문인데, 그는 마침내 왕좌에 오르고 아탈리는 처형된다.
** Ludwig Wittgenstein(1889~1951), 20세기의 가장 중요한 철학자 중 한 사람으로서, 언어에 대한 분석과 비판에 의거해 철학적 문제에 접근했다.
*** 오늘날에는 고등학교에 해당하지만 당시에는 초중고의 과정을 두루 관할하고 있었다.

늘어놓았다. 내게 결함이 있다면 나이에 비해서 너무 앞섰다는 점뿐이라고 말했다. 교장은 할아버지의 말을 모두 인정해 주었다. 그래서 나를 8학급*에 넣어 주었고, 나는 이제 같은 또래의 아이들과 사귀게 되나 보다 하고 생각했다. 그러나 이 일을 어찌 하랴! 처음으로 받아쓰기 시험을 치르고 나자 할아버지는 학교로부터 급히 호출을 받았다. 그는 노발대발하면서 돌아오더니, 휘갈겨 쓴 글자와 얼룩으로 뒤덮인 지저분한 종잇조각을 가방에서 꺼내 책상 위에 내던졌다. 그것은 내가 제출한 받아쓰기 답안지였다. 교장은 le lapen çovache ême le ten**이라고 쓴 철자들을 보여 주고는 내게 적합한 학급은 10예비학급***이라는 것을 그에게 납득시키려고 한 것이었다. "lapen çovache"라고 쓴 것을 본 어머니는 걷잡을 수 없이 웃다가 할아버지의 매서운 눈초리에 웃음을 멈추었다. 그는 우선 내 무성의를 탓하고 생전 처음으로 꾸중을 했다. 그러고는 학교에서 나를 올바로 평가하지 못했다고 단언했다. 할아버지는 당장 이튿날 나를 자퇴시켰고 교장과의 사이도 틀어지고 말았다.

이 사건을 겪고도 나는 통 무슨 영문인지를 몰랐고, 그 실패로 충격을 받지도 않았다. 나는 여전히 신동(神童)이었고 다만 철자를 모를 따름이었다. 이어 나는 별다른 걱정 없이 내

---

* 초등학교 4학년에 해당한다.
** 원저자 주: 올바른 철자는 Le lapin sauvage aime le thym. "야생 토끼는 백리향을 좋아한다."라는 뜻.
*** 초등학교 2학년에 해당한다.

고독으로 되돌아왔다. 자신의 병(病)을 사랑하고 있었던 것이다. 나는 현실적인 인간으로 깨어날 기회를 잃었지만 그것을 의식하지도 못했던 셈이다. 파리의 초등학교 교사인 리에뱅 씨가 내 개인 교수를 맡았다. 그는 매일같이 왔다. 할아버지는 전나무로 만든 작은 책상과 걸상 한 쌍을 내 몫으로 사주었다. 나는 걸상에 앉고 리에뱅 선생은 받아쓰기를 불러 주면서 방안을 왔다 갔다 했다. 그는 뱅상 오리올*을 닮은 데가 있었는데, 할아버지는 그가 프리메이슨이라고 주장했다. "내가 인사하면서 악수를 청할 때면 그는 엄지손가락으로 내 손바닥에 프리메이슨 표시의 세모꼴을 그린단다." 이런 말을 할 때 할아버지는 마치 남색가(男色家)의 유혹을 당한 점잖은 사람처럼 질색하는 표정이었다. 나는 나대로 선생이 귀여워해 주지 않아서 그를 싫어했다. 일리 있는 일이었지만 그는 나를 지능이 뒤떨어진 아이로 여겼던 것 같다. 그러다가 그는 자취를 감추었는데 그 이유는 생각나지 않는다. 아마도 나에 대한 제 생각을 누구에게 솔직히 털어놓았기 때문인지도 모른다.

우리는 얼마 동안을 아르카숑에서 지냈고 나는 공립 초등학교에 다녔다. 그것은 할아버지의 민주주의적 원칙에 따른 것이었다. 그러면서도 그는 내가 천한 아이들과 접촉하지 않기를 바랐다. 그는 선생에게 이런 말로 나를 부탁했다. "선생님에게 나의 가장 귀한 재산을 맡겨 드립니다." 바로 선생은 턱수염을 기르고 코안경을 걸고 있었다. 그는 우리 별장에 사향 포도주를 마시러 와서, 중등 교육에 종사하는 분이 자기에

---

* Vincent Auriol(1884~1966), 프랑스의 정치가. 1947~1954년 대통령으로 재임했다.

게 각별한 신임을 표시해 준 것을 영광으로 생각한다고 말했다. 그는 나를 교단 바로 옆에 있는 특별한 책상에 앉히고, 쉬는 시간에도 제 곁을 떠나지 못하게 했다. 이 특별 대우가 나로서는 당연한 것으로 여겨졌다. 이러한 일을 나의 동배인 '서민의 자식들'이 어떻게 생각하고 있었는지는 모르겠다. 아마도 안중에 두지도 않았던 것 같다. 나로서는 그들의 수선에 진력이 나서, 그들이 사람 잡기 놀이를 하는 동안에도 그렇게 바로 선생 곁에서 혼자 따분한 시간을 보내는 것을 특전으로 여겼다.

내게는 이 선생을 존경할 두 가지 이유가 있었다. 첫째는 그가 나를 위해 주었기 때문이고, 둘째로는 그의 입에서 냄새가 났기 때문이다. 어른들이란 추하고 주름이 잡히고 어딘가 불쾌한 데가 있게 마련이다. 어른들이 나를 품 안에 껴안을 때는 가벼운 불쾌감이 일었는데 그것을 견디는 것이 나로서는 언짢은 일은 아니었다. 그런 일이 갖추기 어려운 덕을 갖추었다는 증거가 되기 때문이었다. 달리고 뛰고 과자를 먹고 어머니의 보들보들하고 향긋한 살결에 키스를 하는 따위의 단순하고 흔한 기쁨이 있기도 했다. 그러나 나는 어른들과 함께 있을 때에 억지로 느껴 보려는 순수하지 못한 기쁨을 더 값진 것으로 생각했다. 그들에게서 풍기는 혐오감은 그들의 위신의 일부였다. 나는 불쾌감을 진지함과 혼동하고 있었다. 요컨대 나는 위군자(僞君子)였다. 바로 선생이 내게로 몸을 기울일 때면, 그의 입김이 역하고도 그윽해서 나는 그의 덕성(德性)에서 풍겨 나오는 그 악취를 열심히 들이마셨다. 어느 날 나는 누군가 학교 담에 갓 써 놓은 낙서를 발견하고는 다가가서 읽었다. "바로 영감은 콩(con)*이다." 나는 가슴이 터질 듯했다. 멍청하니 그 자리에 못 박힌 듯이 서 있었고 무서워졌다. '콩'이라니! 그것은 분명히 말들의 맨 밑바닥에서 우글거리는 상스러운 말 중의 하나였고, 양가에서 자란 아이라면 영영 모르고 지낼 말이었다. 짤막하고 거친 그 낱말은 하등동물과 같은 소름 끼치는 단순성을 지니고 있었다. 그런 글자를 읽은 것만도 벌써 너무나 망측한 일이었다. 그래서 나는 설사 낮은 소리로라도 그 말을 입 밖에 내지 않겠다고 다짐했다. 담에 매달린 그 벌레, 그놈이 내 입 안으로 뛰어들어 목구멍에서 시커멓고 째진 소리로 변하는 것은 정녕 싫었다. 그러니 못 본 척해 버린다면 그놈은 아마 담 속으로 기어 들어가고 말겠지. 그러나 내가 시선을 돌리자 이번에는 '바로 영감'이라는 천한 호칭이 다시 눈에 띄고 그것이 더욱더 나를 몸서리치게 했다. '콩'이라는 낱말에 대해서는 기껏 그 뜻을 짐작해 보았을 뿐이지만, 우리 집안에서 어떤 사람을 두고 '아무개 영감'이라고 부르는지 나는 너무도 잘 알고 있던 터였다. 그것은 정원사, 우편배달부, 하녀의 아버지 등, 요컨대 늙은 가난뱅이들이었다. 그러니까 누군가가 나의 할아버지의 동료이며 선생인 바로 씨를 늙은 가난뱅이로 보고 있는 것이었다. 어디서인지, 그 누구의 머릿속에서인지, 이런 병적이며 범죄적인 생각이 어슬렁거리고 있었다. 누구의 머릿속일까? 어쩌면 내 머릿속일지도 모른다. 모독적인 글자를 읽는 것만으로도 족히 모독적인 행위의 공모자가 되는 것이 아닐까? 아침마다 모자를 벗고 "선생님, 안녕하십니까." 하고 인

---

* 원래 여자의 음부를 가리키는 비어. '머저리', '밥통'과 같은 뜻의 욕으로 자주 쓰인다.

사를 할 때마다 내가 체험했던 예절과 존경심과 열성과 기쁨을 어떤 잔인한 미치광이가 조소하는 듯했다. 그리고 나 자신이 바로 그 미치광이가 아닐까 하는 생각이 들었고, 상스러운 말과 상스러운 생각들이 내 가슴속에서 득실거리고 있는 듯이 느꼈다. 나 역시 가령 "이 더러운 늙은이는 돼지처럼 냄새가 난다."고 고래고래 소리 치지 못할 이유가 어디 있단 말인가? 그러나 나는 다만 작은 소리로 중얼거려 봤다. "바로 영감은 냄새가 난다." 그러자 모든 것이 빙글빙글 돌기 시작했다. 나는 울면서 달아났다. 이튿날부터 나는 바로 선생의 셀룰로이드 깃과 나비 넥타이에 대해서는 다시 경의를 표했지만, 그가 내 공책을 살펴보려고 몸을 굽힐 때는 숨을 멈추고 고개를 돌리고 말았다.

다음 해 가을에 어머니는 나를 푸퐁 학원에 넣기로 결심했다. 우리는 나무 층계를 올라가서 2층에 있는 교실로 들어가야만 했다. 아이들이 말없이 반원형으로 모여 있었다. 어머니들은 교실 뒷벽에 꼿꼿이 기대고 앉아서 선생을 지켜보았다. 우리를 가르치던 가엾은 처녀 선생들의 가장 중요한 의무는 무엇보다도 이 한 떼의 신동(神童)들에게 칭찬의 말과 상장을 골고루 베푸는 일이었다. 만약에 그중 한 선생이 짜증스러운 표정을 보인다거나 또 반대로 어느 아이의 훌륭한 대답을 듣고 너무 만족해하는 기색을 보이면, 경영자인 푸퐁 자매는 학생을 잃고 당사자인 선생은 직장을 잃게 마련이었다. 우리 학원생들은 30명이나 되었는데, 서로 말을 걸 겨를도 없었다. 수업이 끝나자 어머니들은 저마다 제 아이를 낚아채 가지고는 인사도 없이 끌고 달아나곤 했다. 한 학기가 끝나자 어머니는 학원을 그만두게 했다. 공부에 별로 보탬도 되지 않았고, 또 어머니는 내가 칭찬을 받을 차례가 되었을 때 다른 어머니들의 시선이 자기에게 집중되는 데에 그만 진력이 났던 것이다. 마리루이즈라는 코안경을 쓴 금발의 아가씨가 푸퐁 학원에서 입에 풀칠하기도 힘든 보수를 받으며 하루에 여덟 시간씩이나 가르치고 있었는데, 학원장의 눈을 속이고 내 가정교사 노릇을 하기로 승낙했다. 그녀는 때때로 내게 받아쓰기를 시키다가도 땅이 꺼질 듯이 한숨을 내쉬곤 했다. 자기가 지칠 대로 지쳐 있고 끔찍한 고독에 빠져 있어서, 어떤 남자라도 좋으니 남편만 얻을 수 있다면 모든 것을 다 주어도 좋겠다면서 신세타령을 하는 것이었다. 그러다가 그녀 역시 쫓겨나고 말았다. 내게 아무것도 가르친 게 없다는 이유였지만, 지금 생각해 보니 무엇보다도 할아버지가 그녀를 애물로 보았던 것 같다. 이 의인(義人)은 불쌍한 사람들을 도와주는 것은 마다하지 않았지만 그들을 제 집으로 끌어들이는 것은 질색이었다. 바로 손을 써야 할 때가 온 것이다. 마리루이즈 양이 내 정신을 어지럽히고 있었으니까. 나는 보수는 능력에 비례하는 것으로 알고 있었다. 그리고 그녀는 유능하다는 평이었다. 그런데 그녀의 보수는 어째서 그렇게 적단 말인가? 사람이란 직업에 종사하고 있을 때는 위신과 긍지를 갖추고 있는 법이고 일하는 행복을 누려야 할 터이다. 그런데도 하루 여덟 시간을 일할 수 있는 행운을 가진 그녀가 어째서 자기의 삶을 마치 불치의 병처럼 한탄하는 것일까? 내가 그녀의 넋두리를 할아버지에게 고하자 그는 웃음을 터뜨렸다. 너무 못생겨서 어떤 사내도 그녀를 데려가려고 하지 않는다는 것이었다. 나는 웃을 수가 없었다. 과연 저주 받은 팔자를 타고 태어나는 수도 있는 것일까? 아무튼 사람들이 여태껏 나를 속여 왔던 것이다. 세상의 질서가 견딜 수 없는 무질서를 그 속에 숨기고 있다는 것을 이제 알게 되었으니 말이다. 그러나 나의 이런 거북한 생각은 그녀가 내 곁에서 떠나자 곧 사라지고 말았다. 할아버지는 좀 더 차분한 선생들을 구해 주었다. 그들은 어찌나 차분했는지 한 사람도 기억에 남아 있지 않다. 그리하여 열 살이 될 때까지 나는 한 늙은이와 두 여인 사이에 끼어 홀로 지냈다.

나의 진실, 나의 성격 그리고 나의 이름도 어른들의 손아귀에 쥐어 있었다. 나는 그들의 눈을 통해서 나 자신을 보는 법을 배웠다. 나는 어린애였지만 또한 어른들이 그들의 회한으로 빚어 놓은 괴물이었다. 내 곁에 없을 때도 그들은 햇빛 속에 뒤섞인 그들의 시선을 남겨 놓았다. 내가 모범적인 손자로서의 성격을 잃지 않게 해 주며 내게 장난감과 세계를 줄곧 베풀어 주는 그 시선을 담뿍 받아 가면서 나는 달리기도 하고 뛰어놀기도 했다. 내 정신이라는 예쁜 어항 속에서는 갖가지 생각들이 뱅글뱅글 돌았고, 누구나 그 움직임을 따라가 볼 수 있었다. 어느 한 모퉁이에도 그늘진 곳이 없었으니 말이다. 그렇지만, 말도 없고 형체도 없고 밀도도 없이, 그 천진한 투명성 속에 녹아 들어 있는 투명한 확신 하나가 만사를 잡쳐 놓았다. 그것은 내가 사기꾼이라는 확신이었다. 자기가 연극을 하고 있다는 의식 없이 어떻게 연극을 할 수 있겠는가? 나라는 인물을 구성하는 밝고 맑은 겉모양들의 정체가 저절로 폭로되었다. 그것은 내가 완전히 이해할 수는 없지만 스스로 느끼기를 멈출 수 없는 존재의 결핍 때문이었다. 그래서 나는 어른들에게 의지하고 그들이 내 능력을 보장해 주기를 바랐는데, 그럼으로써 영락없이 속임수로 빠져 든 것이었다. 남의 환심을 사야만 했던 나는 아양을 떨었지만 그런 아양은 낭장에 빛이 바래 버렸다. 나는 아무 데서나 거짓된 순진성을 내보이고 빈둥빈둥 거드름을 피우면서 새로운 기회를 노렸다. 그리고 그런 기회가 생겼다 싶으면 나는 황급히 어떤 태도를 꾸며 보았으나 그런 짓을 하면서 다시 마주친 것은 피하고 싶었던 허망함뿐이었다. 할아버지가 담요를 몸에 두르고 꾸벅꾸벅 졸고 있다. 덤불 같은 수염 밑으로 불그레한 입술이 생살처럼 눈에 띄었다. 그것은 아주 보기 싫었다. 다행히도 할아버지의 안경이 흘러내린다. 나는 냉큼 주워 드리려고 달려간다. 할아버지가 눈을 뜨더니 나를 덥석 들어 안는다. 이렇듯 우리는 애정의 일대 장면을 연출하는 것이었다. 그런데 그것은 이미 내가 바라던 것이 아니었다. 그럼 나는 무엇을 바랐던가? 나는 모든 것을 잊고 다만 할아버지의 수염 덤불 속에 둥지를 틀고 있었던 것이다. 또 나는 부엌으로 들어가서 샐러드를 버무려 보고 싶다고 말한다. 내 말에 모두들 소리를 지르고 웃음을 터뜨린다. "아니다, 아가야. 그렇게 하는 게 아니다! 손을 꽉 쥐어 봐라, 옳지 그렇게! 마리, 얘를 좀 거들어 주렴! 정말 썩 잘하는구나." 결국 나는 가짜 어린애였고, 가짜 샐러드 바구니를 들고 있었던 셈이다. 나는 내 행위가 한낱 시늉으로 변질하는 것을 느꼈다. 연극이 내게서 세계와 사람들을 앗아 가는 것이었다. 내 눈에 띄는 것은 오직 배역과 소도구뿐이었다. 어릿광대 짓으로 어른들의 비위를 맞추기만 했던 내가 어찌 그들의 속내를 진지하게 생각해 볼 수 있었겠는가? 나는 그들의 의향에 열과 성을 다해서 맞추어 나갔지만 바로 그런 이유 때문에 그들의 목적을 나누어 가질 수 없었다. 나는 인류의 욕구나 희망이나 기쁨에는 아랑곳없이, 오직 그들을 유혹하는 데에만 내 심신을 모질게 낭비했다. 인류는 내 관객들이었지만, 스포트라이트가 그들과 나 사이를 갈라 놓고 나를 오만한 유배(流配)의 처지로 몰아넣었는데, 그것은 곧 고뇌로 변하고 말았다.

　가장 나쁜 일은 내가 어른들 역시 연극을 하는 게 아닌가 하고 의심하고 있었다는 점이다. 그들이 내게 건네는 말들은 사탕 같았지만, 그들이 자기들끼리 이야기할 때는 말투가 전혀 달랐다. 그뿐 아니라 그들은 나와의 신성한 계약을 어기는 경우도 있었다. 그럴 때면 내 딴에는 가장 자신 있는, 귀엽고 뾰로통한 표정을 지어 보이는데, 그래도 그들은 진지한 목소리로 이르는 것이었다. "얘야, 저기 가서 놀아라. 우리끼리 얘기할 게 있으니까." 어떤 때는 그들이 나를 이용하고 있다는 생각이 들었다. 어머니가 나를 데리고 뤽상부르 공원에 가면, 온 가족과 반목한 에밀 아저씨가 별안간 나타난다. 그는 누이동생을 침울한 낯으로 바라보고는 쌀쌀맞게 말한다. "내가 여기 온 것은 너 때문이 아냐, 꼬마를 보고 싶어서 온 거지." 그러고는 온 집안에서 오직 나만이 결백하고, 오직 나만이 일부러 그를 욕보이거나 그를 거짓 소문으로 중상하지 않았다고 떠들어 대는 것이었다. 나는 내가 큰 힘을 가지고 있고 그 우울한 사나이의 가슴에 사랑의 불길을 지폈다는 사실에 좀 거북한 느낌이 들어서 빙긋이 웃기만 했다. 그러나 남매는 어느 틈에 그들의 일로 다투기 시작해 서로 불평을 늘어놓았다. 에밀은 샤를에 대해서 화를 냈고 안마리는 한 발자국 양보하면서도 그를 변호했다. 그러다가 그들의 이야기는 루이즈에게로 옮아 갔고, 나는 그들이 앉은 쇠의자 사이에서 잊힌 채 가만히 서 있었다. 나는 좌익의 한 노인이 그의 행실을 통하여 내게 가르쳐 준 우익의 모든 격언*을 받아들이도록 — 만약 내가 그것들을 이해할 만한 나이가 되어 있었다면 말이지만 — 길들여져 있었다. 그 격언이란, 진실과 허구는 똑같다는 것, 어떤 정념을 느끼려면 우선 그것을 연출해 보아야 한다는 것, 그리고 인간이란 의례적(儀禮的) 존재라는 것 등이다. 사람들은 내게 우리 모두가 서로 연극을 꾸미도록 만들어져 있다고 타일렀고 나도 그 점을 인정했다. 다만 나는 그 주역을 맡기를 요구했다. 그러나 청천벽력에 망연자실한 순간들이 있었으니, 그것은 내가 가짜 주역을 연출하고 있음을 깨달은 때였다. 대사도 있었고 여러 차례 무대에 얼굴을 내놓기도 했지만 정작 나 자신을 보여 줄 장면은 없었다. 한마디로 내 역할은 어른들의 상대역에 불과했다. 할아버지는 자기의 죽음을 달래기 위해서 내 비위를 맞추었다. 그리고 내가 피우는 소란은 할머니에게는 그녀의 심술의 구실이 되었고 어머니에게는 죽어지낼 수밖에 없는 이유가 되었다. 하지만 내가 없었더라도 어머니의 양친은 어머니를 맞아들였을 것이며, 어머니는 그 고운 성품 때문에 할머니에게 무조건 복종했을 것이다. 그리고 또 내가 없었더라도 할머니는 여전히 뾰루퉁했을 것이고, 할아버지는 마터호른**이나 유성(流星)이나 남의 아이들을 바라보면서 감탄했을 것이다. 그러니

---

* 겉으로는 휴머니즘을 표방하지만 실제적 행동에 있어서는 부르주아적인 할아버지의 이중성을 두고 하는 말.

** Matterhorn, 알프스 연봉의 하나. 불어로는 le mont Cervin.

나는 그들의 불화와 화해의 우연한 구실에 지나지 않았다. 깊은 원인은 딴 곳에 있었다. 그것은 마콩에, 군스바크에, 티비에에, 혹은 때가 끼고 있는 늙은 가슴속에, 내 출생보다 훨씬 이전의 과거 속에 있었다. 나는 그들에게 집안의 단결과 오랜 상극을 비추어 보이는 역할을 했고, 그들은 현재의 제 모습을 갖추기 위해서 내 신성한 유년 시절을 이용한 것이다. 나는 불안 속에서 살았다. 이유 없이 존재하는 것은 아무것도 없고 가장 큰 것부터 가장 작은 것에 이르기까지 모든 존재는 저마다 이 세상에서 뚜렷한 제자리를 가지고 있다는 것을, 그들은 그들의 의식적(儀式的) 태도를 통해서 내게 납득시키려고 했는데, 정작 나 자신의 존재 이유는 오리무중이었다. 나는 있으나 마나한 존재임을 별안간 깨닫고는, 이 질서 정연한 세계에 끼어든 나의 괴이한 모습이 부끄러워지는 것이었다.

아버지가 살아 있었다면 어떤 꾸준한 고집이 내 속에 뿌리박혔으리라. 아버지의 기분이 내 원리 원칙이 되고, 그의 무지가 내 지식이 되며, 그의 원한이 나의 오만으로, 그의 괴벽이 나의 율법으로 변해서, 그는 내 속에 자리 잡고 있었으리라. 그 존경스러운 입주자는 나로 하여금 나 자신에 대한 존경심을 기르게 해 주었으리라. 그리고 그 자존심을 토대로 삼아 내 삶의 권리를 일으켜 세웠으리라. 나를 만든 아버지가 내 장래를 결정해 놓았으리라. 나는 공과 대학생이 될 팔자를 타고나서 평생이 보장되었으리라.* 그러나 장바티스트 사르트르는 비록 내 운명을 알았다 하더라도, 그 비밀을 가지고 사라져 버린

---

* 사르트르의 아버지는 해군사관학교를 동경했으나, 실제로는 공과대학을 다닌 후에 해군장교가 되었다.

것이다. 어머니의 기억에 남아 있는 것이라고는 다만 그가 "내 자식은 해군에 들여보내지 않겠다."라고 말했다는 것뿐이다. 그 이상 더 자세한 것을 알아볼 길이 없으니, 나 자신을 위시해서 이 세상의 그 누구도 내가 무엇 하러 이 땅에 나타났는지 가늠할 도리가 없었다. 아버지가 재산이라도 남겨주었던들 내 유년 시절은 달라졌을 것이다. 나는 딴사람이 되었을 테니까 글을 쓰지 않았을 것이다. 논밭과 집을 물려받은 어린 상속자는 자기 자신을 안정된 존재로 생각하게 마련이다. 그는 '제' 조약돌을 만지고 '제' 베란다의 마름모꼴 유리창을 만지면서 저 자신을 느껴 보며, 그 물질성을 제 영혼의 불멸의 실체로 삼을 것이다. 며칠 전에 식당에서 주인의 일곱 살짜리 아들이 회계 보는 여자에게 이렇게 외치는 소리를 들은 일이 있다. "아버지가 없을 땐 내가 주인이야!" 바로 이게 사내라는 것이다! 그러나 내가 그 아이 또래였을 때, 나는 그 누구의 주인도 아니었고, 내 것이라고는 아무것도 없었다. 내가 어쩌다 잠깐 소란을 피울 때면, 어머니는 "조심해라! 여기는 우리 집이 아니란다!"라고 속삭이곤 했다. 우리는 일찍이 우리 집에서 살아 본 적이 없었다. 고프 가(街)에서도 그랬고 그 후 어머니가 재혼했을 때에도 그랬다. 그래도 모든 것을 빌릴 수 있었으니까 나는 그것이 괴롭지는 않았다. 다만 나는 여전히 추상적인 존재였다. 이 세상의 재물은 그 소유자에게 자신이 어떤 사람인가를 보여 준다. 반대로 내게는 그것이 내가 어떤 사람이 아닌가를 가리켜 보였다. 나의 존재는 단단하지도 한결같지도 않았다. 나는 아버지가 한 일을 장차 계승할 자도 아니었고, 강철 생산에 필요한 자도 아니었다. 한마디로 나는 혼이 없는 존재였다.

만약 내가 내 육체와 의좋게 살아가기만 했다면 더 바랄 나위가 없었으리라. 그러나 내 육체와 나는 괴상한 한 쌍을 이루고 있었다. 비참한 형편 속에서 사는 어린애는 제 존재에 대해서 자문(自問)하는 일이 없다. 빈곤이나 질병으로 말미암아 육체적으로 들볶이면, 그의 정당화될 수 없는 상태가 그의 존재를 정당화해 주기 때문이다. 굶주림과 끊임없는 죽음의 위협 자체가 그가 생존할 권리의 근거가 된다. 그는 죽지 않기 위하여 사는 것이다. 그러나 나는 어떤 사명을 지니고 태어났다고 자부할 만큼 부유하지도 않았고, 욕망을 필수적인 것으로 느낄 만큼 가난하지도 않았다. 나는 양분을 섭취한다는 의무를 다했고, 신은 내게 때때로 — 극히 드문 일이지만 — 역겨움 없이 먹게 해 주는 은총을, 즉 식욕을 베풀어 주곤 했다. 나는 무심하게 숨 쉬고 소화하고 배설하면서 살기 시작했으니 그냥 살아가는 것이었다. 실컷 먹여 키운 동반자인 내 육체에, 무슨 포악성이나 사나운 욕구가 있다는 것은 전혀 모르고 자랐다. 내가 내 육체의 존재를 느낀 것은, 어른들 때문에 크게 자극된 일련의 여린 불안감에서 비롯된 것이었다. 당시 훌륭한 집안에는 약골로 태어난 아이가 적어도 하나쯤은 있게 마련이었다. 나는 태어날 때 죽음의 문턱까지 갔으니 그 점에서는 안성맞춤이었다. 어른들은 눈 뗄 사이 없이 나를 지켜보고 내 맥을 짚어 보았다. 내 체온을 재고 혀를 내밀어 보라고 했다. "애가 좀 해쓱하지 않니?" "불빛 때문에 그렇게 보이는 거죠." "틀림없이 여위었다니까!" "하지만 아버지, 어제 체중을 달아 보았는걸요." 이렇게 샅샅이 살피는 시선을 받으면서 나는 내가 물체가 되고 병에 꽂힌 꽃처럼 되는 것을 느꼈다. 그러다가 결국 나는 침대로 끌려 들어갔다. 더워서 숨이 막힐 지경이었고, 이불 속에서 몸이 달아올라 내 육체와 불쾌감이 뒤범벅되었다. 그 두 가지 중에서 과연 어느 쪽이 바람직하지 않은 것인지 이미 분간할 수가 없었다.

목요일이면 할아버지의 공저자(共著者)인 시모노 씨가 우리 집에 와서 점심을 함께했다. 나는 콧수염에 기름을 바르고 앞머리를 염색하고 소녀 같은 볼을 가진 그 50대의 사나이가 무척 부러웠다. 대화가 끊기지 않도록 안마리가 그에게 바흐를 좋아하느냐, 바다나 산을 즐기느냐, 고향에 대하여 좋은 추억을 가지고 있느냐는 따위의 질문을 하면, 그는 한참 생각에 잠겨, 화강암 산맥과 같은 자신의 여러 취향을 따져 보는 것이었다. 그리고 마침내 질문에 대한 대답을 마련했을 때 그는 고개를 끄덕이며 태평한 어조로 어머니에게 그것을 알렸다. 얼마나 행복한 사나이인가! 그는 필경 아침마다 기쁨에 넘쳐서 눈을 뜨며, 어떤 드높은 곳으로부터 자기의 봉우리며 능선이며 골짜기를 살펴볼 테지. 그러고는 "이게 바로 나다. 나는 머리끝에서 발끝까지 시모노 씨다."라고 중얼거리며, 흐뭇하게 기지개를 켜겠지. 나는 그런 생각을 했다. 물론 나도 누가 물어보면 내가 좋아하는 것이 무엇인지 말해 주고 또 그것이 옳다고 주장할 수도 있었으리라. 그러나 혼자 있을 때는, 내가 무엇을 좋아하는지 알쏭달쏭했다. 좋아하는 것을 확인하기는커녕, 그것을 애써 지키고 내세우고 살려 나가야 했다. 나는 내가 송아지 불고기보다 안심 스테이크를 더 좋아하는지조차도 확신이 없었다. 누가 내 마음속에 울퉁불퉁한 풍경이나 절벽처럼 올곧은 고집을 심어만 준다면 뭐든지 내바쳤을 것이다. 피카르 부인이 재치 있게 유행어를 써 가며 할아버지를 두고 "샤를은 참 기막힌 존재지."라든가 "인간이란 알 수 없는 존재*야."라고 할 때면, 나는 돌이킬 수 없이 저주받은 것 같은 느낌이었다. 뤽상부르의 조약돌들, 시모노 씨, 마로니에 나무, 칼레마미, 이들은 모두 존재하는 것이었다. 그러나 나는 아니었다. 내게는 존재의 관성도, 깊이도, 뚫어 볼 수 없는 두께도 없었다. 나는 무(無)였다. 지워 버릴 수 없는 투명성이었다. 시모노 씨가, 조상(彫像) 같고 바위덩이 같은 그 사나이가 더더구나 이 세상에서 없어서는 안 될 사람이라는 것을 어느 날 알게 되었을 때 나는 한없는 질투심에 휩싸였다.

그날은 잔칫날이었다. 현대어학원에서는 백열등의 흔들리는 불빛 아래서 사람들이 박수를 치고 어머니는 쇼팽의 곡을 연주하고, 할아버지의 명령으로 모두가 프랑스어로 말을 했다. 색 바랜 비단 같고 오라토리오처럼 장중하고 느릿느릿하고 후두음(喉頭音) 투성이인 프랑스어였다**. 나는 땅바닥에 발이 닿을 겨를도 없이 이 손에서 저 손으로 날아다녔다. 어느 독일 여류 작가의 가슴팍에 눌려 숨이 답답할 지경이었는데, 그때 할아버지가 그의 드높은 자리에서 한마디 선언을 했다. 그 말이 내 가슴을 후려쳤다. "이 자리에 꼭 있어야 할 사람이 없소.

---

* 여기서 피카르 부인이 사용했다는 유행어는 être(존재)다. 그녀는 '사람'이라는 뜻으로도 homme 대신에 이 단어를 사용하고 있다. 다소 무리한 번역이지만, 바로 뒤에 나오는 '존재'라는 말과도 관련이 있어 곧이곧대로 '존재'라고 옮겨 놓았다. 『구토』를 상기하면 이 대목을 더 잘 이해할 수 있을 것이다.
** 독일 사람들이 하는 프랑스어.

시모노 씨가 없단 말이오." 나는 여류 작가의 품에서 빠져나와 방 한구석으로 달아났다. 그러자 손님들이 안중에서 사라졌다. 나는 소란스러운 원형의 중심에 기둥 하나가 우뚝 서 있는 것을 보았다. 그것은 산 육신으로는 이 자리에 없는 시모노 씨 자신이었다. 그 놀라운 부재(不在)가 그를 변신시킨 것이다. 학원 행사에 모든 사람들이 다 온 것은 결코 아니었다. 어떤 수강생들은 몸이 불편해서, 또 다른 수강생들은 사정이 있어서 못 왔다. 그러나 그런 것은 우발적이며 하찮은 일들에 불과했다. 오직 시모노 씨가 없다는 사실만이 중요했다. 그의 이름을 입 밖에 내기가 무섭게 이 빽빽한 방 안에 칼로 도려낸 듯이 빈자리가 파였다. 한 인간이 이미 마련된 제자리를 가지고 있다는 것이 놀라웠다. 그의 자리, 그곳은 만인의 기다림으로 하여 깊숙이 파인 허공이며, 육신이 갑자기 다시 태어날 듯한 보이지 않는 자궁이다. 그러나 만약 시모노 씨가 박수갈채를 받으며 땅에서 불쑥 솟아 나왔다면, 그리고 여인들이 앞 다투어 달려나와 그의 손에 입 맞추려 했다면, 나는 도리어 실망하고 말았으리라. 육신의 존재란 항상 군더더기이기 때문이다. 한데 순수한 부정적 본질로 환원된 이 순결 무구한 사람은 다이아몬드처럼 더 이상 압축될 수 없는 투명성을 지니고 있었다. 그러나 나로 말하자면, 지상의 어느 한정된 곳에서 시시각각으로 어떤 사람들 틈에 끼어 있고 거기서 자기의 존재가 군더더기임을 느끼는 것이 내 운명이었다. 그렇기 때문에 나는 내가 마치 물처럼, 빵처럼, 공기처럼 다른 모든 사람들에게 다른 모든 곳에서 아쉬운 존재가 되기를 바란 것이다.

이 소원은 날마다 내 입에서 새어 나왔다. 샤를 슈바이체르가 어느 곳에서나 '필요한 존재'를 강조한 것은 그의 고뇌를—나는 그것을 그가 살아 있는 동안에는 전혀 눈치 채지 못했고 이제야 겨우 알아차리게 되었지만—은폐하기 위한 수작이었다. 할아버지의 말로는 그의 동료들은 모두가 하늘을 떠받들고 있는 사람들이었다. 아틀라스 신과 같은 이들 문법학자, 문헌학자, 언어학자 중에는 리옹 캉 씨도 또 『교육평론』의 편집장도 한몫 차지하고 있었다. 그는 우리에게 그들이 얼마나 중요한 사람인지를 가늠하도록 하기 위하여 장엄하게 말하는 것이었다. "리옹 캉은 자기의 일에 밝은 사람이야. 우리 학원에 안성맞춤이었지." 또 이런 말도 했다. "쉬레르도 이젠 늙었군. 그렇다고 그를 은퇴시키는 따위의 어리석은 짓을 해서는 안 되지. 그러다간 엄청난 손실이 된다는 것을 교육청은 모르고 있는 거다!" 이렇듯 나는 둘도 없이 소중한 노인들에게 둘러싸여 있었다. 만일 그들이 머지않아 사라진다면 유럽이 당장 결딴나고 필경 야만 상태로 빠져들 것만 같았다. 그러니 어떤 기적적인 목소리가 내 마음속에서 이런 말을 하는 소리를 듣게 된다면 난들 더 바랄 나위가 있었겠는가! "이 꼬마 사르트르는 제 일에 밝다. 만약 그가 사라진다면, 엄청난 손실이 된다는 것을 프랑스는 모르고 있는 거다!" 부르주아의 어린애는 순간의 영원 속에서, 다시 말하면 무위(無爲) 속에서 산다. 나는 당장에 그리고 영원토록 그리고 또 애초부터 아틀라스가 되기를 바랐다. 그러나 노력을 해야 아틀라스가 될 수 있다는 것은 꿈에도 생각하지 못했다. 내게 필요한 것은 오직 내 권리를 회복시켜 줄 최고 재판소의 선고였다. 그러나 그 법관들은 대체 어디 있단 말인가? 내가 태어나면서 얻은 법관들은 서투른 광대 노릇을 했기 때문에 이미 내 신뢰를 잃고 말았다. 나는 그들을 기피했지만, 그렇다고 다른 법관들이 눈에 띄지도 않았다.

믿음도 율법도 없고, 이유도 목적도 없는 어리둥절한 벌레와 같은 나는 집안의 연극 속으로 도피해서 빙글빙글 돌고 달리고 속임수에서 속임수로 옮아 다녔다. 나는 정당화될 수 없는 나의 육체와 그 육체의 비루한 고백들을 피했다. 팽이가 장애물에 부딪쳐서 멎기만 해도 이 얼빠진 꼬마 어릿광대는 동물적인 혼미 상태로 빠지곤 했다. 어머니의 친구들은 내가 슬픈 얼굴을 하고 있고, 멍하니 공상에 잠긴 모습을 본 적이 있다고 말했다. 그러면 어머니는 웃으면서 나를 껴안았다. "언제나 명랑하고 줄곧 노래도 잘 부르면서! 그런데도 무슨 불만이 있니? 가지고 싶은 것도 다 가지고 있는데!" 어머니 말이 옳았다. 응석꾸러기로 자란 어린애는 슬플 이치가 없는 것이다. 그는 왕자처럼 따분할 뿐이다. 혹은 개처럼.

그렇다, 나는 개다. 하품을 한다. 눈물이 떨어진다. 나는 눈물이 떨어지는 것을 느낀다. 나는 나무다. 바람이 내 가지에 매달려 어렴풋이 흔든다. 나는 파리다. 유리창을 기어오르다가 데굴데굴 떨어진다. 나는 다시 기어오르기 시작한다. 때때로 나는 지나가는 시간의 애무를 느낀다. 또 어떤 때는 — 대부분의 경우가 그렇지만 — 시간이 지나가지 않는 것을 느낀다. 1분 1분이 부르르 떨며 밀어닥쳐서 나를 집어삼키고는 여간해서 죽지 않는다. 썩었으면서도 아직 살아 있는 그 시간들을 쓸어 없애면, 좀 더 신선하지만 역시 똑같이 허망한 시간이 대신 들어앉는다. 이 혐오감이 이른바 행복이라는 것이다. 어머니는 내가 사내애들 중에서 가장 행복한 놈이라고 되뇐다. 그것이 사실이니 어찌 그 말을 믿지 않겠는가? 내가 버림받고 있다는 생각은 전혀 해 본 일이 없다. 우선 그런 처지를 무엇이라고 불러야 할지 적당한 말이 없다. 그리고 그것을 본 일도 없다. 나는 언제나 남들에게 에워싸여 있었으니 말이다. 그 상태가 내 삶의 올이며 내 기쁨의 천이며 내 생각의 살이다.

나는 죽음을 보았다. 다섯 살 때 죽음이 나를 노리고 있었다. 저녁이면 그것이 발코니를 배회하고 유리창에 낯짝을 찰싹 붙이고 들여다보았다. 나는 그것을 보았지만 감히 아무 말도 하지 못했다. 우리는 언젠가 볼테르 강변로*에서 그 죽음을 만난 일이 있었다. 그것은 몸집이 크고 검정 옷을 걸친 미치광이 할멈의 모습이었다. 그녀는 내가 지나가자 중얼거렸다. "저 녀석을 내 주머니에 잡아넣을까 보다." 또 언젠가 그것은 동굴의 모양을 띠고 나타났다. 아르카숑에서의 일이었다. 칼레마미와 어머니는 뒤퐁 부인과 작곡가인 그의 아들 가브리엘**을 찾아 갔다. 나는 그들의 별장 정원에서 놀았다. 그러나 무서웠다. 가브리엘이 병자이며 곧 죽을 것이라는 말을 들었기 때문이다. 나는 내키지 않았지만 말 타는 흉내를 내며 집 주위를 뛰어다녔다. 그때 별안간 시커먼 동굴이 눈에 띄었다. 지하실 문이 열려 있었던 것이다. 나는 그 어떤 외로움과 공포의 실체에 마주친 듯이 눈앞이 캄캄해졌다. 황급히 되돌아선 나는 목이 터져라고 노래를 부르며 달아났다. 그 무렵에 나는 밤마다 침대에서 죽음과 만나곤 했다. 그것은 일상적인 의식이 되었다. 나

---

* 파리 중심가에 위치한 센 강변로.
** Gabriel Dupont.(1878~1914)

는 반드시 벽 쪽을 향해서 왼쪽으로 돌아눕는다. 그러고는 부들부들 떨며 기다리고 있으면, 죽음은 흔히 그렇듯이 낫을 든 해골의 모습으로 나타난다. 이윽고 나는 오른쪽으로 돌아누울 수 있다는 허가를 받는다. 그러면 죽음은 가 버리고 나는 편안히 잘 수 있게 된다. 낮에는 그것이 갖가지 변장을 하고 나타난다는 것을 알았다. 간혹 어머니가 프랑스어로 「마왕」*을 노래할 때면 나는 귀를 틀어막았다. 그리고 「주정뱅이와 그의 아내」**를 읽고 나서는 여섯 달 동안이나 라퐁텐의 우화집을 펼쳐 보지 못했다. 그러나 죽음이라는 그 나쁜 년은 인정사정이 없었다. 메리메의 단편소설 「일의 비너스」 속에 숨어서, 내가 읽기를 기다리고 있다가는 목덜미로 덤벼드는 것이었다. 그러나 장례식이나 무덤 같은 것을 두려워하지는 않았다. 그 무렵에 친할머니가 병으로 세상을 떠났다. 어머니와 나는 할머니가 아직 살아 있을 때 전보를 받고 티비에로 갔다. 사람들은 그 불행했던 긴 생명이 꺼져 가는 자리에서 나를 멀리 떼어 놓기로 했다. 집안의 친구들이 나를 맡아 자기들의 집에서 재워 주고, 내가 딴 생각을 하지 않도록 즉석에서 여러 놀이를 마련해 주었다. 그것은 교육적이었지만 슬픔이 촉촉이 배어 있는 놀이였다. 나는 놀기도 하고 책을 읽기도 하면서, 모범적인 침착성을 보이려고 무던히 애썼다. 그러나 나는 아무 느낌도 없었다. 또 우리가 묘지까지 장송 행렬을 따라갔을 때도 아무 느낌이 없었다. 죽음은 그 부재(不在)로 말미암아 빛났다. 세상을

---

* Erlkönig, 여러 가지 가사와 곡이 있으나, 가장 유명한 것은 괴테의 시에 슈베르트가 곡을 붙인 것. 프랑스어로는 Le Roi des Aulnes이다.
** L'ivrogne et sa femme, 라퐁텐(La Fontaine)의 우화.

떠난다는 것, 그것은 죽는 것이 아니었다. 늙은 할머니가 묘석(墓石)으로 변신한 것은 불쾌한 일이 아니었다. 실체 변환(實體變換)이, 존재로의 도달이 실현되었으니 말이다. 마치 내가 시모노 씨로 화려하게 변신하기라도 한 것 같은 일이 일어난 것이다. 그런 이유로 나는 이탈리아 식 묘지를 좋아했고, 지금도 좋아한다. 그곳의 묘석은 울퉁불퉁하다. 그것은 인간의 괴상한 모습 그대로이다. 그리고 원형의 장식틀이 고인(故人)의 첫 모습을 회상시키는 사진을 에워싸고 있다. 일곱 살 때 나는 진짜 죽음의 귀신을 도처에서 만났지만, 꼭 집어서 어디라고는 말할 수 없었다. 그것은 무엇이었던가? 그것은 한 인물의 모습으로, 그리고 일종의 강박관념으로 나타났다. 그 인물은 미치광이였다. 그리고 강박관념이란 밝디밝은 대낮에도 시커먼 입들이 도처에서 열려 나를 집어삼킬지도 모른다는 생각이었다. 사물에는 무서운 이면이 있는데, 이성을 잃었을 때는 그 이면이 보이게 된다. 그리고 죽는다는 것은 광증의 극한까지 가서 그 속으로 빠져 드는 것이다. 나는 공포 속에서 살았다. 그것은 어김없는 신경증이었다. 그 원인을 캐 보자면, 그것은 하늘이 내린 귀염둥이로서 응석받이로 자라 온 내가 자신의 근본적인 무용성(無用性)을 느꼈다는 데 있다는 생각이 든다. 집안의 관례라는 것이 억지로 꾸민 요식 행위로 늘 보였기 때문에 그 무용성은 더욱더 분명한 것으로 여겨졌다. 나는 내 존재가 군더더기라고 느꼈고, 따라서 마땅히 없어져 버려야만 할 터였다. 나는 시시각각으로 소멸 직전에 처한 시든 꽃이었다. 다시 말하면, 나는 이미 사형선고를 받았고, 조만간에 형이 집행될 판국이었다. 그렇지만 나는 한사코 그 판결을 거부했다. 내 생존이 소중해서가 아니라 반대로 생존에 집착하지 않았기 때문이다. 삶이 무의미하면 할수록 그만큼 더욱 죽음은 견딜 수 없는 것이 되기 마련이다.

신이 있다면 나를 이 궁지에서 끌어내 줄 수도 있었으리라. 나는 조물주가 보장한 걸작이었으리라. 우주적인 합주(合奏)에 나도 참여하고 있다는 것을 확신하면서 신이 그의 의도와 나의 필요성을 계시해 주기를 끈기 있게 기다렸으리라. 나는 종교를 예감하고 희망했다. 그것이 구원의 길이었다. 설사 누가 나로 하여금 종교를 못 갖게 했더라도, 나 자신이 스스로 만들었을 것이다. 그러나 거부당하지는 않았다. 가톨릭 신앙 속에서 자란 나는 전능(全能)한 신이 그의 영광을 위하여 나를 만들었다고 배웠다. 그것은 내가 감히 꿈꾸던 것 이상이었다. 그러나 그 후 내가 배우게 된 당대(當代)의 신(神)은 내 영혼이 기다리던 신이 아니었다. 내게는 조물주가 필요했는데 사람들이 내게 베풀어 준 것은 왕초였다. 양자는 결국 하나이지만 나는 그런 줄 몰랐다. 나는 건성으로 바리새 사람들의 우상을 섬겼으며, 공식적 교리 때문에 나 자신의 신앙을 구하는 것조차 싫어졌다. 그러나 얼마나 좋은 기회였던가! 신뢰와 오뇌 때문에 내 영혼은 하늘의 씨앗을 뿌리기 위한 선택(選擇)된 땅이 되어 있었으니 말이다. 따라서 그런 오해가 없었던들 나는 수도승이 되었으리라. 그러나 우리 집안은 당시 서서히 진행되고 있던 비(非)기독교화의 움직임에 젖어 들었다. 이 움직임은 볼테르의 사상에 물든 상류 부르주아 층에서 싹터서 한 세기에 걸쳐 사회의 온갖 층으로 퍼져 나갔다. 만약 이러한 전면적인 신앙의 쇠퇴가 없었던들, 시골 가톨릭 집안의 아가씨였던 루이즈 기유맹은 루터 파의 남자와 결혼하지 않겠다고 더 버텼을 것이다. 물론 우리 집안에서는 모두가 믿음을 가지고 있었다. 그러나 체면상의 믿음이었다. 콩브 내각* 이후로 칠팔 년이 지났는데도 공공연한 무신앙은 사납고 방종한 정념에 끌리는 짓으로 받아들여졌다. 무신론자라면 곧 괴물을 의미했다. 그는 터무니없는 짓을 할까 봐 아무도 식사에 초대하지 않는 미치광이였다. 또한 교회에서 무릎을 꿇고 딸을 결혼시키고 달콤한 눈물을 흘릴 권리를 스스로 거부하는 따위의 숱한 금기로 가득 찬 편집광이었다. 제 교리의 진실을 애써 제 언행의 순수성으로 증명하려 하고, 위안을 받으며 죽을 수 있는 길을 스스로 막을 정도로 자신과 자신의 행복에 거역하는 데 열중하는 그런 편집광이었다. 도처에서 신의 부재를 보고, 입만 열면 신이라는 말을 내뱉을 만큼 신에 미친 사람이었다. 요컨대 종교적 신념을 가진 인물이었다. 반대로 신자에게는 그런 것이 없었다. 이천 년 동안 기독교적 신념은 그 진가(眞價)를 증명할 만한 충분한 시간을 가져 왔고, 만인의 것이 되었다. 그래서 그 신념이 사제의 눈망울에서, 어스름한 성당 안에서 빛나고 영혼들을 밝혀 주기를 바랐지만, 아무도 그것을 새삼 자기 자신의 것으로 삼을 생각은 하지 않았다. 그것은 이를테면 공동 유산이었던 것이다. 선남선녀들은 신에 대해서 이야기하지 않기 위해서 신을 믿었다. 종교란 참으로 너그럽게 보이고 편리한 것이었다! 기독교도는 미사에 빠지고도 자식들

* 에밀 콩브(Emile Combes, 1835~1921)를 수상으로 성립된 내각(1902~1905). 평소 반교권(反敎權)주의자였던 그는 교육과 정치를 종교로부터 분리시키는 개혁을 했다.

을 종교 예식으로 결혼시킬 수 있었으며, 생 쉴피스*의 종교 용품들을 보고는 웃고, 「로엔그린의 결혼행진곡」을 들으면서는 눈물을 흘릴 수 있었다. 그들은 모범적인 생활을 해야만 하는 것도 아니었고 절망에 싸여 죽을 필요도 없었다. 또 심지어 화장(火葬)의 의무가 있는 것도 아니었다. 우리 주위에서, 우리 집안에서 신앙이란 달콤한 프랑스 식 자유를 장식하기 위한 명칭에 불과했다. 어른들은 다른 애들과 마찬가지로 나에게도 영세를 받게 했는데, 그것은 내 독립성을 보존하기 위해서였다. 만약 영세를 받게 하지 않으면 혹시 내 영혼이 뒤틀리게 되지 않을까 걱정했던 것이다. 정식으로 가톨릭 교도가 됨으로써 나는 자유롭고 정상적인 인간이 된 것이다. 그들은 이렇게 말했다. "후에는 제가 하고 싶은 대로 하라지." 당시에는 신앙을 얻는 일이 신앙을 잃는 것보다 훨씬 어렵다고들 생각하고 있었다.

샤를 슈바이체르는 너무나 철저한 배우여서 '위대한 관객'이 있어야만 했다. 그러나 그는 중대한 고비를 겪을 때를 제외하고는 신을 생각하는 일이 거의 없었다. 죽을 때가 되면 신을 다시 만나리라는 것을 믿고 평소의 생활에서는 신을 멀리하고 있었다. 우리의 잃어버린 지방**의 분위기와 반 교황파인 그의 동기들과 같은 상스러운 활기를 간직하고 있는 그는 사석(私席)에서는 기회만 있으면 가톨릭을 조롱했다. 식사 중에 그가 했던 이야기는 루터의 이야기를 방불케 했다. 특히 루르드

* 유명한 생 쉴피스(Saint Sulpice) 성당 주위에는 종교 용품을 파는 가게들이 많았다.
** 독일이 차지하고 있던 알자스 로렌 지방을 가리키는 말.

성지(聖地)에 관해서 이야기를 시작하면 그칠 줄을 몰랐다. 베르나데트*가 거기서 본 것은 "속옷을 갈아입고 있는 여염집 부인"이었을 것이며, 중풍 환자를 연못에 처넣었다가 꺼내니까 "두 눈을 말똥말똥 뜨고 보았다."는 따위의 이야기였다. 온몸에 이가 득실거리던 성(聖) 라브르**의 생애며, 병자들의 똥을 혓바닥으로 긁어 모았다는 성녀 마리 알라콕***의 생애에 관한 이야기도 했다. 이러한 엉터리 이야기가 내게는 도움이 되었다. 나는 아무 재물도 가지고 있지 않았기 때문에 이 세상의 모든 재물을 무시하는 초연한 경지에 도달하려는 성향이 더욱 강했다. 그래서 나는 궁핍 속에서의 안락을 쉽사리 천명으로 여겼을지도 모를 일이다. 신비주의란 제자리를 잃은 사람들이나 여분의 아이들에게 안성맞춤인 것이다. 만일 할아버지가 그의 이야기들을 정반대의 입장에서 해 주기만 했다면 나는 문제없이 신비주의자가 되었을 것이다. 나는 하마터면 성성(聖性)에 먹힐 뻔했다. 한데 할아버지는 나로 하여금 그것을 영원히 혐오하도록 만들어 준 것이다. 나는 성스럽다는 것을 할아버지의 눈을 통해서 보게 되었다. 그 가혹한 광기(狂氣)는 멋없는 도취 상태 때문에 역겨웠고, 육체에 대한 잔인한 멸시 때문에 공포감을 주었다. 성자들의 해괴한 행동들은 야회복을 입고 바다로 뛰어든 영국인의 기행과 마찬가지로 우스운 것이었

---

* Bernadette, 1858년 루르드(Lourdes)의 동굴에서 성모의 모습을 보았다는 처녀. 그 이후 그곳이 성지로 알려지면서 동굴과 샘물을 찾아가는 순례자와 병자들이 많이 생겼다.

** Saint Labre, 프랑스의 고행자.(1748~1783)

*** Sainte Marie Alacoque, 예수의 모습을 세 번이나 보았다는 수녀.(1647~1690)

다. 할아버지가 그런 이야기를 할 때면 할머니는 화를 내는 척하고, 무신론자니 이단자니 하면서 남편의 손가락을 톡톡 치기도 했다. 그러나 그럴 때에 할머니의 너그러운 미소를 보고 나는 완전히 알게 되었다. 할머니는 아무것도 믿는 게 없었던 것이다. 다만 회의주의(懷疑主義) 때문에 무신론자까지는 되지 않고 있을 뿐이었다. 어머니는 그런 문제에 참견하기를 삼갔다. 자기 나름대로의 신을 가지고 있었고, 남몰래 위로해 줄 것 말고는 신에게 바라는 게 별로 없는 여자였다. 줄어들기는 했어도 내 머릿속에서는 여전히 갈등이 계속되었다. 또 하나의 나, 말하자면 나의 음흉한 분신은 모든 신앙 조항에 거역했지만 그 태도는 우유부단한 것이었다. 나는 가톨릭인 동시에 프로테스탄트였고, 복종하는 정신과 비판하는 정신을 함께 지니고 있었다. 결국 그 모든 것이 성가시기 짝이 없었다. 나는 교리상의 갈등 때문이 아니라 조부모의 무관심 때문에 무신앙으로 끌려갔다. 그러면서도 나는 믿고 있었다. 속옷 바람으로 침대 위에 꿇어앉아 두 손을 모으고 날마다 기도를 올렸다. 그러나 하느님을 생각하는 일은 점점 드물어졌다. 어머니는 목요일마다 나를 디빌도스 신부의 학교로 데리고 갔다. 거기서 나는 낯선 애들 틈에 끼어 종교 교육을 받았다. 할아버지의 감화 때문에 나는 신부들을 이상한 짐승으로 여기고 있었다. 그들은 나의 종파를 이끄는 사람들인데도 불구하고, 그 사제복과 독신 생활 때문에 목사들보다 더 생소해 보였다. 샤를 슈바이체르는 개인적으로 친분이 있는 디빌도스 신부를 "성실한 사람이야!"라고 하면서 존경했다. 그러나 할아버지의 반교권주의(反敎權主義)는 아주 공공연한 것이어서 나는 그 종교 학교의 문턱

턱을 넘을 때마다 마치 적지(敵地)를 뚫고 들어가는 듯한 기분이었다. 그러나 나 자신으로서는 신부들이 싫지는 않았다. 나에게 이야기할 때 그들의 얼굴은 영성(靈性)으로 마사지라도 한 듯이 부드러웠고, 사뭇 감동한 듯 친절로 넘치는 태도였으며, 눈초리는 한없이 깊었다. 그것은 특히 피카르 부인과 어머니의 다른 나이 든 음악 친구들에게서 보았던, 내가 좋아하는 그런 눈초리였다. 나 때문에 신부들을 싫어한 이는 바로 할아버지였다. 할아버지는 자신이 먼저 나를 친구인 신부에게 맡길 생각을 했으면서도, 목요일 저녁 집으로 돌아오는 꼬마 가톨릭 신자를 걱정스러운 표정으로 살펴보는 것이었다. 그는 내 눈 속에서 얼마큼 더 '파피슴*'에 물들었는지를 탐지하려 하고는 나를 놀리기까지 했다. 그러나 이런 거북한 상황은 6개월 이상 계속되지는 않았다. 어느 날 나는 예수의 수난에 관한 프랑스어 작문을 선생에게 제출했다. 그 작문은 온 집안이 감탄하고 어머니가 손수 베끼기까지 한 것이었다. 그런데도 은메달밖에 타지 못했다. 이 실망이 나를 배교(背敎)로 몰아넣고 말았다. 나는 한번은 병 때문에, 그 다음은 방학으로 해서 디빌도스 학교에 돌아가지 못했다. 그리고 개학이 되자 다시는 가지 않겠다고 버텼다. 그 후에도 몇 해 동안은 전능하신 하느님과 공식적 관계를 유지하기는 했다. 그러나 사적(私的)으로는 이미 그 교제를 끊어 버렸다. 단 한 번 나는 하느님이 있다는 느낌을 가진 적이 있었다. 성냥개비를 가지고 놀다가 자그마한 양탄자를 태웠는데, 내 죄를 위장하려는 중에 별안간 신이 나를

---

* papisme, 원래는 '교황제'라는 뜻이지만, 여기에서는 가톨릭교를 경멸하여 '교황지상주의' 정도의 뜻으로 말한 것이다.

보는 것 같았다. 나는 머릿속에서, 손등에서 그의 시선을 느꼈다. 꼼짝없이 들켜 살아 있는 과녁이 된 나는 욕실에서 빙글빙글 돌았다. 그때 분노가 나를 구해 줬다. 그토록 버릇없이 남을 염탐하다니 화가 치밀었다. 나는 신을 모독하는 말을 내뱉으며 할아버지처럼 중얼댔다. "빌어먹을 하나님 같으니, 빌어먹을 하나님 같으니!" 신은 그 후 다시는 나를 쳐다보지 않았다.

나는 지금까지 소명을 어긴 이야기를 했다. 나는 신을 필요로 했고, 사람들은 내게 신을 주었다. 나는 내가 신을 찾고 있다는 것을 스스로 깨닫지 못한 채 신을 받아들였다. 신은 내 가슴속에 뿌리를 내리지 못했기 때문에 얼마 동안 내 속에서 그럭저럭 연명하다가 죽어 버렸다. 요새도 누가 내 앞에서 신을 이야기할 때면, 나는 옛 추억 속의 미인을 다시 만나는 늙은 한량처럼 미련 없는 가벼운 기분으로 이렇게 말하곤 한다. "50년 전에 그 오해와 오인이 없었더라면, 우리를 갈라놓은 그 사건이 없었더라면, 우리 사이에 무슨 일이 있었을지도 모르지."

사실은 아무 일도 없었다. 그러나 내 문제는 악화일로를 달렸다. 할아버지는 나의 길게 기른 머리에 짜증을 내면서 어머니에게 말했다. "얘는 사내애다. 너는 얘를 계집애로 만들려는 거냐? 나는 내 손자가 나약한 녀석이 되는 건 싫단 말이다!" 그러나 어머니는 꺾이지 않았다. 지금 생각해 보니 어머니는 내가 정말 계집애로 태어났다면 좋아했을 것이다. 그랬다면 다시 살아난 자신의 서글픈 유년기를 알뜰살뜰 돌보면서 크나큰 행복을 느꼈으리라. 그러나 하늘이 그 소원을 풀어 주지 않은 이상, 그녀는 궁여지책을 마련할 수밖에 없었다. 그래서 천사의 성이 원래 어느 쪽인지 모르지만 약간은 여성다운 천사처럼 나를 꾸며 놓았다. 성품이 얌전한 그녀는 나에게 얌전한 언행을 가르쳐 주었다. 그리고 나의 고독한 환경이 여기에 가세해서 난폭한 놀이를 멀리하게 해 주었다. 어느 날 — 일곱 살 때였다. — 할아버지는 더는 참지 못하고, 나를 끌고 나갔다. 함께 산책을 하겠다는 말이었다. 그러나 길 모퉁이를 돌아서자 나를 이발소로 밀어 넣으면서 말했다. "네 어미를 좀 놀라게 해 주자." 그렇지 않아도 나는 남을 놀라게 하는 일을 무척 좋아했다. 우리 집에는 항상 그런 일이 그치지 않았다. 장난 삼아 또는 체면을 생각해서 무엇을 숨긴다거나, 뜻밖의 선물을 준다거나, 극적으로 나타나서 부둥켜안는다거나 하는 따위의 짓이었다. 그것이 우리 집안의 풍속이었다. 내가 맹장 수술을 받았을 때도 어머니는 할아버지에게 걱정을 끼치지 않기 위해서 — 필경 걱정하지도 않았겠지만 — 한마디도 하지 않았다. 돈은 오귀스트 아저씨가 대 주었다. 우리는 아르카숑에서 몰래 돌아와서는 쿠르브부아 병원에 숨어 버렸다. 수술 이틀 후에, 오귀스트 아저씨가 할아버지를 만나러 가서 말했다. "좋은 소식을 가져왔어요." 할아버지는 그 부드럽고도 엄숙한 말투에 속아 넘어갔다. "네가 재혼을 하는 게로구나!" 아저씨는 빙긋이 웃으며 대답했다. "아니오. 모든 일이 잘 끝났어요." "뭐라고, 모든 일이라니?" 예를 들면 이런 따위의 이야기들이다. 요컨대 남을 깜짝 놀라게 하는 짓이 내게는 다반사였다. 나는 동그랗게 말린 내 머리칼이 목에 두른 흰 수건 위를 굴러 야릇하게 윤기를 잃고 마룻바닥에 떨어지는 것을 정겹게 내려다보았다. 나는 짧은 머리로 의기양양하게 돌아왔다.

모두들 소리를 질렀을 뿐 나를 껴안아 주지도 않았다. 어머니는 자기 방으로 물러가더니 울기만 했다. 귀여운 딸을 사내애와 바꿔치기 당한 것이었다. 그런데 그보다 더 딱한 일이 생겼다. 길게 말린 나의 아름다운 머리칼이 귓전에서 펄럭거리는 동안은 어머니는 내가 못생겼다는 자명한 사실을 부인할 수 있었다. 하지만 내 오른쪽 눈은 벌써 뿌예지고 있는 판이었다. 어머니도 그 사실을 인정하지 않을 수 없었다. 할아버지 자신도 어쩔 바를 모르는 것 같았다. 귀여운 보물을 맡았는데 두꺼비로 만들어 버린 것이다. 그의 미래의 신나는 꿈이 밑바닥부터 무너진 것이다. 할머니는 우습다는 듯이 그를 바라보고는 이렇게 한마디 던질 뿐이었다. "영감이 기가 죽었군, 뚱하고 있는 걸 보면."

어머니는 고맙게도 자신이 왜 시름에 잠겼는지 그 이유를 내게는 숨기고 있었다. 나는 열두 살이 되어서야 갑자기 그 이유를 깨달았다. 그러나 그 전에도 어쩐지 기분이 이상하기는 했다. 우리 집안과 친근한 사람들이 근심스러운 듯이 혹은 난처한 듯이 나를 쳐다보는 일에 자주 마주쳤던 것이다. 나의 관객들은 나날이 더 까다로워졌다. 나는 분발해야만 했다. 그러나 애써 효과를 내려고 하다가 연기가 부자연스럽게 되고 말았다. 나는 늙어 가는 여배우의 고뇌를 알게 되었다. 나 아닌 남들이 인기를 끌 수도 있다는 것을 알았다. 좀 후의 일이지만 깊은 충격을 준 두 가지 일이 기억에 남아 있다.

아홉 살 때였다. 비가 오고 있었고, 누아레타블* 호텔에는 나를 비롯해 열 명의 아이들이 마치 같은 자루 속에 든 열 마

---

* Noirétable, 루아르(Loire) 지방의 작은 도시. 관광지로 알려져 있다.

리의 고양이처럼 모여 있었다. 우리를 그냥 놀리지 않기 위해서, 할아버지는 열 명의 등장인물이 나오는 애국적인 희곡을 써서 연출해 주기로 승낙했다. 우리 중에서 가장 나이 많은 베르나르가 속은 친절하지만 무뚝뚝한 슈트루토프 영감 역을 맡았다. 나는 알자스 청년이었다. 나의 아버지는 프랑스를 택한 사람*으로, 아버지를 찾아가기 위해서 비밀리에 국경을 넘는 중이었다. 나는 용맹스러운 대사를 읊기로 되어 있었다. 그래서 오른팔을 번쩍 쳐들고 고개를 기울이며, 통통한 내 한쪽 볼을 어깨에 기대고는 "잘 있거라, 잘 있거라. 그리운 알자스여." 하고 중얼거렸다. 연습 중에는 나의 자태가 못내 귀엽다고들 야단이었다. 나로서는 당연한 일로 여겨졌다. 공연은 정원에서 하기로 되어 있었다. 두 더미의 참빗살나무와 호텔의 담이 무대의 테두리를 이루었고 부모들은 등나무 의자에 앉았다. 아이들은 신바람이 났는데, 나 혼자만은 그럴 수가 없었다. 연극의 성패가 내 손에 달려 있다고 확신한 나는 우리 전체를 위해서 기어코 관객의 마음에 들려고 애를 썼다. 모든 시선이 내게로 집중된 듯이 생각됐다. 결국 나는 오버액션을 하고 말았다. 관중들의 환호는 과장이 적었던 베르나르에게로 기울었다. 그것을 내가 알아차렸던 것일까? 연극이 끝나고 그가 모금(募金)을 하는 중에 나는 살며시 그의 뒤로 가서 수염을 잡아당겼다. 수염이 떨어져서 내 손에 쥐어졌다. 그것은 관객을 웃기기 위한 스타의 엉뚱한 장난이었다. 나는 신이 나서 그 전리

---

* 1870년 보불전쟁에서 프랑스가 패배하자, 알자스 로렌 지방은 프러시아로 넘어갔다. 그때 그 지방의 많은 사람들이 프랑스를 제 나라로 택하고 망명했다.

품을 휘두르며 깡충깡충 뛰었다. 그러나 아무도 웃질 않았다. 어머니는 내 손을 붙잡더니 재빨리 끌어냈다. 그러고는 상심한 듯이 물었다. "그게 무슨 짓이니? 수염이 참 귀여웠는데! 모두들 어처구니없어서 저런! 하고 소리치더라." 그때 벌써 할머니가 따라와서 마지막 소식을 전했다. 베르나르의 어머니가 내 행동이 질투 때문이라고 하더라는 것이었다. "잘난 체하면 어떻게 되는지 알겠지?" 나는 얼른 그 자리를 빠져나와 방으로 달려갔다. 그리고 거울이 달린 옷장 앞에 꼼짝 않고 서서 오랫동안 얼굴을 찡긋찡긋해 보았다.

피카르 부인의 의견으로는 아이라고 해서 못 읽을 책은 없다는 것이었다. "잘 쓴 책이라면 절대로 해로울 게 없지." 나는 전에 그녀가 있는 자리에서 『보바리 부인』을 읽도록 허락해 달라고 조른 적이 있었다. 어머니가 그 매우 음악적인 음성으로 말했다. "하지만 내 귀염둥이가 이 나이에 벌써 그런 책을 읽으면 장차 커서는 어떻게 될까?" "책에 나오는 대로 하지!" 나의 이 대꾸는 가장 솔직하고 가장 오랫동안 인상에 남은 명답이 되었다. 피카르 부인은 우리 집에 올 때마다 넌지시 그 명답에 대해 언급했고, 그러면 어머니는 꾸짖는 듯하면서도 자랑스럽다는 듯이 외치는 것이었다. "블랑슈! 그 얘긴 그만해 두세요. 애를 버려 놓으시려고!" 나는 내 최고의 관객인 이 창백하고 뚱뚱한 노파를 좋아하면서도 동시에 멸시했다. 그녀가 온다는 말만 들어도 나는 갑자기 재주가 넘쳐 나는 듯한 느낌이 들었다. 나는 그녀가 치마를 잃어버려 엉덩이가 보이는 장면을 공상했는데, 그것이 그녀의 정신에 경의를 표하는 나대로의 방식이었다. 1915년 11월 그녀는 내게 선물을 주었다. 붉은 가죽 장정에 테두리에는 금박을 두른 수첩이었다. 우리는 할 아버지가 없는 틈을 타서 서재에 자리를 잡았다. 두 여인은 활기있지만 1914년보다는 낮은 음성으로 이야기했다. 전쟁이 일어났기 때문이었다. 창문에는 누렇고 더러운 안개가 서려 있었고 식은 담배 연기 같은 냄새가 났다. 나는 그 수첩을 열어 보고 처음에는 실망했다. 소설이나 단편집을 기대하고 있었는데 알록달록한 종잇장을 넘길 때마다 같은 형식의 질문이 스무여 번이나 되풀이되어 있었던 것이다. 피카르 부인이 말했다. "답을 써 봐라. 네 친구들에게도 답을 써 보라고 해. 후에 좋은 추억거리가 될 테니까." 나는 이제 깜짝 놀라게 해 줄 기회가 왔다고 생각했다. 그래서 당장에 답을 쓰고 싶었다. 할아버지 책상 앞에 앉아 깔판의 흡인지 위에 수첩을 놓고는, 갈랄리트* 대로 된 할아버지의 펜을 들어 붉은 잉크를 듬뿍 찍었다. 그리고 어른들이 재미있다는 듯이 서로 눈짓을 해 보이는 동안, 답을 쓰기 시작했다. 나는 내 나이 또래 이상의 명답을 만들어 내려고 내 지성보다 더 높이 껑충 뛰어올랐다. 그러나 불행히도 그 질문들은 내 기대에 어긋났다. 그것은 단지 내 호불호를 묻는 것이었다. 좋아하는 색깔은 무엇이며 좋아하는 냄새는 무엇인가 하는 따위였다. 별로 마음이 내키지 않는 채 좋아하는 것을 꾸며 대고 있었는데, 때마침 으스댈 기회가 생겼다. "당신의 가장 큰 소망은 무엇인가?"라는 질문이 나타난 것이다. 나는 서슴지 않고 답을 적었다. "군인이 돼서 전사자들의 원수를 갚는 것." 그러고는 너무 흥분하여 그 이상 계속할 수가 없어서

---

* galalithe, 합성수지의 일종. 원래는 상표명이었는데 보통명사로 바뀌었다.

마룻바닥으로 뛰어내려 내가 쓴 것을 어른들에게로 가져갔다. 그들의 눈초리가 날카로워졌다. 피카르 부인은 안경을 고쳐 쓰고 어머니는 그녀의 어깨 너머로 기웃거렸다. 두 사람은 심술 궂게 입술을 삐죽거렸다. 그러다가 동시에 고개를 들었다. 어머니는 얼굴을 붉히고, 피카르 부인은 내게 수첩을 돌려주며 말했다. "애야, 이런 것은 진심으로 써야만 재미있는 거란다." 나는 숨이 막히는 듯했다. 내 실수가 너무나 뚜렷했던 것이다. 그들은 깜찍한 아이를 기대했는데 나는 고상한 아이 노릇을 한 것이다. 게다가 재수 없게도 그들은 전선에서 싸우는 가족이라고는 한 사람도 없는 처지였다. 군인다운 고상한 정신은 그들의 온건한 마음에 아무런 감동도 줄 수 없었다. 나는 그 자리에서 달아나, 거울 앞으로 가서 상을 찌푸렸다. 지금 그 찌푸린 얼굴을 회상해 보건대 그것은 자기 방위의 구실을 했다. 벼락 같은 수치심이 공격해 오자 나는 근육을 방패 삼아 자신을 지킨 것이다. 그뿐 아니라 찌푸린 얼굴은 내 불운을 극단으로까지 몰고 감으로써 도리어 나를 해방시켜 주었다. 나는 굴욕감을 모면하기 위해서 자기 비하 속으로 뛰어든 것이었다. 나는 남의 환심을 사는 수단을 스스로 털어 버리려고 했다. 그런 수단을 가지고 있었지만 잘못 사용했다는 것을 잊어버리기 위해서였다. 그 점에서 거울은 커다란 도움이 되었다. 내가 괴물이라는 것을 나 자신에게 알려 주는 역할을 거울에 떠맡겼기 때문이다. 거울이 그 일을 해 준다면 나의 날카로운 회한은 자기 연민으로 변할 터였다. 그러나 특히 이번의 실수를 통해서 나의 비굴함을 깨닫게 되자 나는 자신을 징글맞은 놈으로 만들려 했다. 그러면 더 이상 그런 비굴한 짓을 할 수 없게 되고 또 남들과 나 사이의 상호 접촉이 끊어지게 될 테니까 말이다. 이제 선의 연극에 대항하여 악의 연극을 하려는 것이었다. 엘리아생이 카지모도 역을 맡는 격이었다*. 나는 비꼬고 찡그리면서 얼굴 모양을 이지러뜨렸다. 옛 미소의 흔적을 지워 버리기 위해서 얼굴에 황산(黃酸)을 끼얹은 셈이었다.

그러나 약은 병보다 더 나빴다. 나는 영광과 치욕을 동시에 피하여 나만의 고독한 진실 속으로 달아나려고 했지만, 내게는 진실이라는 것이 없었다. 내 속에서 찾아낼 수 있는 것은 놀라서 맥빠진 느낌뿐이었다. 바로 내 눈 앞에서 해파리 한 마리가 수족관의 유리에 부딪쳐 그 흐물흐물한 갓을 움츠리더니 어둠 속으로 자취를 감추고 말았다. 밤이 왔다. 먹구름이 거울 속으로 퍼져서 내 최후의 변신을 덮어 버렸다. 알리바이를 잃은 나는 그만 나 자신에게로 푹 쓰러졌다. 어둠 속에서 나는 막연한 망설임, 가볍게 스치는 소리, 두근거림, 요컨대 살아 있는 한 짐승 — 가장 무서우면서도 두려워할 필요가 없는 유일한 짐승의 존재를 알아챘다. 나는 도망쳐 나왔다. 그리고 밝은 곳에서 다시 빛바랜 어린 천사의 연기를 하곤 했다. 그러나 헛수고였다. 거울은 내가 오래전부터 알고 있었던 사실을 이제 또렷이 가르쳐 준 것이다. 즉 내가 끔찍하게 자연적이라는 사실 말이다. 나는 지금껏 그 인식에서 벗어나 본 일이 없다.

모든 사람의 총애를 받고, 한 사람 한 사람에게서는 따돌림

---

* 엘리아생(Eliacin)은 라신의 비극 『아탈리』에 등장하는 영명한 어린 왕자 조아스의 다른 이름이며, 카지모도(Quasimodo)는 위고의 『파리의 노트르담』에 나오는 추남 꼽추이다.

을 당한 나는 이를테면 팔다 남은 물건이었다. 내 나이 일곱 살에 기댈 곳이라고는 나 자신밖에 없었다. 그러나 나 자신은 아직 존재하지도 않았다. 그것은 바야흐로 시작된 세기가 제 시름을 비추고 있는 황량한 거울의 궁전이었다. 나는 나 자신을 마련하겠다는 커다란 욕구를 채우기 위하여 태어났다. 그러나 내가 그때까지 안 것이라고는 응접실의 개나 가질 만한 그런 허영심뿐이었다. 오만할 수밖에 없게 몰린 나는 '오만한 자'가 되고 말았다. 아무도 나의 존재를 진심에서 바라지 않았기 때문에 나는 이 세상에서 불가결한 존재라는 건방진 생각을 스스로 품게 되었다. 그보다 더 교만한 생각이, 그보다 더 어리석은 생각이 또 어디 있겠는가? 사실인즉 내게는 다른 선택의 여지가 없었다. 몰래 무임승차를 한 내가 기차 좌석에서 잠이 들었다. 그러자 차장이 나를 흔들어 깨웠다. "차표를 보여 주시오!" 나는 차표를 가지고 있지 않다는 것을 시인할 수밖에 없었다. 그 자리에서 운임을 내려고 해도 돈이 없었다. 나는 우선 내 잘못을 인정했다. 신분증명서는 집에 놓고 왔으며, 어떻게 개찰원의 눈을 속였는지는 이미 생각이 안 나지만 불법으로 차에 올라탄 것만은 사실이라고 말했다. 나는 차장의 권위에 대해서 시비를 걸기는커녕 그 직무를 존중한다고 소리 높이 외치고, 그의 어떠한 처분에도 따르겠다고 미리 선언했다. 이 자기 비하의 극점에서 내가 빠져나갈 길이라곤 오직 상황을 뒤집어 엎는 것밖에 없었다. 그래서 나는 중대하고도 비밀스러운 이유 때문에 디종으로 가야만 하는데, 그 이유란 프랑스와 아마도 전 인류의 운명과 관련이 있는 것이라고 밝혔다. 이 새로운 관점에서 본다면, 열차의 모든 승객 중에서 나만큼

자리를 차지할 권리를 가진 사람은 한 명도 없을 게다. 물론 그것은 승차 규정과 어긋나는 고차원적인 법에 관한 일이지만, 만일 차장이 내 여행을 가로막기로 결심한다면 그는 중대한 문제를 일으키고 그 결과가 그의 머리 위로 떨어질 터이다. 그러니 열차 안의 질서를 유지한다는 핑계로 인류 전체를 혼란에 빠뜨리는 것이 과연 합당한 처사인지 잘 생각해 보라고 나는 그에게 간청했다. 오만이란 바로 이러한 것이다. 그것은 불쌍한 자들의 항변이다. 차표를 가진 승객들만이 겸손할 수 있는 권리를 가지는 법이다. 이 다툼에서 내가 이겼는지 어떤지는 알 수 없었다. 차장은 침묵을 지키고 있을 뿐이었다. 나는 다시 설명하기 시작했다. 내가 떠들고 있는 한 나를 하차시키지 않을 것이 확실했기 때문이다. 우리를 디종으로 데려가는 열차 속에서 우리 두 사람은 줄곧 마주 서 있었다. 한 사람은 벙어리처럼, 또 한 사람은 청산유수로 입을 놀리면서. 열차, 차장 그리고 경범자 ─ 그 모두가 나 자신이었다. 나는 또한 제4의 인물이기도 했다. 그것은 연출자였는데, 그에게는 오직 한 가지 욕망밖에 없었다. 단 1분이라도 좋으니 자신을 속이는 것, 자기 자신이 이 모든 연극을 꾸민 자라는 사실을 잊어버리는 것이었다. 그 점에서는 집안에서 벌여 온 연극이 퍽 도움이 되었다. 사람들은 나를 하늘이 내린 선물이라고 불렀다. 그것은 농담이었고 나도 그것을 모르는 바 아니었다. 남들을 감동시키는 데 이골이 난 나는 눈물을 잘 흘렸지만 마음은 독했다. 나는 수취인을 찾고 있는 유용한 선물이 되고 싶었다. 나는 내 몸을 프랑스에, 세계에 바치기로 했다. 사람들 따위는 내 안중에 없었다. 그러나 우선 사람들을 상대로 하지 않을 수 없는 이상, 그들이 기쁨의 눈물을 흘리게 하자. 그 눈물은 온 세계가 나를 감지덕지 맞아들인다는 증거가 될 터였다. 이런 이야기를 들으면 내가 자만심이 큰 아이였다고들 생각할지도 모른다. 하지만 천만의 말씀이다. 나는 아버지 없는 아이였다. 아무의 아들도 아니었으니, 나는 나 자신의 원인이었고, 오만투성이이며 또한 비참투성이였다. 나는 당초에 나를 선(善)으로 이끌어 가는 힘에 의해서 이 세상에 태어났던 것이다. 인과(因果)의 사슬은 분명한 듯하다. 어머니의 애정으로 여성화되고, 나를 낳게 한 엄한 모세가 없어서 생기가 없고, 할아버지의 총애 때문에 우쭐해진 나는 순수한 대상이었다. 만약 내가 집안의 연극을 곧이곧대로 믿기만 했다면 무엇보다도 마조히즘의 제물이 되었을 것이다. 그러나 사실은 딴판이었다. 집안의 연극은 겉으로만 나를 움직이게 했을 뿐이며, 내 속은 냉담하고 정당화될 수 없는 존재로 남아 있었다. 나는 틀에 박힌 그 연극이 질색이었다. 기쁨에 겨워 정신을 못 차린다거나, 남들이 귀엽다고 마구 쓰다듬고 만지도록 몸을 내맡긴다거나 하는 짓이 지겨워졌다. 나는 반항함으로써 나의 입장을 세우려 했다. 그래서 오만과 사디즘으로, 다시 말해서 귀족성으로 달려들었다. 이 귀족성이란 따지고 보면 인색한 태도나 인종차별주의와 마찬가지여서, 자기 내면의 상처를 달래기 위해서 분비하는 방향제(芳香劑)에 불과하며, 결국은 자기 자신을 중독시키고 마는 것이다. 피조물로서 버림받은 상태에서 벗어나기 위하여, 나는 부르주아 특유의 불치의 고독을, 즉 창조주로서의 고독을 스스로 마련하려 했던 것이다. 그러나 이러한 방향 전환을 진정한 반항과 혼동해서는 안 될 일이다. 반항은 학대자에 대해서 감행하는 것인데 내 주위에는 시혜자들뿐이었으니 말이다. 나는 오랫동안 그들의 공모자였다. 그뿐 아니라 나를 '하늘이 내린 선물'이라고 명명한 것도 바로 그들이었다. 나는 내게 마련되어 있던 수단들을 다른 목적에 사용했을 뿐이었다.

모든 일은 내 머릿속에서만 일어났다. 상상적인 아이였던 나는 상상으로 나를 방위한 것이다. 여섯 살부터 아홉 살까지의 내 삶을 돌이켜볼 때 나는 한결같이 정신적 유희만을 일삼았다는 사실에 놀라지 않을 수 없다. 내용은 자주 바뀌었지만 기본 취지에는 변함이 없었다. 나는 잘못 등장했다가 병풍 뒤로 물러가고, 온 세계가 조용히 나를 요구하는 바로 그 순간에 알맞게 다시 출현하곤 했던 것이다.

내가 꾸민 첫 이야기는 『푸른 새』나 『장화 신은 고양이』*라든가, 모리스 부쇼르의 단편들을 되풀이한 것에 불과했다. 그것은 내 이마의 뒤에서, 내 양미간에서 저절로 술술 나오는 이야기들이었다. 후에 나는 그 이야기들에 감히 손질을 하여 나 자신이 등장인물로 한몫 끼게 했다. 그랬더니 이야기의 성격이 바뀌고 말았다. 나는 요정(妖精) 따위를 좋아하지 않았는데 내 주위에는 요정투성이였다. 그래서 요정의 이야기를 무용담(武勇談)으로 갈아 치웠다. 나는 영웅이 되고 귀염둥이로서의 매력을 떨쳐 버렸다. 이제는 남의 환심을 사는 것이 아니라 남을 위압하는 것이 목표였다. 나는 집안 식구들을 버렸다. 칼레 마미도 안마리도 내 환상극에서 배제되었다. 시늉이나 허세에

---

* 『푸른 새(L'oiseau bleu)』의 작자는 돌누아 부인(Madame d'Aulnoy, 1650~1705)이며, 『장화 신은 고양이(Le Chat botté)』는 17세기의 유명한 동화 작가 페로 (Charles Perrault)의 작품이다.

진력이 난 나는 공상 속에서나마 진짜 행동으로 뛰어들었다. 나는 험난하고 무시무시한 세계를 꾸며 냈다. 『귀뚜라미』, 『신나는 이야기』, 폴 디부아의 소설 따위의 세계 말이다. 가난과 노동을 모르고 자랐기 때문에 그 대신 위험을 끌어넣은 것이다. 나는 기존 질서에 대한 항의와는 까마득히 먼 거리에 있었다. 태평성대에 산다는 행운을 누린 나는 이 세상에서 괴물들을 몰아내는 책임을 스스로 걸머졌다. 경관도 되고 사형자(私刑者)도 되면서, 밤이면 밤마다 한 패의 악한들을 제물로 바치곤 했다. 예방 전쟁(豫防戰爭)이라든가 토벌(討伐) 따위는 한 번도 하지 않았고, 소녀들을 죽음에서 구출하기 위해서 기쁨도 노여움도 없이 그저 죽이고 또 죽이는 것이었다. 그 연약한 피조물들은 내게는 없어서 안 될 존재였다. 그녀들이 나를 필요로 했으니까 말이다. 그녀들은 나를 모르기 때문에 당연히 내 도움에 기대를 걸 수는 없었다. 그러나 나는 그녀들을 위험천만한 처지에 몰아넣어서 내가 아니고는 아무도 살려 낼 수 없도록 이야기를 꾸며 놓았다. 터키의 근위병들이 신월도(新月刀)를 휘두를 때 신음 소리가 사막을 가로지르고, 바위들이 모래에게 말한다. "이 자리에 꼭 필요한 사람이 있다. 그건 바로 사르트르다." 그 순간 나는 병풍을 밀어젖히고 나타난다. 칼을 휘둘러 모가지들을 날려 버리고 강물처럼 넘치는 선혈 속에서 태어난다. 강철과 같이 단단한 행복감! 이리하여 나는 바로 내가 있어야 할 자리에 있게 된다.

그러나 나는 태어나자마자 죽어야만 했다. 내가 구출한 계집애가 변경 태수(邊境太守)인 제 아버지의 품에 안겨 버렸기 때문이다. 나는 그 자리에서 물러날 수밖에 없었다. 다시 쓸데

없는 존재가 되거나 다른 살인자들을 찾아 나서야 했다. 나는 과연 그들을 발견한다. 기성 질서의 전사인 나는 끊임없는 무질서를 내 존재 이유로 삼았다. 나는 악의 숨통을 내 두 손으로 졸라 끊었다. 악이 죽으면 나도 죽고 악이 되살아나면 나도 되살아났다. 나는 이를테면 우익 아나키스트였다. 그러나 이러한 선의의 폭력은 밖으로 새 나가는 일이 없었다. 나는 여전히 순종하는 열성적인 아이였다. 덕의 습성이란 그렇게 쉽게 사라지지 않는 법이다. 그러나 밤이면 밤마다 나는 나날의 어릿광대 놀이가 끝나기를 초조하게 기다렸다. 침대로 달려가서 재게 기도를 마치고 이불 속으로 기어들었다. 한시바삐 황당무계한 나의 무용담을 다시 꾸며 나가야 했기 때문이다. 나는 어둠 속에서 나이를 먹어 갔다. 아비도 어미도 거처도 없고, 이름조차 없다시피 한 고독한 성인(成人)이 되었다. 나는 실신한 여인을 팔에 안고 불길에 휩싸인 지붕 위를 걷는다. 밑에서는 군중이 아우성을 친다. 건물이 금방 주저앉게 될 것이 분명하기 때문이다. 그 순간 나는 틀에 박힌 문구를 내뱉는다. "다음 호에 계속." "너 뭐라고 했니?" 어머니가 묻는다. 나는 침착하게 대답한다. "어떻게 될지 두고 볼 거야." 그러고는 위험에 둘러싸여 감미로운 불안을 느끼면서 잠들어 갔다. 다음날 저녁, 나는 약속한 대로 지붕과 불길과 확실한 죽음을 다시 만났다. 그런데 갑자기 전날 밤에는 눈에 띄지 않았던 처마 밑의 홈통을 발견한다. 이젠 살았구나! 그러나 그 소중한 짐을 내던지지 않고서야 어떻게 홈통에 매달릴 수 있겠는가? 다행히도 젊은 여인은 의식을 회복했고, 나는 그녀를 등에 업는다. 그녀는 두 팔로 내 목에 꼭 매달린다. 아니다, 잘 생각해 본 끝에 나는 여인을 다시 실신 상태에 빠지게 한다. 만약 여인이 구출 작업에 조금이라도 제 힘을 보태게 된다면, 나의 공적은 그만큼 줄어들 테니까 말이다. 요행히 내 발밑에 밧줄이 있어서, 희생자를 구조자인 나의 몸에 단단히 붙들어 맨다. 나머지 이야기는 누워서 떡 먹기다. 여러 어른들이 ― 시장이며, 경찰서장이며 소방대장 등이 ― 나를 품에 받아 안고 키스를 하고 훈장을 준다. 나는 당황해서 어찌 할 바를 모른다. 그 높은 사람들의 포옹은 할아버지의 포옹과 너무나 닮았기 때문이다. 그래서 나는 모든 이야기를 지워 버리고 다시 시작한다. 캄캄한 밤, 젊은 여인이 살려 달라고 고함을 지른다. 나는 그 아수라장으로 뛰어든다. ……'다음 호에 계속.' 나는 우연한 존재를 하늘이 내린 행인으로 돌변시켜 줄 숭고한 순간을 위해서 목숨을 걸기는 했지만, 이번에는 승리를 얻고도 그대로 살아남을 수는 없으리라는 예감이 들었다. 그래서 그 승리의 순간을 이튿날로 미룰 수 있는 것을 천만다행으로 생각했다.

성직을 갖기로 되어 있었던 한 엉터리 꼬마 작가가 이렇듯 무모한 모험을 꿈꾸는 것을 보고 여러분은 놀랄지도 모른다. 그러나 유년기의 불안이란 형이상학적인 것이다. 그 불안을 달래기 위해서 피를 흘릴 필요는 없다. 그렇다면 나는 영웅적인 의사가 되어 내 동포들을 페스트나 콜레라에서 구출하기를 바란 적은 없었던가? 솔직히 고백해서 전혀 없었다. 그렇다고 내가 잔인하거나 호전적인 것은 아니었다. 내가 서사적인 취미를 갖게 된 것은 새로 태어나려는 세기의 탓이지 내 탓은 아니었다. 패전한 프랑스에는, 혁혁한 무훈으로 상처 입은 자존심을 달래주는 가공의 영웅들이 들끓고 있었다. 내가 태어나기 8년 전에 『시라노 드 베르즈락』*이 "마치 붉은 바지의 군악대처럼 울려퍼졌다." 그리고 얼마 후에는 자존심이 강하고 상처 입은 『어린 독수리』**가 나타나서 파쇼다 사건***의 굴욕을 당장에 날려 버리고 말았다. 1912년에 나로서는 그 모든 고매한 주인공들을 알 리가 없었지만 그들의 아류(亞流)와는 항상 접촉하고 있었다. 나는 당시 악당으로 변신한 시라노라고 할 수 있는 아르센 뤼팽****에 열중하고 있었는데, 그의 초인적인 힘이며, 교활한 용기며, 영락없이 프랑스적인 두뇌의 근원이 1870년의 참패에 있다는 것을 몰랐다. 민족적 공격성과 보복심이 모든 아이들로 하여금 복수를 벼르게 만들었다. 다른 아이들과 마찬가지로 나도 복수자가 되었다. 패배자들의 비루한 결함인 야유와 허세에 끌려, 나 역시 무뢰한들을 무찌르기에 앞서 조롱을 일삼았다. 그러나 나는 싸움이 싫었다. 나는 할아버지를 자주 찾아오는 상냥한 독일 사람들이 좋았다. 내 관심을 끄는 것은 다만 사적(私的)인 불의뿐이었다. 증오를 모르는 내 마음에서는 집단의 힘이 변질되어 내 개인적인 영웅심을 키우는 데 이용

---

* 『Cyrano de Bergerac』(1897), 로스탕(Edmond Rostand, 1868~1918)의 희곡. 19세기 말에 가장 많이 상연된 작품의 하나. 용맹하고 소박하고 낭만적인 그 주인공의 행적이 당시의 프랑스인들의 취미에 잘 부합했다.

** 『어린 독수리(L'Aiglon)』(1900), 로스탕의 시극. 메테르니히의 지배에서 벗어나려는 라이히슈타트 공작(나폴레옹 2세)의 번민과 드라마를 주제로 삼았다. Aiglon은 나폴레옹 2세의 별명이기도 하다.

*** 파쇼다(Fachoda) 사건, 1898년 수단 파쇼다의 영유권을 두고 영국과 프랑스가 충돌한 사건. 프랑스의 양보로 전쟁의 위기를 피할 수 있었지만, 그 후 그 지방을 포함한 넓은 지역이 영국의 세력 하에 놓이게 되었다.

**** 모리스 르블랑(Maurice Leblanc, 1864~1941)의 탐정 소설 주인공.

되었다. 아무튼 간에, 내게도 시대의 낙인이 찍힌 것이다. 내가 이 강철의 시대에 인생을 하나의 서사시로 여기는 철없는 실수를 저지른 것은 내가 패배자의 손자이기 때문이다. 나는 철저한 유물론자이면서도 서사적인 관념론의 경향을 지니고 있다. 그것은 나 자신이 겪지 않은 모욕과 내가 당하지 않은 수치와 이미 오래전에 수복(修復)된 두 지방의 상실*을 죽을 때까지 벌충하기 위한 것이다.

지난 세기의 부르주아들은 생전 처음으로 극장에 갔던 날 저녁의 일을 결코 잊지 않았고, 그들을 대변하는 작가들이 그때의 정경을 전하는 역할을 맡고 있었다. 막이 오르면 아이들은 궁정 안에라도 들어온 듯한 기분이 된다. 금빛, 주홍빛, 휘황한 불빛 때문에, 화장과 과장과 기교 때문에 범죄까지도 거룩하게 보인다. 무대 위에서는 그들의 할아버지들이 죽인 귀족들이 다시 살아난다. 막간에는 좌석의 배열이 사회의 모습을 보여 준다. 2층의 특별 좌석에는 여인들의 드러낸 어깨며 아직도 살아 있는 귀족들을 볼 수가 있다. 아이들은 어리벙벙해지고 맥이 빠져서 돌아온다. 그리고 저희들도 장차 위엄 있는 자리에 올라 쥘 파브르, 쥘 페리, 쥘 그레비**가 되어 보겠다는 마음을 은근히 품는다. 한데 내 동년배의 사람들이 처음으로 영화를 본 날을 기억할 수 있을지는 극히 의심스럽다. 우리는

---

* 1870년 보불전쟁에서 패배하여 알자스와 로렌을 빼앗긴 사실.
** Jules Favre(1809~1880), Jules Ferry(1832~1893), Jules Grévy(1807~1891), 제3공화국 시대의 주요 정치가들. 이름이 모두 Jules이고 성에도 발음의 유사성이 있어서 사르트르가 그들을 가볍게 조롱하고 있는 것이 느껴진다.

버릇없다는 점에서 과거의 세기들과는 딴판이 될 전통 없는 세기로 무턱대고 들어섰다. 사람들은 그 야비한 새로운 예술이 이미 우리의 야만성을 예고하고 있다고들 했다. 그것은 도적들의 소굴에서 태어나서 당국에 의해 돌팔이 오락의 부류로 판정되었고, 점잖은 사람들의 눈에는 망측한 상스러움을 지닌 것이었다. 그것은 여자와 아이들의 오락거리였다. 어머니와 나는 그것을 몹시 좋아했다. 그러나 거기에 대해서는 별로 생각하지 않았고 또 결코 화제로 삼은 일도 없었다. 빵이 부족하지 않은데, 구태여 빵 이야기를 하겠는가? 우리가 그런 예술이 있다는 것을 의식하게 된 것은 그것이 우리 생활의 주요한 필수품이 된 훨씬 후의 일이었다.

비가 오는 날이면 어머니는 내게 무엇을 하고 싶으냐고 물었다. 우리는 서커스, 샤틀레 극장, 전기관(電氣館) 그리고 그레뱅 박물관* 사이에서 한참 망설였다. 그리고 아무 데라도 좋다는 듯한 시늉을 하다가 마지막 순간에 영화관에 가기로 결정하는 것이었다. 우리가 현관문을 열자 할아버지가 서재 문턱에 나서며 묻는다. "너희들 어딜 가는 거냐?" "영화관에요." 하고 어머니가 대답한다. 할아버지가 눈살을 찌푸리는 것을 보고 어머니는 재빨리 덧붙인다. "팡테옹 관으로 가요. 바로 옆인 걸요. 수플로 거리만 건너가면 되니까요." 그는 어깨를 들먹여 보이고는 우리를 가게 내버려 둔다. 필경 다음 목요일에 시모노 씨를 만나면 이렇게 말할 게다. "여보시오, 시모노 선생, 당신과 같은 점잖은 사람이 이해할 수 있겠소? 내 딸년이 손

---

* Musée Grévin, 1882년에 개관한 밀랍 인형 박물관.

자 녀석을 영화관엘 데리고 간단 말이오!" 그러면 시모노 씨
는 중립적인 어조로 대답할 게다. "저는 한 번도 가 본 적이 없
지만 아내는 가끔 간답니다."

　영화는 벌써 시작되고 있었다. 우리는 비틀거리며 안내하는
여자를 뒤따라갔다. 나는 무슨 비밀스러운 짓이라도 하는 듯
한 느낌이었다. 머리 위로는 흰 광선의 다발이 실내를 가로질
렀고 먼지와 연기가 그 속에서 춤추는 것이 보였다. 피아노가
말 우는 듯한 소리를 내고 배〔梨〕 모양의 보랏빛 전등들이 벽
에서 반짝이고 있었다. 나는 니스 냄새 같은 소독약 냄새에 목
이 막혔다. 사람들로 가득 찬 이 어둠의 냄새와 열매가 내 속
에서 뒤섞였다. 나는 비상구를 알리는 전등을 먹고 그 시큼한
맛으로 배가 가득 찼다. 나는 관객들의 무릎에 등을 비벼 대
며 지나가서 삐걱거리는 자리에 걸터앉았다. 어머니가 내 앉은
키를 높여 주려고 엉덩이 밑에 담요를 접어 깔았다. 마침내 나
는 영사막을 바라보게 되었다. 형광(螢光)을 발산하는 흰 벽면
과 소나기가 주룩주룩 내리는 속에서 깜빡이는 풍경이 보인다.
태양이 중천에 떠 있을 때도 또 집 안에 있을 때도 영화에서는
항상 비가 내렸다. 때로 불타는 별똥이 남작 부인의 응접실을 가
로질러 가도 그녀는 조금도 놀란 기색이 없었다*. 나는 그 비를,
벽면을 괴롭히는 그 쉴 새 없는 불안을 좋아했다. 피아니스트
가 「핑갈의 동굴」 서곡**을 두들기기 시작하자 관객들은 모두
들 악한이 곧 나타나리라는 것을 알았다. 남작 부인은 공포에

---

* 옛날 영화는 필름의 결함 때문에 스크린에 줄이 주룩주룩 생기고 불똥 같
　은 것이 번쩍거리곤 했다.
** 멘델스존의 곡.

질려 미칠 지경이었다. 그러자 숯검정이 묻은 듯한 그녀의 아름다운 얼굴은 사라지고 자줏빛 표시판이 나타났다. "1부 끝." 사방이 환해지자 갑작스레 마취에서 풀려난 듯했다. 여기가 어디지? 학교? 관청? 장식이라곤 하나도 없었다. 밑으로 용수철이 보이는 보조 의자의 대열, 황갈색으로 더덕더덕 칠한 벽, 담배꽁초와 가래침이 널려 있는 마룻바닥. 웅성거리는 소리가 실내를 가득 채웠다. 사람들이 다시 입을 열었고 좌석 안내원은 영국 사탕을 사라고 소리 지르고 다녔다. 어머니가 사탕 몇 개를 사 주어서 나는 그것을 입에 넣었다. 비상구의 전등을 빠는 기분이었다. 사람들은 눈을 비비고, 저마다 이웃들을 알아보게 되었다. 군인들, 그리고 동네의 하녀들. 뼈가 앙상한 노인이 담배를 씹고 있고, 맨 머리의 여직공들이 요란하게 웃어 댔다. 그들은 모두 우리와는 다른 세계의 사람들이었다. 다행히도 이 사람들의 머리의 벌판 위로 드문드문 큼직한 모자들이 펄럭이는 것이 보여서 안심이 되었다.

할아버지나 죽은 아버지는 극장에 가면 으레 3층 전면의 지정석을 제자리로 삼았는데, 이러한 극장에서의 사회 계급의 구별은 그들에게 격식을 좋아하는 버릇을 길러 주었다. 많은 사람들이 한데 모여 있을 때는 그들을 전례에 따라 분리해 놓아야만 한다. 그렇지 않으면 그들은 서로 살육을 서슴지 않을 것이다. 한데 영화관은 그 반대 현상을 보여 주었다. 마구 뒤섞인 관중은 잔치 때문이라기보다 차라리 어떤 재앙이 일어나서 모인 듯한 느낌이었다. 예절이 죽어 버리면 마침내 인간들의 참된 연줄이 생기는데 그것은 곧 점착(粘着)이다. 나는 격식이 싫었고 군중을 좋아했다. 나는 온갖 종류의 군중을 보았다. 그러나 저마다 모든 사람들 앞에서 꼼짝없이 느끼는 나신(裸身)의 모습을, 한 인간으로 버티는 위험에 대한 백일몽과 은연한 의식을 1940년에 제12 포로수용소 D캠프*에서만큼 절실하게 체험한 일은 일찍이 없었다.

어머니는 대담해져서 마침내 번화가의 영화관에까지 나를 데리고 갔다. 키네라마, 폴리 드라마틱, 보드빌 그리고 당시 곡마관이라고 부르던 고몽 팔라스 등이었다. 나는 「지고마르와 팡토마」, 「마시스트의 무훈」, 「뉴욕의 비밀」 따위를 보았다. 번쩍이는 황금빛 장식이 기분을 망쳐 놓았다. 극장에서 영화관으로 전신한 보드빌 관은 예전의 화려한 분위기를 벗어던지려고 하지 않았다. 상영 직전까지도 금빛 술이 달린 붉은 막이 스크린을 가리고 있었다. 그러다가 시작을 알리는 소리가 세 번 울리면 오케스트라가 서곡을 연주하고 막이 오른 뒤 전등이 꺼졌다. 나는 등장인물들이 주는 효과를 해치기만 할 뿐인 이러한 엉뚱한 의식과 고리타분한 장식이 신경에 거슬렸다. 2층 좌석이나 꼭대기 좌석에 앉아 샹들리에와 천장 그림에 경탄하던 우리 아버지 연배의 사람들은 극장이 자기들의 것이라고는 생각할 수도 없었고 또 생각하려고도 하지 않았다. 그들은 거기에 손님으로서 맞아들여졌던 것이다. 그러나 나는 가장 친근한 분위기에서 영화를 보고 싶었다. 동네의 영화관들이 아무나 마구 입장시켜서 불편하긴 했지만, 나는 그 속에서 이 새로운 예술이 모든 사람의 것이자 동시에 내 것임을 알았다. 우리는 정신 연령이 같았다. 나는 일곱 살이지만 읽을 줄

---

* 1940년 6월, 군에 징집된 사르트르가 프랑스군이 패배하자 포로가 되어 감금되었던 독일 트리어(Trier)의 수용소.

을 알았고, 영화는 열두 살이지만 아직 말할 줄을 몰랐다. 그것은 이제 시작이어서 앞으로 많은 진보를 하게 될 것이라고들 했다. 나는 우리가 같이 자라리라고 생각했으며, 그 후에도 우리의 공통의 유년기를 잊지 않았다. 누가 나에게 영국 사탕을 줄 때, 어떤 여인이 내 곁에서 매니큐어를 칠할 때, 시골 호텔의 화장실에서 소독약 냄새를 맡을 때, 야간열차의 천장에 매달린 보랏빛 전등을 볼 때, 나는 내 눈과 코와 혀에 이제는 사라진 당시 영화관의 불빛과 냄새를 되찾는 것이다. 4년 전 험악한 날씨에 핑갈 동굴의 앞바다를 지나갔을 때, 내 귀에는 바람결에 피아노 소리가 들려왔다.

성스러운 것을 가까이 하지 못한 나는 그 대신 마술에 홀려들었다. 나는 영화라는 수상쩍은 가상(假象)을 변태적으로 사랑하여 그 속에서 있지도 않은 것을 찾아보려고 했다. 비가 주룩주룩 내리는 화면, 그것이 전부였고 또 아무것도 아니었다. 그것은 무(無)로 환원된 전부였다. 나는 벽면의 환각에 참여하고 있는 셈이었다. 내 육체마저 귀찮게 느끼던 중압감이 모든 물체에서 사라졌고, 어려서도 관념주의자였던 나는 이 무한한 수축이 좋았다. 후에 삼각형의 평행이동과 회전을 공부했을 때 내 머리에는 스크린을 스쳐 가는 영상들이 떠올랐고, 평면 기하학에서조차 영화를 떠올렸다. 내게는 영화의 흑백이 특별한 색깔이었다. 그 안에는 다른 온갖 색깔이 담겨 있으며, 그것을 감지할 수 있는 것은 오직 도통한 사람들뿐이라고 생각했다. 나는 보이지 않는 것을 보는 기쁨에 홀려 들었다. 무엇보다도 주인공들이 불치의 벙어리라서 좋았다. 아니다, 그들은 제 의사를 전할 수 있었으니 벙어리라고는 할 수 없었다. 우리는 음악으로 의사소통을 했고, 그것은 바로 그들의 내면의 소리였다. 학대받는 무고한 사람은 제 고통을 말하거나 보이는 것 이상으로 절실한 느낌을 주며, 그에게서 울려 나오는 멜로디로써 그 고통을 내 속에 스며들게 했다. 나는 그들의 대화를 읽었지만 그들의 희망과 실망의 소리는 귀로 들려왔고, 그들이 입 밖에 내지 않는 의연한 괴로움을 내 귀로 포착할 수 있었다. 나는 그 속에 끌려 들어갔다. 스크린에서 울고 있는 그 젊은 과부는 내가 아니었다. 그렇지만 그 여자와 나는 단 하나의 영혼을 함께 나누어 가지고 있었다. 그것은 쇼팽의 「장송행진곡」이었다. 그녀의 눈물이 내 눈을 적시기에는 그 이상이 필요하지 않았다. 나는 아무 예언도 할 줄 모르면서도, 스스로 예언자인 양 느꼈다. 배신자가 미처 배신을 하기도 전에 그의 죄악이 벌써 내 마음속에서 감지되었다. 성 안은 조용하기만 한데, 불길한 음악 소리가 살인자의 존재를 경고해 주었다. 그 카우보이들, 그 총잡이들, 그 경관들은 얼마나 행복했던가! 그들의 미래는 그 예언적인 음악에 이미 담겨 있고 현재를 지배하고 있었으니 말이다. 중단되지 않는 한 노래가 그들의 인생과 혼연일체가 되고, 결말을 향해 흘러가면서 그들을 승리로 혹은 죽음으로 이끄는 것이었다. 누군가가 그들을 기다리고 있었다. 위기에 몰린 처녀가, 장군이, 숲 속에서 매복 중인 악한이 혹은 화약통 옆에 꽁꽁 묶인 채로 도화선을 따라 타 들어가는 불길을 서글피 바라보고만 있는 동지가. 그 타 들어가는 불길, 납치범에게 필사적으로 대드는 처녀의 싸움, 광야를 달리는 말 탄 영웅, 이 모든 영상과 빠른 움직임의 교착(交錯) 그리고 그 밑으로 흐르는 「지옥으로의 질주」의 처절한 선율 (이것은

「파우스트의 단죄」*에서 뽑아내어 피아노를 위해서 편곡한 관현악곡이지만), 그 모든 것이 한 덩어리가 되어 있었는데 그것은 곧 '운명'이었다. 영웅이 말에서 뛰어내려 도화선의 불을 끈다. 악한이 달려들어 칼싸움이 시작된다. 그러나 그 결투의 우연한 과정조차도 음악의 엄밀한 전개 과정과 일치하고 있었다. 그것은 우주의 질서를 감추지 못하는 가짜 우연이었다. 최후의 일격이 최후의 화음과 맞아떨어지니 얼마나 통쾌한가! 나는 한없이 흐뭇했다. 내가 살고 싶은 세계를 발견했고, 절대의 경지에 도달했기 때문이다. 그러나 전등이 다시 켜졌을 때의 불안은 또 어떠했던가! 그 등장인물들에 대한 사랑으로 가슴이 터질 듯했는데, 그들은 그들의 세계와 함께 사라지고 말았다. 나는 그들의 승리를 내 골수에 사무치도록 느꼈지만, 그것은 다만 그들의 승리였고 내 것은 아니었다. 거리로 나서자 나는 내가 여분의 존재라는 것을 다시 느껴야 했다.

나는 말을 버리고 음악의 세계에서 살기로 결심했다. 매일 저녁 다섯 시경에 나는 그런 기회를 가졌다. 그 시각 할아버지는 현대어학원에서 강의를 하고, 할머니는 자기 방으로 물러가서 지프**의 소설을 읽고 있었다. 어머니는 내게 간식을 먹인 후 저녁 준비를 마치고 하녀에게 마지막 지시를 했다. 그러고는 피아노 앞에 앉아, 쇼팽의 발라드, 슈만의 소나타, 프랑크의 「교향적 변주곡」, 또 때로는 내 청을 들어 「펭갈의 동굴」 서곡을 쳤다. 그러면 나는 살며시 서재로 들어간다. 거기는 벌

---

* 베를리오즈의 작품.
** Gyp(1850~1932), 프랑스의 여류작가. 상류 사회의 풍속을 풍자적으로 그렸다.

써 어둑어둑하고 피아노 위에서는 초 두 자루가 타고 있다. 어둠침침한 것이 내게는 편리했다. 나는 할아버지의 자막대기를 집는다. 그것은 내 장검(長劍)이며, 페이퍼 나이프는 내 단검이다. 나는 당장에 총잡이같이 납작 엎드린 모습을 꾸민다. 때로는 영감이 잘 떠오르지 않는다. 그럴 때는 시간을 벌기 위해서, 나는 저명한 검객인데 어떤 중대한 일 때문에 정체를 밝힐 수 없는 것으로 해 둔다. 그래서 얻어맞고도 가만히 있고 겁쟁이인 척하느라고 용기를 발휘해야만 한다. 나는 곁눈질을 하고 고개를 숙이고 다리를 질질 끌며 방 안을 돈다. 나는 이따금 깡충깡충 뛰는데, 그것은 누구한테 뺨따귀를 얻어맞았다던가 혹은 엉덩이를 채였다던가 하는 표시이다. 그러나 나는 반항하지 않도록 조심하고 다만 나를 모욕한 놈의 이름을 기억해 둔다. 마침내 내 몸속에 가득 스며든 음악이 그 효험을 나타낸다. 부두교도*의 북처럼 피아노의 리듬이 나를 지배한다. 「즉흥환상곡」이 내 넋을 대신하여 내 속에 들어앉고, 미지(未知)의 과거와 번갯불 같은 끔찍한 미래를 내게 떠안긴다. 나는 마술에 걸린 것이다. 마귀가 나를 사로잡고 살구나무 흔들 듯 뒤흔든다. 말을 타자! 나는 말이자 기수다. 나는 모는 동시에 몰리며, 광야를, 논밭을, 서재를 방문에서 창문까지 전속력으로 가로지른다. 어머니가 피아노를 계속 치면서 말한다. "너무 시끄럽구나. 이웃집에서 야단치겠다." 나는 대답하지 않는다. 말을 해서는 안 되니까. 나는 공작(公爵)을 발견하고 내린다. 그리고 다만 말 없는 입술의 움직임으로만 그를 개자식으로 여긴다

---

* Voodoo, 미국 남부 및 서인도 제도의 흑인들 사이에 남아 있는 원시 종교.

는 것을 알린다. 그는 수하의 기병들을 풀지만, 마구 휘둘러 대는 내 칼은 철벽같다. 이따금 나는 적의 가슴을 푹 찌른다. 그러다가도 나는 금방 돌변하여 이번에는 일도양단(一刀兩斷)을 당한 검객(劍客)으로 바뀐다. 나는 쓰러져 양탄자 위에서 죽는다. 이윽고 살그머니 시체에서 살아나 다시 일어서고 편력 기사(遍歷騎士)*라는 내 역할을 계속한다. 나는 모든 등장인물의 역할을 한다. 기사로서 공작의 뺨을 후려치고는 순식간에 변신해서 이번에는 공작이 되어 뺨따귀를 얻어맞는다. 그러나 나는 오랫동안 악당으로 행세할 수는 없었다. 언제나 위대한 주인공의 역할, 즉 나 자신의 역할로 돌아가기가 바빠서였다. 나는 천하무적이어서 누구에게나 이길 수 있었다. 그러나 밤중에 꾸민 무용담의 경우와 마찬가지로 나의 결정적 승리를 무기 연기해 두었다. 왜냐하면 승리에 뒤이어 맥이 풀릴 것이 두려웠기 때문이다.

나는 왕의 친동생에게 대항하여 젊은 백작 부인을 보호한다. 굉장한 살육전이 일어날 판이다! 그러나 어머니가 악보를 넘긴다. 알레그로 대신에 부드러운 아다지오가 흘러나온다. 그래서 나는 재빨리 살육을 끝내고 내 보호를 받는 부인에게 미소를 던진다. 그녀는 나를 사랑한다. 음악이 그것을 말해 준다. 그리고 나 역시 그녀를 사랑하는 것이리라. 연정(戀情)이 천천히 내 속에서 자리 잡는다. 사랑할 때는 어떻게 하지? 나는 부인의 팔을 잡고 초원을 거닌다. 하지만 그런 짓으로 충분할 리가 없다. 그러자 황급히 불려 나온 악한들과 용병들이 나를 곤경에서 벗어나게 해 준다. 놈들이 우리에게로 덤벼든다. 백 대 일이

---

* 방방곡곡을 돌아다니면서 무예를 닦고 악을 무찌르는 기사. 중세 문학에 많이 나오며, 『돈키호테』는 그런 인물을 풍자적으로 묘사한 대표적 작품.

다. 나는 그중 아흔 명을 죽였다. 그러나 남은 열 놈이 백작 부인을 납치해 간다.

이제 불운의 세월이 내게 닥쳐온 것이다. 나를 사랑하는 부인은 갇힌 몸이고, 나는 온 왕국의 나졸들에게 쫓기는 신세다. 법의 보호를 받지 못하고 추적당하는 비참한 나에게 남은 것이라고는 내 양심과 칼뿐이다. 나는 의기소침하여 서재를 이리저리 왔다 갔다 하고 쇼팽의 격정적인 비애(悲哀)로 내 가슴을 가득 채운다. 때로는 내 생애의 책장을 넘겨 2~3년을 건너뛴다. 그때가 되면 모든 것이 좋게 끝나리라고 자신을 타이르기 위해서이다. 결국 내 작위와 영지뿐만 아니라 약혼녀도 거의 순결한 상태로 내게 돌아오고, 왕은 내게 용서를 청하게 되리라. 그러나 나는 곧 후닥닥 뒤로 다시 돌아가 2~3년 전의 불행으로 빠져든다. 그 순간이 내게는 매력적이다. 허구와 진실이 뒤섞이기 때문이다. 정의를 찾아 나선 고독한 방랑자인 나는 자신의 존재에 부담을 느끼고 삶의 이유를 찾고 있는 빈둥대는 아이, 할아버지의 서재에서 음악에 맞춰 배회하는 아이와 형제처럼 닮은 존재였다. 나는 배우 노릇을 계속하면서도 그 비슷한 점을 이용하여 우리의 운명을 혼연일체로 만들어 놓았다. 최후의 승리를 확신하고 있기에, 내가 겪는 시련 속에 승리로 이르는 가장 확실한 길이 있다고 생각했다. 현재의 비참을 통해서 내가 안 것, 그것은 미래의 영광이야말로 그 진정한 이유라는 것이었다. 슈만의 소나타가 드디어 내게 확신을 베풀어 주었다. 나는 절망하는 피조물인 동시에 천지개벽 때부터 벌써 피조물을 구원한 신이었다. 공연히 상심할 수 있다는 것은 얼마나 희한한 기쁨인가. 나는 세계에 대해서 토라질 권리가 있었다. 너무 안일한 성공에 싫증이 난 나는 우수(憂愁)라는 희열을, 원한이라는 아린 쾌감을 맛보려 했다. 금이야 옥이야 귀여움을 받고 억지로 배가 터지게 먹어 아무 욕망도 없었던 나는 가상의 궁핍 속으로 뛰어들었다. 8년간의 축복된 생활은 결국 나에게 수난에 대한 애착만을 길러 주었던 것이다. 나는 내게 호의를 품은 여느 판관(判官)들의 자리에, 내 말을 듣지도 않고 나를 단죄하려는 심사 사나운 법관들을 대신 앉혔다. 그들로부터 무죄 석방을, 축하의 말을, 떳떳한 보상을 얻어 내고야 말겠다는 것이었다. 나는 그리셀다*의 이야기를 여러 번 열심히 읽었다. 그러나 나는 고통을 겪기는 싫었다. 나의 첫 욕망은 잔인한 것이었다. 그렇게도 많은 공주들을 지켜 준 나였지만, 마음속으로는 같은 층에 사는 이웃 계집애의 엉덩이를 때리는 것을 꺼리지 않았다. 별로 권할 만한 것이 못 되는 그리셀다의 이야기에서 내 마음에 든 것은, 피해자의 사디즘과, 마침내는 잔인한 남편을 무릎 꿇게 하고야 만 그 백절불굴(百折不屈)의 미덕이었다. 내가 나를 위해서 바란 것도 바로 그것이었다. 법관들을 어쩔 수 없이 무릎 꿇게 하고, 나를 존경하지 않을 수 없게 만들어 그들의 선입견을 벌주는 것이었다. 그러나 나는 무죄 석방의 전취(戰取)를 날마다 내일로 연기했다. 항상 미래의 영웅인 나는 축복의 날을 애타게 갈망하면서도 그날을 끊임없이 미루고 있었던 것이다.

내가 실감하기도 하고 짐짓 꾸미기도 한 이 이중의 시름은

---

* Griselda, 보카치오의 『데카메론』에 나오는 인물. 가지가지 시련을 겪으면서도 남편에 대한 충실성을 지킨 모범적 여성의 상징. 페로(Perrault)의 설화에서는 Grisélidis라는 이름으로 번안되어 있는데, 사르트르가 읽은 것은 그것이다.

당시 느꼈던 실망의 표현이었다. 내 무용담들도 서로 이어 보면 우연의 연속일 뿐이었다. 어머니가 「즉흥환상곡」의 마지막 화음을 치고 나면, 나는 아비 없는 고아들, 고아 없는 편력기사들이 우글거리는 기억 없는 시간 속으로 다시 떨어지는 것이었다. 영웅 노릇을 하건 소학생 노릇을 하건, 나는 똑같은 받아쓰기와 똑같은 무용담을 하고 또 하면서 반복이라는 감옥에 갇혀 있었다. 그래도 미래라는 것이 존재한다는 것을 영화가 가르쳐 주었다. 나는 하나의 운명을 갖게 되기를 꿈꾸었다. 그리셀다의 토라진 거동에는 그만 싫증이 나고 말았다. 내 영광의 역사적 순간을 아무리 후일로 물려 본들 쓸데없는 일이었다. 그런 수작으로 진정한 미래가 만들어질 수 있는 것은 아니었다. 그것은 연기된 현재에 지나지 않았다.

내가 『미셸 스트로고프』*를 읽은 것은 바로 그 무렵인 1912년 또는 1913년이었다. 나는 기뻐서 울었다. 얼마나 모범적인 생애인가! 자기의 진가를 보이기 위하여 이 장교는 악한들이 우연히 나타나기만을 기다릴 필요가 없었다. 상부의 명령이 그를 어둠에서 끌어냈고, 그는 명령에 복종하기 위하여 살았으며, 승리와 더불어 죽었다. 그 영광은 일종의 죽음이었다. 왜냐하면 책의 마지막 장을 넘기자 미셸은 모서리에 금박을 칠한 그의 작은 관 속에 산 채로 갇히고 말았기 때문이다**. 티끌만 한 불안도 없다. 그의 존재는 첫 출현부터 정당화되어 있

---

* 쥘 베른의 소설(1876). 러시아 황제의 친서를 가지고 시베리아로 가는 주인공 미셸 스트로고프의 모험담.
** 여기에서 '작은 관'이란 책을 말한다. 소설의 이야기가 주인공 스트로고프의 영광스러운 승리로 끝난 것을 두고 비유적으로 한 말이다.

었으니 말이다. 우연도 전혀 없다. 그가 부단히 자리를 옮긴 것은 사실이지만, 중요한 이해관계, 그의 용기, 적의 경계, 지형(地形), 연락 수단 그리고 그 밖의 수많은 요인(要因)이 모두 사전에 주어져 있어서, 그의 위치를 시시각각 지도 위에 표시할 수 있게 되어 있다. 반복도 없다. 모든 것이 변화하고, 그 자신도 끊임없이 변해야만 한다. 그의 미래가 그를 밝혀 주며, 그는 별의 안내를 받는다. 석 달 후에 나는 이 소설을 다시 읽으며 똑같은 흥분을 느꼈다. 그러나 나는 미셸을 좋아하지 않았다. 내 생각에 그는 너무나 선량했다. 내가 부러운 것은 그의 운명이었다. 나는 남들의 방해로 기독교도가 되지 못했지만, 그가 변형된 모습의 기독교도로 나타난 것이 탄복스러웠다. 러시아 전토의 황제, 그것은 하느님 아버지였다. 특별한 칙명(勅命)을 받아 무(無)에서 불려 나온 미셸은 다른 모든 피조물들처럼 독특하고 막중한 사명을 걸머졌다. 그리고 유혹을 물리치고 장애물을 넘으면서 우리의 눈물의 골짜기를 건너고 순교를 체험하고 초자연의 도움을 받고* 조물주의 영광을 찬양하고는, 제 임무가 끝나자 불멸의 경지로 들어간 것이다. 나에게 그 책은 독(毒)이었다. 과연 선택된 사람들이 있는 것인가? 그들의 갈 길은 어떤 지고(至高)의 사명에 의해서 미리 정해져 있는 것인가? 나는 성스러움이라는 것이 질색이었다. 그러나 미셸 스트로고프의 성스러움은 나를 매혹했다. 왜냐하면 그것은 영웅적 행동의 외관을 띠고 있었기 때문이다.

---

* 원저자 주: 눈물의 기적에 의해서 구제되어서.

그러면서도 내 무언극에는 조금도 변화가 없었다. 또 사명이라는 관념도 허공에 떠 있을 뿐이었다. 형체를 갖추지 못하면서도 물러가지 않는 허깨비처럼 말이다. 물론 내 조연자(助演者)인 프랑스 왕들은 내 마음대로 다룰 수 있었고, 내가 시늉만 하면 내게 명령을 내릴 판이었다. 그러나 나는 그들에게 명령을 청하지 않았다. 만약 명령에 복종해서 목숨을 건다면 고매한 기상은 어찌 될 것인가? 철권의 권투왕 마르셀 뒤노*는 기특하게도 매주 제 의무 이상의 것을 해서 나를 놀라게 했다. 눈이 멀고 영광의 상처투성이가 된 미셸 스트로고프는 겨우 자기의 의무를 수행했다고 말할 수 있을 정도였다. 나는 그의 용맹에는 탄복했지만, 그의 겸손한 마음가짐에는 동의할 수 없었다. 그 용사의 머리 위에는 오직 하늘이 있을 뿐이었다. 그러니 황제가 그의 발에 입을 맞추어야 마땅할 텐데, 어째서 그 자신이 황제 앞에 고개를 숙인 것인가? 그러나 제 몸을 낮추지 않는 한 대체 어디서 살 권한을 얻어 낼 수 있단 말인가? 이 모순 때문에 나는 매우 어려운 처지에 빠졌다. 그래서 때로는 다음과 같은 상상으로 그 곤경을 회피해 보려고도 했다. 이름 없는 일개 어린애인 나는 어떤 위험한 사명에 관한 이야기를 듣는다. 왕의 발밑에 몸을 던지고 그 사명을 내게 맡겨 달라고 애원한다. 그는 거절한다. 내가 너무 어린 데다가 일이 너무 중대하다는 것이다. 나는 몸을 일으켜 왕의 장군들에게 결투를 청한다. 그리고 순식간에 모조리 해치운다. 왕은 내 실력을 인정하지 않을 수 없어서 "가고 싶다면 가라!" 하고 말한

---

* 당시의 어린이 신문에 등장한 인물.

다. 그러나 나는 내 꾀에 스스로 넘어가지 않는다. 내가 오기로 그런 짓을 했다는 것을 잘 알고 있기 때문이다. 더욱이 나는 그 모든 잔나비 같은 작자들이 싫어졌다. 나는 원래 상퀼로트*이며 왕을 죽이자고 주장해 온 사람이다. 나의 할아버지는 루이 16세이건 바댕게**이건 간에 모든 폭군에게 항거하도록 나를 교육했던 것이다. 무엇보다도 나는 매일 《르 마탱》***에 실린 미셸 제바코****의 연재소설을 읽고 있었다. 이 천재적 작가는 빅토르 위고의 영향을 받아 공화주의를 옹호하는 무협 소설을 꾸며 냈다. 그의 주인공들은 민중을 대표했다. 그들은 나라를 세우다가는 무너뜨리고, 벌써 14세기부터 프랑스 대혁명을 예고하고, 어진 마음으로 어린 임금이나 미친 임금들을 간신들로부터 보호하고, 사악한 왕들의 뺨을 후려갈기곤 했다. 그중에서도 가장 위대한 인물인 파르다양이 나의 스승이었다. 그의 흉내를 내려고 나는 새 다리처럼 가는 다리로 버텨 서서 허세를 떨고 앙리 3세와 루이 13세의 뺨을 수없이 후려쳤다. 이렇게 하고도 내가 과연 그들의 명령에 응할 수 있었겠는가? 요컨대 나는 이 지상에서 나의 존재를 정당화해 줄 만한 절대적 권한을 스스로 마련할 수도 없었고, 또 그런 권한을 내게 베풀 자격을 그 누구에게 인정할 수도 없었다. 나는 무기력하

---

* sans-culotte, 프랑스 혁명 당시 과격파의 별명. 귀족들이 입는 착 들러붙는 반바지인 퀼로트를 입지 않는다는 뜻에서 생긴 말.
** Badinguet, 나폴레옹 3세의 별명. 황제가 되기 전에 있었던 탈옥 사건에서 바댕게라는 이름의 석공의 옷을 빌려 입었다고 해서 그의 정적들이 붙였다.
*** Le Matin, '아침'이라는 뜻. 1882년에 창간된 일간지.
**** Michel Zévaco(1860~1918), 프랑스의 대중소설가. 검객이 등장하는 역사 소설을 모방하여 1910년 내외에 큰 인기를 얻었다.

게 다시 말을 타고 다녔고 싸움판에 뛰어들어 지쳐 버렸다. 방심한 학살자이며 나태한 순교자에 불과했던 나는 여전히 그리셸다였다. 내게는 러시아 황제도 신도 없었다. 단적으로 말해서 아버지가 없었다.

나는 이중생활을 하고 있었는데, 그것은 둘 다 거짓이었다. 나는 공적(公的)으로는 사기꾼이었다. 그 유명한 샤를 슈바이체르의 널리 알려진 손자 노릇을 했다. 그러나 혼자 있을 때는 상상적 불만 속으로 빠져 들었다. 나는 가짜 영광을 버리고 익명의 가짜 용사로 변신했다. 나는 조금도 힘들이지 않고 이 역(役)에서 저 역으로 옮아갈 수 있었다. 그러나 내가 남몰래 일격을 가하려는 순간, 자물쇠 구멍에서 열쇠가 도는 소리가 났다. 어머니는 별안간 마비된 듯, 건반 위에 손을 얹은 채 꼼짝하지 않았다. 나는 자막대기를 서가에 놓고, 할아버지에게로 달려가 품 안에 몸을 던진다. 그리고 안락의자를 끌어 오고 털가죽 실내화를 갖다 드리고는, 학생들의 이름을 대면서 그날 하루의 일을 묻는다. 아무리 깊은 꿈을 꾸어도 나는 그 속에 함빡 빠져·버리는 그런 무모한 짓은 결코 하지 않았다. 하지만 나는 겁이 났다. 나의 진실이란 다름 아니라, 끝까지 여러 거짓을 번갈아 꾸며 대는 것이 되기가 쉬웠기 때문이다.

그러나 또 하나의 사실이 있었다. 뤽상부르 공원의 테라스에서 애들이 놀고 있었다. 내가 그들 곁으로 다가가도 그들은 나를 스쳐 가기만 할 뿐, 거들떠보지도 않았다. 나는 거지와 같은 눈초리로 그들을 우두커니 쳐다보았다. 그들은 얼마나 억세고 날쌨던가! 그들은 얼마나 아름다웠던가! 진짜 육신을 지닌 이 영웅들 앞에서는 나의 놀라운 총기도 넓은 지식도 역사

(力士) 같은 근육도 검객(劍客)의 솜씨도 물거품이 되고 말았다. 나는 나무에 기대어 기다렸다. 그 아이들의 대장이 "나오너라 파르다양, 너는 포로 노릇을 해라."라고 불쑥 한마디만 던졌더라도, 나는 내 갖가지 특권을 포기해 버렸으리라. 대사 없는 벙어리 역이라도 나를 한없이 기쁘게 했으리라. 들것 위에 실린 부상자, 아니 죽은 사람의 역이라도 감지덕지로 받아들였으리라. 그러나 그런 기회는 내게 주어지지 않았다. 나는 진짜 내 재판관들, 내 동년배들, 내 동류자들을 만났다. 그런데 그들의 무관심한 태도는 나에 대한 단죄를 의미했다. 나는 그들의 눈을 통해서 드러난 내 정체에 그만 넋을 잃고 말았다. 나는 신동도 해파리도 아니고 아무의 관심도 끌지 않는 일개 꼬마에 불과했던 것이다. 이 꼴을 본 어머니는 분을 감추지 못했다. 늘씬하고 아름다운 어머니는 나의 작은 키에 대하여 아무런 걱정도 하지 않고 그것을 자연스럽게만 여겨 왔다. 슈바이체르 집안 사람들은 크고, 사르트르 집안은 작은데, 나는 아버지 쪽을 닮았을 뿐이었다. 어머니는 내가 여덟 살이지만 아직도 손아귀에 잡힐 만큼 작아서 다루기 쉽다고 좋아했다. 내 작은 몸집이 어머니의 눈에는 유년기의 연장으로 보인 것이다. 그러나 아무도 나와 같이 놀아 주지 않는 것을 보고, 어머니는 자식을 사랑하는 나머지, 내가 난쟁이도 아닌데 스스로 난쟁이로 여기면서 괴로워하지나 않을까 하고 걱정했다. 그래서 나를 절망에서 구해 주려고 답답하다는 듯이 말했다. "뭘 기다리고 있니, 바보 같으니? 그 애들 보고 같이 놀자고 해 보렴." 나는 고개를 가로저었다. 가장 천한 짓이라도 하라면 하겠지만, 그들에게 간청하는 것만은 자존심이 허락하지 않았다. 어머니

는 쇠 의자에 앉아 뜨개질을 하고 있는 부인들을 가리켰다. "내가 그 애들 엄마에게 부탁해 볼까?" 나는 제발 그러지 말라고 애원했다. 어머니는 내 손을 잡고 그곳을 떠났다. 이 나무에서 저 나무로, 이 무리에서 저 무리로, 번번이 간청하고 번번이 따돌림을 받으며 돌아다녔다. 저녁 무렵 나는 내가 올라앉을 횃대로, 정신의 입김이 통하는 높은 곳으로, 꿈을 꿀 수 있는 곳으로 돌아갔다. 나는 어린애다운 욕설을 퍼붓고 숱한 용병을 학살해서 내 굴욕에 복수했다. 그러나 속이 가라앉지는 않았다.

할아버지가 나를 구해 주었다. 본의는 아니었지만 내 인생을 바꿔 놓은 새로운 속임수로 나를 끌어넣었던 것이다.

2부
쓰기

샤를 슈바이체르는 일찍이 자기를 작가라고 생각해 본 적이 없었다. 그러나 나이 일흔이 되어서도 여전히 프랑스어에는 탄복해 마지않았다. 워낙 프랑스어를 힘들여 배우기도 했지만, 그 말이 완전히 자기 모어(母語)가 아니었기 때문이다. 그는 프랑스어를 가지고 놀았다. 단어 하나하나에서 즐거움을 찾고 일부러 발음해 보기를 좋아했다. 그의 낭독법은 아주 엄격한 것이어서 한 음절이라도 소홀히 하지 않았다. 시간이 있으면 그는 펜을 들고 낱말들을 마치 꽃다발처럼 곱게 엮어 놓는 것이었다. 특히 우리 집안이나 학교에 무슨 행사가 있을 때는 즉흥적인 작품으로 그 행사를 빛내기를 즐겼다. 가령 신년 축하, 기념 식사, 결혼 피로연에서의 인사말, 성(聖) 샤를마뉴제(祭)*를 위한 운문(韻文) 연설 등이 그런 것이었다. 그 모두가 일장의 소극(笑劇)이

---

* 카롤링거 왕조의 프랑크왕 샤를마뉴(Charlemagne)를 추모하는 날을 1월 28일로 정해서 학교 축제를 벌인다.

며 문자(文字) 놀이며 제운시(題韻詩)*이며 곱살하게 꾸며진 상투어였다. 회의에 나가면 독일어나 프랑스어로 즉흥 사행시(四行詩)를 짓기도 했다.

여름철에 접어들었을 때, 할머니와 어머니와 나는 할아버지의 강의가 끝나기도 전에 아르카숑으로 떠났다. 그는 일주일에 세 번씩이나 편지를 부쳤다. 할머니에게는 두 장, 어머니에게는 간단한 추신(追伸)을, 그리고 내게는 따로 운문(韻文)의 편지를 보냈다. 내가 이 기쁨을 보다 잘 맛볼 수 있도록, 어머니는 스스로 작시법(作詩法)을 공부하고 그것을 내게 가르쳐 주었다. 나는 운문의 답장을 긁적대다가 들켰는데, 그러자 두 여인은 어서 끝까지 쓰라고 격려하며 도와주는 것이었다. 그리고 편지를 부치고 나면 그들은 받는 양반이 얼마나 놀랄까 생각하면서 눈물이 나도록 웃어 댔다. 이윽고 그 편지에 대한 대답으로 나를 찬양하는 시 한 수가 왔다. 나 역시 시로 대답했다. 그러는 중에 이런 일이 관례가 되어서, 할아버지와 손자 사이에는 새로운 유대가 생겼다. 우리 두 사람은 인디언이나 몽마르트의 건달들처럼, 여자에게는 금지된 언어로 이야기했으니까 말이다. 나는 각운 사전(脚韻辭典)을 얻어 가지고 작시가가 되어 베베를 위한 목가(牧歌)를 쓰곤 했다. 베베는 긴 의자에 누워만 있다가 몇 년 후에 세상을 떠난 금발 소녀이다. 하지만 그녀는 그런 시를 알은체도 하지 않았다. 천사였기 때문이다. 그러나 다른 여러 사람들의 칭찬이 그녀의 무관심으로 상처입은 나를 달래 주었다. 나는 후일 이런 시를 몇 개 찾아냈다. 장 콕

---

* 미리 정해진 운을 따라 짓는 시.

토*는 1955년에 미누 드루에**를 빼놓고는 모든 어린애들이 천재라고 빈정거린 일이 있다. 한데 1912년에는 나 이외의 어린애들이 모두 천재였다. 나는 어른인 척하느라고 시를 쓰는 흉내를 내며 허식을 꾸몄던 것이다. 내가 시를 쓴 것은 무엇보다도 내가 샤를 슈바이체르의 손자였기 때문이다. 나는 라퐁텐의 우화집을 얻었지만 호감이 가지 않았다. 작가가 제멋대로 쓰고 있다고 생각했다. 그래서 나는 그 우화들을 십이음절시(十二音節詩)로 고쳐 쓰기로 작정했다. 그러나 그건 힘에 부치는 일이었고, 남들이 보고 비웃는 것 같았다. 이것이 나의 시인으로서의 마지막 경험이다. 그렇지만 벌써 내친 걸음이었다. 나는 운문에서 산문으로 옮아갔다. 『귀뚜라미』에서 읽은 신나는 모험담을 다시 꾸며 썼는데 조금도 힘이 들지 않았다. 마침내 때가 온 것이다. 공상(空想)이란 덧없는 것임을 마침내 알게 된 때가 온 것이다. 공상에 공상을 거듭하면서도 내가 꼭 잡아 보려고 한 것은 현실이었다. 어머니가 악보에서 눈을 떼지도 않고 "풀루***는 무얼 하고 있지?" 하고 물을 때면 나는 입을 꼭 다물고 있겠다는 결심을 깨뜨리고 "영화를 만들고 있는 거야." 하고 대답하는 일이 가끔 있었다. 사실, 나는 머릿속의 이미지를 밖으로 끌어내서, 그것을 진짜 가구와 진짜 벽 사이에 '현실화'해 놓으려고 했다. 스크린에 아롱진 이미지와 똑같이 찬란하고

---

* Jean Cocteau(1889~1963), 프랑스의 다재다능한 문인. 영화감독으로도 유명하며 『미녀와 야수』 같은 걸작을 남겼다.
** Minou Drouet, 그 무렵 천재적인 시인으로 알려진 소녀. 일곱 살에 처녀 시집을 내서 화제가 되었으나 위작 시비에 말려들기도 했다.
*** 어린 사르트르의 애칭.

선명하게 말이다. 그러나 허사였다. 이제 와서는 내가 이중의 속임수를 써 왔다는 것을 깨닫지 않을 수 없었기 때문이다. 나는 영웅인 척하는 배우 노릇을 해 온 것이다.

나는 글을 쓰기 시작하자마자 기쁨이 넘쳐흘러서 금방 펜을 놓았다. 속임수이기는 마찬가지였지만, 앞서 말한 것처럼 나는 말이 사물의 진수(眞髓)라고 생각하고 있었다. 내가 써 놓은 꼬불꼬불한 작은 글자가 도깨비불과 같은 빛을 잃고 차츰차츰 탁하고 단단한 물질처럼 굳어 가는 것이 무엇보다도 나를 흥분시켰다. 그것은 허상(虛像)의 실상화(實像化)였다. 내가 호명만 하면 사자도 제2 제정 시대의 대장도 또 사막 지대의 베두인도 어김없이 식당으로 들어왔다. 그들은 글자와 한 몸이 되어 영원히 사로잡혀 있게 될 운명이었다. 나는 펜촉으로 긁적댐으로써 내 꿈을 이 세상에 단단히 붙잡아 매 놓았다고 생각했다. 나는 공책과 보랏빛 잉크 한 병을 얻어 가지고 공책 겉장에 '소설 노트'라고 적어 넣었다. 최초로 완결한 소설에 나는 '나비를 찾아서'라는 제목을 붙여 놓았다. 한 학자와 그의 딸과 건장한 젊은 탐험가가 희귀한 나비를 찾아서 아마존 강을 따라 올라가는 이야기였다. 줄거리도 인물도 모험의 내용도 그리고 제목조차도 모두 지난 계절에 나온 그림 이야기책에서 따온 것이었다. 그러나 이렇게 의도적인 표절을 하고 나니 나는 마지막 불안까지도 깨끗이 씻어 낼 수가 있었다. 왜냐하면 나 자신은 아무것도 꾸며 내지 않았으니 그 모두가 진실일 수밖에 없었기 때문이다. 아직 책을 출판할 욕심은 갖지 않았다. 그러나 미리 인쇄해 놓아도 좋도록 준비해 두기는 했다. 그래서 원본(原本)과 어긋나는 이야기는 한 줄도 쓰지 않았던 것이다. 그렇다면 나는 자신을 모방자라고 생각했던 것일까? 천만의 말씀이다. 어디까지나 나는 스스로를 독창적인 작가라고 생각했다. 이야기를 손질하고 새로 단장해 놓았으니 말이다. 가령 나는 인물들의 이름을 바꾸도록 유념했다. 이런 가벼운 변경 덕분으로 나는 기억과 상상을 뒤섞을 수 있게 되었다. 새로운 문장들과 기성(旣成)의 문장들이 어김없는 영감의 산물인 것처럼 확고하게 내 머릿속에서 다시 엮이곤 했다. 나는 그 문장들을 옮겨 썼다. 그러면 그것들이 내 눈앞에서 사물과 같은 밀도(密度)를 갖추었다. 사람들이 보통 생각하듯이, 영감을 받은 작가라는 것이, 제 속에 깊이 깃들어 있으면서도 자기와는 다른 그 어떤 존재를 뜻한다면, 나는 일곱 살과 여덟 살 사이에 영감을 알았던 것이다.

내가 이런 '자동기술법*'에 완전히 속아 넘어간 것은 결코 아니지만, 그 장난은 그 자체로 재미있기도 했다. 외아들인 나는 그런 방법으로 혼자 놀 수 있었기 때문이다. 때로는 글 쓰던 손을 멈추고 망설이는 척했는데, 그것은 눈살을 찌푸리고 그 무엇에 홀린 듯한 눈초리를 하면서 내가 '작가'로구나 하고 느껴 보기 위해서였다. 게다가 속물 근성에 끌려서 표절을 좋아했고, 곧 이야기하겠지만 표절 행위를 일부러 극단까지 몰고 나갔다.

---

* 앙드레 브르통이 제창한 초현실주의 창작법. 의식의 통제를 가하지 않고 머리에 떠오르는 것을 그대로 써 내려감으로써 잠재적 생각과 영감에 도달하려는 것을 목표로 삼는다. 사르트르는 여기에서 글을 제멋대로 쓴 자신의 행적을 가리키기 위해서 이 용어를 비유적으로 사용하고 있다.

나는 부스나르*와 쥘 베른을 통해서 재미있는 것을 배울 기회를 놓치지 않았다. 그들은 가장 중요한 고비에 이르면, 이야기 줄거리를 딱 끊어 버리고 유독 식물(有毒植物)이나 그 지방의 환경에 관한 설명을 늘어놓는다. 나는 독자로서는 그따위 교훈적인 문장들은 건너뛰어 버렸다. 그러나 작가로서 글을 쓸 때는 내 소설에 그런 것들을 마구 끼워 넣었다. 저도 모르는 것을 또래의 다른 아이들에게 가르쳐 주려고 한 것이다. 푸에고 군도** 원주민들의 풍습, 아프리카의 식물, 사막의 기후 등등. 운명의 장난으로 헤어졌다가는 서로 모르고 같은 배에 탔던 나비 학자와 그의 딸은 조난자가 되고 만다. 그들은 같은 구명대에 매달려 있다가 고개를 쳐든다. 그 순간 두 사람은 서로 "데이지!" "아버지!" 하고 소리친다. 그러나 이 일을 어찌하랴! 싱싱한 먹이를 찾아 돌아다니던 상어 한 마리가 다가오는 것이다. 그 뱃가죽이 파도 사이로 번쩍인다. 불쌍한 두 사람은 과연 죽음을 면할 것인가? 그러자 나는 『라루스 대백과사전』 중에서 'Pr-Z'라고 적힌 권(卷)을 찾으러 간다. 가까스로 그 책을 책상 위에 갖다놓고서 원하는 쪽을 연다. 그러고는 행을 갈아서 마디마디 그대로 베껴 대는 것이다. "상어(requin)는 열대 대서양에 많다. 매우 탐욕스러운 이 커다란 바닷고기 중에는 길이가 13미터, 무게가 8톤에 이르는 것도 있다……." 나는 이 항목을 베끼는 데 오랜 시간을 들인다. 지루하면서도 흐뭇한 느낌이 든다. 나 자신이 부스나르에 못지않게 훌륭하다고 생각

---

* Louis Boussenard(1847~1910), 그 무렵 여행담과 모험 소설로 인기가 있었던 작가.
** 남아메리카 대륙 끝에 있는 군도.

한다. 그러면서도 주인공들을 어떻게 살릴지 아직도 방도를 찾지 못해서 달콤하고도 불안한 기분에 휩싸인다.

그러나 결국 이런 새로운 수작도 또 하나의 원숭이 짓이 되고 말 수밖에 없었다. 어머니는 나를 격려하기에 바빴고, 손님들을 식당에 끌어들여 어린 창작가가 아동용 책상에서 일하는 현장을 보여 주었다. 나는 일에 정신이 팔려서 나의 찬미자들이 들어온 것도 모르는 척했다. 그들은 내가 예쁘고 귀여워서 죽겠다고 중얼거리면서 발끝으로 살며시 나가 버렸다. 에밀 아저씨는 타자기를 선물로 주었지만 나는 그것을 쓰지 않았다. 피카르 부인은 온 세상을 뛰어다니는 나의 주인공들의 여로(旅路)를 실수 없이 결정할 수 있도록 세계 지도를 사 주었다. 어머니는 나의 두 번째 소설 「바나나 장수」를 납지(蠟紙)에 베껴서 두루 구경시켰다. 할머니조차도 나를 응원해 주었다. "아무튼 얌전해서 좋구나. 수선을 떨지 않으니까." 그러나 다행히도 할아버지가 별로 탐탁히 여기지를 않아 아직은 작가로서 확실한 지위에 올라서지는 못했었다.

할아버지는 본시부터 내가 나쁜 책만을 읽는다고 불만이 컸다. 그리고 내가 글을 쓰기 시작했다는 말을 어머니에게서 들었을 때는, 처음에는 아주 신통해하는 듯한 표정이었다. 아마도 날카로운 관찰이나 귀여운 순진성을 보여 가면서 집안의 일을 기록하기라도 바란 것이리라. 그러나 내 공책을 들고 뒤져 본 그는 부루퉁해지더니 식당에서 나가 버렸다. 내가 좋아하던 신문에서와 똑같은 '개수작'이 내 글로 나타나 있는 데에 화가 났던 것이다. 그 후부터 그는 내 작품을 아랑곳도 하지 않았다. 속이 상한 어머니는 할아버지에게 「바나나 장수」를 읽힐 기회를 슬쩍 마련하려고 몇 번이나 궁리했다. 그녀는 할아버지가 실내화를 신고 안락의자에 앉기를 기다렸다. 그가 두 손을 무릎 위에 올려놓고 앞을 똑바로 응시하면서 가만히 쉬고 있는 동안, 어머니는 내 원고를 집어 들고 아무렇게나 뒤적거리다가는 별안간 홀렸다는 듯이 혼자서 웃어 댔다. 그러다가 재미있어 죽겠다는 시늉을 하면서 할아버지에게 내밀었다. "아버지, 좀 읽어 보세요. 너무나 우스워요." 그러나 할아버지는 손으로 공책을 밀쳤다. 혹시 거들떠보는 척하는 일이 있을 때라도, 그것은 불만스러운 낯으로 내 철자의 잘못을 들추어내기 위해서였다. 마침내 어머니는 기가 죽었다. 감히 나를 칭찬할 수도 없고 내게 상처를 주기도 싫어서, 그녀는 숫제 화제에 올리는 것을 피하려고 내 글을 읽지 않게 되었다.

이렇듯 나의 창작 활동은 겨우 묵인되었을 뿐 아무도 상대를 해 주지 않아 일종의 반비밀(半秘密) 상태에 빠지고 말았다. 하지만 나는 끈질기게 그 짓을 이어나갔다. 쉬는 시간에도, 수업이 없는 목요일과 일요일에도, 방학 동안에도. 그리고 다행히 몸이 아플 때는 침대에서 쓰기도 했다. 나는 흐뭇했던 회복기를 회상한다. 표지가 검고 모서리가 붉은 공책을 자수처럼 들었다 놓았다 한 생각이 난다. 그간 영화는 덜 만들었다. 소설이 모든 것을 대신해 주었기 때문이다. 요컨대 나는 나 자신의 재미를 위해서 썼던 것이다.

내 소설의 줄거리는 더욱 복잡해졌다. 나는 가지가지의 에피소드를 끼워 넣고, 좋건 나쁘건 내가 읽은 모든 글의 내용을 이야기 보따리 속에 뒤죽박죽 쓸어 넣었다. 그래서 이야기에 무리가 갔다. 하지만 그것은 전화위복이었다. 앞뒤를 두들겨 맞추어야 했기 때문에 별수 없이 표절을 좀 덜하게 되었으니 말이다. 그뿐 아니라 나는 나 자신을 두 사람의 다른 인간으로 가를 수 있게 되었다. 지난 해 내가 '영화를 꾸몄을 때'는 나 스스로 배우가 되어 무작정 상상의 세계에 뛰어 들어가서, 자칫하다가는 그 속에 완전히 빠져 버릴 고비를 넘긴 적이 한두 번이 아니었다. 하기야 작가인 지금도 주인공은 여전히 나 자신이며 그 주인공 속에 나의 거창한 꿈을 투영해 놓기는 했다. 그렇지만 우리는 별개의 인간이었다. 이제 주인공은 나와 이름이 다르고, 나는 그에 관해서 말할 때 오직 삼인칭을 썼다. 나는 나의 행동을 주인공에게 그대로 옮겨 놓지 않았고, 내가 보고 싶었던 그의 육신을 말을 통해서 만들어 냈다. 이러한 갑작스러운 '원격화'는 나를 당황케 할 수도 있었으리라. 하지만 그것은 도리어 매혹적이었다. 그 인물은 완전히 나 자신이 될 수 없는데, 나는 그 인물이 될 수 있어서 기뻤던 것이다. 그는 내 인형이었다. 마음대로 접을 수도 있고 위험한 지경에 몰아넣을 수도 있고, 창으로 옆구리를 찌르고 나서는 어머니가 나를 간호하듯이 간호해 주고, 어머니가 내 병을 고쳐 주듯이 고쳐 줄 수도 있었다. 내가 좋아하는 작가들은 그래도 좀 염치가 남은 사람들이라 거창한 장면을 그리면서도 한도를 지켰다. 심지어 제바코의 책을 보더라도 장사가 한꺼번에 스무 명 이상의 악한을 해치우는 일은 없다. 그러나 나는 모험소설을 극단까지 몰고 나가고 싶었다. 이야기의 신빙성 따위는 아예 내던져 버리고, 나쁜 놈들과 위험한 고비를 몇 갑절이나 더 늘려 놓았다. 「나비를 찾아서」에서는 젊은 탐험가가 미래의 장인과 약혼자를 구출하려고 상어 떼와 사흘 밤낮을 꼬박 싸운다. 마침내

바닷물이 시뻘겋게 물든다. 탐험가는 상처를 입었지만 아파치족이 포위한 농가에서 탈출하여, 창자를 손에 움켜쥐고 사막을 가로지른다. 그리고 대장과 만나기 전에는 배를 꿰매지 않겠다고 버틴다. 그 후 얼마 있다가 이 탐험가는 괴츠 폰 베를리힝겐*이라는 이름으로 다시 나타나 적군을 섬멸한다. 일기당천(一騎當千)이 나의 원칙이었다. 이토록 처참하고 거창한 나의 공상의 근원은 나를 에워싸고 있던 사람들의 부르주아적이며 청교도적인 개인주의에 있었던 것이리라.

나는 영웅으로서 포악한 무리들과 싸웠지만 때로는 스스로 포악한 조화신(造化神)이 되기도 했다. 나는 가지가지로 힘의 유혹에 빠졌다. 남에게 감히 해를 끼칠 수 없었으면서도 일부러 악랄하게 되어 보려고 했다. 왜 데이지의 눈을 멀게 하지 못한단 말인가? 나는 무서워 죽겠으면서도 그까짓 것쯤은 아무것도 아니라고 스스로 대답하고는 파리의 날개를 잡아 떼듯이 그녀의 눈알을 후벼 내고 말았다. 나는 두근거리는 가슴으로 이렇게 썼다. "데이지는 두 눈에 손을 갖다 대 보았다. 그런데 눈이 멀고 만 것이 아닌가!" 나는 펜을 들어 올린 채 흥분 상태에 빠져 버렸다. 말하자면 이런 작은 사건을 무조건 만들어 내고는 죄책감과 동시에 만족감에 휩싸였던 것이다. 그러나 나는 진짜 사디스트는 아니었다. 나의 사악한 기쁨은 금세 공포로 변했다. 나는 그 대목을 모두 뭉개 버렸다. 시커멓게 지워서 아무도 알아볼 수 없게 만들어 버렸다. 데이지는 다시 눈을

---

* Goetz von Berlichingen(1480~1562), 독일의 모험적인 무사. 그를 주제로 삼은 괴테의 희곡이 있으며 사르트르도 후일 『악마와 선신』(1951)에서 그를 주인공으로 등장시켰다.

떴다. 눈을 떴다기보다도 아예 눈이 먼 일이 없었다고 말해야 옳으리라. 그러나 그 광상(狂想)의 추억은 나를 오랫동안 괴롭혔다. 나는 심각한 불안감을 자초한 것이다.

내가 만든 소설의 세계 역시 나를 불안하게 만들었다. 때로는 어린이들을 위한 미지근한 살인 이야기에 물려서 기분 내키는 대로 써 내려가 보았다. 나는 불안에 떨면서, 끔찍한 가능성들을, 나의 절대권력의 이면인 기괴한 세계를 발견했다. 나는 무슨 일이라도 터질 수 있다고 생각했다. 한데 그것은 내가 무엇이든지 상상할 수 있다는 말과 같은 뜻이었다. 몸서리를 치면서, 그리고 종잇장을 찢어 버리고 말까 하는 생각을 되씹으면서 나는 초자연적인 만행을 이야기해 나갔다. 어쩌다가 어깨 너머로 내 글을 읽어 본 어머니는 대견하고도 끔찍하다는 듯이 소리를 질렀다. "별난 생각을 다 하는구나!" 그녀는 입술을 가볍게 깨물었다. 그러고는 뭐라고 하고 싶었으나 말이 나오지 않자 별안간 달아나 버렸다. 어머니가 이렇게 달아나면 나의 불안은 극에 달했다. 그러나 그것은 내 상상 때문은 아니었다. 이런 무서운 일들은 내가 스스로 꾸며 낸 것이 아니라 다른 것과 마찬가지로 기억 속에서 찾아낸 것이었으니 말이다.

그 무렵 유럽은 질식 상태에 빠져 있었다. 소위 '삶의 즐거움'* 때문이었다. 아무리 둘러보아도 적(敵)이 될 만한 것을 찾지 못한 부르주아지는 자기 자신의 그림자를 보고 무서워하는 데 취미를 붙였다. 권태를 고의적인 불안과 맞바꾸었던 것이다. 강신술(降神術)이니 심령체(心靈體)니 하는 말들이 유행했

---

* douceur de vivre, 19세기 말부터 20세기 초엽까지 부르주아들이 누렸던 안온하고 즐거운 생활을 두고 하는 말.

다. 우리 집 맞은편에 있는 르 고프 가 2번지에서는 탁자 돌리기*를 했다. 그곳은 할머니가 '마술사의 집'이라 부르던, 5층에 있는 집이었다. 할머니가 불러서 가 보면 때마침 몇 사람의 손이 탁자 위에 놓인 것이 보였지만, 누군가 곧 창가로 다가와서 커튼을 쳐 버렸다. 할머니의 말로는 그 마술사가 매일 어머니 손에 끌려오는 내 또래의 아이들을 받아 준다는 것이었다. "그 사람이 보인다. 안수를 해 주고 있구나." 할아버지는 고개를 가로저었다. 그러나 그는 이런 수작을 비난하면서도 감히 비웃어 버리지는 못했다. 어머니는 무서워했고, 할머니는 이번만큼은 의심스럽다기보다도 어리둥절하다는 표정이었다. 드디어 그들은 의견의 일치를 보았다. "그런 일에는 끼어들지 않게 특히 조심하자. 잘못하다가는 미쳐 버릴 테니까." 그 당시에는 또 환상소설이 널리 퍼졌다. 기독교를 버리긴 했지만 신앙의 멋만은 그리워하던 사람들을 위해서 보수적인 신문들이 일주일에 두세 번 그런 이야기를 실었다. 작가는 이상한 사건을 자못 객관적인 입장에서 이야기한다. 그러면서도 실증주의를 완전히 무시하지는 못한다. 사건이 아무리 야릇할망정 반드시 어떤 합리적인 설명을 끼워 넣는 것이다. 작자는 그런 설명을 찾고 발견해 내서 독자에게 충실히 보여 준다. 그러나 이윽고 자기의 설명이 아무래도 미흡하고 속단에 지나지 않는다는 것을 우리에게 교묘히 암시해 놓는다. 그것이 전부이다. 이리하여 이야기는 물음표와 함께 끝난다. 하지만 그것으로서 목적은 달성된 셈이다. 딴 세계가, 이름 지을 수 없기 때문에 더욱더 무서운

---

* 강령한 사람들이 탁자에 손을 얹으면 탁자가 저절로 돌거나 움직인다는 심령 현상.

세계가 거기 있다는 것을 알렸으니 말이다.

　나는 《르 마탱》 신문을 펼칠 때면 공포에 사로잡혔다. 그중에서도 특히 끔찍한 이야기가 하나 있었는데, '나무에 부는 바람'이라는 그 제목을 지금도 기억한다. 어느 여름날 밤, 별장 2층에 혼자 있는 한 병든 여인이 침대에서 이리저리 뒤척인다. 열린 창문으로 마로니에 나뭇가지가 방 안에까지 뻗어 들어오고 있다. 아래층에서는 몇몇 사람이 모여 앉아 이야기를 하기도 하고 정원에 밤의 장막이 내리는 것을 바라보기도 한다. 그러자 별안간 한 사람이 마로니에를 가리키면서 외친다. "저것 봐요, 바람이 부는 걸까?" 모두들 이상하게 생각하면서 댓돌로 내려간다. 바람 한 점 없다. 그런데도 나뭇잎이 바스락거린다. 바로 그 순간 비명 소리가 들려온다. 병자의 남편이 계단을 뛰어 올라가 보니, 침대에 일어나 앉은 젊은 아내가 손가락으로 나무를 가리키고는 쓰러져 죽는다. 이윽고 마로니에는 전과 같이 조용해진다. 그 여자는 무엇을 본 것일까? 한 미친 사람이 정신병원에서 달아났다더니, 아마도 그가 나무 위에 올라가 숨어서 얼굴을 찡긋찡긋해 보인 것이리라. 그 작자임에 틀림없다. 왜냐하면 달리 그럴듯한 설명을 할 도리가 없기 때문이다. 그렇지만……! 그가 나무 위로 올라가는 것을 왜 아무도 못 보았을까? 그리고 내려오는 것도? 개 한 마리 짖지 않은 이유는 무엇일까? 여섯 시간 후, 그가 집에서 100킬로미터나 떨어진 곳에서 잡혔다니 그것은 또 어찌 된 심판일까? 오직 대답 없는 물음만이 있을 뿐이다. 작가는 이윽고 줄을 바꿔서 불쑥 이런 말로 끝을 맺어 놓았다. "사람들의 이야기를 들어 보면 마로니에 나뭇가지를 흔든 것은 죽음의 신이었다고 한다." 나는 신문을 내던지고 발을 구르면서 소리쳤다. "아니야, 아니야!" 가슴이 터질 듯 두근거렸다. 또 언젠가 하루는 리모주로 가는 기차 안에서 아셰트 사*의 《출판 뉴스》를 뒤적거리다가 그만 기절할 뻔한 일도 있었다. 머리칼이 곤두설 만큼 무서운 그림과 마주쳤던 것이다. 장소는 달밤의 호숫가. 거칠거칠한 긴 집게가 수면에서 솟아나와 술주정뱅이를 잡아 들고는 호수 밑바닥으로 끌어들이는 것이었다. 그 그림과 함께 적힌 글을 나는 홀린 듯이 읽었다. 이야기는 대충 이런 말로 끝났다. "그것은 술주정뱅이의 환각이었을까? 혹은 지옥의 문이 열린 것이었을까?" 나는 물과 게와 나무가 무서워졌다. 무엇보다도 책이 무서워졌다. 나는 그런 몸서리치는 것들을 이야기에 잔뜩 등장시키는 냉혈한(冷血漢)들에게 욕설을 퍼부었다. 하지만 나는 그들의 흉내를 냈다.

물론 알맞은 기회가 있어야만 했다. 가령 해 떨어질 무렵이 좋다. 식당에 어둠이 깃들면 나는 창가로 작은 책상을 밀어 옮긴다. 불안이 다시 태어난다. 언제나 멋있는 내 주인공들, 오해를 받다가 마침내 명예를 회복한다는 과정을 순순히 따르기만 하는 내 주인공들은 한낱 허수아비 같다는 것을 알게 되었다. 자, 이젠 됐다, 눈에 보이지 않으면서도 현기증 나는 그 무엇이 홀연히 나타나서 나를 사로잡는다. 그것이 눈에 보이도록 하기 위해서는 묘사해 나가야 한다. 나는 지금 벌여 놓은 모험을 후닥닥 끝마쳐 버리고, 내 인물들을 이 세상의 아주 다른 곳으로 몰고 간다. 대개는 땅 밑이나 바다 밑이다. 그러고는 새

---

* Hachette, 파리의 유명한 출판사.

로운 고비에 부닥치게 한다. 잠수부나 지질학자로 일변한 그들은 귀신의 흔적을 발견하고 따라가다가 별안간 그와 마주친다. 그럴 때는 눈이 불덩이 같은 낙지며 20톤이나 나가는 게며 말을 할 줄 아는 거대한 거미 같은 것이 내 펜끝에서 태어나는데, 그것들은 모두가 어린애의 모습을 한 괴물, 즉 나 자신이었다. 그것은 내 삶의 권태와 내 죽음의 공포와 내 맹물 같은 생활과 내 짓궂은 생각의 표현이었다. 나는 어찌할 바를 몰랐다. 그 끔찍한 짐승들은 일단 태어나기만 하면 내게 덤벼들고 나의 용감한 동굴 탐험가들에게 덤벼들었다. 나는 그 사람들이 죽지 않을까 걱정이 되고 가슴이 마구 뛰었다. 그래서 제 손이 연방 말들을 써 내려가고 있다는 것도 잊어버리고 남의 글을 읽는 듯한 기분이 되었다. 대부분의 경우에는 그것이 그냥 이야기의 끝이 되고 말았다. 나는 괴물이 사람들을 죽이게 하지도 않고 또 그들을 곤경에서 구해 내지도 않았다. 요컨대 서로 마주치게 해 놓았으니 그만하면 됐던 것이다. 나는 일어나서 부엌이나 서재로 갔다. 그리고 이튿날이 되면 백지를 한두 장 남겨 놓고는 내 인물들을 새로운 모험으로 몰아넣었다. 그야말로 기괴망측한 '소설들'이었다. 언제나 미완성이었고, 다시 시작되는 것인지 계속되는 것인지는 몰라도 항상 다른 제목을 달고 이어져 나갔다. 그것은 음산한 이야기와 즐거운 모험담의 잡동사니, 터무니없는 사건과 사전에서 베낀 항목의 잡동사니였다. 그것들은 그만 없어지고 말았는데, 때로는 아깝다는 생각이 든다. 잘 보관해 두었더라면 내 어린 시절의 진모를 남김없이 보여 줄 수 있었으리라.

　나는 자신을 알기 시작했다. 나는 아무것도 아닌 것이나 다름없었고 기껏해야 내용 없는 활력에 끌렸을 뿐이었다. 하지만 그것만으로도 충분했다. 이제는 어릿광대 짓에서 벗어날 수 있었기 때문이다. 아직 무슨 일을 하는 것은 아니었지만 가짜 연기를 하는 것만은 이미 청산했다. 거짓말쟁이가 거짓말을 요리조리 꾸며 보면서 마침내 자기의 참모습을 알게 된 셈이다. 나는 글쓰기를 통해서 다시 태어났다. 글을 쓰기 전에는 거울 놀이밖에는 없었다. 한데 최초의 소설을 쓰자마자 나는 한 어린애가 거울의 궁전 안으로 들어선 것을 알았다. 나는 글을 씀으로써 존재했고 어른들의 세계에서 벗어났다. 나는 오직 글쓰기를 위해서만 존재했으며, '나'라는 말은 '글을 쓰는 나'를 의미할 따름이었다. 그런들 어쩌랴, 나는 기쁨을 알았다. 공중의 노리개와 같던 어린애가 이제 자기 자신과 사적(私的)인 데이트를 하게 되었던 것이다.

그러나 그것은 오래가기에는 너무나 신나는 것이었다. 그 사적인 일을 남몰래 이어 나갈 수만 있었다면 나는 성실성을 잃지 않았으리라. 그러나 어른들은 나를 거기에서 끌어내 버렸다. 나는 부르주아 아이들이 처음으로 직업적 소질을 드러낸다고들 하는 그런 나이에 이르렀던 것이다. 게리니에 사는 내 외사촌들은 제 아버지를 본받아 엔지니어가 되려고 한다는 이야기를 우리 집에서 벌써 듣고 있는 터였다. 그러니 한순간도 지체할 수 없다. 피카르 부인은 누구보다도 먼저 내 얼굴에서 무슨 징조를 찾아냈다. "얘는 글을 쓸 거야!" 하고 그녀는 자신 있게 말했다. 할머니는 그 말이 비위에 거슬린다는 듯이 그 엷고 메마른 미소를 지어 보였다. 그러자 블랑슈 피카르는 할머니

쪽으로 돌아서며 야무지게 되풀이했다. "글을 쓴대도요. 글을 쓰기 위해서 태어난 아이예요." 할아버지가 나의 글짓기를 달갑지 않게 생각한다는 것을 아는 어머니는 말썽이 날까 두려워 나를 뚫어지게 쳐다보면서 말했다. "블랑슈, 정말 그럴까요? 얘가 글을 쓸까요?" 그러나 저녁 때 내가 침대 위에서 셔츠 바람으로 깡충거리고 있자니까 어머니는 내 어깨를 꼭 껴안으면서 "우리 꼬마가 글을 쓴다지!" 하고 웃는 얼굴로 말하는 것이었다. 할아버지에게는 이 이야기를 조심스럽게 알렸다. 또 벼락이 떨어질까 겁이 났기 때문이다. 그는 고개를 설레설레 흔들기만 했다. 그러나 다음 목요일에 시모노 씨를 만났을 때는, 누구나 인생의 황혼을 맞으면 새로운 천재의 싹을 보고 감동하는 법이라고 그가 말하는 것을 들었다. 할아버지는 여전히 내가 긁적여 놓은 것을 모르는 체했다. 그렇지만 독일 학생들이 저녁 식사를 같이하러 오면 내 머리에 손을 얹고는 "얘 머리가 문학을 하게 생겼단 말이야." 하고 되풀이해 말하는 것이었다. 직접교수법으로 프랑스어 표현을 가르칠 기회를 놓칠세라 한마디 한 마디를 또박또박 발음하면서.

물론 그는 자기가 하는 말을 한마디도 믿지 않았다. 그러나 어찌하랴? 이미 엎질러진 물이다. 나를 억누르려고 하면 도리어 일은 더 커질 것이다. 필경 내 고집이 꺾이지 않을 것이다. 할아버지가 내 소질을 이야기한 것은 후일 기회를 보아서 내 마음을 돌려 보려는 속셈에서였다. 그는 결코 냉소적인 사람은 아니지만, 늙어 가는 탓에 열중하다가 그만 지치곤 했다. 그러나 마음속 깊은 곳에서는, 들여다보기 어려운 그 차디찬 광야에서는, 나와 가족과 자기 자신을 어떻게 다루어야 할지 알고 있었다고 나는 믿는다. 하루는 그의 발치에 누워서 책을 읽고 있었다. 그가 곁에 있으면 늘 그렇지만, 얼어붙은 듯한 한없는 침묵이 방 안에 감돌고 있었는데, 별안간 한 생각이 떠올랐는지 그는 내가 있다는 것도 잊어버리고 나무라는 듯한 눈초리로 어머니를 쳐다보았다. "그 녀석이 펜으로 먹고살 생각을 하면 어떡한다?" 할아버지는 베를렌을 좋아하고 그의 시 선집도 한 권 가지고 있었다. 그러나 1894년의 어느 날 그 시인이 고주망태가 되어서 생작 거리의 선술집으로 들어가는 것을 본 듯하다는 말을 했다. 그런 꼴을 본 후로는 직업 문인들에 대한 할아버지의 경멸은 요지부동이었다. 그 녀석들은 무릉도원을 보여 주겠다고 20프랑짜리 금화를 요구하지만 나중에는 5프랑만 주어도 제 엉덩이를 까 보이는 엉터리 마술사라는 것이었다. 어머니는 겁에 질린 듯한 표정을 지었지만 아무 대답도 하지 않았다. 할아버지가 나에 대해 다른 생각을 가지고 있다는 것을 알고 있었기 때문이다. 그 당시 대부분의 고등학교에서 독일어 강의는 프랑스를 조국으로 택한 알자스 사람들에게 맡겼다. 그들의 애국심을 포상하려는 뜻에서였다. 그러나 두 국가, 두 언어 사이에 끼어 규칙적인 공부를 하지 못한 탓으로 그들의 교양에는 여기저기 구멍이 드러나 보였다. 그들은 그것이 괴로웠다. 또한 동료들의 적의 때문에 교육계에서 따돌림을 받는 것도 못마땅했다. 그러니 내가 그들을 위해서, 할아버지를 위해서 복수하리라. 비록 알자스 사람의 손자이지만 나는 동시에 진짜 프랑스 사람이기도 하다. 할아버지는 내게 넓디넓은 지식을 갖추게 하고 나는 영광의 길을 달려가리라. 나라는 인간을 통해서, 학대받은 알자스가 고등사범학교*에 들어가고 교수 자격시험에 우수한 성적으로 합격하고 문학 교수라는 제왕이 되리라. 이런 기대를 가지고 있던 할아버지는 어느 날 저녁, 나와 사나이답게 솔직히 이야기하고 싶다고 했다. 두 여인이 물러가자 그는 나를 무릎 위에 안아 올리고 엄숙하게 타일렀다. "네가 글을 쓰겠다니 그것은 알겠다. 너도 알겠지만 나는 네가 하고 싶다는 것을 못 하게 할 사람은 아니니까 걱정 마라. 그렇지만 세상이 어떤 것인지 똑바로 알아둬야 한다. 문학으로는 먹고살 수가 없다. 유명한 작가들이 결국은 굶어 죽었다는 것을 너는 아느냐? 또 그중에는 밥을 얻어먹으려고 제 지조를 팔아 버린 사람들도 있단다. 구태여 네 뜻대로 살고 싶다면 다른 직업을 하나 갖는 것이 좋겠다. 교수 생활을 하면 틈이 생긴다. 교수 노릇과 문인의 일은 서로 겹치는 것이다. 그러니 너는 언제나 한 성직(聖職)에서 다른 성직으로 옮아갈 수가 있다. 위대한 작가들을 벗 삼게 되고, 학생들에게 그들의 작품을 가르치는 동시에 거기서 영감을 얻을 수도 있을 것이다. 시골에서 외로울 때면** 시를 쓰거나 호라티우스를 무운시(無韻詩)로 번역하면 좋을 게다. 그리고 지방 신문에 짧은 문학 이야기를 쓰고, 《교육평론》에는 희랍어 교육이나 청년 심리에 관한 훌륭한 논문을 발표할 수도 있는 노릇이다. 그리고 네가 죽고 나서 누가 책상 서랍을 열어 보면, 그 속에는 바다에 관한 명상과 단막극과 오리악***의 유물에 관한 전문적이며 날카로운 견해가 담긴 원고가 몇 장 들어 있을 게다. 그러면 너의 제자

---

* Ecole Normale Supérieure, 프랑스에서 가장 저명한 대학의 하나.
** 교수 경력은 대개 지방 고등학교 교사로부터 시작된다.
*** Aurillac, 파리 남쪽의 소도시. 옛 성당과 수도원 같은 유적이 많다.

들이 그것을 작은 책으로 엮어 내겠지."

　얼마 전부터 할아버지가 내 칭찬을 한껏 늘어놓아도 나는 아무런 반응을 보이지 않았다. 애정으로 떨리는 목소리로 나를 '하늘의 선물'이라고 불러 주었지만 나는 건성으로 듣는 척했을 뿐이며, 마침내는 귀에 들어오지도 않았다. 한데 아주 계획적으로 거짓말을 하던 그 양반의 목소리에 그날 나는 왜 귀를 기울였을까? 무슨 오해를 했기에 그가 내게 하려던 이야기와는 정반대의 뜻으로 들었을까? 그것은 그의 목소리가 달라졌기 때문이었다. 나는 메마르고 딱딱해진 그 목소리가 나를 낳아 놓고 사라진 사람의 목소리라고만 여겼다. 샤를은 두 가지 면모를 지니고 있었다. 그가 할아버지 노릇을 할 때면 나는 그를 나와 같은 어릿광대라고 생각하고 존경하지 않았다. 그러나 시모노 씨나 아들들에게 이야기할 때, 또는 식당에서 말 한마디 없이 손가락질만으로 두 여인이 양념통이나 빵 바구니를 가져오게 할 때는 그 위엄 있는 태도에 탄복하는 것이었다. 특히 집게손가락의 위력에는 꼼짝할 수 없었다. 그는 손가락을 뻗는 것이 아니라, 반쯤 펴 들고 막연히 움직이는 시늉을 했다. 일부러 분명히 가리켜 보이지 않고서, 두 여인이 자기 명령을 알아맞히게 하기 위해서였다. 신경질이 난 할머니는 때로는 그 뜻을 잘못 짚어서, 달라는 물 대신에 과일 그릇을 갖다 내미는 수도 있었다. 그러면 나는 할머니에게 핀잔을 던지고 임금의 어명 같은 그의 요구를 섬겼다. 그는 남이 자기 욕망을 채워 주기를 바랐다기보다도 미리 알아차리기를 바랐던 것이다. 만일 그날 할아버지가 두 팔을 벌리면서 "새로운 위고가 나타났군. 애송이 셰익스피어가 여기 있군." 하고 멀리서부터 외쳤더라면 나는 오늘날 산업 디자이너나 문학 교수가 되었을지도 모른다. 하지만 그는 결코 그러지 않았다. 나는 처음으로 위엄 있는 가장(家長)을 대했던 것이다. 그는 침울한 낯이었다. 나를 추켜 주는 것을 잊으니 더욱더 존엄하게 보였다. 그는 새로운 율법을, 내가 지켜야 할 율법을 고하는 모세였다. 그가 내 직업 이야기를 한 것은 다만 그 결점을 드러내기 위해서였다. 그런데 나는 할아버지가 그것을 이미 기정 사실로 인정해 주고 있다고 반대로 생각해 버렸다. 만일 내가 원고지를 눈물로 적시게 되겠다느니 세간의 말썽꾸러기가 되겠다느니 하는 예언을 했다면 부르주아적인 온건한 정신에 물든 나는 겁을 집어먹었으리라. 그러나 할아버지는 그런 멋들어진 불행이 나의 장래에는 있을 수 없다고 이르면서 내 직업을 납득시킨 것이었다. 오리악이나 교육학을 다루는 데는 흥분해 날뛰거나 수선을 떨 필요가 전혀 없기 때문이었다. 20세기의 불멸의 흐느낌은 다른 사람들이 떠맡아 주리라. 나는 결코 요란스러운 짓은 하지 않고, 온건하고 얌전하고 꾸준하게 됨으로써 문학계에 이름을 날려 보기로 체념했다. 글쓰기라는 직업은 지겨울 정도로 진지하고 쓸모없고 또 따지고 보면 재미도 없는 어른들의 일이라고 여겼으므로 바로 나 같은 인간의 몫이라는 것을 잠시도 의심하지 않았다. 나는 "그저 그런 거지." 하는 생각과 "내게는 소질이 있다."는 생각을 한꺼번에 했다. 모든 공상가와 마찬가지로 환멸을 진실과 혼동했던 것이다.

할아버지는 내 생각을 홀딱 뒤집어 놓고 말았다. 나는 내 꿈을 단단히 맺어 놓기 위해서만 글을 쓴다고 생각하고 있었는데, 할아버지의 말을 들으면 반대로 글공부를 위해서 꿈을 꾸어야 했다. 내가 상상한 불안이나 정열은 내 글재주의 농간에 지나지 않는다. 그런 농간이 매일처럼 나를 책상으로 끌고 가며, 경험이 쌓이고 원숙해져서 훌륭한 글이 저절로 나오게 될 때까지 내 나이에 어울리는 작문 과제를 내게 베풀어 주는 것이다……. 이것이 할아버지의 견해였다. 그것을 알고 나는 신화와 같았던 나의 환상을 잃어버렸다. 할아버지는 이렇게 말했다. "정말이지 잘 볼 줄만 안다고 해서 되는 일이 아니다. 본 것을 써먹을 줄 알아야지. 모파상이 어렸을 때 플로베르가 어떻게 가르쳤는지 아니? 모파상을 나무 앞에 앉히고 두 시간 동안 그것을 묘사하게 했단다." 그래서 나는 보는 것을 배웠다. 장차 오리악의 유명한 건축물들을 찬양하는 가인(歌人)이 될 팔자인 나는 깔판이나 피아노나 괘종시계 같은 유물들을 시무룩한 낯으로 바라보았다. 이런 것들도 앞으로 내가 벌과(罰課)처럼 쓰게 될 문장에 의해 영원히 살아남을지도 모르는 일이 아니겠는가? 나는 관찰을 했다. 그것은 우울하고 실망스러운 장난이었다. 가령 촘촘한 천으로 된 비로드 안락의자 앞에 우뚝 서서 그것을 살펴본다. 무슨 말을 해야 할까? 그래, 이렇게 말해 보자. 이것은 까칠까칠한 초록색 천으로 덮여 있다. 팔걸이가 두 개, 다리는 네 개다. 등받이 꼭대기에는 나무로 만든 작은 솔방울 장식 두 개가 있다. 지금으로서 할 수 있는 말은 이것이 전부다. 요다음에 다시 보고 더 잘 말해 보겠다. 마침내는 속속들이 모르는 것이 없게 되리라. 후일 그것을 묘사할 텐데, 독자들은 이렇게 말할 것이다. "참 잘 관찰하기도 했다. 정말 기막히게 봤군. 실물 그대로다. 머릿속에서 꾸며 냈다면 이렇게야 못 쓰지." 진짜 펜을 써서 진짜 말로 진짜 물건을 그렸으니 나 역시 진짜가 되지 않을 수 없으리라. 요컨대 나는 차표를 보여 달라는 차장이 나타나면 어떤 대답을 해야 한다는 것을 이번만큼은 틀림없이 알았던 것이다.

여러분은 내가 이런 일로 행복을 느꼈으리라고 생각할지도 모른다. 그러나 딱하지만 통 즐겁지가 않았다. 나는 말하자면 발령을 받은 셈이었다. 할아버지는 고맙게도 내 미래를 마련해 주었고 나도 그것이 매력적이라고 말했다. 그러나 속으로는 아주 싫은 생각이 들었다. 재판소 서기 같은 이런 일을 내가 바라기나 했던가? 위인들을 알게 된 나는 유명해지지 않고서는 작가가 될 수 없다고 믿어 왔다. 그런데 서너 권의 소책자를 죽은 후에 남기는 것이 내가 누리게 될 영광이라는 생각을 하니, 그 무엇에 속아 넘어가는 듯한 느낌이 들었다. 후일 내 손자뻘 되는 녀석들 역시 내 글을 읽어 주고, 나 자신이 벌써부터 따분하게 생각하는 주제를 다룬 얄팍한 책자에 열중하리라고 어떻게 진심으로 믿을 수 있단 말인가? 때로는 내 '문체'가 훌륭해서 후세에 잊히지 않으리라고도 생각해 보았다. 할아버지는 이 수수께끼 같은 문체라는 특질이, 스탕달에게는 없고 르낭에게는 있다고 말하지만, 그런 객설을 듣고 안심할 수는 없었다.

특히 나는 나 자신을 내던져 버려야 했다. 두 달 전만 해도 나는 장사이며 역사였다. 하지만 그 시절은 끝났다! 나는 이제 코르네유와 파르다양 중 한 사람을 골라야 할 처지에 놓였다. 그래서 진정으로 좋아하던 파르다양을 버리고, 겸손한 마음으로 코르네유를 택했다. 나는 예전에 뤽상부르 공원에서 영웅들이 뛰고 싸우는 것을 보았다. 그들이 너무 멋있어서 기가 죽은 나는 내가 열등 인종에 속한다는 것을 깨달았다. 그런데 이제는 그것을 공공연히 인정하고 칼을 칼집에 집어넣고 평범한 무리들의 세상으로 되돌아와야 했다. 소위 대작가라는 사람들, 나를 조금도 위압하지 못하는 그 졸장부들과 다시 사귀어야 했다. 그들은 어릴 때 곱사등이 같았고 적어도 그 점에서는 나도 그들과 비슷했다. 이윽고 그들은 허약한 어른이 되고 콜록거리는 늙은이가 되었는데 나는 그 점에서도 닮아 가리라. 볼테르는 어떤 귀족에게 호되게 얻어맞은 일이 있는데, 나는 아마도 왕년에 뤽상부르 공원에서 꼬마 대장 노릇을 하던 장수에게 채찍질을 당하게 되리라.

나는 내게 재주가 있다고 생각해 두기로 체념했다. 그런데 할아버지의 서재에서, 닳아 빠지고 뜯기고 찢겨 나간 책들 사이에 끼어 사니 재능이란 세상에서 가장 얄보이는 것으로 여겨졌다. 말하자면 구제도* 시대에 성직자가 될 운명을 타고난 둘째 아들들이 기껏 대대장 노릇을 한 일이 아주 많았던 것과 다름없었다. 유명해진다는 언짢은 사치가 내 눈앞에는 한 이미지로 떠올라 오랫동안 가시지를 않았다. 흰 식탁보를 깐 기다란 테이블 위에 오렌지 주스 병과 무스** 병이 놓여 있다. 나는 잔을 들고 있고, 열댓 명은 넉넉히 되는 야회복 차림의 남자들이 나를 둘러싸고 내 건강을 위해 건배를 한다. 그러나 내 뒤로는 세를 내고 빌린 큰 방이 먼지가 쌓인 채 텅 비어 있는 것을 느낄 수 있다. 그러니 내가 내 인생에서 기껏 기대한 것, 그것은 다만 후일에도 '현대어학원'의 연례 기념행사 같은 것이 나를

---

* 프랑스 혁명 이전의 왕권제도.

** mousseux, 샴페인 이외의 발포성 포도주.

위해서 다시 베풀어지는 것뿐이었다.

이렇듯 내 운명은 르 고프 가 1번지의 6층 아파트에서 만들어졌다. 괴테, 쉴러, 몰리에르, 라신, 라 퐁텐, 하인리히 하이네, 빅토르 위고를 상하 좌우에 두고 골백번이나 다시 시작되는 대화를 이어 가는 중에 만들어졌다. 할아버지와 나는 두 여인을 쫓아내고 서로 꼭 껴안았다. 우리는 소근거리며 서로 일방적인 이야기만을 했고 그 한마디 한마디가 내게 깊은 자국을 남겼다. 할아버지는 살금살금 알맞은 기회를 타면서, 내게 재주가 없다는 것을 납득시켜 나갔다. 아닌 게 아니라 나 자신도 그것은 잘 알고 있었고 그 따위 것은 아무래도 좋다고 생각해 왔다. 있지도 가능하지도 않은 영웅주의, 그것만이 내 정열의 유일한 목표였다. 그것은 빈곤한 영혼을 덮혀 주는 불꽃이다. 나는 속 빈 강정이라는 자각과 공연히 살고 있다는 느낌 때문에 그런 영웅주의를 완전히 내던질 수는 없었다. 그러나 감히 장래의 활동이 멋있을 것이라고 스스로 도취해 볼 수는 이미 없었다. 사람들이 나라는 어린애를 잘못 알았거나 내 직업을 잘못 잡아 준 것이 아닐까 내심 겁이 났다. 어쩔 줄 모르게 된 나는 할아버지에게 복종하려는 뜻에서 근면한 삼류 문사의 길을 가겠다고 생각했다. 결국 나를 문학에서 멀리하려던 그의 노력이 도리어 나를 문학의 길로 밀어넣었던 것이다. 그래서 요새도 울적한 날이면 이렇게 자문해 본다. 내가 그토록 많은 종잇장에 잉크 칠을 하고 아무도 원치 않는 숱한 책을 시장에 내놓으면서 밤낮으로 허구한 날을 보낸 것은 오직 할아버지의 환심을 사려는 주책없는 욕망 때문이 아니었을까 하고. 그렇다면 터무니없는 희극이리라. 나이 오십이 넘었는데도 나는 고릿

적에 세상을 떠난 사람의 뜻을 받들려고 이런 일에 끌려든 것이리라. 그 본인이 살아 있다면 반드시 반대했을 노릇일 텐데도 말이다.

사실 나는 사랑에서 깨어나 "내게 어울리지 않는 여자 때문에 일생을 망쳤다니!" 하고 한숨짓는 스완*과도 흡사하다. 때로는 남몰래 쌍놈이라고 생각해 보기도 한다. 그것은 초보적인 건강법이다. 쌍놈이 하는 짓은 늘 옳지만 그것은 어느 정도까지의 이야기다. 사실 내게는 글재주가 없다. 여러 사람이 그런 사실을 말해 주었고 나를 다만 공부벌레 취급했다. 사실 그렇다. 내 책에서는 땀내가 나고 고생한 흔적이 보인다. 귀하신 양반들의 코에는 그것이 구린내를 풍긴다는 것을 나도 인정한다. 나는 나 자신을 적으로 삼아서, 그러니까 만인을 적으로 삼아서 책을 쓴 일이 많다.** 하도 외곬로 그렇게 써서 고혈압을 일으켰을 정도다. 작가로서의 나의 계율은 상처처럼 몸속에 꿰매져 있다. 하루라도 글을 안 쓰면 그 상처 자국이 근질근질하다. 너무 쉽게 써도 역시 근지럽다. 오늘날에는 이런 거친 욕구가 너무 융통성 없고 미숙한 것임을 나는 절실히 느낀다. 그것은 마치 바닷물에 쓸려 롱아일랜드 해변으로 떠내려 오는 선사시대의 장중한 게와 같다. 그 게들처럼 내 욕구는 제철이 지났는데도 살아남은 것이다. 여름철 저녁나절에 거리로 나와 의

---

* 프루스트의 『잃어버린 시간을 찾아서』에 나오는 인물.
** 원저자주: 당신이 자기 자신에 대해서 만족해하면, 자기 만족에 빠진 모든 사람들이 당신을 좋아할 것이다. 당신이 이웃을 헐뜯으면 다른 이웃들은 웃어 댈 것이다. 그러나 만일 당신이 자기자신을 규탄하면, 모두들 그럴 수가 있느냐고 외쳐 댈 것이다.

자에 걸터앉은 라세페드 거리의 문지기들을 보고 나는 오랫동안 부러워한 일이 있다. 그들은 꼭 무엇을 주시해야겠다는 뜻도 없이 천진스럽게 바라보고 있었다.

　다만 사실인즉 이렇다. 미사여구를 늘어놓는 몇몇 늙은이나 마구 갈겨 쓰는 겉멋 들린 문학청년들을 제외하면 글짓기의 명수란 없는 것이다. 그것은 말의 본질로 보아 어쩔 수 없는 노릇이다. 입으로 이야기할 때 나오는 제 나라 말도 글로 쓸 때는 외국어가 되는 것이다. 작가라는 직업을 가진 우리들은 모두가 그렇다고 나는 감히 말한다. 모두가 낙인찍힌 도형수(徒刑囚)들이다. 또한 독자 여러분은 내가 나의 어린 시절과 그 유물들을 혐오한다는 것을 알았을 것이다. 할아버지의 목소리, 나를 벌떡 일으켜서 책상으로 달려가게 하는 그 녹음된 목소리가 내 귀에 노상 들려오는 것은 그것이 바로 내 목소리였기 때문이다. 내가 일찍이 겸허하게 받아들였던 할아버지의 사이비 강제 위임을 여덟 살과 열 살 사이에 도리어 자랑스럽게 나 자신의 율법으로 삼았기 때문이다.

　　"나는 책을 만드는 기계에 지나지 않는다는 것을 스스로 잘 알고 있다."(샤토브리앙)

　나는 포기하고 말 뻔했다. 할아버지가 억지로 인정해 준 재주, 완전히 무시해 버리기가 어색해서 인정해 준 그 재주가 내 생각에는 결국 하나의 우연에 지나지 않으며, 이 우연으로는 나의 존재라는 또 하나의 우연이 정당화될 수 없다고 여겼기 때문이다. 어머니의 목소리는 아름답다. '그러니까' 노래를 한다. 하지만 그래도 역시 차표 없는 여행을 한다. 나는 문학에 소질이 있다. 그러니까 글을 쓰고 평생 그 광맥을 캐 나가게 될 것이다. 그것은 좋다. 그러나 적어도 내게는 '예술'의 거룩한 힘이 이미 사라진 것이다. 나는 방황할 것이다. 남들보다 좀 더 형편이 낫다는 것뿐이다. 내가 필요한 존재라는 것을 스스로 느껴 보려면 누구든지 나를 요구하는 사람이 있어야 할 것이다. 집안 식구들은 얼마 동안 내게 그런 환상을 길러 주었다. 나는 그들이 학수고대했던 '하늘의 선물'이며 할아버지와 어머니에게 없어서 안 될 존재라고 되뇌어 왔다. 이미 그런 것은 믿지 않게 되었다. 그러나 어떤 기대를 만족시키기 위해서 특별히 이 세상에 나타난 것이 아닌 이상, 사람이 태어난다는 것은 쓸데없는 일이라는 느낌이 가시지 않았다. 그 무렵 나는 대단한 자존심과 고독감을 함께 지니고 있어서, 온 세상이 기다리는 사람이 되거나 그렇지 않으면 죽어 버리겠다는 생각을 품었던 것이다.

나는 이미 글을 쓰지도 않았다. 작가가 되리라는 피카르 부인의 선언이 있은 후로는 무엇을 독백처럼 쓴다는 것이 무척 중요한 일 같아서 감히 펜을 다시 들 수가 없었다. 그러다가 양식도 헬멧도 마련해 주지 않고 사하라 사막 한가운데에 내던져 놓은 젊은 부부를 구해 주기라도 할 요량으로 소설을 계속하기로 생각했을 때는 자신의 무력을 뼈저리게 느끼고 말았다. 자리에 앉기가 무섭게 머릿속에 안개가 자욱이 끼고, 나는 낯을 찡그리면서 손톱을 깨물었다. 결국 순진성을 잃고 만 것이다. 나는 다시 일어나서 방화자 같은 정신 상태로 집 안을 헤매었다. 그러나 결코 불을 지르지는 못했다. 환경과 취향과 습관, 그 어느 것으로 보아도 유순하기만 했던 나는 후일 복종할 데까지 복종하다 못해 겨우 반항한 것에 불과하다. 나는 빨간 모서리에 검은 천으로 싼 '숙제 공책'을 받았다. 겉으로 보기에는 '소설 공책'과 똑같은 것이었다. 그러나 그 공책을 보자마자 내 머릿속에서는 학교 숙제와 나의 개인적인 일이 뒤섞였다. 나는 작가와 학생을, 학생과 장래의 교수를 뒤범벅해 버렸다. 글을 쓰는 것도 문법을 가르치는 것도 매일반이었다. 내 펜은 말하자면 사회화되어 내 손에서 떨어져 나갔으며, 나는 몇 달 동안 펜을 다시 들지 못했다. 내가 우울한 낯으로 서재로 기어들면 할아버지는 슬그머니 웃음을 지었다. 아마도 자기의 술책이 첫 열매를 맺게 됐다고 생각한 것이리라.

그러나 할아버지의 술책은 실패로 돌아갔다. 그것은 내 머리가 서사시적(敍事詩的)이었기 때문이다. 칼이 꺾여서 속중(俗衆)들 사이로 다시 돌아와서도 나는 밤이면 다음과 같은 불안한 꿈을 꿀 때가 많았다. 나는 뤽상부르 공원에서 상원 의사당을 마주 보며 분수 가에 서 있었다. 1년 전에 죽은 베베와 비슷한 금발 소녀를 어떤 위험으로부터 보호해 주어야 할 판국이었다. 소녀는 안심한 듯한 평온한 표정으로 나를 지그시 쳐다보았다. 그녀는 훌라후프를 손에 들고 있는 일이 많았다. 그런데 나는 두려웠다. 그녀를 어떤 보이지 않는 귀신에게 뺏길까 겁이 난 것이었다. 하지만 나는 얼마나 그녀를 사랑했던가! 얼마나 슬픈 사랑이었던가! 나는 지금도 그녀를 사랑한다. 찾았다가 잃어버리고 다시 찾아서 품 안에 안았다. 그러다가 또다시 잃어버렸다. 이것이 바로 서사시다. 여덟 살 때 단념하려던 순간 나는 펄떡 일어났다. 그 죽은 소녀를 구하기 위해서 나는 단순하고도 무분별한 짓을 시작했는데, 그것이 내 인생의 길을 빛나가게 했던 것이다. 작가란 영웅과 똑같이 거룩한 힘을 가진 사람이라고 생각했으니 말이다.

그런 생각을 하게 된 근원에는 한 가지 새로운 발견이 있었다. 아니, 발견이라기보다는 차라리 추억이었다. 왜냐하면 나는 벌써 2년 전에 그것을 예감했기 때문이다. 위대한 작가는 편력 기사(遍歷騎士)와 닮은 점이 있다. 그들은 모두 남들로부터 뜨거운 감사의 표현을 자아내는 사람들이다. 파르다양의 경우에는 두말할 나위도 없다. 고마워하는 고아들의 눈물 때문에 손등이 패다시피 했으니 말이다. 그러나 『라루스 대백과사전』과 신문의 부고란을 보면 작가도 역시 그런 행복을 누린다. 좀 오래 살기만 하면 반드시 어떤 미지의 독자로부터 감사의 편지를 받는다. 그때부터는 감사의 글이 끊이지 않고 책상 위에 쌓이고 집 안을 가득 메운다. 외국 사람들이 그에게 인사하려고 바다를 건너온다. 그가 세상을 떠나면 국민들이 돈을 걷어서 기념비를 세워 준다. 그의 고향에서는 물론이지만 때로는 수도에서도 거리에 그의 이름이 붙는다. 하기야 이러한 감사의 표시가 그 자체로서 내 관심을 끈 것은 아니었다. 그것은 우리 집안의 희극을 너무도 선명히 떠올리게 했으니까 말이다. 그러나 나를 완전히 흥분시켜 놓은 그림이 하나 있었다. 유명한 소설가 디킨스가 몇 시간 후면 뉴욕에 닿으려는 찰나다. 저 멀리 그가 탄 배가 보인다. 부두에는 그를 환영하려는 군중이 들끓고 있다. 그들은 모두 소리를 지르며 모자를 흔들어 댄다. 어찌나 가득 들어찼는지 어린애들은 질식할 지경이다. 그러나 그들은 외로운 고아이며 과부들이다. 그들이 기다리는 사람이 그 자리에 없다는 단 한가지 이유 때문에 적막한 것이다. 나는 중얼거렸다. "여기에는 꼭 있어야 할 사람이 없구나. 그것은 디킨스다!" 그러자 눈물이 핑 돌았다. 그러나 나는 이런 결과는 접어두고 그 원인을 캐 들어가 보았다. 저렇게 열광적인 환영을 받게 되려면 문인들은 가장 큰 위험과 싸우고 인류를 위해서 특출한 봉사를 해야 한다고 나는 생각했다. 나는 꼭 한 번 이처럼 열광적인 갈채가 터져 나오는 장면을 본 일이 있었다. 모자가 날고 남녀노소 할 것 없이 모두들 만세 소리를 질렀다. 그것은 7월 14일*에 있었던 알제리 저격병들의 분열 행진이었다. 이 추억이 마침내 내 결심을 요지부동하게 만들어 놓았다. 몸집이 형편없고 겉멋을 떨고 겉으로는 남자다운 데가 없어 보이지만, 나의 동업자인 작가들도 일종의 군인이다. 그들은 신비로운 싸움에서 저격병 노릇을 하며 생명을 내건다. 사람들은 그들의 재능에 대해서보다도 군인 못지않은 그 용기에 대해서 더욱 우렁찬 박수를 보낸다. 정말 그렇다. 사람들은 그들을 필요로 하는 것이다! 파리에서, 뉴욕에서 그리고 모스크바에서 모두가 불안한 마음으로 혹은 황홀한 마음으로 그들을 기다린다. 그들이 최초의 책을 내놓기도 전에, 글을 쓰기 시작하기도 전에 그리고 심지어는 태어나기도 전에 벌써부터 기다리는 것이다.

그렇다면 나는? 글을 쓰기 위해서 태어난 나는? 그렇다, 사람들은 나를 기다리고 있는 것이다. 나는 코르네유를 파르다

---

* 프랑스 대혁명 기념일.

양으로 변신시켜 버렸다. 나는 다리가 휘고 가슴은 좁고 얼굴이 핼쑥한 코르네유의 겉모습은 그대로 두고, 그에게서 인색함과 금전욕을 지워 버렸다. 그리고 글 쓰는 재주와 고결한 마음을 일부러 뒤섞었다. 그렇게 해 놓은 이상에야, 나 자신이 코르네유가 되어서 인류를 지킨다는 임무를 스스로 떠맡기란 누워서 떡 먹기였다. 이와 같은 나의 새로운 자기기만은 괴상한 미래의 길을 터놓아 주었다. 그 순간부터 나는 모든 것을 손아귀에 넣었던 것이다. 이 세상에 잘못 태어난 나는 다시 태어나도록 애써 왔다고 말한 바 있다. 내 소설의 무고한 주인공들이 곤경에 빠져서 던지는 호소를 듣고 분발한 일은 전에도 수없이 많았다. 하지만 그것은 유치한 장난이었다. 가짜 기사였던 나는 가짜 용기를 부렸고 그것이 허망한 짓이어서 그만 싫증이 나고 말았었다. 그런데 이제는 내 꿈을 다시 얻게 되었고 그것이 실현되려는 판국이었다. 내 천직이 현실적이라는 것을 나는 조금도 의심할 수 없었다. 왜냐하면 대사제(大司祭)와 같은 할아버지가 보증해 주었기 때문이다. 공상적인 어린애였던 나는 진짜 편력 기사가 되었으며 그 공적은 진짜 책으로 나타날 터였다. 이제야 이 세상에서 요구하는 사람이 된 것이다! 사람들은 내 작품을 기다렸다. 하지만 첫 책은 나의 열성에도 불구하고 1935년 전에는 나오지 않으리라*. 1930년경이 되면 그들은 안타까워하기 시작하고 서로 이렇게 중얼거릴 것이다. "그 사람은 시간을 너무 잡아먹는군. 25년 동안이나 먹여 살려 왔

---

* 참고로, 사르트르를 일약 저명한 작가로 만들어 준 최초의 소설 『구토』가
  나온 것은 1938년이다. 그러나 그가 그 원고를 완성하고 출판사에 넘긴 것
  은 1936년이었다.

는데* 지금껏 아무 일도 안 했다니! 그의 책을 읽어 보기도 전에 우리가 먼저 죽지나 않을까?" 그러면 나는 1913년의 목소리로 "여보세요, 아직 좀 더 작업할 시간을 주셔야죠." 하고 대답하리라. 하지만 그런 대답을 상냥하게 하리라. 왜냐하면 무슨 이유인지는 몰라도 그들이 나의 구원을 필요로 하고 그 필요가 나를 탄생시켰기 때문이다. 그것을 충족시키는 유일한 수단으로서 말이다. 나는 이 만인의 기대를, 나의 생명의 원천이며 생존 이유인 그 기대를 내 속 깊은 곳에서 꼭 붙잡아 보려고 애썼다. 때로는 성공할 것 같았던 찰나에 그만 놓쳐 버리곤 했다. 그러나 그것은 문제가 되지 않았다. 그런 가짜 계시(啓示)만으로도 흡족했으니까. 나는 안심하고 바깥세상을 바라보았다. 벌써 나의 존재를 요구하는 곳이 어디 있을지도 모른다. 아니, 그렇지 않다. 지금으로서는 너무 이르다. 나는 아직도 드러나지 않은 욕망을 채워 줄 아름다운 대상이다. 그러니 앞으로 얼마 동안은 무명(無名)으로 남아 있어도 전혀 상관없다. 때로는 할머니가 대여(貸與) 도서관으로 나를 끌고 갔다. 생각에 잠긴 듯한 키 큰 부인들이 불만스러운 낯을 하고 마음을 채워 줄 작가를 찾아서 이 벽에서 저 벽으로 조용히 왔다 갔다 했다. 나는 그 거동이 재미있었다. 물론 그런 작가가 있을 리 없었다. 왜냐하면 그것은 나니까 말이다. 아직은 그들의 치맛자락에 묻혀 있는 꼬마, 그들이 거들떠보지도 않는 이 꼬마니까 말이다.

나는 얄밉게 웃기도 하고 가슴이 북받쳐서 울기도 했다. 나

---

* 사르트르가 태어난 것은 1905년이다.

는 여태껏 여러 가지 취미를 가져 보고 억지도 부려 보았지만, 그것들은 곧 사라져 버리곤 했다. 그런데 사람들이 내 마음속을 탐사해 보자 단단한 바위에 마주친 것이다. 샤를 슈바이체르가 할아버지라는 것이 분명하듯이, 내가 작가라는 것이 분명해진 것이다. 날 때부터 그랬고 영원히 그럴 것이다. 그러나 어떤 불안이 이와 같은 흥분을 좀먹는 때가 있었다. 할아버지가 보증해 준 것으로 믿었던 그 재주가 단순히 우연이라고 생각하기는 싫었다. 나는 그것이 하나의 사명이라고 치부하기에 이르렀다. 그러나 나를 밀어주는 사람도, 나를 진실로 필요로 하는 사람도 없어서 그런 사명을 나 스스로 꾸며 냈다는 것을 잊을 수 없었다. 노아의 홍수 이전의 세계로부터 불쑥 출현하여, 남들의 눈에 그렇게 보이기를 바라는 그런 '타자로서의 나'가 되기 위하여 '자연'의 상태에서 벗어나려는 순간, 나는 내 '운명'을 마주 보았고 똑바로 인식했다. 그것은 다름 아닌 내 '자유'였다. 나는 내 자유를 마치 외적인 힘처럼 내 앞에 우뚝 세워 놓았던 것이다*. 요컨대 나는 이제 나 자신을 완전히 속일 수도 없었고 미몽에서 완전히 깨어날 수도 없었다.

---

* 이 몇 줄의 글은 사르트르의 존재론의 중요한 부분을 나타낸다. "노아의 홍수 이전의 세계"와 "자연의 상태"에 관한 언급은 인간이 원래부터 이유 없이 이 세상에 내던져진 우연적 존재임을 의미하기 위한 것이다. 그런데 우리는 우리가 이런 필연성 없는 존재임을 의식할 때 자기 자신을 주체적으로 창조해 나가는 대신, 흔히 남들의 눈을 통해서 마치 필연적인 존재인 것처럼 단단히 정립하기를 바란다. 어린 사르트르의 경우를 보자면 그는 작가가 되어 만인의 기대에 부응하는 것이 자기 운명이라고 스스로 타이르지만, 그것은 자기기만에 지나지 않는다. 이러한 '운명'은 우리의 원초적인 '자유'가 존재의 불안에서 벗어나기 위해서 만들어 낸 진정치 못한 수작이기 때문이다.

나는 흔들리고 있었던 것이다. 그런데 나의 이러한 망설임은 전부터 지녀 오던 문제를 다시 야기했다. 미셸 스트로고프의 필연성과 파르디양의 너그러운 정신을 어떻게 합쳐 놓을 것인가? 나는 기사로서 임금의 명령을 받아 본 일이 한 번도 없다. 그러니 남들의 주문에 따라서 쓰는 작가가 되기를 감수해야 한단 말인가? 하지만 이런 불안은 결코 오래 계속되지 않았다. 나는 서로 대립하는 두 가지의 거룩한 요청에 끼어 어쩔 줄을 몰랐지만 그 모순에 쉽게 적응하고 말았다. 심지어는 하늘의 선물과 내 작품의 자식이라는 두 신분을 동시에 지니는 것도 불편하지 않게 되었다. 기분이 좋은 날에는 나는 만물의 창조자였다. 인간들에게 그들이 바라는 읽을거리를 마련해 주기 위해서 스스로의 힘으로 무(無)에서 태어난 것이다. 나는 유순한 어린애니까 죽을 때까지 복종하리라. 하지만 그것은 나 자신에 대한 복종이다. 반대로 기분이 언짢은 날에는, 다시 말해서 내가 막연한 대기 상태에 있다는 그 밍밍하고 역겨운 감정을 느낄 때에는, 내 운명이 미리 정해진 것이라고 애써 생각하면서 마음을 가라앉혔다. 이 세상 사람들을 모두 불러내서 내 인생에 대한 책임을 그들에게 덮어씌우고, 나는 그들의 집단적인 요구의 산물이라고 생각하는 것이었다. 대부분의 경우 나는 나를 들뜨게하는 자유와 내 존재를 정당화해 줄 필연성 어느 쪽도 완전히 버리지 않으려고 애쓰면서 마음의 평화를 꾀하려고 했다.

이렇게 해서 파르디양과 스트로고프는 공생할 수 있었다. 위험은 다른 곳에서 나타났다. 나는 불쾌한 대결 장면을 보게 되었고 그 후로는 매우 조심해야겠다는 생각을 갖게 되었다.

이 사건을 초래한 장본인은 내가 여태껏 경계하지 않았던 제바코였다. 그는 나를 당황케 하려는 것이었을까, 혹은 무슨 예고를 해 주려는 것이었을까*? 사실인즉 다음과 같다. 일은 어느 날 마드리드의 여관에서 벌어졌다. 나는 파르다양만을 쳐다보고 있었다. 그는 떳떳하게 술 한잔하며 쉬는 참이었다. 그때 작가인 제바코가 나로 하여금 한 손님을 주목하게 했는데, 그 사람은 다름 아닌 세르반테스였다. 이윽고 세르반테스와 파르다양이 인사를 하고 서로 칭찬을 하고 어떤 의로운 거사에 힘을 합쳐 보려고까지 한다. 그뿐이 아니다. 세르반테스는 사뭇 기뻐하면서 새로운 친구에게 책을 한 권 쓰겠다는 뜻을 밝힌다. 여태까지는 주인공을 어떻게 조형할지 모호했지만 고맙게도 당신이 나타났으니 모델로 삼아 써 보겠다는 말이었다. 나는 그 꼴을 보고는 화가 발칵 나서 책을 내던지려고 했다. 이런 낭패가 있나! 나는 기사 겸 작가인데 내 몸뚱이가 그만 두 동강으로 갈라져 버렸으니 말이다. 각 조각이 독립적인 한 사람이 되어서 상대편과 맞서고 다투는 것이었다. 파르다양은 바보는 아니지만 『돈키호테』를 쓸 수는 없었으리라. 또 세르반테스는 싸움을 잘 하긴 하지만 혼자서 스무 명의 독일 기병을 달아나게 할 만한 능력은 없다. 그러니 두 사람의 우정 그 자체가 그들의 한계를 드러낸 것이다. 파르다양은 이렇게 생각

---

* 앞으로 나올 몇 구절은 『파르다양』의 작가인 제바코가 꾸민 환상적인 에피소드에 관해서 언급한 것이다. 그 이야기에 의하면 파르다양은 마드리드에서 세르반테스를 알게 되었는데, 세르반테스는 파르다양에게 도움을 주고 그를 돈키호테의 모델로 삼으려 한다. 이 이야기 때문에 어린 사르트르는 파르다양과 돈키호테라는 다른 성질의 인물 사이에 끼어 어쩔 줄을 몰랐던 것이다.

한다. "저 현학자는 좀 허약하긴 하지만 용기가 없는 것은 아니군." 한편 세르반테스는 "정말이지 저 왈패도 그렇게 이치에 닿지 않는 소리는 안 하는군." 하고 생각한다. 그렇지만 나로서는 나의 영웅이 '슬픈 얼굴의 기사*'의 모델이 되는 것을 결코 용납할 수 없었다. '영화'를 꾸며대던 무렵, 나는 일부분이 삭제된 『돈키호테』한 권을 선물로 받은 일이 있는데, 그때는 50쪽 이상을 읽지 못하고 팽개쳤다. 나의 용감무쌍한 행동을 공공연히 조롱하는 꼴이었으니 말이다! 그런데 이제 와서는 제바코까지도 그런다니……. 도대체 누구를 믿으란 말인가? 사실인즉 나는 매춘부였다. 군인을 따라다니는 위안부였다. 나의 비굴한 마음은 지식인보다도 모험가를 더 좋아했다. 나는 세르반테스밖에 되지 못하는 것이 창피했다. 그래서 자신의 정체를 폭로하지 않으려고 내 머리와 글을 무시무시한 장면으로 가득 채우고 용맹이라는 말과 그와 비슷한 다른 말들을 찾아다녔다. 그리고 편력 기사들을 물리치고, 문학자들과 그들이 당면하는 위험과 나쁜 놈들을 찔러 죽이는 그들의 날카로운 펜대만을 늘 생각했다. 나는 『파르다양과 포스타』**를, 『레 미제라블』을, 『세기의 전설』***을 읽어 나가고, 장 발장과 에비라드 누스****의 운명에 눈물을 흘렸다. 그러나 책을 닫아 버리기가 무섭게 그들의 이름을 기억에서 깨끗이 씻어 내고 나의 진실한 부대원들을 불러내는 것이었다. 종신형을 선고 받은

---

* 돈키호테를 가리킨다.
** 제바코의 『파르다양』 연작소설의 6권.
*** 빅토르 위고가 후기에 집대성한 서사시집.
****『세기의 전설』에 나오는 중세의 편력 기사.

실비오 펠리코*, 단두대의 이슬로 사라진 앙드레 세니에**, 분형(焚刑)을 당한 에티엔 돌레***, 그리고 희랍을 위해서 죽은 바이런…… 나는 정열적이면서도 냉정한 태도로 지난날의 공상을 나의 천직 속에 담아 넣으려고 애썼다. 그 무엇이건 나의 그런 기도를 가로막을 수는 없었다. 나는 생각을 뒤틀어 보기도 하고 말의 뜻을 비틀어 보기도 했다. 그리고 언짢은 무리들을 만나거나 남들과 비교될 것이 두려워서 세상과 담을 쌓았다. 영혼의 공백이 남긴 빈자리에 전면적이며 영속적인 동원령(動員令)이 들어섰다. 나는 군사 독재자가 되었던 것이다.

그러나 불안은 그 모습을 바꾸고 줄곧 뒤따라 다녔다. 재능을 더욱 갈고 닦는 것은 좋다. 그러나 무엇에 써먹자는 것인가? 숱한 사람이 나를 필요로 한다는 것도 알겠다. 그러나 무엇을 하기 위해서인가? 나는 불행히도 나의 역할과 용도에 의심을 품었다. "도대체 어쩌자는 것일까?" 하고 스스로 물어보았다. 그 순간 모든 것이 무너지는 것 같았다. 무엇 하나 손에 잡히는 것이 없었다. 영웅이 되고 싶다고 해서 영웅이 되는 것은 아니다. 용기나 재주만으로 되는 일도 아니다. 퇴치할 뱀이 있어야 하고 괴물이 있어야 한다. 그러나 나는 어디서도 그런 것을 찾아볼 수 없었다. 볼테르와 루소가 그 시대에 다부지게

---

* Silvio Pellico(1789~1854), 이탈리아의 시인. 비밀 정치조직인 카르보나리에 가담하여 15년 형을 받고 후일 석방되어 신비주의자가 되었다. 『나의 옥중기』가 가장 널리 알려져 있다.
** André Chénier(1762~1794), 프랑스의 서정시인. 프랑스혁명 공포정치 당시에 발표한 논문이 규탄의 대상이 되어 사형당했다.
*** Etienne Dolet(1509~1546), 프랑스의 인문학자. 무신론과 금서 판매의 죄로 투옥되고 분형당했다.

싸울 수 있었던 것은 아직도 폭군이 존재했기 때문이다. 빅토르 위고는 건지*에서 나폴레옹 3세를 혹독하게 규탄했고, 할아버지도 그를 미워하도록 내게 가르쳤다. 그러나 이 황제가 죽은 지도 벌써 40년이 되니 새삼 그가 밉다고 외쳐 보아도 아무런 공이 될 수 없었다. 현대 역사에 대해서는 할아버지는 꿀 먹은 벙어리였다. 드레퓌스를 옹호하던 그 노인은 그에 관해서 내게는 한마디도 말해 주지 않았다**. 얼마나 아까운 일인가! 그 사건을 알았다면 나는 얼마나 신이 나서 졸라와 같은 역할을 했을 것인가! 재판소에서 나오자 내게 욕설이 마구 날아온다. 나는 마차의 발판에 올라서서 몸을 획 돌리고 그중에서 가장 날뛰는 놈들의 허리를 부러뜨려 놓고 만다. 아니다. 그게 아니다. 내가 던진 무서운 말 한마디에 그들은 물러가고 만다. 물론 나는 영국으로 달아나기를 거부한다***. 오해를 받고 버림을 받았다가 다시 그리셀다가 되고, 팡테옹****이 나를 기다린다는 것을 잠시도 의심치 않으면서 파리 거리를 돌아다니면 얼마나 황홀할 것인가!

할머니는 매일 《르 마탱》 신문과, 내 기억이 틀림없다면《엑셀시오르》 신문*****을 받아 보았다. 나는 그런 신문을 통해서

---

* Guernesey, 영불해협의 작은 섬. 위고가 한때 망명했던 곳.
** 19세기 말에 프랑스를 뒤집어 놓은 드레퓌스 사건에 관한 언급. 애매하게 간첩으로 몰린 드레퓌스 대위의 재심과 석방을 주장하는 측과 국가 이익을 내세워 재심을 반대하는 측 사이에 격렬한 대립이 있었다. 에밀 졸라는 대표적인 드레퓌스 옹호자였다.
*** 졸라는 드레퓌스 사건 때문에 한때 영국으로 피신했다.
**** 파리의 중심부에 있는 유명한 건물. 위인들의 유해를 안치한 곳이다.
***** 《Le Matin》은 1884년, 《l'Excelsion》는 1910년에 창간된 우익 신문.

이 세상에는 도둑놈들의 족속*이 살고 있다는 것을 알았고, 모든 선남선녀들처럼 그들을 몹시 싫어했다. 그러나 인면수심(人面獸心)의 그런 녀석들의 존재는 내게는 상관없는 이야기였다. 대담무쌍한 레핀 씨**가 그들을 꼼짝 못 하게 해 줄 테니까 말이다. 때로는 노동자들이 소란을 피워서 자본이 날아가 버리는 일도 있었지만 나는 그런 것을 조금도 모르고 지냈으며, 할아버지가 그것을 어떻게 생각했는지 지금도 모르고 있다. 할아버지는 어김없이 유권자로서의 의무를 치렀다. 기표소에서 나올 때는 뽐내는 얼굴이 한결 젊어 보였고, 두 여인이 "도대체 누구를 찍은 거예요?" 하고 귀찮게 굴면 "그런 건 여자가 알 게 아니야." 하고 쌀쌀맞게 대답하는 것이었다***. 그러나 대통령을 새로 뽑게 되었을 때는 그는 얼떨결에 속마음을 드러내서 팡스****가 입후보하다니 한심하다는 소리를 했다. "그 작자는 담배 장수야!" 하고 노여운 음성으로 외치는 것이었다. 이 프티부르주아 출신의 지식인은 프랑스의 으뜸가는 관리가 자기와 동류의 프티부르주아 지식인인 푸앙카레라야 한다고 생각했던 것이다. 그런데 요새 어머니가 하는 말을 들으면 할아버지는 급진당*****에 표를 던졌으며 자기도 그것을 잘 알고 있었다고 한다. 그러나 나는 이상하게 생각하지 않는다. 할아버

---

* 노동자들을 두고 하는 말.
** 당시의 파리 경찰국장.
*** 그 무렵에는 아직 여자에게 투표권이 없었다.
**** Pams, 1913년 급진사회당의 대통령 후보였으나 낙선하고 푸앙카레 (Poincaré)가 당선되었다.
***** Parti radical, 프랑스 제3공화국 시대에 좌익 정당을 표방하고 발족했으나(1901년) 차차 우경화됐다.

지는 관리의 당을 택했으며, 급진당은 벌써 한물간 정당이었다. 그래서 그는 진보를 표방하는 당에 표를 던지면서도 보수당을 지지할 수 있게 된 것을 만족스럽게 여긴 것이다. 요컨대 할아버지의 생각으로는 프랑스 정치는 아주 잘 굴러가고 있었던 것이다.

그래서 나는 슬펐다. 나는 끔찍한 위험으로부터 인간을 구해야겠다고 단단히 마음먹고 있는데, 누구나 이구동성으로 인류가 완성을 향해서 순탄한 길을 가고 있다고 확언했으니 말이다. 할아버지는 부르주아 민주주의를 존중하도록 나를 키워 왔다. 그것을 위해서 나는 칼을 빼들 듯 기꺼이 펜을 들었을 것이다. 그런데 파리에르*가 대통령 노릇을 할 때 농민들도 벌써 선거권을 얻었으니 더 이상 무엇을 바라겠는가? 그리고 공화국에서 편안히 살 수 있게 된 공화주의자에게 또 무슨 할 일이 있겠는가? 그는 다만 심심해서 답답해하거나, 혹은 희랍어를 가르치고 오리악의 유물을 설명하면서 한가한 시간을 보내면 되는 것이다. 이리하여 나는 다시 출발점으로 되돌아왔고, 작가를 실직자로 만들어 버린 갈등 없는 이 세상에서 다시 한 번 갑갑증을 느껴야 했다.

그런데 이런 곤경에서 나를 구해 준 사람은 이번에도 역시 할아버지였다. 물론 자기도 모르고 한 짓이지만. 2년 전에 그는 내게 휴머니즘을 일깨워 주려고 여러 사상들에 관한 이야기를 해 준 일이 있었다. 그 후로는 나의 광기(狂氣)를 조장할까 두려워서 한마디도 하지 않았지만 그런 사상들은 내 정신에 깊

---

* Fallières, 푸앙카레의 전임자로서 1906~1913년 대통령을 역임했다.

은 자국을 남겨 놓았다. 그것들이 소리도 없이 다시 표독해지고 그 본질을 발휘하여 작가 겸 기사였던 나를 작가 겸 순교자가 되게 만들었던 것이다. 되다 만 목사인 나의 할아버지가 그의 부친의 뜻을 따라서 '거룩한 것'을 그대로 간직하고 그것을 '문화'라는 그릇에 부어 넣은 곡절을 나는 앞서 말한 바 있다. 그래서 이 혼합물로부터 '성령'이 태어났다. 그것은 '무한한 실체'의 속성이며 문학과 예술과 고어와 현대어와 직접교수법의 수호자였다. 그것은 신처럼 나타나서 슈바이체르 일가를 황홀케 해 주는 흰 비둘기였다. 일요일에는 오르간과 오케스트라의 위를 날고 평일에는 할아버지의 머리 위에 와 앉는 흰 비둘기였다. 지난날에 할아버지가 하던 여러 이야기들이 내 머릿속에 한데 모여서 다음과 같은 담론으로 엮이는 것이었다. 이 세상은 악에 사로잡혀 있다. 구원이 있다면 그것은 오직 자기 자신과 이 땅에 충실하게 죽고, 실현될 수 없는 '이데아'를 난파선의 밑바닥에서 관조하는 것이다. 그런데 이런 일을 이룩하려면 어렵고 위험한 훈련이 반드시 필요하기 때문에 그 과업은 전문가들에게 맡겨진다. 그런 이유에서 성직자들이 인류 전체에 대한 책임을 지고 공덕(功德)을 통해서 그들을 구제하는 것이다. 속세의 무리들은 크건 작건 간에 서로 죽여도 좋고 진리 없는 생활을 멍청하게 이어나가도 좋다. 왜냐하면 작가와 예술가가 그들을 대신해서 미와 선에 대한 명상을 하기 때문이다. 인류 전체를 그 동물성에서 벗어나게 하기 위해서는 다만 두 가지 조건만이 필요하다. 첫째는 엄격히 감시된 장소에 죽은 성직자들의 유물인 그림, 책, 조상 따위를 보존하는 것이다. 둘째는 살아 있는 성직자가 적어도 한 사람은 남아서 그 일을 계속하여 미래의 유물을 만들어 내는 것이다.

이 더러운 객설. 나는 잘 알아듣지도 못하면서 그것을 홀딱 삼켰고 스무 살 때까지도 곧이곧대로 믿었다. 그런 사상 때문에 나는 오랫동안 예술 작품이 형이상학적인 산물이며 그 탄생이 세계 그 자체와 관련된다고 생각해 왔던 것이다. 나는 이 끔찍한 종교를 파내서 내 것으로 삼고 나의 시답잖은 천직을 아름답게 꾸미려고 했다. 나는 내게도 할아버지에게도 관계 없는 원한과 앙심을 마구 빨아들였다. 플로베르와 공쿠르와 고티에의 그 낡아 빠진 울화가 나를 중독시켰다*. 인간에 대한 그들의 추상적인 증오가 사랑이라는 가면을 쓰고 내 안으로 스며들어 병균과 같은 새로운 자부심을 길러 놓았다. 나는 카타리 파(派)**가 되었고 문학과 기도(祈禱)를 혼동했고 문학을 인신제물(人身祭物)처럼 바치려고 했다. 나는 이렇게 생각했다. 나의 동포들은 오직 그들의 대속(代贖)을 위해서 내가 펜을 들기를 바라고 있다. 그들은 진실한 존재가 되지 못해서 괴로워하며, 만일 성자(聖者)들의 중개가 없으면 영원히 소멸하고 말 운명에 빠지리라. 내가 매일 아침 눈을 뜨고 창가로 달려가서 아직도 살아 있는 선남선녀들이 거리를 왕래하는 모습을 볼 수 있는 것은, 한 실내 작업자가 우리에게 이 하루의 유예를 베풀기 위해서 불후의 페이지를 쓰려고 저녁부터 새벽까지 애쓰고 있기 때문이다. 그는 저녁이 되면 오늘도 내일도 그리고 기진해서 죽을 그날까지도 다시 일을 시작하리라. 나는 그의

---

* 염세적인 귀족주의자였던 이 작가들은 자기들의 천직이 절대미의 창조에 있다고 믿었다.

** 마니교와 기독교의 교리가 혼합된 중세 이교의 하나.

뒤를 이으리라. 나 역시 작품이라는 나의 신비스러운 제물을 바쳐서 나락 직전에 처한 인류를 구하리라……. 이리하여 군인을 자부했던 나는 슬그머니 사제(司祭)가 되어 버렸다. 나는 비극적인 파르시팔*처럼 인간의 속죄를 위해 나 자신을 제물로 바치려 했다. 내가 샹트클레르**를 알게 된 날부터 내 가슴속에는 한 매듭이 생겼다. 얽히고설킨 그 매듭을 푸는 데에 30년이 걸렸다. 찢기고 피를 흘리고 얻어맞으면서도 그 수탉은 용케도 닭장 전체를 지킨다. 그가 한 번 울기만 해도 솔개는 달아나고 그를 조롱하던 비굴한 군중들도 이제는 그를 떠받든다. 솔개가 사라지면 그 시인은 다시 투쟁을 시작한다. 미(美)가 그에게 영감을 주고 그는 용기백배가 된다. 그는 적에게 왈칵 덤벼들어 때려눕힌다……. 나는 울었다. 그리셀다와 코르네유와 파르다양이 모두 한 몸이 된 듯한 그런 샹트클레르가 바로 나다. 내게는 모든 것이 간단 명료하게 여겨졌다. 글을 쓴다는 것, 그것은 시신(詩神)의 목걸이에 진주 한 알을 더 엮어 주는 것이다. 그것은 모범적인 일생의 추억을 후세에 남기는 것이며, 민중을 그들 자신 속에 깃든 악과 적으로부터 보호하는 것이며, 장엄한 미사곡으로 인간들에게 하늘의 축복이 내리게 하는 것이다. 글을 쓰는 것은 남들이 그것을 읽어 주기를 바라기 때문이라는 생각은 아예 떠오르지도 않았다.

　사람은 이웃을 위해서 쓰거나 신(神)을 위해서 쓴다. 나는

---

* 바그너가 마지막으로 작곡한 동명 악극의 주인공으로, 속죄와 구제의 상징.
** 원래 프랑스 중세의 『여우 이야기』에 나오는 수탉의 이름. 프랑스 국민의 상징. 여기서는 로스탕(Edmond Rostand)이 지은 동명의 희곡(1910)을 가리키는 것으로 짐작된다.

내 이웃을 살린다는 목적으로 신을 위해서 쓰기로 결심했다. 내가 바란 것은 내 글을 읽어 줄 독자가 아니라 나를 은인으로 받들어 줄 사람들이었다. 이리하여 인간에 대한 멸시가 나의 고매한 정신을 좀먹어 갔다. 아닌 게 아니라 고아들을 지켜 주겠다고 공상했던 그때부터 벌써 나는 그들이 귀찮아져서 어디론가 사라지게 해 버린 일이 있었다. 작가가 되고 나서도 나의 이런 수작은 달라지지 않았다. 나는 인간을 구하기 전에 우선 그들의 눈을 가려 놓는다. 그러고 나서야 새카맣고 재빠른 용병들에게, 즉 낱말들에게 덤벼든다. 나의 새로운 고아가 감히 눈가리개를 풀려고 할 때는 나는 벌써 멀리 가 있다. 자기 자신의 용기로 살아난 그 고아는, 내 이름을 지닌 작은 새 책이 국립도서관 서가에서 빛나는 것을 처음에는 모를 것이다.

그러나 나는 다음의 세 가지 이유에서 정상참작이 있기를 바란다. 우선 나는 그런 투명한 환상을 통해서 나 자신의 생존의 권리를 의문시했다는 점을 말해 두고 싶다. 여러분도 짐작하겠지만, 예술가의 처분만을 기다리는 비자 없는 인류란 다름 아니라 행복에 겨워하면서 횃대 위에 앉은 따분한 어린애다. '민중을 구하는 성자'라는 그 가증스러운 신화를 내가 받아들인 것은 결국 그 민중이 나 자신이었기 때문이다. 나는 슬그머니 나 자신을 구제하기 위해서, 제주이트들의 표현을 빌리자면 '덤으로' 자신을 구제하기 위해서 민중들의 공인 구제사(公認救濟士)를 자처했던 것이다.

게다가 나는 그때 겨우 아홉 살이었다. 독자(獨子)이며 친구도 없었던 나는 고독을 면할 수 있게 되리라고는 생각할 수 없었다. 고백하건대 그 무렵 나는 완전한 무명작가였다. 나는 다시 쓰기 시작했지만 나의 새로운 소설들은 뾰족한 수가 없어 지난날의 것들과 구구절절 비슷하게 되어 버렸다. 하지만 그런 것을 알아챌 사람이라고는 아무도 없었다. 심지어는 나 자신조차 몰랐다. 자기가 쓴 것을 다시 읽는 것은 질색이었으니까. 펜이 하도 빨리 달려서 손목이 아플 때도 많았다. 그러고는 빽빽이 쓴 공책을 마룻바닥에 내던진 채 잊어버리고 말았는데, 그것들은 어디론지 사라져 버렸다. 그래서 한 번도 끝까지 써 본 일이 없었다. 앞부분이 없어졌는데 끝까지 써 본들 무슨 소용이 있겠는가? 더구나 할아버지가 고맙게 그 공책들을 훑어보아 주었다 하더라도 내 눈에는 그가 독자가 아니라 오직 최고 재판관으로 보였으리라. 그리고 그가 끔찍한 선고를 내릴까 봐 두려워했으리라. 글을 쓴다는 나의 이 구슬픈 작업은 그 무엇과도 관련이 없어서 결국 그것 자체가 목적이 되어 버렸다. 나는 오직 쓰기 위해서 썼을 따름이다. 그러나 그것을 후회하지는 않는다. 만일 내 글을 읽어 주는 사람이 있었더라면 나는 남에게 영합하려고 애쓰고 다시 멋을 부리려고 했으리라. 그러나 다행히도 남모르는 세상에 갇혀 있었기 때문에 나는 진실할 수 있었던 것이다.

끝으로 성직자의 관념론이 어린애의 현실주의를 밑받침으로 삼고 있었다는 점을 지적해 두려고 한다. 앞서 말한 바와 같이 나는 언어를 통해서 세상을 발견한 까닭에 오랫동안 언어를 세상 그 자체로 알아 왔다. 존재한다는 것은, 무한한 '언어의 일람표' 중 어느 한 곳에 공인된 명칭을 갖게 되는 것이라고 생각했다. 글을 쓴다는 것은 그 일람표에 새로운 존재를 새겨 놓는 것이었다. 아니, 차라리 언어라는 올가미로 사물을 생포(生捕)하는 것이었다. 그것이 나의 줄기찬 환상이었다. 내가 낱말들을 교묘하게 엮어 놓으면 사물은 그런 기호 속에 얽혀 들고 나는 그것을 사로잡았다고 생각했다. 나는 뤽상부르 공원에서 우선 플라타너스의 멋있는 허상(虛像)을 꾸며 보고 스스로 홀려 들었다. 플라타너스를 관찰한 것이 아니라 반대로 허공을 믿고 기다렸던 것이다. 그러자 금방 단 하나의 형용사의 모습을 띠고, 또 때로는 기나긴 한 문장의 형태를 띠고 진짜 잎사귀가 솟아나는 것이었다. 나는 이 세계를 바르르 떠는 초목으로 가득 채웠다*. 나는 이런 발견을 종이에 옮겨 놓지는 않았다. 그것들이 기억 속에 차곡차곡 쌓이는 것 같았기 때문이다. 사실은 잊어버렸지만 말이다. 그러나 이런 체험은, 사물들에 이름을 부여한다는 나의 미래의 역할에 대한 어떤 예감을 주었다. 오리악에서는 몇 세기 전부터 백색의 폐허가 결정적인 윤곽을, 결정적인 의미를 지닐 것을 바라고 있다. 나는 그것을 진짜 유물로 명명(命名)해 놓으리라……. 나는 사물의 존재만을 노리는 테러리스트다. 언어를 통해서 그것을 꼭 만들어 놓고 말리라. 동시에 나는 언어만을 사랑하는 수사학자(修辭學者)이기도 하다. '하늘'이라는 말의 푸른 눈 아래로 언어의 대사원을 세우리라. 수천 년의 미래까지 견디는 대사원을 세우리라…… 책을 손에 들고 수십 번이나 열고 닫고 해 보아

---

* 이 부분은 언어와 사물의 관계가 뒤집힌 경험을 나타낸다. 사물이 언어를 유발하는 것이 아니라 언어가 사물을 탄생시키는 이 전도된 관계는 창세기의 신화에서, 플라톤의 사상에서, 또 근대에는 말라르메의 시 세계에서도 찾아볼 수 있다. 참고로 말해두지만, 사르트르의 『구토』는 이와 같이 인간이 언어로서 사물을 창조하고 사로잡는다는 오랜 전통적 사상이 허위임을 자각했을 때의 근본적 문제를 제시한 철학적 소설이다.

도 통 상하지 않는다는 것을 나는 알았다. '텍스트'라는 불후의 실체 위를 스치는 내 시선은 표면에만 머무는 하찮은 우연에 지나지 않았다. 그것은 텍스트를 어질러 놓을 수도 없고 닳아 없어지게 할 수도 없다. 나는 다만 수동적이며 덧없는 존재다. 나는 등불을 함빡 쬐어 눈이 부신 모기일 따름이다. 나는 서재에서 나오며 불을 껐다. 그러나 어둠 속에 묻힌 책은 여전히 번쩍이는 것이었다. 오직 저 자신만을 위해서. 나도 내 작품이 모든 것을 녹여 버리는 이런 강렬한 불빛을 지니게 하리라. 그리고 후일 그 작품들은 허물어진 도서관에 간직되어 인간들이 죽은 뒤에도 살아남으리라.

나는 무명작가라는 신분에 만족했다. 그런 신분을 더 오래 가지고 싶었고 그것을 자랑으로 삼으려고 했다. 나는 감옥에서 등잔지(紙) 위에 글을 쓴 유명한 죄수들을 부러워했다. 그들은 동포를 구제한다는 의무를 그대로 지니면서도 그들과 왕래하는 의무를 잃은 사람들이다. 물론 세상이 진보했으니까 나로서는 감금 상태에서 재능을 발휘할 기회는 적어졌다. 그러나 완전히 절망하지는 않았다. 신(神)은 나의 겸허한 포부에 감동해서 그것을 꼭 실현해 주리라. 나는 그때를 기다리면서 미리 세상에 나타나지 않으려는 것이었다.

어머니는 할아버지 때문에 기가 죽었지만, 기회만 있으면 내가 누릴 미래의 행복을 그려 보여 주었다. 그녀는 조용한 생활이며 한가한 시간이며 단란한 가정과 같은, 자기가 갖지 못한 모든 것을 내가 갖게 되리라고 하면서 나를 꾀는 것이었다. 젊은 교수이며 아직도 독신인 너에게 한 예쁘장한 노부인이 방을 빌려 줄 게다. 그 방은 아주 안락하고, 라벤더 향기와 깨끗

한 옷가지 냄새가 나겠지. 너는 가벼운 걸음걸이로 학교로 가고 학교에서 돌아온다. 저녁때면 문간에 잠깐 서서 너를 무척 좋아하는 주인 할머니와 이야기를 나눈다. 게다가 누구나 너를 좋아할 테지. 왜냐하면 너는 친절하고 교양이 있으니까……. 어머니가 이런 이야기를 하는 동안 내 귀에는 '너의 방'이라는 단 한 마디 말밖에 들려오지 않았다. 학교니 고급 장교의 과부니 시골 냄새니 하는 말들은 곧 잊어버리고, 다만 불빛이 내 책상 위에 그려 놓은 동그라미만을 볼 따름이었다. 커튼을 쳐서 어둠에 잠긴 방 한가운데서 나는 검은 천으로 싼 공책 위로 허리를 굽히고 있었다. 어머니는 10년을 건너뛰면서 이야기를 계속했다. 교육총감(敎育總監)이 너를 두둔해 주고 오리악의 사교계는 너를 정중히 맞아들일 게다. 너의 젊은 아내는 네게 자못 따뜻한 사랑을 바치고, 아주 건강하고 예쁜 아들 둘과 딸 하나를 낳게 되겠지. 그리고 그녀는 상속을 받는다. 그러면 너는 교외에 있는 땅을 사서 집을 짓고 일요일마다 온 식구가 공사를 감독하러 간다……. 이제 내 귀에는 아무 말도 들려오지 않았다. 나는 10년 동안 줄곧 책상에 붙어 앉아 있는 장면만을 상상했기 때문이다. 키가 작고 아버지처럼 콧수염을 기른 나는 높이 쌓인 사전들 위에 걸터앉아 있다. 수염이 허옇게 세고 손은 책상 위를 쉴 새 없이 달리고 공책들이 연이어 마룻바닥에 떨어진다. 모든 인간들이 잠들어 있다. 때는 밤이라 아내와 아이들도 자고 있다. 혹시 죽은 것인지도 모르지만. 집주인 할머니도 자고 있다. 모두들 잠에 묻혀서 나라는 사람의 존재를 잊어버린 것이다. 이 얼마나 엄청난 고독인가! 20억 명의 사람이 누워 있는데 나 혼자 그들을 지켜주고 있는 것이다.

성령이 나를 쳐다보았다. 그는 인간을 버리고 막 하늘로 올라가려는 참이었는데 바로 그 순간 내가 그의 앞에 몸을 내던진 것이다. 나는 내 영혼의 상처와 종이를 적시는 눈물을 그에게 보였다. 그는 내 어깨 너머로 읽어 보더니 노여움을 가라앉혔다. 그가 진정한 것은 내 괴로움이 너무도 컸기 때문일까, 혹은 내 작품이 너무도 훌륭했기 때문일까? 나는 작품 때문이라고 스스로 다짐했다. 그러면서도 한편으로는 괴로움 때문이라고 은근히 생각했다. 물론 성령은 진실로 예술적인 작품만을 좋아하는 법이다. 뮈세*를 읽은 일이 있는 나는 "가장 절망적인 노래가 가장 아름다운 노래"라는 것을 알고 있었다. 그래서 절망을 꼭 붙잡아서 '미'를 사로잡아 보려고 했다. 나는 재능이라는 말이 늘 의심스러웠다가 마침내는 완전히 싫어졌다. 만일 내게 재능이 있다면, 고민과 시련을 겪고 유혹을 물리침으로써 공적을 세우는 기쁨을 어디서 찾으란 말인가? 몸이 하나밖에 없다는 것, 그리고 머리도 언제나 똑같다는 것이 괴로웠다. 그런 육신 속에 나 자신을 가두어 두기는 싫었다. 나는 특별히 지명(指名)된 존재지만 그 지명이 아무것에도 의존하지 않고 절대적 허공에서 그 자체로 빛난다는 조건하에서만 받아들이려는 것이었다. 나는 성령과 이런 밀담을 주고받았다. "너는 글을 쓰리라." 하고 그가 말했다. 나는 두 손을 비비면서 물었다. "당신이 저를 선택하신 것은 제게 무슨 특별한 점이 있기 때문입니까?" "아무 특별한 점도 없다." "그러면 왜 하필 제가 선택되었습니까?" "별다른 이유는 없다." "제게는 그나마

---

* Alfred de Musset(1810~1857), 프랑스 낭만파의 대표적 시인 중 한 사람.

글을 쉽게 쓸 재주라도 있단 말씀입니까?" "천만의 말이다. 너
는 위대한 작품이 안이한 글에서 태어날 수 있다고 생각하느
냐?" "주님이시여, 제가 그렇게 하찮은 인간이라면 어찌 책을
써 낼 수가 있겠습니까?" "정진을 거듭하면 된다." "그러면 아
무나 글을 쓸 수가 있는 것입니까?" "아무나 쓸 수 있다. 그렇
지만 나는 너를 선택했다." 이런 수작은 매우 편리한 것이었
다. 자기가 하찮은 존재라고 인정하면서도 미래의 걸작의 작가
라는 긍지를 동시에 가질 수 있게 되었으니 말이다. 나는 선택
되고 지명되었지만 재주가 없는 인간이다. 그러니 모든 성공이
나의 기나긴 인내와 불행으로부터 태어나리라. 나는 내게 아
무런 특성이 없다고 다짐했다. 특성이라는 것은 도리어 사람을
옹졸하게 만드는 것이니까. 나는 오직 괴로움을 통해서 영광
의 길을 걷겠다는 그 드높은 맹서에만 충실하려고 했다. 문제
는 그 괴로움을 어디서 찾느냐는 데 있었다. 그것이 유일한 문
제였는데 해결될 것 같지 않았다. 왜냐하면 나는 비참하게 살
수 있는 희망을 아예 박탈당했기 때문이다. 이름이 나건 나지
않건 간에 나는 문교부의 예산에서 월급을 받을 것이며 굶는
일이 없을 것이다. 나는 혹심한 사랑의 슬픔을 가져 보리라고
생각했지만 그것도 탐탁하지 않았다. 주눅이 든 애인 같은 것
은 싫었던 것이다. 내게는 시라노가 못난 놈으로 보였다. 이 가
짜 파르다양은 여자들 앞에서 꿈쩍 못 하니까 말이다. 진짜 파
르다양은 통 신경을 쓰지 않아도 여자가 제 뒤를 줄줄 따라다
니게 만든다. 하기야 그의 애인 비올레타의 죽음이 영원히 그
의 마음을 아프게 한 것은 사실이다. 나도 홀아비가 되고 상
처가 가시지 않을지도 모른다. 한 여자 때문이지만 그녀가 잘

못해서가 결코 아니다. 그렇게 되니 나는 내 환심을 사려는 다른 모든 여자를 물리쳐 버릴 기회를 갖게 될 것이다. 하지만 그런 문제는 좀 더 깊이 생각해 보아야겠다. 아무튼 간에 오리악에서 얻을 나의 젊은 아내가 무슨 사고로 별안간 죽는다 해도, 그까짓 불행으로는 선택된 인간이 될 자격이 생기지 않을 것이다. 그런 사고는 우연하고도 흔해 빠진 것이니 말이다……. 나는 흥분에 휩싸인 김에 모든 문제를 당장 해결해 버렸다. 어떤 작가들은 조롱당하고 얻어맞고 숨을 거둘 그 순간까지도 치욕과 어둠 속에서 썩어 갔다. 영광은 오직 그들이 죽고 나서야 찾아왔다. 그렇다, 나도 그렇게 되리라. 오리악과 그 도시의 조상(彫像)들에 관해서 거짓 없이 써 놓으리라. 증오를 모르는 나는 다만 인간들을 화해시키고 인간들에게 봉사하기 위해서 살리라. 그러나 나의 첫 책은 나오자마자 커다란 말썽을 일으키고 나는 공적(公敵)이 되고 말 것이다. 오베르뉴*의 여러 신문에서 욕을 얻어먹고 장사치들은 내게 물건을 팔지 않으려 하며 흥분한 녀석들은 내 방의 유리창에 팔매질을 하겠지. 폭행당하지 않으려면 달아날 수밖에 없을 게다. 이렇게 혹독한 수모를 당한 나는 그 후 몇달을 멍청한 상태로 보내면서 노상 이렇게 중얼거릴 것이다. "여러분들, 이건 오해요. 사람이란 누구나 착한 건데, 왜들 이러시오?" 사실 오해에 지나지 않을 것이다. 그러나 성령은 그 오해가 풀리기를 허락하지 않으리라. 그러다가 나는 회복하겠지. 그리고 하루는 책상 앞에 앉아서 책을 또 하나 쓸 것이다. 바다나 산에 관해서 말이다. 그러나 책

---

* 오리악이 있는 지방.

을 내 줄 출판사가 없을 것이다. 추적을 당하고 변장을 하고 아마도 추방당하면서도 나는 숱한 책들을 또 쓰리라. 호라티 우스를 운문으로 번역하고 교육에 관해서 온건하고 아주 합당한 사상을 피력하리라. 그러나 별수 없다. 나의 공책은 햇빛을 보지 못한 채 트렁크 속에 산더미처럼 쌓이고만 말리라…….

이런 공상으로부터 나는 두 가지 결론을 끄집어 냈다. 둘 중 어느 쪽을 택하느냐는 것은 그날의 기분에 따랐다. 우울한 날에는, 영광의 나팔이 울려 퍼지려는 바로 그 순간, 모든 사람의 미움을 사고 절망에 빠져 철 침대 위에서 죽어 가는 모습을 그려 보았다. 또 때로는 다소 행복한 꿈에 잠겨 보기도 했다. 나이 50세가 되었을 때 새로 마련한 펜이 잘 써지는지 보려고 내 원고에 이름을 긁적긁적했는데 그 원고가 얼마 후에 없어져 버린다. 그런데 누가 그것을 발견한다. 내가 막 떠난 집의 다락방이나 수채나 벽장 같은 곳에서. 그는 원고를 읽어 보고는 깜짝 놀라서 미셸 제바코의 책을 낸 유명한 아르템 파이야르 출판사로 가지고 간다. 대성공이다. 이틀 동안에 만 부가 나가니 말이다. 사람들은 여태껏 나를 못 알아본 것을 뉘우친다. 100여 명의 신문기자들이 나를 찾아다니지만 만나지를 못한다. 은둔 생활을 하는 나는 여론이 이렇게 일변한 것을 오랫동안 모르고 있다. 그러다가 하루는 비를 피하려고 어느 카페에 들어선다. 거기에 굴러다니던 신문 한 장을 보니 이런 말이 눈에 띄지 않겠는가! "장폴 사르트르. 숨어 있는 작가. 오리악의 가인(歌人)이며 바다의 시인." 이런 제목이 대문자로 3면의 6단을 차지하고 있는 것이다. 나는 좋아서 펄펄 뛴다. 아니다. 달콤하면서도 우울한 기분에 잠긴다. 아무튼 나는 집으로 돌아와서 주인 할머니의 도움을 받으며 원고가 든 트렁크를 닫고 꽁꽁 묶는다. 그리고 내 주소도 알리지 않고 그것을 파이야르 출판사로 부친다……. 여기까지 생각하다가 나는 잠깐 멈추고, 보다 희한하게 이야기를 꾸며 보려고 했다. 만일 내가 살고 있는 도시에서 직접 짐을 부치면 신문기자들이 금세 내 은신처를 알아낼 것이다. 그래서 그것을 파리로 가지고 가서 심부름꾼을 시켜 출판사로 보낸다. 나는 기차를 타고 다시 내려가기 전에 어린 시절의 추억이 깃든 곳 ── 르 고프 가와 수플로 가*와 뤽상부르 공원을 가 본다. 그러다가 발자르**에 마음이 끌린다. 지금은 세상을 떠난 할아버지가 1913년에 나를 가끔 여기로 데리고 온 생각이 난다. 우리는 걸상에 나란히 앉았었다. 모두들 끄덕끄덕 하면서 우리를 쳐다보았다. 할아버지는 맥주를 중간 잔으로 주문하고 내 몫으로는 작은 잔을 시켰다. 나는 귀여움을 받고 있다는 것을 느꼈다. 그런데 이제는 벌써 쉰 살이 되고 향수에 젖어서 그 비어 홀의 문을 미는 것이다. 나는 작은 잔을 시킨다. 옆 테이블에 앉은 예쁘고 젊은 여자들이 재잘거리다가 내 이름을 입에 올린다. 한 여자가 이렇게 말한다. "그 사람, 늙고 밉게 생겼을지도 몰라. 하지만 그러면 어때? 그 사람과 결혼할 수만 있다면 30년을 덜 살아도 좋아!" 나는 그녀에게 자랑스럽고도 슬픈 미소를 지어 보인다. 그녀의 놀란 얼굴에도 미소가 떠오른다. 나는 일어서서 나간다.

나는 이런 이야기를 꾸며 내면서 숱한 시간을 보냈다. 그 외

* 르 고프 가는 앞에서 본 바와 같이 사르트르가 유년 시절을 보낸 동네며, 수플로 가는 소르본 대학에 인접한 거리로 학생들의 왕래가 많은 곳.
** le Balzar, 학생들의 거리인 카르티에 라탱에 있는 유명한 카페.

에도 비슷한 여러 가지 이야기가 많지만 더 이상 늘어놓지 않
겠다. 다만 독자 여러분은 나의 유년 시절 그 자체와 그때의
상황과 여섯 살 난 어린애의 공상과 세상이 몰라 주는 나의 편
력 기사들의 불만이, 미래의 세계로 투영(投影)되었다는 것을
알았으리라. 나는 아홉 살이 되어서도 여전히 불만에 싸여 있
었으며, 그것이 매우 즐겁기도 했다. 이렇게 토라짐으로써, 나
는 철저한 순교자로 자처하고, 성령조차도 이미 지쳐서 상대해
주지 않는 듯한 그런 착각을 유지하려는 것이었다. 카페에서
나에게 홀딱 반한 그 미인에게 나는 왜 내 이름을 밝히지 않
았던가? 그것은 그녀가 너무 늦게 나타났기 때문이다. 하지만
그래도 좋다고 그녀가 응해 준다면? 역시 안 된다. 나는 너무
가난하니까. 아니, 너무 가난하다니? 인세(印稅)가 많지 않은가?
하지만 그런 말에 넘어갈 내가 아니다. 나는 파이야르 출판사
에 편지를 보내서 내가 받을 돈을 가난한 사람들에게 나누어
주라고 했으니까. 아무튼 결론을 지어야겠다. 그렇다! 나는 내
밀실로 다시 사라진다. 모든 사람과의 인연이 끊겼지만 마음은
평화롭다. 사명을 완수했기 때문이다.

골백번이나 되풀이했던 이런 이야기 중에서 특히 충격적인
것이 한가지 있었다. 그것은 내 이름이 신문에 난 것을 본 날
부터는, 마치 끊어진 용수철처럼 나는 볼 장 다 본 사람이 되
고 말았다는 것이다. 나는 이 명성을 외롭게 누리기만 할 뿐,
이제는 한 줄도 쓰지 않는다. 영광스러운 재생을 위해서 죽느
냐, 그렇지 않으면 영광이 먼저 와서 나를 죽이느냐는 두 가지
귀결이 결국 마찬가지가 되고 만다. 글을 쓰겠다는 욕심이 삶
의 거부를 가져온 것이다. 그 무렵 어디서 읽었는지도 모르는

한 일화가 몹시 내 마음을 어지럽혔다. 때는 지난 세기다. 시베리아의 어느 간이역에서 한 작가가 기차를 기다리며 서성거린다. 지평선 저 끝까지 보아도 초가 한 채 없고 개미 새끼 한 마리 없다. 작가는 그의 커다랗고 우울한 머리를 가누기가 힘들다. 그는 근시안이다. 독신이며 거동이 거칠고 늘 신경질적이다. 그는 울적하다. 전립선과 빚에 대한 걱정을 한다. 그때 마차를 탄 한 백작 부인이 철로 변의 큰길에 나타난다. 그녀는 마차에서 뛰어내리더니 나그네 앞으로 달려온다. 만난 일은 없지만, 전에 누가 보여 준 은판(銀板) 사진을 통해서 알고 있다는 것이다. 그녀는 허리를 굽히고 그의 오른손을 잡더니 키스를 한다. 이야기는 여기서 끝나는데 무슨 의미인지는 알 수가 없다. 그러나 그때 아홉 살이었던 나는 이 뿌루퉁한 작가에게는 광야에도 여성 팬이 있고, 그렇게도 아름다운 부인이 잊힌 영광을 다시 상기해 주러 왔다는 사실에 감탄했다. 이것이 '태어난다'는 것이다. 아니, 좀 더 깊은 의미에서 '죽는다'는 것이다. 나는 그것을 느끼고 그렇게 되기를 바랐다. 살아 있는 범인은 귀족 부인에게서 그런 찬미의 표시를 받을 수 없다. 백작 부인은 그에게 이렇게 말하려는 것 같았다. "제가 당신 앞으로 다가와서 키스한 것은 계급의 우월성 같은 것을 이미 지킬 필요가 없기 때문입니다. 당신이 제 행동을 어떻게 생각하시든지 아무 상관없습니다. 저는 당신을 한 남성으로 여기는 것이 아니라 당신 작품의 상징으로 여기는 것입니다." 그는 손에 키스를 한 번 받고 죽은 것이다. 페테르부르그에서 수천 리 떨어진 곳에서, 태어난 지 50년이 된 한 나그네의 몸에 불이 붙었다. 영광이라는 이름의 그 불길이 그를 태우고 남은 것이라고는 화염과 같은 글자로 된 그의 작품 목록뿐이다. 나는 백작 부인이 마차에 올라타고 사라져 가며, 광야에 다시 적막이 깃드는 광경을 눈앞에 선히 그려 보았다. 황혼녘이 되자 지체된 시간을 벌충하려는 기차가 그 간이역을 그대로 통과해 버린다. 나는 등골이 오싹해지고, 『나무에 부는 바람』이 다시 머리에 떠올랐다. 그리고 "그 백작 부인은 죽음이었다."고 혼자 중얼거렸다. 언젠가는 그녀가 다시 나타나 황량한 길가에서 내 손가락에 키스하리라.

나는 죽음에 현혹되었다. 살고 싶지 않았기 때문이다. 그리고 이 사실은 내가 죽음을 두려워한 이유를 설명해 준다. 나는 죽음과 영광을 같은 것으로 여기고, 그것을 내 목표로 삼았다. 나는 죽고 싶었다. 때로는 무서운 생각이 이런 초조감을 짓눌렀지만 그 공포가 오랫동안 계속된 일은 없었다. 나의 거룩한 기쁨이 다시 태어나, 나는 벼락이 떨어져서 뼈까지 홀랑 타 버릴 순간을 기다렸다. 우리의 깊은 의지는 서로 떨어질 수 없이 얽힌 기도(企圖)와 도피(逃避)로 이루어져 있다. 남들로부터 생존의 구실을 얻기 위해서 글을 쓰겠다는 나의 주책없는 기도에는 비록 허풍과 거짓이 많았지만 동시에 어떤 현실성도 있었다고 생각한다. 그 증거로 그 후 50년이 지난 지금도 나는 글을 쓰고 있지 않은가? 그러나 기원을 따져 보면 그것은 앞으로 달아나 버리려는 움직임, 즉 그리부이유* 식의 자살이었던 것이 분명하다. 사실 내가 찾은 것은 서사시나 순교보다도 죽음이었다. 오랫동안 나는 내가 태어난 것처럼 어디서든지 아무

---

* Gribouille. 가령 비를 피하려고 물속으로 뛰어드는 따위를 하는 등 피하고 싶은 곤경으로 빠져드는 어리석은 사람.

렇게나 죽게 되는 것이 두려웠다. 희미한 출생의 반영처럼 희미하게 죽게 되는 것이 두려웠다. 그런데 나의 천직이 문제를 깨끗이 해결해 주었다. 칼싸움은 사라져 없어지지만 글은 남는다. 문학에 있어서는 증여자(贈與者) 스스로가 증여물로, 즉 순수한 사물로 변신할 수 있다는 것을 나는 알았다. 우연은 나를 사람으로 만들었지만 너그러움은 나를 책으로 만들 것이다. 나는 수다를 떠는 나의 의식을 활자화하고 삶의 소음 대신 불멸의 기록을 남기리라. 그리고 육체 대신 문체를, 시간이라는 연약한 나선(螺旋) 대신 영원을 얻으리라. 언어의 침전물로서 성령 앞에 나타나고 인류에게는 집념의 상징이 되리라. 요컨대 나 자신과도 다르고 남들과도 다르고, 삼라만상과도 다른 '타자(他者)'가 되리라. 우선 나의 신체를 영원히 닳지 않게 만든 다음 소비자들에게 바치련다. 그냥 재미삼아 쓰는 것이 아니라 이 영광스러운 신체를 언어로 아로새기기 위해서 쓰려는 것이다. 내 무덤 위에 서서 보니 나의 탄생은 일종의 필요악(必要惡)이었으며, 나의 변용을 위한 아주 일시적인 화신(化身)에 지나지 않았다. 다시 태어나기 위해서는 글을 써야 하며, 글을 쓰기 위해서는 머리와 눈과 팔이 필요했기 때문이다. 작업이 끝나면 이런 기관들은 자연히 녹아 없어지고 말리라. 그러다가 1955년경이 되면 애벌레가 터져서 이절판(二折判)의 나비* 스물다섯 마리가 태어나리라. 그들은 책장을 날개 삼아 훨훨 날아 국립도서관 서가에 가서 앉으리라. 그 나비들은 바로 나다. 나 자신이란 말이다. 스물다섯 권, 본문 1만 8000쪽, 판화 300매. 그리

---

* 옛 프랑스의 가철본처럼 종이를 둘로 접어서 네 쪽으로 만들어 인쇄한 책을 두고 한 말.

고 그중에는 저자인 나의 사진도 끼어 있다. 내 뼈는 가죽과 판지로 되어 있고 양피지가 된 내 살에서는 아교 냄새와 버섯 냄새가 난다. 60킬로그램의 종이가 된 나는 흐뭇하게 어깨를 편다. 나는 다시 태어나고 마침내 완전한 인간이 된다. 생각하고 이야기하고 노래하고 우렁차게 외치는 인간, 물질만이 지니는 단호한 부동성(不動性)으로 자기 자신을 정립한 완전한 인간이 된다. 사람들이 나를 들고 열어 본다. 나를 책상 위에 펼쳐 놓고 손바닥으로 쓰다듬고 또 때로는 파닥거리게 한다. 나는 가만히 내버려 둔다. 그러다가 별안간 번쩍 하면서 그들을 눈부시게 만든다. 멀리서 그들을 위압한다. 나의 힘은 시간과 공간을 가로질러서 악한 자를 쳐부수고 착한 자를 보호한다. 아무도 나를 잊을 수 없고 무시할 수도 없다. 나는 다루기 쉽지만 무서운 우상이다. 나의 의식은 조각조각 갈라진다. 잘된 일이다. 다른 의식들이 나를 나누어서 지니니까 말이다. 남들이 나를 읽는다는 것은 내가 그들의 눈 속으로 뛰어든다는 말이다. 남들이 나의 이야기를 한다는 것은 내가 보편적이면서도 독특한 언어로 변모해서 그 모든 사람들의 입속으로 들어간다는 말이다. 수백 만의 시선을 위해서 나 자신을 장래의 호기심의 대상으로 만들어 놓는다. 나를 사랑할 줄 아는 사람에게 나는 가장 깊숙한 불안을 준다. 그러나 내게 손을 대려고 하면 나는 살짝 사라져 버린다. 나는 아무 곳에도 존재하지 않는다. 나는 '있는' 것이다*. 나는 모든 곳에 '있다'. 인

---

* 이 책에서 '존재한다'로 번역된 exister라는 동사는 사르트르의 철학에서는 본질이 정해지지 않은 인간적 존재로서, 늘 자신을 만들어 나가야 할 불안한 대자적 존재로서 존재한다는 뜻이다. 반대로 '있다'라고 번역된 être는 사물의 경우처럼 변치 않는 본질을 갖추고 즉자적으로 존재하는 것을 의미한다.

간의 기생충인 나는 나의 선심을 통해서 인간을 파 먹고 인간으로 하여금 언제나 나의 부재를 되살리게 한다.

이러한 요술은 과연 성공했다. 죽음을, 영광이라는 이름의 수의에 싸서 묻어 버릴 수 있었기 때문이다. 나는 영광만을 생각하고 죽음에 대한 생각은 깨끗이 잊어버리게 되었다. 이 두 가지가 같은 것이라는 생각은 해 보지 않으면서. 지금 이 글을 쓰면서 나는 앞으로 몇 년밖에 활동할 시간이 남지 않았다는 것을 느낀다. 별로 즐거운 기분이 아니지만 나는 다가오는 노년을, 미래의 쇠약을, 그리고 내가 사랑하는 사람들의 쇠약과 죽음을 또렷하게 그려 본다. 그러나 나의 죽음 그 자체만은 결코 그려 보는 일이 없다. 나는 나와 가까운 사람들에게 — 그중에는 나보다 열다섯 살, 스무 살 혹은 서른 살이나 더 젊은 이들도 있지만 — 그들보다도 더 오래 살게 될까 봐 큰 걱정이라는 뜻의 말을 하는 일이 있다. 그러면 그들은 나를 놀리고 나도 함께 웃곤 하지만 별수 없는 노릇이다. 앞으로도 어쩔 수 없는 일이다. 아홉 살먹었을 때 나는 우리의 인간 조건에 고유하다는 비통을 느낄 수 없도록 수작을 꾸몄으니까 말이다. 그보다 10년 후 고등사범학교 시절의 이야기지만 나의 가장 가까운 친구 몇몇이 깜짝 놀라 잠에서 깨어나듯 이런 비통을 느낀 일이 있었다. 그들은 겁에 질리기도 하고 미친 듯이 괴로워하기도 했다. 그러나 나는 쿨쿨 자기만 했다. 그중 한 친구는 중병을 앓았는데, 내게 말하기를 마지막 숨이 넘어갈 때의 그 단말마의 괴로움을 느꼈다고 했다. 누구보다도 죽음의 생각에 사로잡혔던 것은 니장*이었다. 때로는 말똥

* Paul Nizan(1905~1940), 사르트르의 가장 가까운 친구. 철학자 및 소설가. 후일 공산당원으로서 우여곡절을 겪고 2차 대전 초기에 전사.

말똥하게 깨어 있으면서도 자기의 시체가 눈앞에 보인다고 했다. 그는 구더기가 우글거리는 듯한 눈을 하고는 자리에서 일어나 테두리가 둥근 보르살리노*를 더듬어 찾아 쓰고는 획 사라져 버리는 것이었다. 이틀 후에 우리는 그가 낯선 사람들과 섞여서 곤드레만드레 취해 버린 것을 발견했다. 또 이 '사형수'들은 학습실에 모여 앉아서, 밤을 홀랑 샜다는 이야기며 죽음에 앞선 허무를 경험했다는 이야기를 해 댔다. 그들은 입만 열어도 서로를 이해했다. 하기야 나도 같이 들었다. 그들을 무척 좋아한 나로서는 그들과 닮아 보려고 무진히 애썼지만 허사였다. 나는 다만 죽음에 관한 흔해 빠진 이야기만을 알아듣고 기억했을 따름이다. 사람은 저마다 살고 죽고 한다. 누가 살고 죽는지는 모른다. 죽기 한 시간 전에도 살아 있다. 나는 그들의 이런 이야기 속에 내가 모를 무슨 뜻이 있다는 것을 의심치 않았다. 나는 잠자코 있었다. 그들이 부러웠고, 나만 따돌림을 당한 기분이었다. 마침내 그들은 나를 돌아보고 답답하다는 듯한 표정부터 지으면서 물었다. "그래, 너는 아무렇지도 않니?" 나는 겸허하게 모르겠다는 표시로 두 팔을 내벌려 보였다. 그들은 홧김에 웃음을 터뜨렸다. 자기들로서는 명명백백한 끔찍한 사실이 내게는 통하지 않으니 어처구니없다는 것이었다. "너는 자리에 누우면서, 자다가 죽는 사람도 있다는 생각을 해 보지 못했니? 아침에 이를 닦으면서 정말 오늘이 나의 마지막 날이라고 느껴 보지 못했단 말이야? 또 어서어서 서둘러야겠다, 시간이 없다고 느낀 일도 없다는 거냐? 너는 영원히

---

* Borsalino, 당시 유행했던 남자 아이 모자.

살 것 같으냐?" 나는 그들의 이야기에 끌려들기도 하고 덤벼들기도 하는 기분으로 "그래, 나는 영원히 살 것 같다." 하고 대답해 버렸다. 하지만 그것은 새빨간 거짓말이었다. 나는 우연한 죽음에 대해서 미리 대비책을 마련해 놓았으니까 말이다. 성령이 내게 긴 세월을 요하는 작품을 만들라고 명령했으니 그 임무를 완수할 시간도 넉넉히 주었음에 틀림없었다. 영광스러운 죽음. 그것이 내 죽음이었고, 나를 기차의 탈선이나 뇌일혈이나 복막염으로부터 보호해 주는 것이었다. 죽음과 나는 서로 시간 약속을 했다. 만일 내가 너무 일찍 나타나면 죽음이 와 있지 않을 것이다. 친구들은 내가 죽음에 대한 생각을 하지 않는다고 비난하지만, 내가 매순간 죽음 속에서 살고 있다는 것을 모르는 것이었다.

지금 생각하면 그들이 옳았다. 그들은 우리 운명을 모두 받아들였다. 불안까지도. 반대로 나는 안심을 택했다. 나는 정말로 내가 영원히 살 것이라고 생각했던 것이다. 달리 말해서 죽은 사람만이 영원한 삶을 즐길 수 있으니까 미리 자살하고 만 것이다. 니장과 마외*는 죽음이 왈칵 밀어닥쳐서, 혈기 왕성한 그들의 산 육신을 이 세상으로부터 앗아 가리라고 생각했다. 그러나 나는 스스로에게 거짓말을 했다. 죽음이 야만스러운 짓을 못 하도록 미리 죽음을 나의 목적으로 삼았고, 삶은 죽음을 위한 단 하나의 분명한 수단이라고 여겼던 것이다. 나는 책을 만드는 데 필요한 만큼의 희망과 욕망만을 지니고서 내 종말을 향해 조용히 걸어갔다. 내 심장의 마지막 고동이 내 마지

---

* 고등사범학교 시절의 친구의 한 사람.

막 작품의 마지막 장에 새겨질 것이며, 죽음은 이미 죽어 있는 사람을 끌고 가는 데 지나지 않으리라는 것을 단단히 믿으면서. 니장은 벌써 스무 살 때 여자와 자동차를, 그리고 이 세상의 모든 재물을 절망적인 초조감에 싸여 바라보았다. 그로서는 지금 모든 것을 체험하고 모든 것을 당장에 가져 보아야 했기 때문이다. 나 역시 사물들을 바라보았다. 하지만 탐내서가 아니라 열심히 관찰하겠다는 뜻에서였다. 나는 향유(享有)가 아니라 결산(決算)을 하기 위해서 이 땅에 존재하는 것이니까 말이다. 이런 생각은 너무도 안이한 것이었다. 지나치게 얌전한 어린애였던 나는 소심하고 비겁해서, 개방되고 자유롭고 은총이 보장되지 않은 생존의 위험 앞에서 물러섰던 것이다. 나는 만사가 미리 작정되어 있다고 생각했다. 아니, 차라리 만사가 다 끝난 것으로 생각했던 것이다.

하기야 이런 기만적 수작 때문에 내가 자기 자신을 사랑한다는 유혹에서 벗어날 수 있었던 것은 분명하다. 죽음의 위협을 느끼던 내 친구들은 저마다 현재의 순간 속에 틀어박혀서, 죽어 갈 제 생명이 그 무엇과도 바꿀 수 없는 것이며 제 존재가 감동적이고 귀중하고 독특한 것이라고 생각했다. 모두가 자기 자신을 대견하게 생각하는 것이었다. 그러나 이미 죽어 있는 나는 나 자신을 흡족하게 느낄 수가 없었다. 나는 내가 매우 평범하고 코르네유보다도 더 따분한 존재라고 생각했으며, 내가 나 나름의 주체로서 이 세상에 있는 것은 오직 나를 물체로 바꾸어 놓을 순간을 준비하기 위한 것이라고만 생각했다. 그렇다고 나는 더 겸손했을까? 아니다. 더 간사했던 것이다. 나 자신을 대신하여 후대의 사람들이 나를 사랑하도록 만들 심산이었으니까. 아직도 태어나지 않은 선남선녀들에게 나는 언젠가 매력을 풍기고 희한한 그 무엇을 베풀고 그들의 행복을 이루어 주리라는 생각이었다. 아니, 그보다도 더 얄밉고 엉큼했다. 스스로 거추장스럽다고 느낀 인생, 오직 죽음의 수단으로만 삼으려던 그 인생을 슬그머니 되찾아서 구제해 보려고 했으니 말이다. 나는 미래의 눈으로 내 인생을 보았다. 그것은 내가 만인을 위해서 살아온 감동적이며 신묘한 이야기처럼 보였다. 나라는 사람이 있던 덕분에 그 누구도 다시 겪을 필요가 없고 다만 읽어 나가기만 하면 되는 그런 이야기처럼 보였다. 나는 그런 목적을 위해서 이만저만 열중하지 않았다. 위대한 고인(故人)의 과거가 나의 미래가 되고 인생을 거꾸로 살려고 한 것이었다. 아홉 살과 열 살 사이에 나는 완전히 사후(死後)의 인물이 되고 말았던 것이다.

그러나 그것은 내 탓만은 아니다. 할아버지가 시간을 거꾸로 보는 환상 속에서 나를 길렀기 때문이다. 하지만 그것은 또한 할아버지의 책임도 아니며, 나는 그를 조금도 원망하지 않는다. 그런 신기루는 문화 그 자체에서 자연적으로 태어나는 것이기 때문이다. 증인(證人)들이 모두 사라지면 한 위인의 죽음이란 이미 뜻밖의 일이 아니다. 시간은 그것을 그의 한 가지 특질로 만들어 놓는다. 고인이 된 지 오랜 사람은 원래 그렇게 죽게 되어 있는 것으로 치부된다. 그는 영세를 받을 때도 종부성사의 순간과 마찬가지로 이미 죽어 있는 것이다. 그의 일생은 우리의 것이 되며 우리는 그 속으로 들락날락한다. 이 끝에서 저 끝으로 혹은 한가운데로. 우리는 우리 뜻대로 그의 인생의 경로를 내려가 보기도 하고 거슬러 올라가 보기도 한다. 왜냐하면 시간적 순서가 무너져 버렸기 때문이다. 그것을 재구성하기는 불가능하다. 이 죽은 사람은 이미 어떠한 위험에도 마주치는 일이 없다. 코가 간질간질할 때면 재채기가 터져 나오리라는 것조차 예기할 수가 없다. 그의 존재는 미래를 향해서 전개되어 나가는 것 같지만 그것은 허울 좋은 이야기다. 우리가 그를 다소라도 소생시키려고 하면 그 당장 그의 존재는 동시성을 띠고 만다. 여러분이 죽은 사람의 입장에 서서 그의 정열과 무지(無知)와 편견을 스스로 느껴 보려고 한들 그것은 헛노릇이다. 지금은 사라진 그의 저항이나 초조감이나 근심을 다소나마 되살려 보려고 해도 그것은 헛수고에 지나지 않는다. 여러분은, 죽은 사람 자신으로서는 예측할 수 없었던 결과에 따라서, 또 그 자신은 가지지 못했던 정보에 따라서 그의 행동을 평가하는 것을 피할 수 없는 것이다. 또한 후일 그 사람에게 결정적인 역할은 했겠지만 당시에는 무심히 겪었던 사건들에 대해서 여러분은 특별하고 중대한 의미를 갖다 붙이지 않을 수 없는 것이다. 이것이 바로 신기루다. 현재보다도 미래가 더욱 현실적이라는 이런 사고방식 말이다. 하기야 놀랄 것도 없다. 한 인생에 종지부가 찍히면, 우리는 종말을 가지고 시초를 해석하려고 한다. 죽은 사람은 존재와 가치 사이에, 사실 그 자체와 재구성 사이에 끼어 어중간한 위치에 놓여 있다. 그의 역사는 말하자면 순환적인 본질을 이루고, 그 본질은 그의 존재의 각 순간마다 요약되어서 나타난다. 아라스*의 살롱에서

---

* 프랑스 북부 도시. 로베스피에르가 태어난 곳. 그는 고향에서 1789년까지 변호사로 일했다. 산악파의 거두로 독재체제를 완성하고 공포정치를 추진하다가 1794년에 단두대에 올랐다.

억지로 웃는 쌀쌀맞은 한 젊은 변호사가 제 머리를 팔에 껴안고 있다. 왜냐하면 그는 고(故) 로베스피에르이기 때문이다. 그의 머리에서는 피가 뚝뚝 떨어지지만 양탄자를 더럽히지는 않는다. 함께 식사를 하는 사람들은 그것을 모르는데 우리 눈에는 그 머리밖에 보이지 않는다. 그의 머리가 쓰레기통 속으로 굴러 떨어지려면 아직도 5년이 있어야 하는데, 그는 벌써 모가지가 잘린 것이다. 그리고 턱이 축 늘어졌는데도 사랑의 노래가 튀어나오는 것이다. 하기야 이것이 착각이라고 인정하기만 한다면 별로 문제될 것이 없다. 그런 착각은 얼마든지 고칠 수 있기 때문이다. 하지만 당시의 성직자*들은 그런 착각을 일부러 은폐하고 그것으로 그들의 관념론을 정당화하려고 했다. 그들의 말을 들어 보면 이렇다. 한 위대한 사상이 태어나려면, 우선 그 사상을 지닐 위인이 여자의 배 속에 들어앉기 마련이다. 그리고 그의 신분과 환경이 선택되고, 이웃 사람들의 지식과 무지가 적절하게 배합된다. 그는 일정한 교육을 받고 필요한 시련을 겪는다. 연달아 가해지는 갖가지 자극 때문에 그의 성격은 불안정해지지만 이 불안정은 미리 조정된 것이다. 그래서 이렇게 소중히 가꾼 인물이 마침내 그 위대한 사상을 탄생시키면서 터지고 만다……. 물론 이런 견해가 공공연히 내세워졌던 것은 아니다. 그러나 그것은 인과관계가 거꾸로 된 비밀스럽고 뒤집힌 순서에 따라서 설정된다는 것을 암시하는 것이었다.

　나는 내 운명을 완전히 보장해 놓기 위해서 이런 신기루를

---

* 여기에서 '성직자'라는 말로 번역한 clerc는 시대의 이데올로기를 만들고 지키는 역할을 하는 모든 사람들(가령 학자, 작가, 지식인)을 총칭한 것이다. 앞에서도 그런 의미로 자주 쓰였다.

신나게 이용했다. 나는 시간을 사로잡고 그것을 거꾸로 세워 놓았다. 그랬더니 모든 것이 분명해졌다. 내가 이런 수작을 시작한 것은 자그마한 진한 감색 이야기책을 알게 되었을 때부터였다. 좀 때가 낀 금박으로 상스럽게 장식되고 그 두꺼운 책장에서는 시체 냄새가 나는 책이었는데, 제목은 『위인들의 유년 시절』이었다. 책 속에 붙은 쪽지를 보면 1885년 조르주 아저씨가 대수 시험에서 2등을 하고 받은 상품임을 알 수 있었다. 나는 공상의 여행을 하던 시절에 그 책을 발견했는데 몇 장 뒤적거리다가 짜증이 나서 내팽개쳤다. 그 책에 나오는 어린 선민(選民)들은 신동(神童)과는 통 닮은 점이 없었기 때문이다. 그들은 착하다는 싱거워 빠진 점에서만 나와 비슷했으니, 도대체 왜 이런 아이들의 이야기를 하는지 몰랐다. 그러다가 책이 없어졌다. 그것을 아무 데나 내던져 버림으로써 벌을 주려고 했던 것이다. 1년 후 나는 그것을 다시 찾아내려고 모든 책장을 뒤집어엎다시피 했다. 그동안 내가 달라진 것이다. 신동이 어른이 되어 유년 시절에 사로잡힌 것이다. 그러나 이런 놀라운 일이 또 어디 있으랴! 책도 역시 달라진 것이다. 말이야 같았지만 그것이 내 이야기를 하는 것이었다. 그 책이 나를 망칠 것만 같아서 나는 그것을 미워하고 두려워했다. 매일 책을 펼치기 전에 나는 창가에 기대앉았다. 위험한 일이 생기면 대낮의 밝은 빛이 내 눈 속에 들어오게 하려는 뜻에서였다. 오늘날 팡토마*나 앙드

---

* Fantomas, 수베스트르(Pierre Souvestre)와 알랭(Marcel Allain)이 지은 동명의 탐정 소설(1911)의 등장인물로서 악행의 천재.

** 앙드레 지드에 대해서는 특히 그의 『지상의 양식』(1897)이 출간되었을 때 청소년을 타락시킨다는 비난이 보수파의 사람들로부터 쏟아져 나왔다.

레 지드**가 나쁜 영향을 끼쳤다고 한탄하는 사람을 보면 나는 웃음이 나온다. 어린애들은 스스로 자기의 독약을 택한다는 것을 모른단 말인가? 나는 마약 환자처럼 불안하면서도 엄숙하게 내 독을 삼켰다. 그러나 아무런 해가 있을 것 같지 않았다. 그 책은 어린 독자들을 격려해 주려는 것이었기 때문이다. 착하고 효성(孝誠)스럽기만 하면 무엇이든지 다 될 수가 있다, 램브란트가 될 수도 있고 모차르트가 될 수도 있다는 이야기였다. 그 속에는 또 어떤 소년들의 매우 평범한 일상생활을 짧은 소설의 형식으로 더듬고 있었다. 그들은 여느 어린애와 같긴 하지만 감수성이 풍부하고 경건한 성품이었다. 장 세바스티앙, 장 자크, 또는 장 바티스트*라고 불리는 그들은 나와 똑같이 가족의 행복을 이루어 주었다. 그러나 그런 이야기 속에는 뼈가 숨겨 있었다. 작자는 바흐, 루소, 몰리에르라는 이름은 한 마디도 입에 올리지 않았지만, 교묘한 방법으로 그들의 장래의 위대성을 여기저기에서 암시하고, 어떤 조그만 사실을 슬쩍 끼워 넣어서 그들의 가장 유명한 작품이나 행동을 상기시키면서 이야기를 무척 잘 꾸며 나갔다. 그래서 독자는 가장 하찮은 일이라도 후일의 사건과 연관해 보아야 비로소 이해를 할 수 있었다. 날마다 떠들썩한 일들이 벌어지는데도, 작자는 무슨 신화적인 커다란 침묵이 내려앉게 함으로써 모든 것을 변모시키는 것이었다. 그것은 미래라는 이름의 침묵이었다. 가령, 산치오**라는 소년은 교황을 보고 싶어 안달을 했는데, 하루는 어떤 사람이 교황이 지나가던 광장으로 데리고 간다. 소년은 얼

---

* 각각 바로 다음에 나오는 바흐, 루소, 몰리에르의 세례명.
** 라파엘로의 성. 이 유명한 화가는 성보다도 세례명으로 알려져 있다.

굴이 새파래지고 눈을 크게 뜬다. 데리고 간 사람이 그에게 묻는다. "라파엘로야, 이제는 흐뭇하니? 우리의 교황님을 잘 보긴 했겠지?" 그러나 눈이 휘둥그레진 소년은 이렇게 대답한다. "교황님이라니요? 저는 색깔밖에는 못 보았는데요." 또 이런 이야기도 있다. 군인이 되고 싶어 하는 어린 미구엘*이 어느 날 나무 밑에 앉아서 기사 소설(騎士小說)을 재미있게 읽고 있다. 그때 갑자기 쇠붙이가 마주치는 소리가 천둥처럼 울리는 바람에 그는 깜짝 놀라서 일어난다. 그것은 이웃에 사는 늙은 미치광이였다. 패가망신한 이 촌로가 말라비틀어진 말을 타고 돌아다니다가 녹 슨 창으로 물레방아를 친 것이다. 저녁밥을 먹을 때 미구엘은 이 이야기를 한다. 그때 소년의 표정이 하도 귀엽고 우스워서 모두들 배꼽을 잡는다. 그러나 제 방에 혼자 있게 되자, 그는 소설을 땅바닥에 내던져서 짓밟고 오랫동안 흐느껴 운다.

　이 어린이들은 자기 자신을 잘못 알고 산 것이다. 제 생각에는 되는 대로 아무렇게나 말하고 행동했겠지만, 실은 단 한 마디 말일망정 그들의 운명을 예고하는 데에 그 진실한 목적이 있었던 것이다. 그런 이야기를 해 주는 작가와 나는 그들의 머리 너머로 감동 어린 미소를 주고받았다. 나는 평범해 보이지만 사실은 그렇지 않은 이 소년들의 삶을 신(神)이 꾸민 대로 읽었다. 즉 종말을 시작으로 삼아서 말이다. 처음에는 그냥 신바람이 나기만 했다. 그들은 나의 형제며, 그들의 영광은 나의 영광이었기 때문이다. 그러다가 사태가 뒤집히고 말았다. 나는 이번에는 독자의 입장을 넘어서서 책 속으로 녹아 들어간 것

---

* 세르반테스의 세례명.

을 알았다. 장폴*의 어린 시절도 장자크나 장세바스티앙의 어린 시절과 같았다. 그에게 일어나는 일은 모두가 널리 예시적(豫示的)인 것뿐이었다. 다만 이번만큼은 작가가 나의 손자뻘 되는 어린애들에게 눈짓을 해 보였다. 내가 상상할 수 없는 미래의 어린이들이 죽음으로부터 삶에 이르는 순서로 나를 바라보고 있는 것이었다. 그리고 나는 나도 모르는 수수께끼 같은 말들을 줄곧 그들에게 전해 주고 있었다. 몸이 떨렸다. 나의 모든 언행의 진실한 의미를 지닌 내 죽음이 무서워졌다. 자기 자신을 빼앗긴 나는 책을 역방향으로 되읽어서 다시 독자의 입장에서 나 자신을 되찾아 보려고 했다. 나는 고개를 쳐들고 햇빛에 구원을 청했다. 그런데 나의 이런 동작 역시 하나의 메시지였다. 나의 작품과 나의 죽음이라는 두 개의 열쇠, 나의 비밀을 풀어 줄 그 두 열쇠를 갖게 될 2013년의 사람들은 이 갑작스러운 불안과 의혹을, 이러한 목과 눈의 움직임을 어떻게 해석할 것인가? 나는 책에서 빠져나올 수가 없었다. 훨씬 전에다 읽었으면서도 나는 그 책의 한 주인공으로 남아 있는 것이었다. 나는 나 자신을 살펴보았다. 한 시간 전만 하더라도 나는 어머니와 수다를 떨었다. 그때 무슨 말을 했던가? 나는 몇 가지 이야기를 상기하고 그것을 큰 소리로 되풀이해 보았다. 그러나 쓸데없었다. 말들이 의미를 안 밝히고 미끄러져 달아나 버렸다. 나 자신의 귀에도 내 목소리가 낯설었다. 소매치기 같은 천사가 내 머릿속까지 들어와서 생각을 훔쳐 갔는데, 그 천사란 다름 아니라 30세기의 금발 소년이었다. 그는 창가

* 자기 자신을 가리킨 것.

에 앉아 책을 통해서 나를 살피고 있었다. 나는 무섭기도 하고 사랑스럽기도 한 기분에 싸여서 그의 시선이 천 년 후의 내 모습을 사로잡으려는 것을 느꼈다. 그를 위해서 나는 나 자신을 위조하고 모호한 말들을 만들어 내서 퍼뜨렸다. 어머니는 내가 책상 앞에 앉아서 긁적거리는 것을 보면 "방이 너무 어둡구나. 그러다간 눈을 버리겠다." 하고 말했다. 그러면 나는 때를 놓치지 않고 아주 천진하게 대답했다. "깜깜해도 쓸 수 있을 거야." 그녀는 웃으면서 나를 "요 맹꽁이." 라고 부르고 불을 켜 주었다. 이리하여 일이 꾸며진 것이다. 그런 말을 함으로써 내가 미래의 신체적 장애를 기원 3000년의 독자에게 막 예고했다는 사실을 나 자신도 그녀도 의식하지 못한 것이다. 그렇다. 나는 만년에 이르러서는 베토벤이 귀머거리가 된 것보다도 더 지독하게 눈이 멀어서 더듬더듬 마지막 작품을 쓰리라. 사람들은 내 서류 뭉텅이 속에서 그 원고를 찾아내서는 "이건 도무지 읽을 수가 없군!" 하며 실망할 것이다. 자칫 쓰레기통에 던져 버리려고 할지도 모른다. 그러나 결국 오리악 시립도서관이 순수한 존경심에서 그 원고를 보관하겠다고 나설 것이다. 그것은 망각된 채 거기서 100년 동안이나 자고 있으리라. 그러다가 하루는 나를 좋아하는 젊은 학자들이 그것을 해독해 보려고 할 것이다. 물론 나의 걸작이 될 그 원고를 정리하는 일은 일생이 걸려도 끝내기 어려울 것이다……. 어머니가 방에서 나가고 나는 다시 혼자 남았다. 내 입에서는 저절로 "깜깜해도!"라는 말이 천천히 다시 새어나왔다. 그때 탁 하는 소리가 났다. 저 꼭대기에서 나의 증손뻘 되는 아이가 책을 닫은 것이다. 그는 증조할아버지의 유년 시절을 생각하고 있었다. 눈물이 그의 뺨 위로 흘러내렸다. 그는 "정말이야, 증조 할아버지는 어둠 속에서 글을 썼어!" 하고 한숨짓듯 말하는 것이었다.

나는 마디마디 나를 닮을 미래의 아이들 앞에서 으스대 보이고, 내가 그들에게 흘리게 할 눈물을 생각하면서 스스로 눈물을 흘렸다. 나는 그들의 눈을 통해서 내 죽음을 보았다. 그 죽음이 벌써 이루어졌다는 것, 그것이 나의 진실이었다. 나는 나 자신의 추도문이 되었던 것이다.

지금까지 쓴 것을 읽어 본 한 친구는 나를 걱정스러운 눈초리로 쳐다보면서 이렇게 말한 일이 있다. "자네는 내가 생각했던 것보다도 더 심하게 돌았었군." 돌았다고? 나로서는 그런 것 같지가 않다. 나의 망상은 분명히 의식적으로 꾸며 낸 것이었으니까 말이다. 내가 보기에 가장 중요한 것은 성실성의 문제다. 아홉 살 때 나는 성실성에 미흡했고 그 후에는 그것을 넘어섰다.

처음에는 나는 아주 건전한 아이였다. 속임수를 써도 적시에 멈출 수 있었다. 그러자 나는 모든 일에 열중했다. 거짓말을 꾸미는 데도 악착스러웠다. 지금 생각해 보면 나의 어릿광대 짓은 일종의 정신 훈련이었고, 나의 불성실성은 항상 잡힐 듯 하면서도 잡히지 않는 완전한 성실성의 희화(戱畵)였다. 나는 내 천직을 스스로 선택한 것이 아니라, 남들이 떠안긴 것이다. 사실 무슨 특별한 일이라곤 아무것도 없었다. 한 노파가 던진 실없는 말들과 할아버지의 마키아벨리즘이 있었을 뿐이다. 그러나 나는 믿어 버렸다. 내 마음속에 자리 잡은 어른들이 내 별을 가리켜 보인 것이다. 하기야 내 눈에 보인 것은 별이 아니라 다만 그들의 손가락뿐이었다. 그렇지만 나를 믿는다고 주장하는 그 어른들을 나는 믿었다. 그들은 내게 위대한 사자(死者)

들의 존재를 알려 주었다. 나폴레옹, 테미스토클레스*, 필리프오
귀스트** 그리고 앞으로 그런 사람들 중 하나가 될 장폴 사르
트르. 나는 그것을 의심치 않았다. 만일 의심한다면 어른들을
의심하는 것이 되었을 테니까. 그러나 이 마지막 사자, 장폴 사
르트르만은 직접 대면해 보고 싶었다. 나는 자못 만족스러운
직관(直觀)을 짜내려고 입을 벌려 보기도 하고 몸을 비꼬아 보
기도 했다. 고의적인 경련으로 오르가슴을 유발하려고 하다가
는 그것을 대신해 보려는 불감증의 여인 같았다. 그런 여자를
두고 어떻게 말해야 할까? 공연히 흉내를 낸다고 해야 할까,
좀 지나치게 열중한다고 해야 할까? 하여간에 나는 아무것도
얻은 것이 없었다. 나는 사자로서 나 자신의 모습을 드러내 보
여 줄 이미지, 그러나 불가능한 그 이미지보다 늘 앞서거나 뒤
처져 있었다. 그래서 헛된 노력 끝에 의심만이 남고, 얻은 것이
라고는 간혹 느낀 심한 안타까움뿐이었다. 나의 사명이라는 것
은 어른들의 요지부동한 권위와 명백한 선의만을 바탕으로 삼
은 것이었기 때문에 그것을 확인하거나 부인할 수 있는 뾰족
한 수가 전혀 없었다. 그 사명은 내가 만져 볼 수 없도록 밀봉
된 채 내 속에 들어앉아 있었다. 그러나 그것은 진정 내 것이
아니어서 한순간도 의심해 볼 수 없었고, 또 그것을 녹여서 내
몸에 흡수해 버릴 수도 없었다.

　믿음이란 그것이 아무리 깊어도 완전무결할 수는 없는 법이
다. 끊임없이 그것을 지탱해야 하고 적어도 그것이 허물어지지
않도록 애써야 한다. 나는 저명한 인사로 앞날이 약속되어 있

---

* Themistokles(B.C. 528~462?), 아테네의 정치가, 군인.
** Philippe-Auguste(1165~1223), 프랑스 왕 필리프 2세를 가리킴.

었다. 페르라셰즈나 어쩌면 팡테옹에 내 무덤이 벌써 마련되어 있고*, 파리에 내 이름이 붙은 거리가 생기고, 지방이나 외국의 공원과 광장에도 내 이름이 붙기로 되어 있었다. 그렇지만 이러한 낙관 속에서도, 보이지 않는 이름 모를 존재인 나는 내 실체에 대해서 의심을 품고 있었다. 생트 안 정신병원에서 한 환자가 제 침대에서 고함을 질렀다. "나는 왕이다! 대공(大公)을 체포하라!" 그러자 누가 다가가서 귀에 대고 일렀다. "코를 풀어!" 그는 코를 풀었다. 그에게 물었다. "대체 직업이 뭐야?" 그는 온순하게 대답했다. "구두 직공." 그러고는 다시 고래고래 소리를 지르기 시작했다. 우리는 모두가 이 사내와 비슷하다고 생각한다. 어쨌든 나는 아홉 살에 접어들었을 때 그와 비슷했다. 나는 왕인 동시에 구두 직공이었다.

2년 후에는 내 병이 나은 것으로 생각할 만도 했다. 왕은 어디론가 사라지고 구두 직공은 아무것도 믿지 않게 되었다. 나는 이미 글조차 쓰지 않았다. 내 소설 공책들은 쓰레기통에 던져지고, 흩어지고 혹은 불살라졌다. 그 대신 문장 분석이나 받아쓰기나 혹은 산술 공부용 공책을 갖게 되었다. 만약 누군가가 당시 사방팔방으로 열려 있던 내 머릿속으로 들어가 보았더라면, 그는 거기서 몇몇의 흉상, 틀린 구구표와 비례법, 도청소재지는 있지만 군청 소재지는 생략된 32도(道), 로사로사로삼로사에로사에로사**라고 불리는 장미꽃, 역사적·문학적 기념물들, 석비(石碑)에 새긴 예의범절에 관한 몇몇 잠언들, 그리

---

* Père-Lachaise, 파리의 공동묘지. 명사들의 무덤이 많다. Panthéon, 수플로 거리의 끝에 있는 유명한 건물. 위인들의 묘가 있다.

** 라틴어 명사 rosa의 격변화를 연달아 적어 놓은 것.

고 때로는 이 처량한 정원 위에 꼬리를 끄는 한 줄기 안개 같은 잔인한 공상 등에 부딪쳤을 게다. 고아 계집애는 간 곳 없고, 용감한 기사들도 흔적이 없다. 영웅, 순교자, 성자와 같은 말은 어디에도 새겨져 있지 않고, 어떤 목소리로도 되풀이되지 않았다. 지난날의 파르다양은 학기마다 만족스러운 통지서를 받았다. 지능 보통, 품행 방정, 이과 과목 소질 거의 없음, 지나치지 않은 상상력, 감수성 예민. 겉멋 들린 태도가 엿보이긴 하지만 그것도 줄었고, 완전히 정상적……. 그런데 사실인즉 나는 완전히 머리가 돌아 있었다. 하나는 공적(公的)이고 또 하나는 사적(私的)인 두 가지 사건이 내게 남아 있던 약간의 이성마저 날려 보내고 말았다.

첫째 사건은 참으로 뜻밖의 일이었다. 1914년 7월경만 해도 아직 악인들이 조금은 남아 있었다. 그러나 8월 2일*이 되자 별안간 선(善)이 힘을 얻고 모든 것을 지배하게 되었다. 모든 프랑스 사람들이 선인이 되었으니까 말이다. 할아버지의 적들도 그의 품으로 뛰어들고, 출판업자들도 참전(參戰)하고, 서민들조차 예언자가 되는 판이었다. 우리 친구들은 그들의 아파트 경비원이며 우편배달원이며 배관공이 내뱉는 소박한 대언장어(大言壯語)를 듣고 와서는 우리에게 전했다. 언제나 의심이 많은 할머니를 제외하고는 모두가 큰 소리를 지르곤 했다. 나는 신바람이 났다. 프랑스가 나에게 광대놀이의 기회를 준 것이다. 나는 프랑스를 위하여 광대놀이를 했다. 그러나 전쟁에는 곧 싫증이 났다. 하기야 전쟁은 내 생활에 별로 방해가 되지

---

* 1차 대전에서 프랑스와 독일이 서로 선전포고한 날을 가리키는 것. 정확히는 3일.

않았기 때문에 잊어버릴 만도 했다. 그러나 전쟁이 내 독서를 망쳤다는 것을 알았을 때는 전쟁을 혐오하기 시작했다. 내가 좋아하던 책자들이 가두판매대에서 자취를 감췄던 것이다. 아르누 갈로팽, 조 발, 장 들라이르 같은 작가들이 낯익은 주인공들을 버리고 말았다. 그들은 쌍엽기(雙葉機)나 수상기(水上機)를 타고 세계일주를 하며 두세 명이서 백 명을 상대로 싸우던 청년들이며 나의 형제였다. 그런데 이제는 전쟁 전의 식민주의적인 소설 대신에, 소년 수병이며 알자스 청년이며 부대의 마스코트가 된 고아들이 득실거리는 전쟁소설이 등장했다. 나는 이 새로 나타난 자들이 몹시 싫었다. 밀림의 꼬마 모험가들은 어쨌든 어른이라고 할 수 있는 토인들을 신나게 죽이기 때문에 나는 그들을 신동으로 여겼었다. 나 역시 신동이었으니, 나는 그들에게서 내 모습을 찾아보았다. 그러나 이 군대 아이들의 경우에는 모든 일이 그들과 무관하게 일어났다. 개인적인 용맹성의 바탕이 흔들리고 만 것이다. 야만인들과 싸울 때는 무기의 우월성이 그 바탕이었다. 그러나 독일군의 대포를 상대로는 어쩔 것인가? 다른 대포가 필요하고 포병이 필요하고 군대가 필요했다. 지난날의 신동은 그의 머리를 쓰다듬어 주고 그를 보호해 주는 털보 용사들*의 틈에서는 다시 유년기로 후퇴할 수밖에 없었다. 나도 그와 함께 다시 유년기로 후퇴했다. 가끔 가다가 작가는 동정심에서 내게 전령의 임무를 맡기는 일이 있기는 했다. 그러면 독일군이 나를 붙잡는다. 나는 용감하게 몇 마디 대꾸를 하고, 이어 탈출한다. 다시 우리 전선에

---

* Poilu, 1차 대전에서 싸운 프랑스 군인의 별칭.

다다르고 나는 내 임무를 완수한다. 물론 나에게 찬사를 보내지만 진정한 감격은 없다. 아버지 같은 장군의 자비로운 눈초리에서는 전에 내가 구출한 과부나 고아들의 홀린 듯한 시선은 찾아볼 수 없다. 나는 주도권을 상실한 것이다. 내가 없어도 전투에 이기고 있었고 전쟁에서 승리할 것이었다. 어른들이 용맹성을 다시 독점했다. 가끔 내가 전사자의 총을 주워 가지고 몇 발을 쏘는 일이 있기는 했어도, 아르누 갈로팽도 장 들라이르도 내게 육박전을 허용한 적은 한 번도 없었다. 영웅 견습생인 나는 몸이 달아서 나도 한몫 할 수 있는 나이가 되기만을 기다리고 있었다. 아니다. 그럴 때를 기다리던 것은 부대의 마스코트 노릇을 하는 아이들이었고 알자스 고아들이었다. 나는 그들의 곁을 떠나 책을 덮었다. 작품을 쓴다는 것, 그것은 오랜 시간이 걸리고 보답이 적은 일일 게다. 나도 그걸 알고 있다. 나는 한사코 끈기 있게 버틸 것이다. 그러나 책을 읽는다는 것은 일종의 향연이었다. 나는 당장에 온갖 영광을 누리고 싶었다. 그런데 그 알량한 책들이 내게 베푸는 미래란 무엇이었던가? 병정? 체, 그따위를! 혼자 고립되어서는 털보 용사도 어린 애처럼 맥을 못 춘다. 그는 다른 용사들과 함께 공격하며, 전투에 이기는 것은 부대 전체다. 나는 그런 공동적(共同的)인 승리에 한몫 낄 생각은 없었다. 아르누 갈로팽은 한 군인을 뛰어나게 만들어 놓기 위해서, 그를 부상당한 부대장을 구출하러 보내는 것 이상의 방법을 생각해 내지 못했다. 나는 그런 시시한 충성이 성에 차지 않았다. 노예가 주인을 구출하는 것과 다름없으니까 말이다. 더구나 그런 것은 한낱 우연하고 일시적인 용기에 불과했다. 전시에는 누구라도 용기를 발휘할 수 있는 법이다. 약간의 기회만 있었으면 다른 어떤 병사도 그만한 일은 했으리라. 나는 화가 치밀었다. 내가 전쟁 전의 용맹성을 좋아한 것은 그 고독과 무상성(無償性) 때문이었다. 나는 일상적인 하찮은 덕행을 내던지고, 고매한 정신에서 나 혼자만의 독특한 인간을 창조해 냈다. 『수상 비행기로 세계일주』, 『파리 개구쟁이의 모험』, 『세 명의 보이스카우트』와 같은 성스러운 원전(原典)이 나를 죽음과 부활의 길로 인도해 주었다. 그런데 별안간 그 저자들이 나를 배반한 것이다. 그들은 용맹성을 모든 사람들이 가질 수 있는 것으로 만들어 버렸다. 용기와 헌신은 일상적인 덕이 되고 말았다. 더욱 나쁜 일은 그것을 가장 기본적인 의무의 차원으로 타락시켰다는 것이다. 그런 분위기의 변화는 적도의 거대하고 독특한 태양과 개성적(個性的)인 광명 대신에 아르곤*의 집단적인 안개가 들어앉은 것과도 같은 변화였다.

나는 몇 달 동안 놓아 두었던 펜을 다시 들어 내 비위에 맞는 소설을 써서 그 양반들에게 단단한 교훈을 줄 결심을 했다. 1914년 10월이었다. 우리는 아직 아르카숑을 떠나지 않고 있었다. 어머니는 내게 공책을 여러 권 사 주었는데 모두 똑같은 것들이었다. 엷은 보랏빛 커버에는 투구를 쓴 잔 다르크의 모습이 그려져 있었다. 당시의 분위기를 반영한 것이었다. 나는 이 용감한 동정녀의 보호를 받으면서 병정 페랭의 이야기를 쓰기 시작했다. 그는 독일 황제를 납치하고 꽁꽁 묶어서 우리 전선으로 끌고 온다. 그러고는 모든 부대원들이 모인 자리에서 1대 1 결투를 제안하고 그를 쓰러뜨린다. 이윽고 칼을 목에 겨누고는 그

---

* Argonne, 프랑스 동부 지방. 1차 대전 때의 격전지.

로 하여금 어쩔 수 없이 모욕적인 휴전 조약에 서명하게 하고 알자스 로렌을 우리나라에 돌려주게 만든다. 그러나 이런 이야기를 일주일 동안 쓰고 나니 맥이 풀리고 말았다. 결투에 관해서는, 나는 무협 소설에서 착상을 얻었다. 어엿한 집안의 자식이면서도 추방당한 스튀르트 베케르는 산적들의 소굴인 선술집에 들어간다. 일당의 두목인 장사에게 모욕을 받은 그는 주먹으로 그놈을 때려죽이고 그놈의 자리를 차지한다. 그리하여 악당들의 왕초가 되어서 빠져나와 아슬아슬하게, 부하들을 해적선에 태우고 달아난다는 이야기다. 이런 종류의 소설에서는 요지부동의 엄격한 규칙이 관례가 되어 있는 법이다. 즉 악(惡)의 투사는 백전불패이기 마련이고, 선의 투사는 야유를 받으면서 싸우다가 뜻하지 않은 승리로 야유하던 놈들을 공포에 질리게 하는 것이다. 그런데 나는 경험이 없는지라, 온갖 규칙을 어기고 내가 바라는 바와는 정반대의 것을 만들어 놓았다. 독일 황제가 제 아무리 건장하게 보이더라도 완력가는 아니다. 무적의 장사인 페랭이 한주먹으로 해치우리라는 것은 누구나 알 수 있는 일이었다. 그리고 민중은 그를 미워하고, 우리 털보 용사들은 그에게 증오의 고함을 질러 댔다. 게다가 나는 어처구니없는 모순을 범하고 말았다. 고립무원의 죄인인 빌헬름 2세는 조롱과 가래침의 세례를 받으면서도, 나의 과거의 영웅들이 보여 준 그런 의연한 고독을 내 눈앞에서 당당히 보여 주는 것으로 이야기를 꾸몄으니 말이다.

그러나 더 딱한 일이 생겼다. 그때까지만 해도, 할머니가 내 '고심작'이라고 부르던 글들의 진위를 두고 시비를 가릴 만한 일은 일어나지 않았다. 아프리카 대륙은 광대하고 멀고 인구가 적으며, 그곳에 대한 정보도 없는 상태였다. 그래서 나의 탐험가들이 거기에 있을 수 없다거나, 또는 내가 그들의 싸움 이야기를 했던 무렵에는 피그미 족에게 총을 쏜 일이 없다는 따위의 시비를 걸 사람은 아무도 없었다. 나는 그들의 행적 기록자를 자처하려는 것은 아니었다. 그러나 소설의 진실성에 대한 말을 하도 많이 들어서, 나도 내 이야기를 통해서 진실을 말한다고 생각했다. 그 진실을 나 자신은 아직 모르지만, 미래의 내 독자들의 눈에는 불을 보듯 뻔하리라는 생각이었다. 그런데 그놈의 재수 없는 10월 달에 나는 허구와 진실의 충돌을 내 눈으로 보게 되어 기운이 쭉 빠지고 말았다. 내 펜 끝에서 태어난 독일 황제는 결투에 지고 휴전 명령을 내렸다. 그러니 그해 가을에는 평화가 다시 와야만 앞뒤가 맞을 터였다. 그러나 바로 그때 신문들과 어른들은 아침저녁으로, 이제 전쟁은 본격적인 단계로 들어섰으며 오래 갈 것이라고 되뇌었다. 나는 도깨비에 홀린 듯했다. 나는 사기꾼이었으며 아무도 믿으려 하지 않는 헛소리를 늘어놓은 셈이다. 한마디로 나는 상상이라는 것이 무엇인지를 알게 된 것이다. 난생 처음으로 나는 내가 쓴 것을 다시 읽어 보았다. 얼굴이 화끈거렸다. 그 유치한 환상에 빠져 있던 것이 바로 나란 말인가? 나는 문학을 때려치울까 했다. 결국 그 소설 공책을 바닷가로 가지고 가서 모래 속에 파묻어 버리고 말았다. 그러자 불안이 사라졌다. 나는 다시 자신을 얻었다. 문학이 내 천직인 것은 틀림없었다. 다만 문학의 신은 특별한 비밀을 가지고 있는데, 언젠가는 내게 그것을 밝혀 줄 것이다. 내 나이로 보아 그때까지는 철저히 근신해야 하리라. 그렇게 생각해서 나는 더 이상 글을 쓰지 않았다.

우리는 파리로 돌아왔다. 나는 아르누 갈로팽과 장 들라이르를 영영 버리고 말았다. 이 기회주의자들이 나를 배반한 것이 마땅했다는 것을 용서할 수 없었던 것이다. 나는 전쟁을 범인의 서사시라고 생각하면서 미워했다. 약이 올라서 나는 내 시대에서 탈출하여 과거를 은신처로 삼았다. 몇 달 전, 1913년 말에 나는 닉 카터, 버팔로 빌, 텍사스 잭, 시팅 불 같은 인물들*을 발견했다. 그러나 전쟁이 터지자 곧 이런 책들은 자취를 감추고 말았다. 할아버지의 주장으로는 발행자가 독일인이었다는 것이다. 다행히도 센 강가의 헌책 가게에서 기왕에 나온 분책(分冊)을 대부분 찾을 수 있었다. 나는 어머니를 이끌고 센 강가로 갔고, 우리는 오르세 역에서 오스테르리츠 역에 이르기까지 헌책 가게를 하나하나 다 뒤졌다. 한꺼번에 열댓 권을 사 가지고 돌아올 때도 있었다. 나는 곧 500권이나 갖게 되었는데, 그 책들을 가지런히 쌓아 올리고, 골백번이나 세어 보고, 그 신비스로운 제목들을 소리 높여 읽어 보곤 했다. 『기구(氣球)에서 저지른 범행』, 『악마와의 계약』, 『무투시미 남작의 노예들』, 『다자르의 부활』. 나는 그 책들이 누렇게 되고 더러워지고 뻣뻣해지고 고엽(枯葉) 같은 이상한 냄새를 풍기는 것이 좋았다. 전쟁이 모든 것을 멈추게 했으니까, 그 책들은 곧 고엽이었고 폐허였다. 나는 긴 머리 사나이의 마지막 모험이 영영 수수께끼로 남으리라는 것을, 탐정 왕의 최후 조사의 결과도 영구히 모르게 되리라는 것을 알고 있었다. 그 고독한 영웅들은 나와 마찬가지로 세계대전의 희생자였으며, 그러기에 더욱

* Nick Carter, Buffalo Bill, Texas Jack, Sitting Bull. 미국 어린이를 위한 이야기책에 자주 나오는 인물들.

그들이 좋았다. 더구나 책 커버를 장식한 천연색 판화를 보고 있으면 좋아서 어쩔 줄을 몰랐다. 말을 탄 버팔로 빌이 때로는 인디언들을 추격하고 때로는 그들에게 쫓기면서 벌판을 달렸다. 특히 『닉 카터』의 삽화가 좋았다. 사람에 따라서는 단조롭게 여길지도 모르지만, 거의 모든 삽화가 그 위대한 탐정이 누군가를 늘씬하게 두들겨 패든가 아니면 얻어맞는 장면이었으니까. 그러나 이 난투극은 맨해튼의 거리에서 일어났다. 그곳은 갈색 울타리나 말라붙은 핏자국 같은 빛깔을 띤 홀쭉한 입방체 건물들이 양쪽으로 늘어선 공터였는데, 나는 그런 광경에 홀렸다. 나는 청교도적이면서도 피비린내 나는 도시를, 광막한 공간에 묻혀 있고 전후좌우의 대초원을 간신히 가리고 있는 그런 도시를 상상했다. 거기에서는 범죄도 덕행도 모두 법의 테두리 밖에 있다. 살인자와 재판관이 다같이 자유롭고 권세를 누리며 저녁때면 칼을 빼 들고 시비를 가린다. 이 도시에서는 아프리카에서와 마찬가지로, 이글이글 불타는 태양 아래 용맹한 행동이 또다시 끝없는 즉흥극처럼 이루어진다. 뉴욕에 대한 내 열정의 근원은 바로 여기에 있었다.

　나는 전쟁과 나의 사명을 동시에 잊어버리고 말았다. 누가 나 보고 "너는 커서 뭘 하겠니?" 하고 물으면 나는 얌전하고 겸손하게 글을 쓰겠노라고 대답했다. 그러나 이미 영광의 꿈과 정신적 수련은 포기한 상태였다. 그 덕분에 아마도 1914년 전후는 내 어린 시절 중 가장 행복한 때였을 것이다. 어머니와 나는 정신연령이 같은 또래였고, 우리는 잠시도 서로 떨어지지 않았다. 어머니는 나를 자기의 시종 기사니 귀여운 사람이니 하고 불렀고, 나는 어머니에게 모든 것을 이야기했다. 아니 그 정도가 아니었다. 머릿속으로 옴츠러든 글은 요설(饒舌)로 변해서 입으로 흘러나왔다. 나는 내 눈으로 보는 것들, 나와 마찬가지로 어머니가 보는 것들, 즉 집이며 나무들이며 사람들을 자세히 묘사했다. 어머니에게 알린다는 기쁨 때문에 일부러 갖가지 감정에 젖어들어 보고, 말하자면 에너지의 변압기(變壓器)가 되었던 것이다. 세계는 말로 변신하기 위해서 나를 이용하는 셈이었다. 우선 내 머릿속에서 알지 못할 누군가가 수다를 떨기 시작된다. 그가 이렇게 말한다. "나는 걷는다. 나는 앉는다. 나는 물 한 컵을 마신다. 나는 프랄린*을 먹는다." 그러면 나는 그 끝없는 설명을 큰 소리로 되풀이한다. "엄마, 나는 걸어. 나는 물 한 컵을 마셔. 나는 앉아." 내게는 목소리가 두 개 있는 것 같았다. 그중 하나는 내 것 같지도 않고 내 의사와는 동떨어진 목소리인데, 그것이 다른 또 하나의 목소리에게 제 이야기를 받아서 말하게 하는 것이다. 나는 내가 이중 인간이라고 단정했다. 이 가벼운 착란은 여름까지 계속되었다. 그런 상태 때문에 나는 기운을 잃고 짜증이 나고 마침내 겁을 먹게 되었다. "누가 자꾸만 머릿속에서 말을 해." 나는 이렇게 어머니에게 말했지만, 다행히 어머니는 괘념하지 않았다.

그러나 그런 일이 내 행복과 우리들의 결합을 해치지는 못했다. 우리에게는 우리들의 신화, 우리들의 독특한 말버릇, 우리들의 상투적인 농담들이 있었다. 거의 1년 동안 나는 적어도 열 번에 한 번씩은 냉소적인 체념이 담긴 다음과 같은 말로 이야기를 끝맺었다. "하지만 그건 아무래도 좋아." 가령 이런 식

---

* praline, 편도를 설탕으로 졸여서 만든 과자.

이었다. "저 커다란 흰 개를 봐. 흰 게 아니야. 회색이야. 하지만 그건 아무래도 좋아." 우리는 우리 생활에 사소한 사건이 일어나면 그때 그때마다 그것에 대해 서사시 같은 말투로 서로 이야기하는 습관을 붙였다. 그리고 우리들 자신의 이야기를 삼인칭 복수형으로 표현했다. 가령 버스를 기다리는데 버스가 서지 않고 그냥 지나가 버리면 우리 둘 중 한 사람이 이렇게 외쳤다. "그들은 하늘을 저주하며 발을 굴렀도다." 그러고는 웃음을 터뜨렸다. 남들 앞에서는 우리들끼리의 묵계(默契)가 있었다. 한쪽 눈을 찡긋하면 됐다. 어떤 가게나 다방에서, 여점원이 좀 우스꽝스럽게 보이면 어머니는 거기서 나오면서 내게 이렇게 말했다. "널 쳐다볼 수가 없더라, 얘. 그 점원 얼굴에 대고 웃음을 터뜨리게 될까 봐 조마조마해서." 그 말에 나는 내 위력을 느끼고 으쓱해졌다. 힐끗 한 번 쳐다보기만 하면 어머니가 웃음을 터뜨리게 만들 수 있는 아이는 그리 흔한 것이 아니니까 말이다. 우리는 소심한 편이어서 다 같이 겁도 잘 먹었다. 어느 날 센 강가의 헌책 가게에서 내가 아직도 가지고 있지 않은 『버팔로 빌』의 열두 분책을 발견했다. 어머니가 책값을 치르려는 참이었다. 그때 뚱뚱하면서도 창백한 한 사나이가 다가왔다. 눈가를 시꺼멓게 그리고 콧수염에는 밀랍을 칠하고 밀짚모자를 딱 올려 놓은 품이, 그 무렵의 난봉꾼들이 즐겨 꾸미고 다니던 흠치르르한 모습이었다. 그는 어머니를 뚫어지게 바라보더니 말은 내게 건넸다. "얘야, 너 참 응석받이구나, 응석받이야!" 하고 재빠른 어조로 되뇌는 것이었다. 나는 처음에는 불쾌하게만 느꼈다. 내게 이렇게 다짜고짜로 허물없이 대하는 사람은 없었으니까 말이다. 그러나 나는 그의 괴벽스러운 시선을 재빨리 포착했다. 어머니와 나는 질겁을 해서 둘이 한 몸이 된 처녀처럼 뒤로 펄쩍 물러섰다. 당황한 사나이는 그 자리를 떠났다. 나는 내가 본 수천 명의 얼굴을 다 잊어버렸지만, 돼지기름이 흐르는 그 낯짝만은 지금도 기억한다. 나는 육체에 관해서는 아무것도 모르고 있었고, 그 사나이가 우리들에게서 무엇을 바랐는지 상상할 수 없었다. 그러나 그의 욕망이 너무도 분명히 드러나서 나도 알아차린 듯했다. 어떤 점에서는 모든 것이 밝혀진 것이나 다름없었다. 나는 어머니를 통해서 그 욕망을 느껴 왔던 것이다. 어머니를 통해서 남성의 냄새를 맡았으며 남성을 두려워하고 증오하는 것을 배웠다. 이 사건은 우리 둘의 결합을 더욱 굳혀 주었다. 어머니의 손을 잡은 나는 야무진 낯을 하고 종종걸음을 쳤다. 나는 어머니를 단단히 보호하는 기분이었다. 그것은 과연 그 시기의 추억일까? 지금도 나는 아주 근엄한 사내애가 또 하나의 어린애 같은 제 어머니에게 장중하고도 정답게 이야기하는 정경을 보면 기쁨을 느끼지 않을 수 없다. 나는 남자들에게서 멀리 떨어져서 그들에 대항하여 싹트는 이 감미롭고도 비밀스러운 우정을 좋아한다. 나는 그 어린 한 쌍을 한참 동안 바라본다. 그러다가는 문득 내가 남자라는 것을 생각하고는 그만 고개를 돌리곤 한다.

두 번째 사건은 1915년 10월에 일어났다. 나는 만 열 살 삼 개월이었다. 더 이상 나를 집 안에 가두어 둘 수는 없는 형편이었다. 그래서 할아버지는 자기의 원한을 꾹 누르고 나를 앙리 4세 고등학교 초등부에 통학생* 자격으로 등록시켰다.

---

* externe, 기숙사에 드는 학생(interne)과 대조되는 말.

첫 번째 작문 시험에서 나는 꼴찌였다. 어린 봉건 영주였던 나는 가르치고 배우는 것을 무슨 개인적인 연분으로 착각했다. 전에 마리 루이즈는 사랑으로 제 지식을 내게 나누어 주었고, 나도 그녀를 사랑하여 친절을 베푸는 뜻에서 그 지식을 받아들였던 것이었다. 그래서 나는 강단(講壇)으로부터 모든 사람에게 전수되는 강의와 법이라는 싸늘한 민주주의적 원칙에는 어리둥절할 수밖에 없었다. 이제는 늘 남들과 비교당하게 되었으니, 내가 꿈꾸어 왔던 나의 우월성은 간 곳 없이 날아가 버리고 말았다. 항상 누군가 나보다 더 잘 대답하고, 더 빨리 대답하는 놈이 있었다. 나는 너무나 사랑을 받으며 자랐기 때문에 나 자신을 의심할 줄을 몰랐다. 그래서 나는 순진하게 내 급우들에게 탄복했고 부러워하는 일이 없었다. 기다리면 내 차례도 오겠지 하는 생각이었다. 쉰 살쯤 되면 말이다. 요컨대 별로 고통을 느끼지도 않으면서 전락한 셈이다. 나는 그저 어찌할 바를 몰라서 형편없는 답안을 열심히 써 냈을 따름이었다. 할아버지는 벌써 눈살을 찌푸렸다. 어머니는 황급히 내 지도를 담당한 올리비에 선생에게 면담을 청했다. 그는 우리를 그의 자그마한 독신자 아파트로 맞아들였다. 어머니는 노래하는 듯한 그 독특한 음성을 냈다. 나는 어머니 의자에 기대선 채로 먼지 낀 유리창 너머로 해를 바라보고 있었다. 어머니는 내 자질이 내가 써 내는 숙제보다 낫다는 것을 증명하려고 애를 썼다. 나는 혼자서 글을 깨쳤고 소설도 썼다고 했다. 할 말이 궁색해지자 어머니는 내가 열 달을 다 채우고 태어났다는 것을 밝혔다. 다른 애들보다 더 오래 가마솥 속에 있었으니 더 누렇게 잘 익었고 더 바삭바삭하게 되었다는 것이었다. 올리비에 선생은 나의 진가보다도 어머니의 매력에 더욱 민감했던지 그런 이야기를 열심히 귀담아들었다. 깡마른 키다리인 그는 완전히 대머리였다. 눈은 움푹 파이고 살결은 밀랍 같았으며 매부리코 밑에는 불그레한 수염이 약간 나 있었다. 그는 나에게 개인 지도를 하는 것은 거절했지만, 나를 특별히 눈여겨보겠다고 약속했다. 그만하면 더 바랄 나위 없었다. 그래서 수업 중에는 그의 시선을 살폈다. 나는 그가 오직 나를 위해서만 말을 하고 있다고 확신했다. 그가 나를 사랑한다고 생각했고 나도 그가 좋았다. 게다가 선생이 던져 준 몇 마디 다정한 말이 약이 되었다. 나는 애쓰지 않고도 제법 좋은 학생이 되었다. 할아버지는 학기말 성적표를 보며 중얼중얼했지만, 학교를 그만두게 할 생각은 하지 않았다. 5학급*이 되자 다른 선생들이 가르치게 되었다. 나는 특별 대우는 잃었지만, 그 무렵에는 이미 민주주의에 익숙해져 있었다.

학교 공부 때문에 글을 쓸 겨를이 없었다. 새로운 교우 관계가 생겨서 글 쓰고 싶은 욕망조차 사라졌다. 나도 드디어 친구들이 생긴 것이다! 공원에서 따돌림을 받던 나를, 그들은 첫날부터 지극히 자연스럽게 맞아 주었다. 놀라움에 어리둥절할 지경이었다. 참말이지 내 친구들은 전에 공원에서 나를 기죽게 만들었던 그 어린 파르다양들보다는 훨씬 나와 흡사한 것 같았다. 그들은 교외 통학생이었고, 엄마에게 매달려 있는 아들이었으며, 근면한 학생이었다. 하지만 그런 것이 무슨 상관있으

---

* 중학교 2학년에 해당.

랴! 나는 기뻐서 어쩔 줄을 몰랐다. 내게는 두 갈래의 생활이 있었다. 집에서는 여전히 어른들의 흉내를 냈다. 그러나 아이들은 저희끼리 있을 때는 그런 아이들 장난을 싫어하는 법이다. 그때는 진짜 어른이 되는 것이다. 나는 어른들 중의 한 어른이 되어 날마다 말라캥 3형제인 장, 르네, 앙드레, 그리고 폴 메이르와 노르베르 메이르, 브렁, 막스 베르코, 그레구아르 등과 함께 교문을 나서서 팡테옹 광장을 고함치며 달리곤 했다. 그것은 깊은 행복의 순간이었다. 나는 가족과의 광대놀이를 깨끗이 씻어 버렸다. 남들 앞에게 잘난 체해 보이려고 하기는커녕 메아리처럼 따라 웃고, 우리들끼리의 암호와 익살을 받아 옮기고, 침묵하고, 복종하며, 옆에 있는 아이들의 몸짓을 따라하곤 했다. 나는 오직 한 가지 열성밖에 없었으니, 그것은 그들과 완전히 합류하는 것이었다. 쌀쌀맞고 완고하고 명랑하게 된 나는 마침내 존재한다는 죄악에서 해방되어 나 자신을 강철처럼 단단하게 느끼게 되었다. 우리들은 오텔 데 그랑좀과 장자크 루소의 동상* 사이에서 공 치기를 하곤 했다. 나는 빠질 수 없는 일원이었다. 적재적소였다. 이젠 시모노 씨도 통 부럽지 않았다. 만약 내가 지금 이 자리에 있지 않다면 메이르는 그레구아르에게 페인트를 쓰면서 대체 누구에게 공을 패스할 수 있단 말인가? 나에게 내 필요성을 발견하게 해 준 이 눈부신 직관에 비하면, 내 영광의 꿈 따위는 얼마나 시들하고 처량해 보이는 것인가!

불행히도 그 직관은 불붙었을 때보다 더 빨리 꺼져 갔다. 우

---

* Hôtel des Grands Hommes, 이 호텔과 루소의 동상은 팡테옹 광장에 있다.

리 어머니들의 말을 빌리자면 우리 놀이는 우리를 '지나치게 흥분시켰다.' 그래서 우리 그룹은 때로는 일체화(一體化)된 작은 군중으로 변했고 나는 그 속으로 함빡 빠져들고 말았다. 그러나 우리는 부모의 존재를 오랫동안 잊을 수는 없었고, 눈에 보이지 않는 그들의 존재 때문에 우리는 곧 동물 집단과 같은 공동의 고독 속으로 다시 떨어져야만 했다. 목표 없고 목적 없고 서열 없는 우리들의 모임은 완전한 융합과 병렬 상태 사이를 왔다 갔다 했다. 다같이 모여 있을 때는 우리는 진실 속에 살았지만, 한편으로는 누가 우리를 서로서로에게 빌려 주고 있다는 느낌, 실은 우리들 저마다가 가정이라는 편협하고 강하고 원시적인 집단에 소속되어 있으며, 그 집단이 매혹적인 신화들을 빚어 내고 오류를 양식으로 삼으며 우리에게 그들의 독단을 강요한다는 느낌을 막을 도리가 없었다. 귀염을 받으며 자랐고, 보수적 관습에 젖어 있고, 감수성이 예민하고, 따지기를 좋아하고, 무질서 앞에서는 겁에 질리고, 폭력과 부정을 증오하는 우리들, 세상은 우리들이 이용하기 위해서 만들어진 것이고 우리의 부모는 저마다 세상에서 제일 훌륭하다는 암묵적인 신념에 의해 모이기도 하고 헤어지기도 했던 우리들, 그러한 우리들은 남을 모욕하지 않고 놀 때조차도 정중하게 처신할 것을 명심했다. 조롱이나 야유는 엄하게 금지되어 있었다. 흥분해서 날뛰는 자가 있으면 우리 그룹 전체가 그를 둘러싼 채 달래어 사과하게 만들었고, 그의 어머니가 장 말라캥이나 노르베르 메이르를 시켜서 그를 꾸짖게 했다. 게다가 어머니들은 모두가 서로 잘 아는 처지였고 서로 엄하게 대했다. 그들은 우리들의 이야기나 비판을, 그리고 우리가 저마다 다른 아이들에 대해서 내리는 판단을 서로 알려 주곤 했다. 그러나 아이들인 우리는 어머니들의 말을 저마다 숨겼다. 나의 어머니는 말라캥 부인을 방문했다가 화가 나서 돌아왔다. 부인은 어머니에게 이렇게 노골적으로 말했다는 것이다. "앙드레의 말로는 풀루가 잘난 체한대요." 나는 그런 평을 듣고 걱정하지는 않았다. 어머니들은 서로 그런 말을 하게 마련이니까. 또 앙드레를 원망하지도 않았고 이 일에 관해서 그에게 한 마디도 안 했다. 요컨대 우리는 부자이건 가난뱅이이건, 군인이건 민간인이건, 젊은이건 늙은이건, 사람이건 짐승이건, 온 세상을 존중했던 것이다. 우리가 멸시하는 것은 오직 반(牛)기숙생*과 기숙생들뿐이었다. 얼마나 못돼 먹었기에 가족조차 그들을 버렸을까 하는 생각이었다. 아마 부모가 나쁜지도 모른다. 그러나 어찌할 수 없는 노릇이다. 아이들은 마땅히 그들이 가질 만한 아버지를 갖게 마련이니까. 오후 4시가 지나 통학생이 하교하면 학교는 불한당이 날뛰는 험악한 장소로 변했다.

이처럼 조심스러운 우정은 식기 쉬운 법이다. 여름방학이 되자 우리는 서로 아쉬움 없이 헤어지곤 했다. 그렇지만 나는 베르코가 좋았다. 그 애도 과부의 아들이어서 말하자면 나와는 형제지간이란 느낌이었다. 그는 잘생기고 연약하며 온순한 아이였다. 잔 다르크처럼 빗어 내린 그의 긴 머리를 아무리 오래 바라보아도 나는 싫증이 나지 않았다. 그러나 무엇보다도 우리는 둘 다 모든 책을 읽었다는 자부심을 가졌다. 그래서 단 둘이서 체육관 한 모퉁이에 따로 앉아 문학 이야기를 하곤 했다.

---

* 점심 때는 급식을 먹고 저녁 때의 자습시간에도 참여하지만 기숙사에서 기거하지는 않는 학생.

다시 말하면 우리 손을 거쳐 간 작품들의 제목을 골백번이나 대면서 그때마다 기쁨을 느끼는 것이었다. 하루는 그가 귀신에 홀린 듯한 낯으로 나를 응시하면서 작품을 쓰겠노라고 고백했다. 후에 나는 그를 고등학교 3학년 때 다시 만났다. 여전히 미남이었지만 결핵 환자였다. 그는 열여덟 살에 죽었다.

우리들 모두가, 심지어 진득한 베르코조차도, 베나르에게는 탄복하고 있었다. 그는 늘 추위를 타는 듯하고 동글동글하게 생겨 병아리를 연상케 하는 소년이었다. 그의 평판은 사뭇 자자하여 어머니들의 귀에까지 들어갔다. 어머니들은 그 평판이 다소 못마땅했지만, 밤낮으로 우리들에게 베나르를 본받으라고 타일렀다. 그래도 우리는 그가 싫어지지 않았다. 다음 이야기를 읽으면 우리들이 얼마나 유별나게 그를 좋아했는지를 알수 있을 것이다. 그가 반(半)기숙생이어서 우리는 더욱 그를 사랑했다. 우리 눈에 그는 명예 통학생이었다. 저녁때면 오붓한 집 안의 등불에 싸 안긴 우리는 기숙생이라는 식인종들을 개종시키기 위해서 정글에 머물러 있는 그 선교사를 생각하고는 한결 무서움을 더는 것이었다. 사실, 기숙생들조차도 그를 존경했다. 이렇듯 모두들 다같이 그를 존경한 이유가 어디 있었는지 지금의 나로서는 알 수 없는 일이다. 베나르는 온순하고 상냥하고 예민한 애였다. 게다가 무엇이든 1등이었다. 그뿐 아니라 그의 어머니는 아들을 위해서 어려운 형편을 견뎌 내고 있었다. 우리 어머니들은 바느질품을 파는 그녀와는 사귀지 않았지만, 우리들에게 모성애의 위대함을 헤아리게 하기 위하여 그녀의 이야기를 자주 들려주었다. 그러나 우리들은 오직 베나르만을 생각할 뿐이었다. 그 애야말로 그 불쌍한 여인의 횃불이며 기쁨이라고 생각한 우리는 도리어 아들의 효성의 위대함을 헤아려 보았다. 결국은 모두들 그 어진 빈자(貧者)들을 두고 가슴이 뭉클해지는 것이었다. 그러나 그런 느낌이 전부가 아니었다. 사실을 말하자면 베나르는 절반밖에 살아 있지 않은 셈이었다. 나는 그가 두툼한 털목도리를 두르지 않은 모습을 본 적이 없었다. 그는 우리에게 상냥한 미소를 지었지만 별로 말이 없었다. 그는 우리들의 놀이에 끼는 것을 금지당했던 기억이 난다. 나로서는 그가 연약한 체질로 말미암아 우리들과 어울리지 못했기 때문에 더욱 그를 존경했다. 말하자면 그는 유리 상자 속에서 자라는 꼴이었다. 그는 유리판 안에서 우리에게 인사를 하고 손짓을 하곤 했다. 그러나 우리는 그의 곁으로 감히 다가가지를 못했다. 우리는 멀리서 그를 사랑할 뿐이었다. 그는 살아 있을 때부터 이미 상징처럼 실체가 없었으니까 말이다. 어린 시절은 순응주의적이다. 우리는 그가 자기완성을 비개성적인 경지까지 밀고 나간 것을 감사히 여겼다. 그가 우리들과 이야기할 때면, 그의 말이 무의미해도 마음 편히 들을 수 있어 기뻤다. 우리는 그가 성을 낸다든가 까부는 것을 본 적이 없었다. 수업 중에도 그는 손가락 하나 까딱하는 법이 없었다. 그러나 질문을 받았을 때는 '진리' 자체가 그의 입을 빌려서 말하는 듯했다. 바로 '진리'의 말투가 그래야 하듯이 망설임 없이, 그러나 흥분하지 않고 그의 말이 흘러나왔다. 특히 우리들 신동(神童) 일당을 깜짝 놀라게 한 것은, 그가 조금도 신동의 티를 보이지 않았는데도 가장 우수한 아이였다는 점이다. 그 당시에는 우리들은 모두 정도의 차이는 있지만 아비 없는 자식들이나 다름없었다. 아버지란 어른들은 이미 죽었거나 전선에 동원되었고, 집에 남은 사람들도 그 존재감이 옅어지고 숫기를 잃고 애써 그들의 아들들에게서 잊히려는 꼴이었다. 그러니 어머니 세상일 수밖에 없었다. 베나르는 바로 그러한 모계 중심 사회의 소극적 덕성을 반영한 셈이었다.

겨울이 다 갈 무렵 그는 죽었다. 어린이들이나 병사들은 죽은 사람에게 거의 신경을 쓰지 않게 마련이다. 그런데도 우리들 마흔 명은 그의 관 뒤에서 흐느껴 울었다. 어머니들도 지켜보고 그를 삼킨 심연을 꽃으로 덮었다. 그래서 우리는 그의 사라짐을 그해에 수여된 최우등상이라고 여길 정도였다. 그뿐 아니라 베나르는 살아 있을 때도 살고 있는 것 같지가 않아서, 죽어도 정말 죽은 것 같지 않았다. 그의 존재는 우리들 사이에 퍼지고 성화(聖化)되어 그대로 남았다. 우리의 덕성은 한 단계 높아졌다. 우리는 소중한 고인(故人)을 가졌고, 슬픔과 기쁨을 동시에 느끼면서 나지막한 목소리로 그를 회고하곤 했다. 아마 우리도 베나르처럼 일찍 세상을 떠날지도 모른다. 우리는 어머니의 눈물을 머리에 그리고는 자신이 소중한 존재라고 느꼈다. 그렇지만 나는 지금 헛소리를 하고 있는 것이 아닐까? 다만 나는 지금도 가혹한 한 가지 사실을 어렴풋이 기억하고 있다. 그것은 바느질품을 팔았던 그 과부는 이 세상의 모든 것을 잃었다는 것이다. 그렇다면 당시에 나는 이러한 생각에 정말로 숨막힐 듯한 두려움을 느꼈던 것일까? 악의 존재며 신의 부재며 살 수 없는 세계를 엿보기라도 했던 것일까? 필경 그랬다고 생각한다. 그렇지 않았다면야, 거부되고 망각되고 상실된 내 어린 시절 중에서 어째서 베나르의 모습만큼은 이렇게 괴롭도록 선명하게 남아 있겠는가?

그로부터 몇 주 후에 5학급* A1반은 한 야릇한 사건의 무대가 되었다. 라틴어 수업 중에 문이 열리더니, 베나르가 수위의 안내를 받으며 들어와서 뒤리 선생에게 인사를 하고 자리에 앉았다. 우리들 모두가 그의 쇠테 안경이며 목도리며 그 약간 굽은 코며 바르르 떠는 병아리 같은 모습을 다시 보았다. 나는 신이 그를 우리에게 돌려줬구나 하는 생각이 들었다. 뒤리 선생 역시 우리들과 마찬가지로 어안이 벙벙한 모양이었다. 그는 수업을 중단하고 숨을 크게 내쉬고는 물었다. "성명, 자격, 부모의 직업." 베나르는 대답했다. 반(半)기숙생이며, 기사(技師)의 아들이며, 이름은 폴 이브 니장이라고. 나는 누구보다도 깊은 인상을 받았다. 휴식 시간에 나는 그에게 다가가서 말을 걸었다. 그도 응답해 주었다. 우리는 곧 친해졌다. 그러나 그에게는 한 가지 특징이 있어서, 내가 대하고 있는 것은 진짜 베나르가 아니라, 악마로 변한 가짜 베나르라는 느낌이 들었다. 니장은 사팔뜨기였던 것이다. 그러나 그것을 시빗거리로 삼기에는 때가 이미 너무 늦었다. 나는 그 얼굴을 선의 권화(權化)로 여겨 사랑했다. 그러다가 결국에는 그 얼굴 자체를 사랑하게 되었다. 나는 함정에 빠졌던 것이다. 덕성(德性)에 대한 편향 때문에 악마를 사랑하게 되었으니 말이다. 사실을 말하자면 가짜 베나르는 그리 나쁜 아이가 아니었다. 다만 그는 살아 있었을 뿐이다. 진짜 베나르의 모든 장점을 가졌지만 그것은 색바랜 것이었다. 베나르의 절제된 몸가짐은 그의 경우에는 가식으로 변질했다. 가령 그는 저도 모르게 심한 흥분에 휩싸일 때, 고함을

---

* 중학교 2학년에 해당.

지르지는 않았지만 얼굴이 노여움 때문에 백지장처럼 변하고 말을 더듬는 것을 우리는 보았다. 우리가 온순한 성품이라고 여긴 것은 실은 순간적인 마비 상태에 불과했다. 그의 입을 통해서 튀어나오는 것은 진실이 아니라 뻔뻔하고 경망한 객관적 관찰이어서, 그런 언변에 익숙하지 않은 우리는 듣기가 거북했다. 그 역시 물론 부모를 좋아하기는 했지만, 제 부모의 이야기를 비꼬아서 하는 자는 오직 그 친구뿐이었다. 학업에서는 베나르처럼 우수하지는 않았지만, 그 대신 독서를 많이 했고, 글을 쓰는 것이 소원이었다. 요컨대 그는 그 나름대로 온전한 한 인간이었는데, 그에게서 베나르의 모습만을 찾아보려고 했다니 참으로 야릇한 일이었다. 이런 닮은 꼴에 사로잡혀서, 나는 그가 덕의 외모를 보여 주는 것을 찬양해야 할지, 또는 덕의 외모밖에 갖지 않은 것을 비난해야 할지 몰랐다. 그래서 나는 그에 대한 맹목적인 신뢰와 당치 않은 불신 사이를 오락가락했다. 우리 둘이 진정한 친구가 된 것은 훨씬 후에, 오래 헤어져 있다가 다시 만났을 때였다.

2년 동안은 이러한 사건들과 만남 때문에 내 내성(內省)의 버릇이 중단되었지만 그 뿌리가 잘린 것은 아니었다. 사실 근본적으로는 아무 변화도 없었다. 어른들이 내게 맡겨 놓은 그 밀봉된 위임장, 나는 그것을 이미 염두에 두지 않았지만, 그것은 여전히 그대로 있었다. 그것은 나라는 인간을 사로잡았던 것이다. 아홉 살 때, 아무리 심한 장난을 할 때라도 나는 스스로를 감시했다. 그러다가 열 살이 되자 나 자신이 시야에서 사라져 버렸다. 나는 브렁과 함께 뛰어놀았고, 베르코나 니장과 함께 수다를 떨곤 했다. 그러나 그동안 내팽개쳐 두었던 나의 '사이비 사명'이 형체를 갖추고, 마침내 내 마음의 어둠 속에 주저앉아 버렸다. 나는 그것을 다시 보지 못했지만 그것은 나를 만들었고, 모든 것에 그 인력(引力)을 미쳤으며, 나무들과 벽들을 구부러뜨리고, 내 머리 위의 하늘까지도 둥글게 굽혀 놓았다. 나는 왕자를 자처했으며, 내 광기(狂氣)는 왕자가 되는 것이었다. 내 친구 중 한 정신분석가는 그것을 성격장애라고 했다. 그의 말이 옳다. 1914년 여름과 1916년 가을 사이에 내게 위임된 사명은 내 성격이 되었고, 내 정신착란은 머리를 떠나 골수로 스며들었던 것이다.

새로운 일이라곤 아무것도 일어나지 않았다. 나는 전에 하던 광대놀이와 예언을 고스란히 다시 시작했다. 단 한 가지 달라진 점이 있었다. 지식도 언어도 없이 맹목적으로 나는 일체를 '실현'했다. 전에는 내 삶을 여러 영상으로 머릿속에 그렸다. 내 죽음이 탄생을 유발하고, 내 탄생이 나를 죽음으로 내몰곤 했다. 그러나 내가 그 상호 작용을 보기를 단념하자 나 자신이 그 작용으로 변했다. 심장이 뛸 때마다 나는 태어나고 죽으면서 그 양극 사이에서 찢기도록 긴장하는 것이었다. 내 미래의 영원성이 나의 구체적 미래가 되었다. 그 영원성은 매 순간을 하찮은 것으로 만들었고, 가장 깊은 관심의 중심에 자리 잡았다. 그것은 더욱더 깊은 방심 상태였으며, 모든 충족을 공허한 것으로, 현실을 가벼운 비현실로 둔갑시켰다. 그것은 멀리서부터 내 입 안의 캐러멜 맛을 지우고, 내 가슴속의 슬픔과 기쁨을 지워 버렸다. 반대로 그것은 가장 헛된 순간을 건져 주었다. 그 순간이 가장 최근에 온 순간이어서 나를 그 영원성에 한 걸음이라도 더 가까이 데려다 주었다는 단 한 가지 이유 때문이었다. 그것은 나에게 살아가는 끈기를 주었다. 다시는 20년을 뛰어넘기를 바라지 않았으며, 또 다른 20년의 책장을 넘기기를 바라지도 않았다. 다시는 아득한 승리의 날을 상상하지도 않았다. 나는 기다렸다. 매 순간마다 나는 다음 순간을 기다렸다. 한 순간은 항상 뒤따르는 순간을 끌어당겼기 때문이다. 나는 자못 긴박한 상태에서 차분하게 살았다. 모든 것이 언제나 나 자신보다 앞서서 나를 빨아들였고, 아무것도 나를 붙들어 두지 못했다. 얼마나 개운한가! 전에는 나의 하루하루가 하도 서로 비슷해서, 내가 똑같은 날의 영원회귀(永遠回歸)를 겪을 운명이 아닐까 하는 의심이 들 때가 가끔 있었다. 사실인즉, 세월이 그다지 크게 변한 것은 아니다. 그것은 전과 다름없이 흐늘흐늘 밀려가는 나쁜 버릇을 그대로 지니고 있었다. 그러나 나 자신이 그런 시간 속에서 변한 것이다. 이제는 시간이 나의 부동(不動)의 유년 시대로 역류(逆流)하는 것이 아니고, 차례차례 쏜 화살 같은 나 자신이 시간을 뚫고 똑바로 과녁을 향해 날아가는 것이었다. 1948년에 우트레히트에 갔을 때 반 레네프 교수가 나에게 투영 검사법*을 보여 준 일이 있었다. 그때 한 슬라이드가 내 주의를 끌었다. 거기에는 질주하는 말, 걸어가는 사람, 한창 날고 있는 독수리, 뛰어오르는 모터보트 등이 그려져 있었다. 검사를 받는 사람은 가장 빠른 느낌을 주는 그림을 골라야 했다. 나는 모터보트라고 대답했다. 그러고는 그렇게도 강렬한 인상을 준 그 그림을 유심히 들여다보

* test projectif, 그림이나 반점 따위를 이용해서 성격을 검사하는 방법. 로르샤흐 검사법이 대표적인 것.

았다. 모터보트는 호수에서 공중으로 날아올라, 금방이라도 물결치는 호수 위를 활공할 듯했다. 그러자 내가 그 그림을 택한 이유를 불현듯 알 수 있었다. 열 살 때에 이미 나는 내 뱃머리가 현재를 가르고 헤쳐 나가 나를 현재로부터 이탈하게 하는 듯한 느낌을 받은 적이 있었던 것이다. 그때부터 나는 달렸고 아직도 달리고 있다. 내가 보기에는 속력이라는 것은 일정한 기간에 달린 거리에 의해서 측정된다기보다는 차라리 이탈하는 힘으로 나타나는 것이다.

20여 년 전의 어느 날 저녁, 자코메티*는 이탈리 광장**을 가로지르다가 자동차에 부딪쳐 쓰러졌다. 부상을 당하고 다리가 뒤틀린 그는 기절하는 것을 의식하면서 일종의 희열을 느꼈다. "드디어 내게도 무슨 일이 일어났구나!" 나는 그의 극단주의를 잘 알고 있다. 그는 최악의 경우를 기다렸던 것이다. 다른 어떤 삶도 바라지 않을 만큼 사랑하던 그 삶이 우연의 어처구니없는 폭력으로 인하여 뒤집히고 어쩌면 꺾일지도 모를 일이었다. 그는 생각했다. "그러니 나는 조각을 하기 위해 태어난 것도 아니고, 살기 위해 태어난 것조차 아니었군. 나는 그 무엇을 위해 태어난 것이 아니야." 그를 흥분시킨 것은 위협적인 인과관계가 별안간 밝혀진 일이었고, 재앙처럼 사물을 석화(石化)시키는 시선으로 거리의 불빛이며 사람들이며 흙탕 속

---

* Alberto Giacometti(1901~1966), 스위스의 유명한 조각가. 인간의 얼굴과 육체의 비밀스러운 본질을 표현하기 위한 괴로운 시도를 이어나갔다. 그를 높이 평가한 사르트르는 『상황』 4권에 수록된 글 등을 통해 그의 예술에 대하여 여러 번 언급했다.

** 파리 시내에 있는 광장 이름.

에 나자빠진 자신의 몸뚱이를 응시하는 일이었다. 조각가에게 광물계(鑛物界)란 결코 멀리 있지 않다. 나는 이렇듯 무엇이든 맞아들이려는 그 의지에 탄복했다. 놀라운 일들을 좋아하려면 그 정도까지 철저해야만 한다. 예술 애호가들에게, 대지는 그들을 위하여 만들어진 것이 아님을 드러내 보여 주는 그런 희귀한 벼락까지 좋아해야 한단 말이다.

열 살 때, 나는 오직 놀라움만을 사랑한다고 자처했다. 내 삶의 고리 하나하나가 뜻밖의 것이어야 하며, 갓 칠한 페인트 냄새를 물씬 풍겨야만 했다. 나는 불의의 사태나 재난에 미리 동의했으며, 정확히 말하자면 그런 일을 웃는 낯으로 대했다. 어느 날 밤 전등이 꺼졌다. 고장이었다. 다른 방에서 나를 부르는 소리가 들렸다. 나는 두 팔을 쭉 펴고 더듬어 갔다. 그러다가 어찌나 세게 문짝을 받았는지 이가 하나 부러졌다. 아프기는 했지만 그것이 재미있었다. 나는 웃었다. 후일 자코메티가 뒤틀린 제 다리를 보고 웃은 것과 마찬가지였지만, 내 경우는 정반대의 이유 때문이었다. 나는 내 생애가 행복하게 끝나리라고 미리 단정하고 있었기 때문에, 뜻밖의 일이란 기껏해야 하나의 덫에 불과하며, 새로운 일이란 것도 외관에 지나지 않았다. 세상 사람들의 요구가 나를 이 세상에 탄생케 함으로써 모든 것을 작정해 놓았으니 말이다. 나는 이것이 후일 깨닫게 될 하나의 징조이며 어렴풋한 경고라고 생각했다. 다시 말하면, 나는 어떠한 사태에도, 또 어떤 대가를 치르고라도 종말의 질서를 간직해 나갔다. 나는 나의 죽음을 통하여 내 삶을 바라보았다. 내가 보는 것은 무엇 하나 더는 나올 수도 들어갈 수도 없는 꽉 닫힌 기억뿐이었다. 여러분은 내 안정감을 상상할 수나 있을까? 위험이란 존재하지 않았다. 내가 겪는 위험은 오직 하늘이 내려 준 가짜 위험뿐이었다. 신문을 보면 여러 가지 힘들이 여기저기 거리를 휩쓸고 다니면서 하찮은 사람들을 마구 후려치는 듯했다. 그러나 이미 운명이 정해진 나는 그런 힘에 부딪치지 않을 것이다. 혹시 한 팔을, 한 다리를, 두 눈을 잃을지도 모른다. 그러나 모든 것은 경우에 따라 그 뜻이 다르다. 내 불행은 시련에 불과하며, 작품을 만들기 위한 수단에 불과하리라. 나는 슬픔과 질병을 참아 내는 것도 배웠다. 나는 그런 것이 영광에 싸일 내 죽음의 시작이며, 이를테면 나를 그 죽음까지 끌어올리기 위하여 마련된 계단이라고 생각했다. 다소 잔인한 그런 배려를 받는 것이 싫지 않았고, 그것에 마땅한 사람답게 보이려고 애썼다. 나는 최악이 최선의 조건이라 여겼고 내 잘못조차 유익하다고 생각했는데, 그것은 결국 어떤 잘못도 저지르지 않았다는 말이다. 열 살 때 나는 자신만만했다. 겸손하지만 고집 센 아이였던 나는 내 실패가 사후(死後) 승리의 조건이라고 생각했다. 장님이 되건 앉은뱅이가 되건, 내 잘못 때문에 길을 잃건 간에, 전투에 지고 또 짐으로써 도리어 전쟁에 이기리라. 나는 선택된 사람들을 위해서만 마련된 시련과 내가 스스로 책임져야 할 실수를 구별하지 않았다. 다시 말하면 내 죄악을 결국은 불운이라고 생각했고, 반대로 불행을 실수로 치부했다. 실제로 홍역이건 코감기이건 간에 병에 걸리기만 하면 나는 자신의 잘못이라고 탓했다. 조심하지 않았다느니, 외투를 입고 목도리를 두르는 것을 잊었다느니 하면서. 나는 항상 세상을 탓하기보다는 자신을 질책하기를 좋아했다. 마음이 착해서 그런 것이 아니라 자신의 모든 것은 오직 자신에게서 비롯된다고 생각했기 때문이다. 그러나 이렇게 건방지면서도 겸허한 마음이 전혀 없었던 것은 아니다. 나의 실수가 어김없이 선(善)에 이르는 지름길이니만큼 나는 더욱더 기꺼이 내가 실수하기 쉬운 인간이라고 생각했다. 나는, 설사 내 의사에 반할 망정, 항상 새로운 진보를 강요하는 불가항력적인 인력(引力)을 내 삶의 움직임에서 느낄 수 있도록 채비했다.

아이들은 누구나 자기가 진보한다는 것을 알고 있다. 더구나 어른들은 애들이 그것을 모르도록 내버려 두지도 않는다. "진보해야 한다, 진보하고 있다, 상당한 규칙적인 진보를 했다……"는 따위의 말들을 한다. 어른들은 우리에게 프랑스 역사를 이야기해 주었다. 그 불안정한 제1공화국 다음에는 제2공화국이 있었고, 뒤이어 훌륭한 제3공화국이 생겼다는 것이다. 두 번 있었던 일은 세 번 있게 된다*는 말이다. 당시 부르주아의 낙관주의는 다음과 같은 급진당의 정강에 요약되어 있었다. 즉, 부(富)의 끊임없는 증가, 교육과 소지주(小地主)의 증가에 의한 빈곤의 해소. 우리들 어린 신사들에게도 그런 낙관주의가 스며들게 했고, 우리는 우리들 개개인의 진보가 결국은 국민 전체의 진보를 가져온다는 것을 알고는 흐뭇해했다. 그렇지만 자기 아버지보다 더 나은 사람이 되려는 아이들은 적었다. 대부분의 아이들은 어서 어른이 되기만을 기다렸다. 그 후로는 더 이상 자라거나 발전할 필요가 없을 것이었다. 그들 주위의 세상이 저절로 더 낫고 더 편안한 세상으로 변할 것이기 때문이다. 우리들 중 어떤 아이들은 그러한 때를 초조하게 기

---

* "Jamais deux sans trois." (프랑스 속담.)

다리는가 하면, 다른 아이들은 두려워하면서 또는 후회하면서 그때를 기다렸다. 나로 말하면, 천직을 알기 전까지는 무관심하게 자랐다. 토가* 따위는 안중에도 없었다. 할아버지는 내 키가 작은 것을 보고 한탄했다. 할머니는 "그 애야 사르트르 집안의 키밖에는 안 되겠지." 하며 할아버지의 비위를 건드리곤 했다. 할아버지는 못 들은 척하고는, 내 앞에 우뚝 서서 나를 훑어보더니 마침내 "녀석, 많이 자랐군!" 하고 말했지만, 별로 자신 있는 어조는 아니었다. 나는 할아버지의 불안에도 기대에도 공감할 수 없었다. 잡초도 자라긴 하니까 말이다. 그러니 사람도 여전히 악한 채로 자랄 수 있는 것이다. 당시 나의 관심은 영구히 선하게 되는 일이었다. 그런데 내 삶에 속도가 붙자 모든 것이 달라졌다. 좋은 일을 하는 것만으로는 충분치 않고, 시시각각 더 잘해야만 했기 때문이다. 내게는 기어오른다는 단하나의 율법이 있을 뿐이었다. 나의 자부심을 키우면서도 그 엉뚱함을 은폐하기 위해서 나는 평범한 경험에 의지했다. 어린 시절의 고르지 못한 진보 속에서 내 운명의 첫 징조를 보려던 것이다. 진짜이긴 하지만 자질구레하고 매우 흔한 이런 진보를 통해서 나는 향상하고 있다는 착각을 갖게 되었다. 남들 앞에서는 나는 내 계급과 내 세대의 신화를 따르는 척했다. 기득권을 이용하고, 경험을 자본으로 삼으며, 모든 과거로 현재를 풍요롭게 한다는 신화 말이다. 그러나 혼자 있을 때는, 그런 것에 만족한다니 어림도 없었다. 나는 외부로부터 부여되는 존재를 그대로 받아들일 수 없었다. 또한 그 존재가 타성적으로 보존

---

* toga praetexta, 자줏빛 테두리를 두른 긴 옷으로 고대 로마에서 귀족 청년이나 법관 등이 입었다. 여기서는 교수나 법관의 정복.

되는 것도, 현재의 마음의 움직임이 과거의 움직임의 결과라는 것도 인정할 수 없었다. 미래의 기다림에서 탄생한 나는 눈부시게 온몸으로 비약했고, 순간순간이 나의 탄생이라는 예식의 반복이었다. 나는 내 마음의 작용을 톡톡 튀는 불꽃처럼 느끼고 싶었다. 어째서 과거가 나를 풍요하게 해 주었단 말인가? 과거가 나를 만들어 준 것이 아니다. 그러기는커녕 바로 나 자신이 나의 잿더미에서 소생하면서 부단히 다시 시작되는 창조를 통해서 나의 기억을 무(無)로부터 건져 낸 것이다. 나는 더욱 훌륭한 존재로 다시 태어났고, 내 영혼에 사장(死藏)된 비축물들을 더욱 잘 활용했다. 그것은 죽음이 그때마다 더욱 가까이 다가와서 그 어두운 빛으로 더욱 강렬히 나를 밝혀 주었다는 단순한 이유 때문이었다. 흔히들 과거가 우리를 앞으로 밀어 준다고 말했지만, 나는 미래가 나를 이끌어 간다고 확신했다. 나는 내 속에서 힘이 서서히 작용하고 내 소질이 완만하게 발휘하는 것을 느끼기 싫었다. 나는 내 영혼에 부르주아들의 끊임 없는 진보를 가득 쓸어 넣고, 그것으로 폭발 장치를 만들었다. 나는 과거를 현재 앞에, 현재를 미래 앞에 무릎 꿇게 하였다. 그리하여 나는 조용한 진화 과정을 혁명적이며 불연속적인 돌발 사태로 바꾸어 놓았다. 몇 해 전 누가 나에게, 나의 희곡이나 소설의 등장인물들이 그들의 결단을 갑작스럽게, 그리고 발작적으로 내린다는 점을 지적했다. 가령 『파리 떼』의 주인공 오레스테스가 순식간에 변신하고 말았다는 것을 예로 들었다. 사실이 그렇다. 그것은 내가 그 등장인물들을 나와 닮게 만들었기 때문이다. 필경 현실적인 나의 모습이 아니라 내가 되고 싶었던 모습을 따른 것이겠지만.

나는 배반자가 되었다. 그리고 그 후에도 여전히 그래 왔다. 어떤 계획에 전심전력을 기울여 본들, 또 어떤 작업이나 분노나 우정에 송두리째 빠져 본들 다 쓸 데 없는 일이다. 한순간 후에는 나는 스스로를 부인한다. 나는 그것을 알고 있고, 그러고 싶은 것이다. 나는 무슨 정열에 한창 쏠려 있는 중에도, 장차 배반하리라는 즐거운 예감을 느끼면서 벌써 자신을 배반한다. 대체로 나는 남들처럼 언약을 지키기는 한다. 감정이나 행동은 한결같지만 정서에는 불충실하다. 건물이나 그림이나 또는 풍경 중에서 마지막으로 본 것이 예외 없이 가장 아름답다고 느낀 때가 있었다. 내 친구들에게는 소중한 것으로 남아 있을 수 있는 어떤 공통의 추억을 냉소적으로, 혹은 대수롭지 않다는 듯이 환기시킴으로써 그들의 불만을 사기도 했다. 나는 이미 그런 것과는 거리가 멀다는 것을 스스로 다짐하기 위해서였다. 자신을 별로 사랑할 수 없었기 때문에 나는 앞을 향해서 달아났다. 그 결과 더욱 자신을 사랑할 수 없게 된다. 이 끔찍한 전진은 내가 어쭙잖다는 것을 끊임없이 깨닫게 해 주었다. 어제 내가 잘못 행동한 것은 그것이 어제였기 때문이다. 오늘은 또 오늘대로 내일 내가 나 자신에게 가할 준엄한 판결을 예감한다. 특히 과거와 현재의 혼동은 있을 수 없다. 나는 내 과거를 경원하니까. 청년기, 중년기는 물론 막 흘러간 지난해조차도 내게는 항상 '앙시앵 레짐*'이다. 신제도는 현재 이 순간에 다가올 것이기 때문이다. 그러나 그것은 결코 자리 잡지 못한다. 그런 희망은 결코 이루어지지 않는다. 나는 특히 나의 유년기를 지워 버렸다.

---

* Ancien régime, 구제도.

그래서 이 책을 쓰기 시작했을 때 나는 그 지워진 유년기의 흔적을 해독(解讀)하는 데에 무척 시간이 걸렸다. 내가 서른 살이 되었을 때 친구들은 야릇하다는 듯이 말했다. "자네는 마치 부모도 없고 어린 시절도 없었던 사람 같군." 나는 어리석게도 그런 말을 듣고는 으쓱해졌다. 그렇지만 나는 어떤 사람들, 특히 여성들이 그들의 취미나 욕망이나 예전의 계획이나 사라진 축제 따위에 대해서 겸허하고도 끈질긴 애착을 느끼는 것을 보고 좋아하며, 그들을 존경하기도 한다. 그들은 변화무쌍한 세상 한가운데서도 달라지지 않으려 하고, 기억을 간직하려 하고, 처음 안았던 인형과 젖니와 첫사랑을 무덤까지 지니고 가려고 하는데, 나는 그 의지를 대견스럽게 생각한다. 나는 젊은 시절에 욕망을 느꼈다는 단 한 가지 이유만으로, 노파가 된 여인과 만년에 잠자리를 함께한 사람들을 본 적이 있다. 또 어떤 사람들은 죽은 이들에게 원한을 그대로 품고 있었고, 20년 전에 저지른 사소한 잘못을 스스로 인정하기보다는 차라리 한바탕 싸우겠다는 사람들도 있었다. 나는 반대로 원한을 품지 않고, 모든 것을 선뜻 털어놓는다. 자기 비판으로 말하자면, 누가 내게 그것을 강요하려 들지 않는 한, 나는 타고난 소질을 가지고 있다. 1936년과 1945년에 내 이름을 가진 인물이 심하게 들볶인 일이 있다. 하지만 그것이 나와 무슨 상관 있단 말인가? 나는 그때 당한 모욕을 그의 책임으로 치부해 둘 따름이다. 그 못난 녀석은 남의 공경을 받을 줄조차 몰랐으니까. 옛 친구가 나와 만난다. 그는 섭섭했다는 말을 쏟아 낸다. 17년 전부터 원망해 왔던 것이다. 어떠어떠한 경우에 내가 그를 업신여겼다는 이야기다. 나로서는, 그 당시 자기방어를 위해서 반

격을 했고 그의 신경과민과 피해망상을 나무랐다는 것, 요컨
대 그 일에 대해서는 나 나름대로의 해석이 있었다는 것을 막
연히 기억할 따름이다. 하지만 바로 그런 이유 때문에 나는 더
욱더 그의 해석을 따르려고 한다. 나는 그에게 맞장구를 치고
나 자신을 혹독히 꾸짖는다. 나는 허영심 많은 이기주의자처
럼 행동했고 인정머리 없는 사람이었다고 자책하면서. 그것은
즐거운 자학이다. 나는 내가 명철한 사람이라는 느낌에 스스
로 취한다. 내 잘못을 이렇듯 기꺼이 인정한다는 것은 내가 앞
으로는 그런 잘못을 저지를 수 없으리라는 것을 스스로 증명
해 보이는 일이다. 그러나 남이 그것을 믿어 줄 것인가? 나의
성실함과 나의 도량 넓은 고백은 오로지 나에게 불평을 품은
자의 비위를 거스를 뿐이다. 그는 내 속셈을 꿰뚫어 보고 내가
그를 이용하고 있다는 것을 안다. 그가 원망하는 것은 나, 살
아 있는 나, 과거와 현재의 나, 그가 늘 알던 것과 똑같은 나다.
그런데 나는 내가 '방금 태어난 아이'라고 스스로 느끼는 기
쁨을 위하여 그에게 생명 없는 허물을 벗어 준 것이다. 그러다
가 마침내 시체를 파헤치려는 그 성난 자에게 나 역시 성을 내
기에 이른다. 이와 반대로, 내가 어떤 경우에 상냥하게 굴었다
는 것을 혹시 상기시켜 주는 사람이 있을 때면, 나는 손을 저
어 그런 추억을 싹 쓸어 버린다. 그러면 남들은 내가 매우 겸
손한 줄 알지만 사실은 정반대다. 오늘 같으면 더 잘할 것이고,
내일이면 더욱더 잘하리라고 생각하고 한 짓이다. 나이가 지긋
한 작가들은 누가 그들의 처녀작을 극구 칭찬해 주는 것을 좋
아하지 않는다. 그렇지만 그런 칭찬을 가장 싫어하는 것은 누
구보다도 나라고 확신한다. 나의 가장 훌륭한 작품은 내가 지

금 쓰고 있는 작품이다. 그리고 그 다음으로는 가장 최근에 발표한 작품이지만, 나는 은근히 그것을 곧 싫어할 채비를 한다. 만일 비평가들이 지금 그것을 악평한다면 아마도 기분이 상할 것이다. 그러나 6개월 후에는 나도 그들과 비슷한 견해를 갖게 될 것이다. 다만 한 가지 조건이 있다. 그들이 아무리 그 작품을 빈약하고 하찮은 것으로 판단한다 하더라도 그 작품 이전에 쓴 모든 작품보다는 높이 평가해 달라는 것이다. 사람들이 시간적 순서만 존중해 준다면 내 작품을 송두리째 낮게 평가해도 이의가 없다. 오직 그 순서만이 내일은 더 잘하고 모레는 그보다도 더욱더 잘할 것이며 마침내 걸작에 도달할 수 있는 가능성을 유지해 주기 때문이다.

물론 나는 제 꾀에 속아 넘어갈 위인은 아니다. 우리는 자기 자신을 반복할 따름이라는 것은 나도 잘 안다. 그리고 비교적 최근에 터득한 그런 인식이 지난날의 확신을 잠식한 것은 사실이지만, 그 확신을 완전히 쓸어 내지는 못했다. 내 생애에는 나를 조금도 봐주지 않는 까다로운 몇몇 증인들이 있다. 그들은 내가 전철을 밟는 현장을 자주 목격한다. 그러고는 나에게 그 점을 지적한다. 나도 그들의 말이 옳다고 느끼고 마지막 순간에 이르러 다행으로 생각한다. 어제까지는 맹목적이었지만 오늘은 더 이상 진보하지 않는다는 것을 깨달았다는 점에서 진보했으니 말이다. 때로는 나 자신이 나에게 불리한 증인이 된다. 가령, 지금 소용이 될 만한 글을 2년 전에 한 장 썼던 일이 문득 생각난다. 그러면 그 원고를 찾아보지만 나타나지 않는다. 전화위복이다. 나는 자칫 나태한 생각에 빠져서 새 작품 속에 낡아 빠진 글을 끼워 넣을 뻔했으니까 말이다. 지금은 한결 더 잘 쓰게 되었으니, 새로 쓰기로 한다. 그런데 작업을 끝냈을 때, 간 곳 없던 그 옛 원고가 우연히 나타난다. 기가 막힌 일이다. 구두점 몇 개를 제외하고는 똑같은 생각이 똑같은 말로 적혀 있으니 말이다. 나는 망설이다가, 쓸모없게 된 그 묵은 원고를 휴지통에 던져 버리고 새로 쓴 것을 간직한다. 그것은 어쩐지 전의 것보다는 나아 보인다. 요컨대 내 멋대로 속 편하게 생각하는 것이다. 철이 들었고, 게다가 늙어서 기력이 없는데도, 여전히 젊은 등산가의 도취를 맛보기 위하여 자신을 속여 넘기려는 것이다.

열 살 때는 나는 아직 그러한 나의 괴벽과 반복을 몰랐고, 머리를 스치는 의심의 그림자도 없었다. 깡충깡충 뛰어다니고 종알거리고 거리의 광경에 홀렸던 나는 끊임없이 탈피(脫皮)를 했고, 나의 낡은 껍질이 하나하나 떨어져 쌓이는 소리가 귀에 들리는 듯했다. 수플로 가를 걸어 올라가면, 한 발짝 내디딜 때마다 휘황찬란한 쇼윈도가 뒤로 사라져 가는데, 나는 그럴 때면 내 생명의 움직임과 그 법칙을, 그리고 모든 것에 거역하겠다는 나의 멋진 사명을 느끼는 것이었다. 나는 항상 나자신을 철저하게 의식하며 다녔다. 가령 할머니가 식기 세트를 새것으로 바꾸고 싶어 한 일이 있었다. 나는 할머니를 따라 도자기 상점으로 간다. 할머니는 뚜껑에 붉은 사과 모양의 꼭지가 달린 수프 그릇과 꽃무늬 접시를 가리킨다. 그것은 할머니 마음에 꼭 드는 물건은 아니다. 접시에는 물론 꽃이 있다. 그러나 줄기를 기어오르는 갈색 곤충들도 그려져 있으니까 말이다. 이번에는 상점 여주인이 신이 나서 지껄인다. 손님이 어떤 것을 원하는지 잘 알고 있고, 전에는 그 물건이 있었지만 3

년 전부터 만들지 않는다는 것이다. 이 무늬는 새로 나온 것이고 값도 더 싸다, 게다가 곤충이 있건 없건 꽃은 여전히 꽃임에는 틀림없고, 정말이지 애써 그 곤충을 눈여겨보려는 사람이 어디 있겠느냐는 말이었다. 그러나 할머니의 생각은 그렇지가 않았다. 할머니는 재고품을 한 번 훑어볼 수 없겠느냐고 우긴다. "아, 재고품 말씀이죠, 물론 보실 수 있죠. 그런데 시간이 걸리고, 지금 가게에는 저 혼자뿐입니다. 점원이 나가 버렸답니다." 그동안 할머니는 물건에 손가락 하나 대지 말라고 이르고는 나를 가게 한 모퉁이에 남겨 두었다. 나는 사람들에게 잊힌 채, 나를 둘러싼 그 부서지기 쉬운 물건들, 그 먼지 덮인 반짝거리는 그릇들, 파스칼의 데스마스크, 팔리에르 대통령*의 머리 모양으로 만든 요강에 둘러싸여 얼떨떨했다. 그런데 나는 겉보기에는 조연자 같지만, 사실은 진짜 주연이다. 이렇듯, 어떤 작가들은 단역들을 무대 전면에 올려놓고, 주인공은 그 옆모습을 잠깐 비스듬히 내비치게 하는 법이다. 하지만 독자는 그런 수법에 속아 넘어가지 않는다. 그는 소설이 해피엔드로 끝나는지 알기 위해서 마지막 장(章)을 들춰 본 것이다. 그래서 벽난로에 기댄 창백한 젊은이의 배 속에 사실은 350쪽의 사연이 들어 있음을 알고 있는 터이다. 350쪽의 사랑과 모험의 사연 말이다. 그런데 나는 적어도 500쪽은 간직하고 있었다. 나는 해피엔드로 끝날 긴 이야기의 주인공이었다. 그러나 그 이야기를 스스로 되뇌는 것은 이미 그만두고 말았다. 그게 무슨 소용이 있겠는가? 나는 나 자신이 소설적인 인물이라는 것을

---

* Armand Fallières, 프랑스의 대통령.(1906~1913)

느끼고 있었다. 그뿐이었다. 시간은 난처한 표정의 두 노파를, 그리고 도자기의 꽃들과 가게 전체를 뒤로 끌어당겼다. 그녀들의 검은 스커트는 희미해지고, 그 목소리도 엷어져 갔다. 나는 할머니가 가엾어졌다. 소설의 2부에 가서는 틀림없이 자취를 감추게 될 테니 말이다. 나로 말하면, 나는 이미 늙은 꼬마로 뭉쳐 버린 시작이며 중간이며 결말이었다. 여기서는 제 키보다 더 높은 접시 더미 사이에 가려 그늘 속에서, 그리고 밖에서는 아득히 먼 영광이라는 죽음의 태양 아래서 이미 죽은 그런 꼬마였다. 나는 궤도의 출발점에 있는 한 미립자이며, 또한 방파제에 부딪쳐 역류하는 물결이었다. 나는 뭉치고 압축된 존재, 한 손으로는 무덤을 만지고 다른 한 손으로는 요람을 만지고 있는 그런 존재였다. 나는 어둠이 삼켜 버린 번갯불인 양 내 존재도 짤막하고 찬란하리라고 생각했다.

그러면서도 한편으로는 권태가 나를 떠나지 않았다. 때로는 은근하고 때로는 역겨운 그 권태를 감당할 수 없어서 나는 가장 숙명적인 유혹에 굴복하곤 했다. 조급한 나머지 오르페우스는 에우리디케를 잃어버렸다. 조급한 나머지 나는 나 자신을 잃는 일이 많았다. 심심해서 어쩔 줄을 모르다가 나의 광기로 되돌아가곤 한 것이다. 그런 광기를 모르는 체하고 깊이 숨겨 두고는, 외부의 사물에만 관심을 쏟아야 했는데도 말이다. 그래서 나 자신을 당장에 '실현'하고 싶었고, 생각을 하지 않아도 끈덕지게 내 의식을 사로잡고 있는 그 전체성(全體性)을 한눈에 포착하고 싶었다. 그러나 이 일을 어쩌랴! 진보니, 낙천주의니, 즐거운 배반이니, 남모를 종국적 목적이니 하는 그 모든 것, 내가 피카르 부인의 예언에 스스로 덧보탰던 그 모든 것이 와

르르 무너졌다. 그 예언은 여전히 남아 있었지만, 내가 그것으로 무엇을 할 수 있단 말인가? 모든 순간을 건지려는 욕심 때문에, 그 내용 없는 신탁(神託)은 어느 한순간이나마 건져 올려 주기를 거절했다. 미래는 단번에 메말라 한갓 해골에 지나지 않게 되고, 나는 다시금 내 존재의 어려움을 발견했으며, 실은 그 어려움이 한 번도 나를 떠난 적이 없었다는 것을 깨닫게 되었다.

언제인지 확실치 않은 추억이 하나 있다. 나는 뤽상부르 공원의 벤치에 앉았다. 너무 뛰어 온몸이 땀에 흠뻑 젖었기 때문에 어머니가 곁에 와서 쉬라고 한 것이다. 적어도 그런 것이 사실적인 인과관계다. 그러나 나는 하도 권태로워서 감히 그 인과관계를 뒤집으려고 해 본다. 나를 곁으로 불러들일 기회를 어머니에게 주기 위해서는 땀에 흠뻑 젖을 필요가 있었기 때문에 뛰었다는 식으로 말이다. 모든 것이 그 벤치로 낙착되었다. 모든 것이 거기로 낙착되어야만 했다. 그렇다면 그 벤치의 역할은 무엇인가? 나는 그것을 모르고, 우선은 그런 것에 개의치 않는다. 나를 스치는 온갖 인상 중에서 단 하나라도 상실되지 않으리라. 거기에는 목적이 있다. 나는 장차 그 목적을 알게 될 것이며, 내 조카들도 알 것이다. 나는 땅에 닿지 않는 짧은 다리를 흔들거린다. 꾸러미 하나를 든 남자와 곱사등이 여자가 지나가는 것이 눈에 띈다. 그런 모습도 후에 소용이 있을 것이다. 나는 황홀한 기분에 젖어서 되뇐다. "내가 여기 앉아 있다는 것은 매우 중요한 일이다." 나는 더욱 따분해진다. 나는 더 이상 참지 못하고 내 안으로 감히 시선을 던진다. 무슨 유별난 계시를 바라는 것은 아니다. 다만 이 순간의 뜻을 알아

내고 싶었고, 이 순간이 긴급하다는 것을 느끼고 싶었으며, 뮈세나 위고가 지녔으리라고 생각되는 그 신비로운 삶의 예감을 나 역시 약간이라도 누리고 싶었던 것이다. 그러나 내게 보이는 것은 물론 안개뿐이다. 내 존재가 필요하다는 추상적 상정과 내 존재에 대한 원초적 직관이 서로 다투지도 않고 혼합되지도 않은 채 나란히 공존하고 있다. 나는 오직 나 자신에게서 도피하고 나를 휘몰아 가는 은연한 속력에 다시 몸을 맡길 생각밖에 하지 않는다. 그러나 헛된 일이다. 마술은 깨진 것이다. 나는 오금이 저려서 몸을 비튼다. 다행히도 때마침 하늘이 새로운 사명을 내게 안겨 준다. 다시 뛰기 시작하는 것이 아주 중요한 일이라고 느낀 것이다. 나는 벤치에서 펄쩍 뛰어내려 전속력으로 달린다. 나는 오솔길 끝에 이르러 뒤돌아본다. 그러나 그동안 아무것도 꼼짝달싹 안 했고, 아무 일도 일어나지 않았다. 나는 실망감을 스스로 감추기 위해서 이렇게 지껄인다. 1945년경에 오리악에 있는 가구 딸린 셋방에서 돌이켜볼 때, 이 뜀박질이 헤아릴 수 없이 중대한 결과를 빚어낼 것이라고. 나는 사뭇 흥분하고 가슴이 벅차오른다. 나는 성령(聖靈)의 도움을 억지로라도 얻어 내기 위해서 갑작스레 성령을 믿는 척한다. 그리고 그가 나에게 준 행운을 누리기에 마땅한 사람이 되겠다고 열광적으로 맹세한다. 그 모든 것이 얄팍하고 신경질적인 수작인데, 나 자신도 그것을 안다. 그러자 벌써 어머니가 내게로 달려든다. 내 몸은 털 스웨터와 목도리와 반코트에 둘둘 말려서 꾸러미처럼 되어 버린다. 다시 수플로 가*로 돌아가서 문지기 트리공 씨의

---

* 당시 사르트르는 뤽상부르 공원에서 매우 가까운 이 거리에 살았다.

콧수염과 마주치고 콜록거리는 유압식 승강기를 타야 한다. 결국 이 비운의 꼬마 야심가는 다시 서재로 들어간다. 이 의자 저 의자로 돌아다니며, 책장을 들추다가 내던지곤 한다. 나는 창가로 다가간다. 커튼 밑에서 파리 한 마리를 발견한다. 그놈을 모슬린 천의 덫으로 몰아넣고 내 잔인한 집게손가락을 그쪽으로 가져간다. 이 순간만은 프로그램에 없는 것으로, 일상의 시간에서 벗어난 순간이다. 그것은 파격적이고 비길 데 없으며 움직이지 않는 순간이다. 그 순간으로부터는 오늘 밤에도 또 훗날에도 아무것도 생겨나지 않을 것이다. 오리악은 이 수상쩍은 영원의 순간을 결코 모르리라. 인류는 졸고 있다. 그리고 고명한 작가는 어떤가? 그는 파리 한 마리도 해치지 못할 성자이며, 방금 외출중이다. 오직, 미래 없는 정체된 이 순간에 홀로 있는 한 아이가 살육에서 어떤 아찔한 느낌을 맛보기를 바라고 있는 것이다. 나에게는 인간으로서의 운명이 거부된 이상, 파리의 운명이 되련다. 나는 서두르지 않는다. 파리에게, 자기를 덮치러 오는 거인의 존재를 눈치 챌 만한 여유를 준다. 나는 손가락을 갖다 댄다. 파리가 터진다. 이런 낭패가 있나! 아서라, 파리를 죽여서는 안 될 일이었다! 삼라만상 중 파리만이 유일하게 나를 두려워했었다. 이제 나는 아무도 거들떠보지 않은 놈이 되었다. 곤충을 죽인 놈으로서 나는 이번에는 피해자의 입장에 서고 스스로 곤충이 된다. 나는 파리다. 나는 항상 파리였다. 이번만큼은 밑바닥까지 떨어진 것이다. 이제 할 일이라곤, 책상에서 『코르코랑 대장의 모험』*을 집어들고 양

---

* 쥘 베른의 소설.

탄자 위에 나자빠져서, 벌써 골백번이나 읽은 그 책을 닥치는 대로 펼치는 것뿐이다. 너무 지치고 슬픈 나는 감각이 있는지 없는지도 모를 지경이 되어, 첫 줄부터 나 자신의 존재를 잊고 만다. 코르코랑 대장은 지금 인적 없는 서재에서 사냥을 하고 있다. 겨드랑이에 소총을 낀 그를 암호랑이가 뒤따른다. 밀림의 덤불들이 그들 주위에 황급히 늘어선다. 나는 멀리에 나무들을 심어 놓는다. 원숭이들이 가지에서 가지로 뛰어다닌다. 별안간 암호랑이 루이종이 으르렁거린다. 코르코랑은 딱 멈춰선다. 적이 나타난 것이다. 이 순간이야말로, 나의 영광이 옛집으로 되돌아오기 위하여, 온 인류가 후닥닥 깨어나서 나에게 구원을 호소하기 위하여, 그리고 성령이 내 귀에 대고 이런 엄청난 말을 속삭이기 위하여 택한 가슴 벅찬 순간이다. "만약 네가 전에 나를 발견한 일이 없었던들 너는 나를 찾지 않으리라." 그러나 이런 교언(巧言)도 허사에 지나지 않을 것이다. 용맹한 코르코랑을 제외하고는 그 말을 들어 줄 사람이 여기에 아무도 없기 때문이다. 그러나 마치 그 선언만을 기다렸다는 듯이 '고명한 작가'가 돌아온다. 종손(從孫)이 금발 머리를 숙이고 내 생애의 이야기를 들여다본다. 눈물이 그의 눈을 적신다. 미래가 일어선다. 무한한 사랑이 나를 감싸고 내 가슴속에서는 불빛이 빙글빙글 돈다. 그러나 나는 꼼짝달싹 안 하고, 그런 잔치를 거들떠보지도 않는다. 나는 아주 얌전하게 책 읽기를 계속한다. 마침내 불빛이 꺼지고 만다. 나는 한 리듬을, 견딜 수 없는 한 충동을 빼놓고는 아무것도 느끼지 않는다. 나는 출발한다. 나는 출발했다. 나는 전진한다. 엔진이 으르렁거린다. 나는 달리는 내 영혼의 속도를 느낀다.

이상의 이야기가 내 인생의 시작이다. 나는 줄곧 달아났다. 외부의 힘이 내 도주의 형태를 결정하고 나를 만들었다. 시효 지난 문화의 개념에는 종교가 드러나 보였고, 그것이 모형(模型)의 구실을 했다. 종교란 어린애다운 것이어서 그것보다 더 어린애에게 가까운 것은 없다. 사람들은 나에게 성서며 복음 서며 교리문답을 가르쳤지만 신앙을 갖는 방법을 일러 주지는 않았다. 그 결과 무질서가 태어나고 그것이 나의 독특한 질서가 되었다. 습곡(褶曲)이 생기고 중대한 전위(轉位)가 일어났다. 가톨릭교에서 따온 성스러움이 '문예' 속에 자리 잡고, 내가 될 수 없었던 기독교도를 대신하여 문필가가 나타났다. 그의 유일한 관심은 구원이었고, 그가 이승에 머무는 목적은 오직 훌륭히 감당해 낸 갖가지 시련 덕분에 사후의 지복(至福)을 누리기에 마땅한 사람이 되는 것뿐이었다. 죽음은 일종의 통과의례로 환원되고, 지상에서의 불멸은 영생(永生)의 대용물이 되었다. 인류가 나의 불멸을 보장해 주리라는 확신을 갖기 위해서, 나는 인류가 끝없이 존속하리라고 생각하기로 했다. 인류 속으로 내가 꺼져 없어진다는 것, 그것이 곧 탄생하고 또 무한한 존재가 되는 길이었다. 그러나 만약 누가 내 앞에서, 설사 5만 년 후일망정 어느날 천재지변으로 지구가 괴멸될지도 모른다는 가정을 발설했다면, 나는 등골이 오싹해졌을 것이다. 헛된 꿈에서 깨어난 오늘날에도, 태양이 싸늘하게 식는 경우를 생각하면 두려움을 느끼지 않을 수 없다. 내 동족(同族)들이 내 장사를 치른 다음 날 나를 잊어버려도 상관없다. 그들이 이 세상에 사는 한 나는 그들에게 붙어다니리라. 붙잡을 수 없고 이름 없는 존재로서 그들 한 사람 한 사람 속에 현존하리

라. 마치 수십 억의 사자(死者)들이 내 안에 현존하듯이 말이다. 나는 그들이 누구인지도 모르면서 그들을 절멸(絶滅)에서 지켜 주고 있다. 그러나 만약 인류가 지상에서 사라지는 일이 생긴다면 그 사자들은 정말 죽고 말 것이다.

이런 신화는 매우 단순한 것이어서 나는 쉽사리 그것을 소화했다. 프로테스탄트이자 가톨릭이라는 내 종파상의 이중성은 나로 하여금 성자니 성모니 또 종국에는 신조차도 액면 그대로 믿지 않아도 좋게 만들어 주었다. 그러나 한 거대한 집단적 힘이 이미 내 속으로 뚫고 들어와 있었다. 그 힘은 내 가슴속에 자리 잡고, 기회를 노렸다. 그것은 '타자에 대한 신앙'이었다. 신앙의 일반적인 대상에 이름을 바꾸어 달고 그 껍데기를 새로 꾸미는 것으로 족했다. 그러자 신앙은 내 눈을 속이던 위장을 뚫어 그 대상물을 알아보고 덮쳐 누르며 발톱으로 꽉 움켜잡았다. 내 딴에는 문학에 몸을 바친다고 생각했는데, 사실인즉 나는 성직에 들어간 것이었다. 내 속에서는 가장 겸허한 신도로서의 확신이 구령예정(救靈豫定)*의 교만스러운 확증으로 변했다. 내가 구령예정자가 못 될 이유가 어디 있단 말인가? 기독교도는 모두 선택된 자가 아니겠는가? 나는 가톨릭이라는 부식토에서 자란 잡초였고, 나의 뿌리는 거기서 빨아올린 단물로 진을 만들었다. 이리하여 나는 30년 동안이나 눈뜬 소경의 상태에서 벗어나지 못한 것이다. 1917년 어느 날 아침, 라 로셸에서 나는 학교에 함께 가기로 한 친구들을 기다렸다. 그들은 여간해서 오지 않았다. 나는 당장 심심풀이로 무슨 짓을 하면 좋

---

* prédestination, 신이 영혼의 구제를 미리 예정해 놓은 것.

을지 몰랐다. 그러다가 '전능하신 천주님' 생각을 하기로 작정했다. 그 순간 천주님은 창공에서 곤두박질치더니 아무 해명도 없이 사라지고 말았다. "천주님은 없구먼." 나는 짐짓 놀라는 척하며 중얼거렸다. 그리고 그 일은 그것으로 깨끗이 끝났다고 생각했다. 어떻게 보면 사실 그랬다. 그 후 나는 그를 소생시키고 싶다는 유혹을 느껴 본 일이 한 번도 없었으니까. 그러나 '타자(他者)'가, '눈에 보이지 않는 자'가, '성령'이 남아 있었다. 나의 사명을 보장해 주며, 성스럽고 이름 모를 위대한 힘으로 내 삶을 지배하던 그자 말이다. 그자로부터 해방되는 것은 참으로 어려운 일이었다. 내가 자신을 이해하고 정착시키고 정당화하기 위해서 이용한 날조된 관념들의 형태를 띠고 그자가 내 뒤통수에 단단히 자리 잡고 있었으니 말이다. 글을 쓴다는 것은 나로서는 오랫동안 죽음에게, 가면을 쓴 종교에게 내 인생을 우연에서 구출해 달라고 부탁하는 일이었다. 나는 '교회'의 인간이었다. 투사로서의 나는 작품을 통해 자신을 구출하기를 바랐고, 신비주의자로서의 나는 투덜대며 수군거리는 말들을 통해 존재의 침묵을 드러내 보이려고 했다. 그리고 무엇보다도 나는 사물들과 그 명칭들을 혼동했다. 그것이 곧 믿음이다. 나는 착각을 했던 것이다. 그 착각이 계속되는 동안은 나는 모든 문제가 해결된 줄 알았다. 나는 서른 살 때 멋진 솜씨를 발휘했다. 『구토』를 쓴 것이다. 거기에서 나는, 확언하지만 아주 진지하게, 내 동족들의 정당화될 수 없는 쓸쓸한 존재를 묘사하고, 나 자신의 존재는 시비의 대상에서 제외해 버렸다. 나는 로캉탱*이었다. 나

---

* 『구토』의 일인칭 화자. 이 소설은 그의 일기로 되어 있다.

는 로캉탱이라는 인물을 통해서 내 삶의 곡절을 가차 없이 드러내 보였다. 그와 동시에 나는 나 자신이었다. 선택된 자, 지옥의 연대기 편집자, 자신의 원형질액을 들여다보는 유리와 강철로 된 사진 현미경이었다. 후에 나는 인간이란 불가능한 존재라고 활기차게 주장했다*. 하기야 나 자신도 불가능한 존재였지만, 나는 오직 그 불가능성을 밝힌다는 사명으로 해서 남들과 다른 존재였고, 그래서 그 불가능성은 홀연 변모하여 나의 가장 심오한 가능성이 되고 내 사명의 대상이자 내 영광의 도약대(跳躍臺)가 되었다. 나는 이 자명한 사실들의 포로이면서도 그 사실들을 보지 못했다. 나는 그것을 통하여 세계를 보아왔을 따름이다. 골수까지 스스로 속아 넘어가고 사기에 걸려든 나는 우리들의 불행한 조건에 관해서 신나게 썼다. 독단적이었던 나는 모든 것을 의심했지만, 내가 의심의 도사라는 것은 의심하지 않았다. 나는 한 손으로 파괴한 것을 다른 한 손으로 다시 세웠고, 불안을 내 안정의 담보로 여겼다. 나는 행복했다.

나는 변했다. 어떠한 산성 물질들이 나를 감싸고 왜곡해 오던 투명체를 침식했는지를, 그리고 언제 어떻게 폭력을 처음으로 체험했으며 내가 못생겼다는 것을 발견하게 되었는지를 나는 후일 이야기할 작정이다. 못생겼다는 이 의식이야말로 오랫동안 나의 부정적 성분이었으며, 신동을 용해한 생석회(生石灰)였다. 또한 내가 한사코 나 자신에 반항하여 생각하게 된 이유

---

* 『존재와 무』(1943)의 결론 부분을 보면, 인간의 수난은 예수의 수난과는 반대로 쓸데없는 것이라는 뜻의 말을 하고 있는데, 아마도 이 대목에 언급한 것으로 생각된다.

와, 그 결과 어떤 관념이 일으키는 불쾌감을 도리어 그 관념의
명증성의 척도로 삼게 된 곡절도 후일 이야기할 것이다*. 시간
을 거꾸로 본 환상은 산산조각으로 부서졌다. 순교, 구원, 불후
의 명성 등 모든 것이 결단나고, 대궐은 무너져서 폐허가 되고
말았다. 나는 성령을 지하 굴에서 붙들어 몰아내 버렸다. 무
신론은 가혹하고도 오랜 시일이 걸리는 작업이다. 나는 그 작
업을 끝까지 밀고 나갔다고 자부한다. 나는 사리를 분명히 알
게 되었다. 나는 헛된 꿈에서 깨어났고 나의 진정한 과업이 무
엇인지를 깨달았다. 나는 분명히 시민정신상을 탈 만한 자격
이 있다. 근 10년전부터 나는 쓰고도 달착지근한 오랜 광기에
서 회복되어 깨어나고 있는 사람이다. 그러나 아직 완쾌하지는
못한 사람, 옛날의 나쁜 버릇을 회상하고는 웃음을 금치 못하
는 사람, 이젠 제 인생을 어떻게 보내야 할지를 모르는 사람이
다. 나는 다시 일곱 살 때의 차표 없는 승객으로 되돌아갔다.
차장이 내가 탄 찻간으로 들어와서 나를 쳐다본다. 그러나 전
보다는 덜 무서운 표정이다. 사실 그는 다만 내가 조용히 여행
을 끝낼 수 있도록 나가 버릴 구실을 찾고 있을 따름이다. 내
가 무엇이든 그럴듯한 핑계만 대면 그는 그것으로 됐다고 하리
라. 그런데 불행히도 나는 어떠한 핑계도 찾아낼 수가 없다. 그
뿐더러 핑계를 찾아낼 생각조차 없다. 우리는 디종**까지 그대

---

* 사실 사르트르는 대담이나 수필의 형식으로 자신의 형성과 변모에 관해서
  그 후 많은 이야기를 했다. 그중에서도 특히 『상황(Situations)』10권(1976)
  에 실린 대담들과, 그의 사후에 발표된 보부아르와의 대담 『고별의 의식(La
  Cérémonie des adieux)』(1981)이 좋은 참고가 될 것이다.
** Dijon, 프랑스 중부의 대도시. 그 곳을 종착역으로 삼는 열차들이 많았다.

로 거북하게 얼굴을 마주대고 있을 것이다. 게다가 디종에서 나를 기다리는 사람은 아무도 없다는 것을 나는 잘 알고 있는 터이다.

나는 천직을 포기했다. 그러나 환속(還俗)한 것은 아니다. 나는 여전히 글을 쓰고 있다. 달리 무슨 할 일이 있겠는가?

"한 줄이라도 쓰지 않는 날은 없도다."*

이것이 내 습성이요 또 내 본업이다. 오랫동안 나는 펜을 검으로 여겨 왔다. 그러나 지금 나는 우리들의 무력함을 알고 있다. 그런들 어떠하랴, 나는 책을 쓰고 또 앞으로도 쓸 것이다. 쓸 필요가 있다. 그래도 무슨 소용이 될 터이니까 말이다. 교양은 아무것도, 또 그 누구도 구출하지 못한다. 그것은 아무것도 정당화하지 못한다. 그러나 그것은 인간의 산물이다. 인간은 그 속에 자기를 투사하고, 거기서 제 모습을 알아본다. 오직 이 비판적 거울만이 인간의 모습을 보여 준다. 그뿐 아니라 그 쓰러져 가는 낡은 대궐, 즉 나의 속임수는 나의 성격이기도 하다. 사람이란 신경병을 떨어 버릴 수는 있지만, 자기 자신이라는 고질병에서 치유될 수는 없는 법이다. 아무리 닳고 지워지고 모욕당하고 따돌림당하고 묵살당한다 하더라도, 어린 시절의 온갖 특징은 50대** 인간에게 그대로 남아 있다. 대개의 경우 그것들은 어둠 속에 납작 엎드려서 기회를 노리고 있다. 그리고 방심하기만 하면 당장 다

---

* "Nulla dies sine linea." 로마의 저술가 카이우스 플리니우스 세쿤두스(Caius PLINIUS Secundus)(23~79)의 『박물지(Naturalis historia)』에 나온 말. 글 쓰는 사람의 정진을 타이르는 구절로 유명하다.
** 사르트르는 1905년생이며 『말』이 발표된 것은 1963년. 그러나 그 최초의 집필은 1954년으로 거슬러 올라간다.

시 고개를 들고 변장을 하고는 백일하에 뚫고 나온다. 나는 오직 나의 시대를 위해서만 글을 쓴다고 진심으로 주장하지만, 현재의 내 명성이 짜증스럽다. 내가 지금 살아 있는 이상 그런 명성은 영광이 아니기 때문이다. 그것만으로도 족히 과거의 미몽(迷夢)은 부정된 셈이다. 그러나 혹시 내가 아직도 남몰래 그 미몽을 키우고 있는 것은 아닐까? 꼭 그런 것만은 아니다. 내 생각에는 꿈을 변형한 것 같다. 세상에 알려지지 않은 채 죽는 기회를 놓쳤기 때문에, 때때로 남의 오해를 받으며 사는 것이 신나는 것이다. 어린 시절의 그리셀다는 아직 죽지 않았다. 파르다양도 아직 내 안에 깃들어 있다. 스트로고프도 그렇다. 나는 오직 신에게 의존하고 있는 그들에게 오직 의존하고 있는 것이다. 그런데 나는 신을 믿지 않는다. 당신들은 어찌된 심판인지 가늠할 수 있을지 모르지만, 나로서는 갈피를 잡을 수 없다. 그래서 나는 가끔 '지는 자가 이기는 자'가 되는 놀이를 하는 것이 아닐까, 그리고 모든 것이 백 갑절로 불어서 되돌아오기를 기대하면서 예전의 희망들을 짓밟는 데 열중하는 것이 아닐까 하는 생각이 들 지경이다. 그렇다면 나는 필록테테스*와 다름없을 것이다. 우람하지만 악취를 풍기는 이 부상자는 제 활까지도 무조건 내주었다. 그러나 가슴속 한구석에서는 은근히 그 보상을 기대했음이 분명하다.

---

* Philoktetes, 트로이전쟁에서 활약한 희랍신화의 영웅. 헤라클레스로부터 물려받은 무적의 활을 가지고 전쟁에 참가했으나, 독사에 물려 살이 썩는 고약한 냄새가 났기 때문에 외딴섬에 방치된다. 그리고 오디세우스의 간사한 계략에 속아서 그의 활을 내주고 만다. 그러나 그 후 활을 되찾고 다시 전투에 참가하여 트로이의 왕 파리스를 사살한다.

그런 이야기는 그만해 두자. 할머니 같으면 이렇게 말하리라. "인간들이여, 가볍게 스쳐 가라, 힘껏 딛지 말아라."

내 광기 중에서 마음에 드는 것은 그것이 첫날부터 나를 엘리트의 유혹에서 지켜 주었다는 점이다. 일찍이 나는 재능의 행복한 소유자라고 자처해 본 적이 없다. 나의 유일한 관심은, 적수공권 무일푼으로, 노력과 믿음만으로 나 자신을 구하려는 것뿐이었다. 그러니 나의 순수한 선택으로 말미암아 내가 그 어느 누구의 위로 올라선 일은 결코 없었다. 나는 장비도 연장도 없이, 나 자신을 완전히 구하기 위하여 전심전력을 기울였다. 만약 내가 그 불가능한 구원을 소품 창고에라도 치워 놓는다면 대체 무엇이 남겠는가? 그것은 한 진정한 인간이다. 세상의 모든 사람들로 이루어지며, 모든 사람들만큼의 가치가 있고 또 어느 누구보다도 잘나지 않은 한 진정한 인간이다.

작품 해설

일반적으로 말해서, 어떤 사람이 자서전을 쓰고 다른 사람들이 그것을 읽는 행위는 소설을 쓰고 읽는 행위와 본질적으로 다를 것이 없다. 작가는 자기 자신을 소재로 전개한 이야기에 어떤 가치가 있다고 생각해서 발표하는 것이며, 독자는 그이야기에서 인생과 사회에 관한 지식이나 교훈을 얻고 또 그것을 자기 나름대로 반성의 계기로 삼으려고 할 것이다. 그리고대개의 경우 자서전의 작가는 이름이 널리 알려진 사람이기때문에 그의 고백이나 경험담에는 소설 이상으로 참되고 중요한 내용이 담겼으리라고 상정하는 것도 당연한 일이다.

과연 사르트르가 그의 자서전 『말』을 발표했을 때에도(1963년에는 그가 주관하던 잡지 《현대》에, 그 이듬해에는 단행본으로.) 예외는 아니었다. 사람들은 계약 결혼, 실존주의, 참여문학, 공산당과의 숨바꼭질 등으로 프랑스뿐만 아니라 전세계에 걸쳐 부단히 화제를 뿌려 온 이 특별한 지성인의 본색이 그 책에 담겨 있으리라고 기대했다. 그리고 그가 감히 드러낸 내적 자아에서 그의 개인적 비밀뿐만 아니라, 시대와 인간의 진모를 발견하리라고 기대했다. 사실 이 기대는 충족되고도 남았다. 『말』은 엄청난 반향을 불러일으켰고(사르트르가 노벨 문학상의 대상이 된 것은 바로 이 자서전이 단행본으로 출간되었던 해다.) 20세기의 가장 중요한 자서전의 하나로 공인되었으며 그 후 부단한 연구의 대상이 되어 왔다. 그 이유와 곡절에 관해 여기서 전문적인 이야기를 길게 늘어놓을 수는 없다. 다만 시대가 완연히 달라진 오늘날에도 이 책은 세계문학의 한 걸작으로서 일반 독자에게 여전히 권할 수 있는 책임에 틀림없다는 말만은 해 두려 한다. 그래서 독자들이 재미를 느끼고 그 속에 담긴 깊은 뜻을 파악하는 데 다소라도 도움이 되기를 바라면서 이 간단한 글을 붙이는 것이다.

무릇 자서전을 쓰는 사람은 그것을 집필하게 된 특별한 동기를 가지고 있는 법이다. 무슨 비밀을 고백하거나 변명을 하거나 교훈을 전하는 것이 자기 인생에 있어서 매우 중요한 의미를 갖는다고 느끼는 어떤 계기를 맞을 때, 사람은 제 이야기를 남기는 것이다. 사르트르의 『말』 역시 그렇다. 이미 문학의 정치적 참여를 위한 이론과 실천에 헌신해 온 그는 1953년 전후에 이르자 더욱 과격한 태도를 보였다. 소련으로 대표되는 공산주의에 적극적으로 동조하는 것이 착취와 억압이 없는 정의로운 사회의 실현을 위한 유일한 길이라는 신념을 다지게 된 것이다. 그러자 그는 이 신념을 원리 삼아 무릇 현실과 사상을 판단했을 뿐 아니라, 자신의 과거의 진정성 여부에 대해 비판하기 시작했다. 그런 입장에서 돌이켜 생각할 때, 특히 어린 시절에 기른 어떤 습성이 근본적 과오의 근원이 되어 있는 것으로 여겨졌다. 그렇다면 정의로운 투사로서의 자아를 정립하고, 어느 때보다도 적극적으로 행동하게 된 지금, 깨끗이 청산해야 할 그 근본적 과오란 무엇이었던가? 그것은 그의 "모든 작품의 주조를 이루는 일종의 신경병"이었다. "자기의 존재를 정당화하려는 욕구 때문에 문학을 절대적인 것으로 만들어 버린" 그런 신경병이었다. 현실이 아니라 상상을, 사물이 아니라 말을, 생활이 아니라 허구를 섬긴 이 야릇한 병, 30년이 걸려서 이제 겨우 벗어났다는 이 정신병을 우리는 편의상 '문학병'이라고 불러 두자. 그리고 그 병이 생긴 곡절과 그 본질이 어떤 것인지 저자 자신의 이야기를 따라가 보자.

조롱과 고뇌와 아이러니가 한 덩어리가 된 그 이야기는, 자신의 존재에 대한 의식이 싹튼 서너 살 무렵의 아이가 그의 독특한 가족 환경 속에서 어떻게 형성되어 갔는지를 밝히는 것으로부터 시작된다. 그 아이에게 가장 큰 사건은 아버지가 "몇 방울의 정액을 흘려서" 아이 하나를 서둘러 만들어 놓고는 죽음의 길로 달아나 버린 일이었다. 한 살 때였다. 그 죽음은 저주였을까, 축복이었을까? 사르트르는 우선 억압적인 부상(父像)과 가족의 짐과 초자아(超自我)를 탄생 때부터 면하고 사생아처럼 태어난 것이 희한한 특권이었던 것처럼 받아들인다. 그의 고의적으로 불경스럽고 까불까불한 문체 자체가 그것을 여실히 증명한다. 그러나 이 절대적 자유는 '빛 좋은 개살구'에 지나지 않았다. 어머니와 함께 외가에서 살게 된 어린 사르트르는, 그곳이 그의 존재를 필연적으로 요구하는 자리가 아니며 그곳에서 자기의 존재는 '여분의 것'임을 느끼게 된다. 다른 한 편으로 아버지의 죽음이 가져다 준 자유는, 외손자의 재롱과 자질을 보면서 여생을 행복하게 마치기를 바랐던 조부가 만들어 놓은 굴레에 의해서 무의미한 것이 되고 만다. 바로 이 두 가지 여건 속에서 어린 사르트르의 최초의 드라마가, 아니 차라리 생존을 위한 원초적 연극이 시작된다. 그는 할아버지의 기쁨과 자랑을 자아내는 신동으로서의 제스처를 이어 나감으로써, 즉 신과 같은 가장에게 자진해서 굴종하여 그의 존재 이유를 베풀어 줌으로써, 자신의 존재 이유마저 획득하려고 한다. 벌써 이 대목을 통해 사르트르는 그의 가장 중요한 테마를 제시한 셈이다. 인간이 자기 존재의 우연성을 필연화하고 그 무근거성에 근거를 주기 위하여 어떠한 술책을 꾸미는지를 살피는 것이 이른바 실존적 심리 분석이라면, 그는 자서전의 시작부터 이 실존적 심리 분석을 자신에게 적용하고 있는 것이며, 그 후의 문학병에 관한 이야기는 이미 조부와의 관계를 통해서 나타난 원초적 범례(範例)의 연장선상에 있으며 그 변주라고 말할 수 있다.

그의 문학병의 기원은 많은 풍토병의 기원과 같다. 그것은 그가 처했던 독특하고 벗어날 수 없었던 환경의 소산이다. 그러나 동시에 그 환경과의 자진적 친화라는 선택의 소산이기도 하다. 문학적 교양을 가장 높은 정신의 작업으로 알고 문학 교수가 되려고 했던 조부의 서재는, 어린 사르트르에게는 일종의 엄숙한 사원인 동시에 희한한 놀이터였다. 글자를 깨치자 할아버지의 서재를 마음대로 드나들 수 있게 된 그는 그 위엄 있는 책들에 담긴 '인류의 지혜'와 씨름하기 시작한다. 이 책의 세계가 그가 인식한 최초의 세계며 유일한 세계다. "내 속을 아무리 뒤져 보아도 시골에서 어린 시절을 보낸 사람들이 갖는 짙은 추억도 즐거운 탈선도 없다. 나는 흙을 파 본 일도, 둥지를 훑어 본 일도 없다……. 오직 책들만이 나의 새들이며 둥지며 가축이며 외양간이며 시골이었다." 이 구절은 사르트르의 근원적 체험의 독특성을 말해 주는 매우 중요한 고백이다. 보통 사람의 경우라면, 현실적 사물과의 접촉으로 시작된 체험이 일반적 관념과 상상으로 발전해 나가는 것이 순서다. 그런데 어린 사르트르의 경우에는 그 과정이 전도되어 나타난다. 책을 통해서 얻은 관념과 상상이 현실을 대신하고, 속되게 말해서 현실을 잡아먹는다. 백과사전에 그려진 삽화는 사람과 짐승의 "몸이고 글은 그들의 영혼이며 독특한 본질이었다. 밖에서 만나는 사람이나 짐승은 그 원형과 다소간 닮은 점은 있지만, 원형의 완전성에는 못 미치는 흐리멍덩한 모방에 지나지 않았다." 우리는 이러한 사물에 대한 관념과 상상의 우위 자체를 두고 이미 문학병이라고 말할 수 있겠지만, 그것은 장차 실존적 문제와 결부되어 더욱 심한 문학병으로 발전한다.

그전까지 이 초기의 문학병은, 주로 할아버지를 위시한 어른들 앞에서 신동으로서 가족적 코미디를 연출하는 데 이용된다. 신탁 같은 알쏭달쏭한 말과 엉뚱한 몸짓으로 그들을 놀라게 했던 어린이는 이제 단순히 동화를 암송할 뿐 아니라 프랑스 문학의 걸작을 해박하게 아는 천재적인 꼬마로서의 연기를 한다. 유명한 시인들의 작품을 책장에서 꺼내 읊고, 백과사전을 뒤적거리고, 할아버지의 지도를 받아 가며 인기 있는 작가에게 편지를 쓴다. 그를 지켜보는 어른들의 감탄 어린 시선은 그가 자신을 비추어보는 거울이다. 그는 그 거울을 통해서 자기 존재의 자랑스러운 정당성을 확인한다. 어른들의 시선, 그것은 그의 생명의 닻줄이다.

그러나 그에게 '존재 증명서'와 같았던 이 거울에 대한 의심이 싹트는 날이 온다. 지금까지 존재의 연극을 거의 본능적으로 자연스럽게 해 왔던 어린이가 이제는 그 연극의 본질을 인식하게 된 것이다. 그것은 우선 자기가 가짜 어린이로서의 행세를 하는 사기꾼이라는 의식에서 비롯된다. 연극을 하고 있다는 의식은 어린 사르트르로 하여금 연극을 견딜 수 없는 자기 배반으로 느끼게 만든다. "어른들에게 의지하고 그들이 (그의) 능력을 보장해 주기를 바랐는데, 그럼으로써 영락없이 속임수로 빠져드는 것을" 자각한 그는 "그의 행위가 한낱 시늉으로 변질하는 것"을 느낀다. 설상가상으로 어른이 그 시늉을 액면 그대로 받아들이는 순수한 거울이 아니라는 것을 발견하고는 그의 가족적 연극은 완전히 무너지고 만다. 어른들 역시 각자 할아버지, 할머니, 어머니로서의 연극을 하고 있다는 의심이 싹튼 것이다. 어른들이 그들끼리 이야기할 때는 그를 대할 때와는 말투가 달랐고 더구나 그들의 이야기에 끼워 주지도 않는다. 또한 자기가 연극의 주역조차 아니라는 것을 알게 된다. 가령 할아버지는 머지않아 다가올 죽음을 달래기 위해서 자기를 임시로 이용하고 있을 뿐이며, 만일 그가 없으면 다른 아이들이나 또는 다른 사물을 대신 이용했을 것이다.

이렇듯 가족적 연극을 통해서 얻으려던 '존재 증명서'가 가짜에 불과하며 갈기갈기 파손된 것을 체험한 이 어린이는 필연성 없는 여분의 인간으로서의 고뇌에 빠진다. 아버지 없는 자유는 자기 창조를 위한 바탕이기는커녕 유기 상태라는 것이 다시 절실하게 자각된다. "그 누구의 주인도 아니었고, 내 것 이라고는 아무것도 없는" 그는 가업을 잇도록 필연적으로 운 명 지어진 식당 주인의 어린 아들을 부러워한다. 그리고 이 존 재의 무근거성에 대한 의식(사르트르가 대여섯 살의 어린애를 두 고 이런 의식에 대해서 말하는 것은 그의 존재론을 견강부회했기 때 문이 결코 아니다. 그것은 "나는 이 세상에 왜 태어났지?" 하고, 대답 할 수 없는 질문을 괴롭게 연발하는 온 세상의 고아나 기아(棄兒)의 의식과 똑같은 것이다.)은, 허약한 육체, 아버지의 죽음, 어머니가 노래하는 『마왕』, 동화에 나오는 죽음의 여신, 친할머니의 죽 음 등이 유발하는 죽음의 공포로 말미암아 더욱 견딜 수 없는 것이 된다. 그렇다면 이 고뇌에서 빠져나와, 주위의 다른 사람 들이나 사물들처럼 제자리를 굳건히 마련하고 자기 존재의 정 당성과 필연성을 획득할 수 있는 길은 없는가? 그러나 이미 거 울이 산산이 깨진 이상, 어른들과의 연극으로 되돌아가 그들의 시선에 의지할 수는 없다. 그렇다고 공공연한 무신론을 내세우 지는 않았지만 신앙을 단순한 겉치레로만 삼은 집안에서 자란 어린이에게, 그의 존재를 정당화해 줄 신의 계시가 내릴 이치 도 없다. 나이 일곱 살에 기댈 곳이라고는 오직 자기 자신밖에 없게 된 것이다. 따라서 비록 또다시 연극으로 자기기만을 하 더라도 그것은 이미 타인의 시선을 필요로 하지 않는 내면화 된 연극, 자신이 연출하고 배우가 되고 동시에 관객이 되는 그 런 완전한 일인극일 수밖에 없다. 이때 그에게 해결책을 베풀 어 준 것이 문학병이다. 관념과 상상이 현실을 잡아먹게 한 그 문학병이 이제 새로운 존재의 유희에 동원되는 것이다.

그것이 구체적 형태로 나타난 것이 '영웅의 환상'이다. "아무
도 나의 존재를 진심에서 바라지 않았기 때문에, 이 세상에서
불가결한 존재라는 건방진 생각을 스스로 품은" 어린 사르트
르는 세상을 구하는 영웅으로서 상상의 유희에 빠져든다. 그
최초의 방법은, 모험소설의 인물들과의 동일화를 통해서, 혹은
순수한 상상적 개입을 통해서, 자신도 중요한 인물이 되어 그
이야기에 단단히 한몫 끼고, 위기에 처한 나약한 사람들을 구
하는 것이다. 속되게 말하면 '그때 마침 나타난 용감하고 정의
로운 사나이'로서, 떳떳하고 불가결한 자기 존재성을 증명하고,
온 세상이 감지덕지하며 자신을 맞아들이게 만드는 것이다. 이
것이 책을 읽는 가장 중요한 목적이 된다. 그리고 자위 행위와
도 같은 이 상상적 영웅의 독극(獨劇)은 영화를 보면서 더욱
자극을 받는다. "비가 주룩주룩 내리는" 초기 무성영화의 화
면에서 어린 사르트르가 가장 부럽게 생각하는 것은 위기에
몰린 처녀나 동지가 안타깝게 기다리는 총잡이들과 경관들이
다. 그들은 반드시 적시에 나타나서 악한들에게 정의의 일격을
가한다는 혁혁한 미래가 어김없이 예정되어 있는 행복한 사람
들이다. 그 필연성이 그를 매혹시키고 그의 모범이 된다.

그러나 이 상상의 놀이는 세 가지 계기에서 위기에 처한다.
첫째로 그것은 쥘 베른의 소설 『미셸 스트로고프』를 읽었을
때다. 그 모험소설에 감격해서 울기까지 했지만, 그는 신과 같
은 절대적 존재인 러시아 황제가 내린 성스러운 명령을 수행
하고 순교하는 주인공의 행위가 결코 자기의 것이 될 수 없다
는 것을 자각한다. 다시 말해서 그 행위들의 정당성은 최고 권
위자에 의해 보장받고, 개개의 행위는 어떠한 우연도 용납하

지 않는 필연적인 것인데 반하여, 그에게는 그런 보증을 베푸는 "러시아 황제도 신도 없었기" 때문에 그의 영웅 놀이는 다만 우연적이며 자의적 유희에 지나지 않는다는 의식에 시달리는 것이다. 둘째로 상상의 유희는 너무나 자주 현실의 무게에 눌려서 중단되고 무화(無化)될 수밖에 없다. 할아버지의 서재에서 자막대기를 보도(寶刀) 삼아 휘둘러서 악한들을 모조리 죽이다가도 할아버지가 나타나면 그것을 얼른 책상 위에 놓고 그의 품 안에 안길 수밖에 없었던 것이다. 셋째로, 공원에서 뛰노는 아이들을 물끄러미 바라보기만 할 뿐 그들과 어울리지 못하는 왜소하고 허약한 어린 사르트르의 눈에, 그 아이들이야말로 진짜 육신을 지닌 영웅으로 비친다. 그러자 그의 상상적 영웅은 물거품처럼 꺼져 버린다. 이제는 아무의 관심도 끌지 못하는 왜소한 꼬마로 전락한 자신의 모습이 부끄러운 그는, 다시 꿈을 꾸면서 자기기만을 할 수 있는 집 안으로 달아나듯 돌아가 버린다. 여기까지가 '읽기'라는 제목이 붙은 1부를 이룬다. 그렇다면 '쓰기'의 단계에 접어드는 2부에서 그의 문학병은, 다시 위기에 처한 자기기만과의 관련에서 어떻게 진전되어 나갈 것인가?

사르트르의 글쓰기는 일곱 살 때 할아버지와 운문의 편지를 주고받은 것으로부터 시작한다. 그러나 그의 글쓰기는 곧 산문으로 기울었고, 그는 그 속에서 행복에 젖는다. 그것이 본질적으로는 자기기만이었다는 점은 책 읽기의 경우와 마찬가지다. 그러나 책 읽기의 단계에서 등장인물과의 일체화를 통하여 영웅 겸 배우라는 이중의 속임수를 써 온 것에 비하면, 글

쓰기는 비록 모험소설의 표절과 번안으로 시작된 것이긴 하지만 한결 만족스러운 '장난'이다. 왜냐하면 그는 이미 등장인물을 모방하는 배우가 아니라 등장인물을 만드는 조화신(造化神)이 되었기 때문이다. 이때, 말이 사물의 진수이며, 사물은 말에서 태어난다는 그의 원초적 체험은 그의 창작을 정당화하고 크게 고무하게 된다. 그러자 "나는 글을 씀으로써 존재했고 어른들의 세계에서 벗어났다. 내가 존재한 것은 오직 글짓기를 위해서였으며, '나'라는 말은 '글을 쓰는 나'를 의미하는 것이었다."

그렇다면 그는 진실로 어른에게서 벗어나서 벌써 스스로 작가의 운명을 택한 것인가? 아니다. 도리어 어른 중의 어른인 할아버지가 뜻하지 않게 그를 작가의 길로 '몰아넣었기' 때문이다. 손자의 소설 쓰기를 탐탁하게 여기지 않았던 조부는 그가 거지와 다름없는 문사(文士)가 될까 봐 걱정한다. 그러나 글 쓰기에 대한 그의 정열을 아예 꺾어 버리지는 않는다. 손자의 재주를 완전히 무시해 버리기가 아까워서였기도 하지만, 또한 문학 교수가 되지 못한 자신의 한을 '하늘의 선물'인 손자가 풀어 주기를 바랐기 때문이다. 그래서 문학 교수라는 성직으로 명예로운 공인(公人) 노릇을 하는 동시에 그 직업이 주는 한가한 시간을 이용하여 수상이나 평론을 써서 후세에 이름을 남기는 것이 어떠냐고 권고한다. 어린 사르트르는 여느 때와는 달리 매우 존엄한 태도와 가라앉은 어조로 이렇게 타이르는 조부의 언변에 끌려든다. 그 결과 "나를 문학에서 멀리 하려던 그의 노력이 도리어 나를 문학의 길로" 끌어들이고 만 것이다. 그리고 그때부터 상상 세계 속에서의 즐거운 놀이는 끝나고, 문학 교수 겸 문사로서의 소양을 쌓아 가는 과정에서 자신의 존재를 필연화하고 정당화하려는 새로운 자기기만의 작업이 시작된다.

그러나 그의 "서사시적 머리"는 그렇게 쉽게 청산되지 않는다. "작가란 영웅과 같은 거룩한 힘을 가진 사람이라고 다시 생각하기로 했다." 책 읽기 단계에서의 소박한 영웅 놀이로부터, 이제는 '작가 영웅'이 된 것이다. 불쌍한 소녀와 고아를 구하고 지상에서 정의를 실현하는 것이 '나'의 사명인데, 사람들은 '내'가 책을 통해서 그 사명을 완수하기를 기다린다고 생각하기로 했다. 그럼으로써 그는 두 가지 측면에서 존재의 정당성을 확보할 수 있을 터였다. 한편으로 할아버지가 보증해 준 재주가 단순한 우연이 아니라 정의 실현의 사명을 위해서 예정된 것이며, 다른 한편으로 그는 이 세상이 요구하는 불가결한 인간이라는 확신을 얻을 수 있을 것이기 때문이다. 그러나 불안은 가시지 않는다. 그가 숭상한 정의의 사도들, 가령 볼테르나 루소와 달리 그에게는 미워하고 타도해야 할 적의 모습이 구체적으로 떠오르지 않는다. 그래서 결국 '작가 영웅'의 소망은 수포로 돌아가고 그는 "다시 출발점으로 되돌아왔다."

그런데 이 곤경에서 그를 구해 준 것은 이번에도 할아버지다. 할아버지가 고취한 휴머니즘이 어린 사르트르로 하여금 또 하나의 작가로서의 환상, 즉 '작가는 진선미(眞善美)의 순교자'라는 환상을 피어오르게 한다. 문학이란 거룩한 이데아의 세계를 관조하는 전문가의 작업이며 형이상학적 산물이라는 할아버지의 생각을 그는 이어받는다. 그러니까 이러한 문학의 전문가는 이미 영웅이 아니라 일종의 사제(司祭)로서 인류를 구원하고 그 결과로 자신을 구원하는 사람이다. 그러나 이 성직의 수행은 오직 고민과 시련을 겪음으로써만 진실로 가능하다. 그렇다면 그런 시련을 어디에서 찾아낼 것인가? 어린 사르트르의 머릿속은 여러 환상적 괴로움의 놀이터가 된다. 사랑의 슬픔, 날카로운 언어로 진실을 밝혔기 때문에 겪는 학대, 이름난 문인에게 따르는 유혹과의 대결, 거액의 인세를 빈민을 위해서 내놓고 스스로 감수하는 가난……. 그러나 이렇듯 철저한 순교자로서의 자화상을 그리면서 얻은 만족감에는 또다시 그늘이 진다. 명성을 누리게 된 후로는 글 한 줄 쓸 수 없게 되리라는 예감, 말하자면 반환상(反幻想)이 신나는 이야기에 초를 친 것이다.

그러나 이 반환상은 역설적으로 초월된다. 이번에는 그 명성을 삶이 아니라 죽음과 결부해서 생각함으로써 문제를 뛰어넘어 버리는 것이다. 앞서 언급한 것처럼 어린 사르트르는 죽음에 대한 두려움에 시달렸다. 그는 우연히 태어난 것과 마찬가지로 우연히 죽게 될 것이 걱정이었다. 그런데 문학 교수 겸 작가라는 그의 "천직이 문제를 깨끗이 해결해 주었다." 글을 쓰는 목적은 이제 새로 설정된다. 그것은 사후의 명예를 위해서, "영광스러운 신체를 언어로 남기기 위해서"다. 그는 책으로 화신(化身)한 위대한 우상이 되고자 한다. 그는 신처럼 항구적인 본질을 갖추고 시간을 넘어서서 도처에 존재할 것이다. 여덟 살의 어린애는 자기도 모르는 수수께끼 같은 말을 써 내려갔는데, 그 목적은 100년 후인 2013년의 독자로 하여금 그 신탁 같은 글들을 해석하면서 그의 위대성을 확인하도록 만드는 데 있다. 그러나 이 심리적 수작이 자기기만의 극치라는 것은 두말할 필요도 없다. 그는 아무도 보장해 줄 수 없는 '영광스러운 사후'라는 전도된 시점에 서서, 그 자신의 재미있는 표현을 빌리자면 "죽음을 영광이라는 수의에 싸서" 죽음의 공포에서 달아나고 삶을 정당화하려는 꾀를 부린 것이다.

그렇다면 '작가 = 영웅'으로부터 '작가 = 순교자'를 거쳐 '작가 = 사후의 영광'으로 초점을 옮긴 이 자기기만적인 문학병은 그 후 어떠한 곡절을 거치고 어떻게 극복된 것인가? 이 세 가지 환상은 반드시 시간적 순서를 지켜서, 전자가 후자에 의해서 완전히 지양된 것은 아니다. 가령 어린 사르트르의 머리는 '작가 = 순교자'의 환상을 즐기다가 다시 모험소설을 모작하면서 '작가 영웅'의 환상에 빠져들기도 한다. 그러나 전체적 추이로 볼 때는 '작가 = 사후의 영광'의 환상이 결국에는 지배적으로 작용했으며, 그것이 변조하고 발전하면서 성년기의 사르트르를 형성해 갔다. 적어도 그런 것이 그의 자가 진단이다. 우리는 마지막으로 그 과정을 간단히 살펴보고, 1940년대까지도 지속되었다는 그런 '문학병'이 과연 어떻게 청산되었는지를 알아 보자.

모든 정신병의 경우와 마찬가지로 '문학병'의 치료 역시 자기가 병에 걸렸다는 자각에서 비롯된다. 그 점에서 볼 때, 1914년의 1차 대전의 발발과 1915년부터의 학교 생활은 어린 사르트르에게 회복의 계기가 될 만한 것이었다. 그는 그 두 가지 일로 말미암아 불가피하게 환상에서 현실의 세계로 끌려나와 자기의 실체가 '사기꾼'이었다는 인식에 이른다. 현실과의 접촉은 그로 하여금 자위적(自慰的)인 내성을 중단하고 구체적 상황 속에서의 체험으로 들어서게 할 수 있을 터였다. 그러나 그것은 다만 외양에 불과했다.

전쟁이 일어나자 그는 어른들이 보여 준 애국적인 분위기에 휩쓸려 나라를 구하는 군인의 모험담을 쓴다. 독일 황제를 납치하고 그의 항복을 받아 내는 용사의 이야기다. 그러나 큰 문제가 생긴다. 그의 모험담에서 독일 황제가 항복한 것은 1914년 10월인데, 현실적으로는 그때부터 본격적인 전투가 시작되었으니 말이다. 따라서 상상과 현실 사이에는 엄청난 괴리가 생겼고, 상상은 현실에 의해서 거짓으로 밝혀진 것이다. 사르트르 자신의 말을 따르자면 "나는 사기꾼이었으며 아무도 믿으려 하지 않는 객담을 늘어놓은 것이다." 이러한 자각과 현실로의 돌아옴은 어머니와의 다정한 생활로 이어지고, 학교 생활은 '문학병'의 지양에 더욱 큰 역할을 한 것처럼 보인다. 친구들과 어울리면서 그는 자신이 특별히 우수한 아이가 아님을 깨닫고 민주주의에 익숙해지며 글 쓰는 욕망에서 벗어난다. 더구나 친구들과의 놀이에서 "나는 빠질 수 없는 존재"라는 실감조차 갖게 된다. 타자(他者)와의 바람직한 관계의 성립은 한 자폐적 어린이를 현실 상황 속에서 실존적 존재로 변모시켜 주는 듯했다.

그러나 그것은 사실이 아니었다. 현실로의 돌아옴은 진실한 대오각성의 계기가 된 것이 아니라 무너진 환상에 대한 분풀이였다. 어린 사르트르는 글쓰기가 쓸데없는 객담인 것을 알고는 '소설 공책'을 모래 속에 묻어 버리고 다시는 글을 쓰지 않겠다고 맹세한다. 그러나 그것은 이루지 못한 욕망을 억압하려는, 다시 말해서 욕망의 잠재화(潛在化)를 위한 몸짓에 지나지 않는다. 여전히 문학을 천직으로 알고 있는 그는 "문학의 신은 특별한 비밀을 가지고 있는데, 어느 날인가는 내게 그것을 계시해 주리라"는 희망을 떨쳐 버리지 못한다. 문학병이라는 그의 "정신착란은 머리를 떠나 골수로 스며들었던 것이다."

　사르트르의 말로는 이 '골수로 스며든 정신착란'이 그 후의 30년을 지배했다고 하는데, 우리는 마지막 단계의 그 특징을 서로 연결된 세 가지 사항으로 정리해 볼 수 있을 것이다. 첫째로는 미래에 대한 환상이다. 시간은 과거와 현재를 넘어서서 부단한 진보와 창조를 약속하는 미래로 뻗어 간다는 신념이 그를 떠나지 않는다. 이것은 후일 그 자신이 주장하게된 '생성의 철학'의 원형질적 양상이다. 그는 이 신념에 의지해서 현재를 현재로서 살기를 거부하고 끊임없이 껍질을 벗어 간다는 생각에 취한다. 현재가 불행하다 해도 그것은 최후의 걸작을 쓰고, 해피엔드로 끝날 생애를 만들고, 종국적 승리를 획득하기 위한 시련이며 조건에 불과하다. 그런데 이 미래에 대한 환상과 한 쌍을 이루는 것이 '미래의 시점에서 거꾸로 보기'라는 전도된 시간관이며, 이것이 우리가 또 하나의 특징으로 지적할 수 있는 것이다. 그는 미래라는 고지에 서서 그 이전의 시간을 전망한다. 틀림없는 대작가가 되어 있을 1945년의 시점에서 1915년의 불행을 회고하는 것이다. 그러면 과거가 되었을 모든 것이 의미를 띠고 인과의 사슬로 얽혀 설명이 되고 또 정당화된다. 그뿐 아니라 이 미래는 사후(死後)로까지 뻗어 간다. '내 생애에서의 미래'보다도 이것이 한결 중요하다. 그것은 그의 존재를 영원히 영광스러운 성역으로 들어서게 해 줄 미래다. 그는 후대 사람들이 그의 생애를 감격의 눈물을 흘리면서 경건하게 살피는 장면을 상상하면서 스스로 도취한다. 그럼으로써 현실에서 달아나기 위한 이중의 자기기만을 일삼았던 것인데, 그 근원에는 종교적 지향이 있었다고 그는 말한다.

이것이 문학병이라는 사르트르의 정신착란의 세 번째 특징이다. 그가 현실로부터 달아남으로써 얻으려고 했던 것은 비단 사후의 영광만이 아니라, 그 영광을 통한 구원이며 지복(至福)이었다. 그 자신의 말을 빌리자면 "내가 될 수 없었던 기독교도 대신 문필가가 태어났고,""내 딴에는 문학에 몸을 바쳤다고 생각했는데, 사실인즉 나는 성직에 들어간 것이었다." 많은 서양 사람들의 경우와 마찬가지로 사르트르의 경우에도 이 종교적 성향은 개인적으로 기독교도냐 아니냐는 것과는 상관없이 "신앙이라는 거대한 집단적 힘"의 소산이다. 다시 사르트르의 말을 들어 보면, "글을 쓴다는 것은 나로서는 오랫동안 죽음에게, 가면을 쓴 종교에게, 내 인생을 우연으로부터 구출해 달라고 부탁하는 일이었다." 이 한마디는 이 야릇한 자서전 『말』의 핵심을 보여 주는 것이며, 그가 30년 동안 앓아 왔다는 '문학병'의 연원(淵源)이 바로 여기에 있는 것이다. 문학적 창조라는 종교의 대리물(代理物)을 통한 존재의 필연성과 정당성의 획득, 그의 유년 시절은 이 문학병의 형성을 위해서 바쳐진 시간이고 그의 청년기와 장년기는 그 병에 끌려서 글을 써 온 시절이며, 『말』을 구상한 시점은 그 병을 극복하고는 "나는 달라졌다"고 선언할 수 있게 된 전환점이다. 적어도 그것이 사르트르의 주장이다.

그렇다면 그는 어떻게 달라졌는가? 사르트르 자신은 『말』이 문학에 대한 고별이었다는 뜻의 말을 여러 번 한 일이 있다. 그는 이미 1954년부터 쓰기 시작한 이 파격적인 자서전에 거듭거듭 수정을 가해서 다른 어떤 작품보다도 더 문학적인 문체를 이루어 놓았는데, 그 이유는 문학과의 결별을 멋있게 하기 위해서였다고 변명하고 있다. 그러나 우리는 정치적 참여를 강조하기 위한 이 과장된 말을 결코 액면 그대로 받아들일 수는 없다. '문학에 대한 고별'이라는 말이 다만 소설이나 희곡을 쓰는 작품 활동의 중단을 의미한다면 그것은 맞는 말이다. 과연 사르트르는 그 후 그런 작품 활동은 하지 않았다. 그러나 그 말이 문학적 관심 그 자체의 포기라는 뜻이라면 그것은 진실이 아니다. 그가 여기에서 부정하려는 것은 '문학병'이며 '문학'이 아니기 때문이다.

그는 『말』의 끝 부분에서, 성직(聖職)으로서의 문학에서는 풀려났지만, 제 습성을 버릴 수 없어 여전히 글을 쓸 것이라는 말을 하고 있다. 그렇다면 이제는 어떤 글을 써야 하는 것인가? 그는 무력하지만 그래도 무슨 도움이 될 글, 비판적 거울이 되는 글, 시대를 위한 글을 쓰겠다는 뜻을 밝힌다. 그러나 이런 반문학병적인 글이 단순히 정치적 참여를 촉구하기 위한 작은 책자를 의미할 수는 없다는 것은 분명하다. 왜냐하면 그가 마지막으로 강조하는 것은 모든 사람들 사이에 살면서 모든 사람의 문제와 가치를 지니고 모든 사람과 똑같은 한 사람의 인간의 모습이다. 그가 즐겨 사용하는 용어를 빌리자면 '단독적 보편자'의 양상이다. 저마다 독특한 시대를 살면서도 보편적 인간으로서의 모습을 지니는 그런 개인이다. 그런데 이 모습은 문학적 형상화를 떠나서 부각될 수 없다. 역설적인 이야기지만 무엇보다도 바로 『말』이라는 그의 자멸적(自蔑的)이며 문학적 기호로 가득 찬 자서전이, '어린이는 천사 같다'는 신화를 무너뜨리고 모든 어린이가 제 나름대로 연출하는 자기기만적 연극의 실체를 '단독적 보편자'로서 제시하고 있는 것이다. 그것은 우리들 자신의 냉혹한 자기 반성을 촉구하는 한 패러다임을 이룬다. 그뿐 아니라, 1966년에 발표된『작가는 지식인인가?』는 여전히 정치적 참여를 중시하면서도, 상징적 의의를 제시하는 문학적 언어의 특성을 지적하고, 그런 점에서 그 자신의 지향과는 반대되는 '새로운 소설'의 작가들, 특히 미셸 뷔토르를 높이 평가하고 있다.(이 점에 관해서는 졸저『문학을 찾아서』, 민음사, 1994, 130~185쪽 참조.) 또한 플로베르를 다룬 방대한 저서『집안의 천치』를 읽는 독자는 이 19세기 작가의 '문학병', 즉 그의 심미적 글쓰기에 대한 비판의 뒤안길에서, 사르트르가 그 예술성에 홀렸다는 증거를 쉽사리 찾아낼 수 있을 것이다. 그의 정치적 개심(그것이 가져온 불행한 결과에 관해서는 『프랑스 지식인과 한국전쟁』, 민음사, 2004 참조.)은 아이러니컬하게도 그로 하여금 문학을 포기하게 만들기는커녕 도리어 좁은 의미의 정치적 참여를 넘어서는 차원에서 문학에 더욱 깊은 뜻을 부여하게 한 것이다.

『말』을 어떤 각도에서 읽느냐는 문제는 오늘날까지도 여러 가지로 논의되고 있다. 이 야릇한 유년기 이야기 속에서 우리는 사르트르의 여러 철학적 저서와 문학 작품의 씨앗을 어김없이 찾아볼 수 있고, 또 당시의 정치적, 문화적 배경에 대한 귀중한 시사를 얻을 만하다. 또한 더욱 넓은 견지에서 자서전이라는 장르 일반의 성격이나 다른 대표적 자서전들과 견주어서 그 구조와 언어의 특이성을 논하는 것도 가능하고, 반대로 더 좁은 견지에서 사르트르가 쓴 여러 전기들(보들레르, 말라르메, 주네, 플로베르)과 그의 자서전을 비교할 수도 있을 것이다.

따라서 내가 여기에서 시도한 해설은 『말』을 읽는 가장 기본적이며 상식적인 견지에 지나지 않는다는 것을 밝혀 두고, 현명한 독자들이 그런 견지를 넘어서는 더욱 깊은 의미와 재미를 스스로 발견해 나가기를 기대하는 바다.

끝으로 번역에 관해서 한마디 해 두려 한다. 1964년 초에 『말』의 출간이 엄청난 화제를 불러일으키고, 그해 가을에 노벨문학상을 받게 된 사르트르가 그 상을 거절하여 더욱 큰 화제의 대상이 되자, 한 출판사가 고 김붕구 선생과 나에게 이 작품을 조속히 번역해 달라고 부탁했다. 우리는 그 부탁을 받아들여 주야불식 작업을 이어 나갔고 거의 한 달 만에 번역을 끝냈다. 그러나 그것은 매우 불완전했다. 특히 내가 맡은 1부의 번역에는 지금 누가 들추어 볼까 겁이 날 정도로 잘못된 곳이 많다. 나는 이 세계적 명작에 대해서 저지른 그런 실수를 그대로 남겨 둘 수 없어 몇 해 전에 민음사 박맹호 회장께 특청하여 개역의 승낙을 얻었다. 그래서 이 기회에 김 선생이 번역했던 2부도 아울러 다듬어 40여 년 만에 이 신판을 세상에 내놓는다. 원문은 반어, 은유, 해학, 상징, 모순어법, 문화적 코드 등을 가득 담고 있어 옮기기가 매우 어렵다는 것을 새삼 느꼈다. 많은 주석을 달고 수정을 거듭했지만, 글의 묘미를 손상하고 또 여전히 잘못 짚은 곳이 적지 않을 것이다. 독자 여러분의 질정을 청하고 싶다.

2008년 가을
정명환

작가 연보

1905년   파리에서 출생.

1906년   아버지를 잃었다. 어머니가 곧 친정으로 돌아간 후 어린 사르트르는 10년 동안 외가에서 살게 되었다.

1917년   어머니의 재혼. 의부의 근무지인 라 로셸(La Rochelle)로 이사하여 그곳에서 중학교와 고등학교를 다녔다.

1920년   부모의 배려로 파리로 되돌아왔다.

1922년   대학 입학 자격시험에 합격했다.
고등사범학교 준비과정 시작.(2년만에 수료.) 이 무렵에 철학을 전공하기로 결심했다.

1923년   니장과 함께 만든 동인지에 최초로 두 작품을 발표. 「병자의 천사(Ange du morbide)」와 「시골 선생 멋쟁이 제쥐(Jesus la chouette, professeur de province)」.

1924년	고등사범학교에 입학.
1928년	고등사범학교 졸업.

1924년   고등사범학교에 입학.

1928년   고등사범학교 졸업.
　　　　　소설 『어떤 패배(Une Défaite)』를 갈리마르 출판사
　　　　　에 보냈으나 거절당했다.

1929년   시몬 드 보부아르(Simone de Beauvoir)와 사귀기 시
　　　　　작했다. 고등학교 교사 자격시험(Agréation)에 일등
　　　　　으로 합격.

1931년   르아브르(Le Havre) 고등학교 교사로 부임. 「진리
　　　　　의 전설(Légende de la vérité)」의 일부를 발표.

1933년   후설(Husserl) 연구를 목적으로 베를린으로 유
　　　　　학.(1933년 10월~1934년 6월.)

1934년   르아브르 고등학교로 복직.

1936년   파리로 전근해 온 보부아르와 더 가까이 있기 위
　　　　　해서 랑(Laon) 고등학교로 전근.
　　　　　『상상력(L'Imagination)』, 『자아의 초월(La
　　　　　Transcendance de l'égo)』 출간.

1937년   파리의 파스퇴르(Pasteur) 고등학교로 전근.

1938년   『구토(La Nausée)』 출간.

1939년   단편소설집 『벽(Le Mur)』, 『정서론 소묘(Esquisse
　　　　　d'une théorie des émotions)』. 9월 2차 대전의 발발
　　　　　과 동시에 징집당했다.

1940년   포로가 되었다. 포로 수용소에서 크리스마스를 위
　　　　　한 희곡 「바리오나(Bariona)」를 쓰고 상연. 『상상계
　　　　　(L'Imaginaire)』 출간.

1941년	수용소에서 석방. 고등학교 교사로 복직하고 파리 시내에서 전근하면서 1944년까지 재직. 메를로퐁티(Merleau-Ponty) 등과 '사회주의와 자유(Socialime et Liberté)'라는 이름의 저항 단체를 만들었으나 곧 해체.
1943년	카뮈와 알게 되었다. 이 무렵부터 저항운동을 하는 지하잡지에 기고. 『존재와 무(L'Etre et le néant)』, 희곡 『파리 떼(Les Mouches)』 출간.
1945년	월간지 《현대(Les Temps modernes)》를 창간. 연작소설 『자유의 길(Les Chemins de la liberté)』을 발표하기 시작. 희곡 『닫힌 방(Huis clos)』 출간.
1946년	『실존주의는 휴머니즘이다(L'existentialisme est un humanisme)』, 희곡 「공손한 창부(La Putain respectueuse)」 출간.
1947년	『보들레르(Baudelaire)』 출간. 「문학이란 무엇인가(Qu'est-ce que la littérature?)」를 《현대》에 발표.(단행본으로는 이듬해에 나온 평론집 『상황(Situations)』 2권에 수록.)
1948년	희곡 『더러운 손(Les Mains sales)』 출간. '민주혁명연합(Rassemblement démocratique et révolutionnaire)'이라는 정당을 조직했으나 곧 해체.
1951년	희곡 『악마와 선신(Le Diable et le bon Dieu)』 출간. 이 무렵부터 소련에 대해서 매우 동조적이 되었다. (1956년 헝가리 사태까지.)

1952년	카뮈와의 논쟁. 『성자 주네(Saint Genet, comédien et martyr)』 출간.
1954년	희곡 『킨(Kean)』 출간.
1956년	희곡 『네크라소프(Nekrassov)』 출간.
1959년	희곡 『알토나의 유폐자(Les Séquestrés d'Altona)』 출간.
1960년	『변증법적 이성 비판 1(Critique de la raison dialectique I)』 출간. '알제리 전쟁에 있어서의 불복종의 권리'를 내세운 '121인 선언'에 서명.
1964년	자서전 『말(Les Mots)』이 단행본으로 출간. 노벨 문학상 수상을 거절.
1966년	러셀(Bertrand Russell)의 호소를 받아들여 월남전 범죄 국제재판(러셀법정)에 적극적으로 참여.
1968년	모택동주의자의 기관지 《인민의 대의(La Cause du peuple)》의 주간이 되었다. 방대한 플로베르 전기 『집안의 천치(L'Idiot de la famille)』 출간.
1973년	극좌파의 일간지 《해방(Libération)》의 주간이 되었다. 희곡론집 『상황의 희곡(Un Théâtre de situations)』 출간.
1974년	피에르 빅토(Pierre Victor, 본명 Benny Lévy)와의 대담집 『반항에 이유 있다(On a raison de se révolter)』 출간. 건강상의 이유로 모든 저널리즘에서 손을 떼었다.
1975년	「70세의 자화상(Autoportrait à 70ans)」 집필. 《상황》

10권에 수록.)

1980년   사망. 파리 몽파르나스 묘지에 안장.

세계문학전집 **189**

말

1판 1쇄 펴냄 2008년 10월 17일
1판 32쇄 펴냄 2024년 7월 10일

지은이 장폴 사르트르
옮긴이 정명환
발행인 박근섭, 박상준
펴낸곳 (주)민음사

출판등록 1966. 5. 19. (제 16-490호)
서울특별시 강남구 도산대로1길 62(신사동) 강남출판문화센터 5층 (우편번호 06027)
대표전화 02-515-2000 팩시밀리 02-515-2007
www.minumsa.com

한국어 판 ⓒ (주)민음사, 2008. Printed in Seoul, Korea

ISBN 978-89-374-6189-7 04800
ISBN 978-89-374-6000-5 (세트)

세계문학전집 목록

세계문학전집은 계속 간행됩니다.